CHEZ LE MÊME ÉDITEUR

Jacques Bellefroid, *Soulages. Encre noire sur pages blanches*, essai, 2019.
André Bouny, *Viêt Nam, voyages d'après-guerres*, récit, 2018.
Michel Bulteau, *Les morts ne reviennent pas*, carnets 2012-2015, 2019.
Roland Castro, *Le Corbusier n'a pas rencontré Freud*, essai, 2018.
Chaillou / Roubaud, *Entretiens d'Étretat*, dialogue, 2020.
Dong Baichuan, *Du parfait retour à la terre*, essai, 2020.
Yang Ermin, *Traité de l'élégance*, essai, 2019.
Claire Fourier, *Tombeau pour Damiens. La journée sera rude*, récit, 2018.
Gabrielle Haardt, Sculptures et bijoux, album, 2019.
Youssef Ishaghpour, *Le Poncif d'Adorno – Le poème après Auschwitz*, essai, 2018.
Ladislav Klíma, *Le Roman Tchèque*, roman, 2019.
Lina Lachgar, *Max Jacob dans tous ses états*, essai, 2019.
Luc Lagarde, *Bowie, la touche étoile*, roman, 2019.
Claude Margat, *L'Échappée chinoise*, conversations avec Olivier Desgranges, 2019.
Jean Pichard, *Lisbonne disparaît*, récit, 2018.
Martine Ravache, *Regards paranoïaques. La photographie fait des histoires*, essai, 2019.
Julian Semenov, *La Taupe rouge*, roman, 2019.

EN COÉDITION AVEC EXILS

Julio Le Parc, *Sois artiste et tais-toi !*, album, 2018.
Martha Le Parc, album, 2018.
Julio Le Parc, grande monographie, 2019.

Des diamants pour le prolétariat

Couverture : Wiaz.
Suivi de fabrication : Steeven Macal.

Titre original : Бриллианты для диктатуры пролетариата,
Brillanty dlia diktatury proletariata
Moscou : Vetche, 2015.

Publié avec le concours de l'Institut Perevoda pour la traduction littéraire, Russie.

Julian Semenov

Des diamants pour le prolétariat

Traduit du russe
par Monique Slodzian

Préface
de Edward Limonov

Éditions du Canoë

Ceci est en vérité une nécrologie en hommage à Semenov, Ioulian
par Edward Limonov

J'ai été présenté, plutôt nous avons été présentés l'un à l'autre, Jim Haynes et moi à, Paris. Ce devait être aux alentours de 1987. En tout cas, dès 1988, la revue « Détective et politique » [1] *publiait trois de mes récits. Le premier tirage du numéro s'élevant à 150 000 exemplaires était atrocement mal édité. En Russie, on ne comprenait pas bien à l'époque que réécrire le texte d'un auteur était un sacrilège : c'était Son texte.*

Jim, dans les années soixante, était un bringueur international, le copain et le frère de tout le monde. Il s'était acheté un atelier rue de la Tombe-Issoire, dans le 14ème arrondissement. Un jour, il me téléphone, écoute, Edi, dimanche on m'amène un Russe soviétique, un certain « Siomov » ? bref, son nom commence par « S ». Non sans hésitations, nous avons retrouvé le nom et le prénom : Ioulian Semenov.

---

1 Revue de l'Association internationale du détective politique fondée à l'initiative de Ioulian Semenov.

Jim connaissait tout le monde, il avait créé le festival d'Édimbourg, tourné dans des films porno, partagé le lit de John Lennon et de Yoko Ono, bref, qui ne connaissait-il pas ? Tu amènes Natacha ? me demanda-t-il. Je lui dis que non et il eut un soupir de soulagement. Cela faisait deux décennies que chaque dimanche soir, les gens affluaient chez lui. Ceux qui avaient de l'argent glissaient un billet dans la fente de la boîte près de l'entrée. Si l'on avait de quoi manger, on l'apportait, si l'on n'avait rien, on venait les mains vides. C'étaient des soirées ethniques, tantôt japonaises, tantôt polonaises, tantôt indiennes.

Avec ses éternelles moustaches sous le nez, ce grand échalas, à la différence de moi, était un extraverti, toujours entouré de gens, surtout de filles. Moi, je n'aimais pas les gens et je me pointais chez lui seulement quand j'étais exténué. Chez lui, je m'autorisais à boire sec, mais le temps de rentrer dans le Marais, j'avais cuvé l'alcool et c'était l'heure où mon amie revenait de son cabaret.

Ainsi ont passé 13+20 années, soit 33 ans. Monique Slodzian, la traductrice de mon livre Et ses démons *en français, m'a proposé d'écrire la préface au livre de Semenov* Des diamants pour le prolétariat *qui doit paraître en français. En effet, le destin personnifié par Jim Haynes nous avait mis en contact à Paris en 1987. Son roman* Des diamants pour le prolétariat *était paru en Russie en 1971.*

En outre, j'avais été en 1990 le témoin de l'assassinat du proche collaborateur de Ioulian, Sacha Plechkov, selon d'autres sources, il se serait appelé Plechakov. Je me souviens avoir passé toute la journée à le balader dans Paris, à la découverte comme il en avait exprimé le désir, des lieux préférés de Limonov.

Le lendemain, la voix sombre de Semenov me disait au téléphone que je devais accompagner la dépouille de Sacha à Moscou.

De quel Sacha parles-tu ?

L'horloge sonnait dix heures.

Je suis là où je suis, en train d'écrire en vérité la nécrologie de Ioulian qui était devenu mon ami.

Je comptais sur lui pour des projets qui menaient loin. Sa mort a repoussé le retour de Limonov dans la littérature russe. Mais elle ne pouvait l'empêcher.

La Russie n'a pas pris conscience du fait qu'en 1990 la direction tout entière du holding « Top-secret » - l'ensemble de ses plumes - a péri. Qu'en six mois, trois de ses chefs aient été soudain éliminés n'a pas soulevé de suspicion. Plus exactement, il y en eut chez les proches, mais elles se sont dissipées au fil des ans.

Or ce sont le très énergique et bouillonnant Sacha Plechkov, le père Alekseï Men[2] *et Ioulian Semenov lui-même qui ont été assassinés.*

---

2 Prêtre et théologien orthodoxe (1935-1990), anti-traditionnaliste et membre de l'équipe de rédaction de « Top secret ». Fut sauvagement assassiné à coups de hache le 9 septembre 1990 en se rendant à l'église.

Je profite donc de l'occasion pour balayer devant la porte de l'izba russe et repousser les immondices devant celle de la maison France.

Cela s'est passé ainsi. J'ai mis Plechkov dans le métro à la station Vavin, près de la Coupole. Il aurait été empoisonné au cours du dîner donné par le magazine VSD. Et il est mort pendant la nuit. On a même fait courir le bruit que je l'avais empoisonné. Non, ce n'est pas moi. J'ignore qui a initié la série macabre des morts de la revue « Détective et politique ».

Revenons au roman lui-même, Des diamants pour le prolétariat. *Le contexte de l'année 1921 y est méticuleusement restitué. Comme on dit aujourd'hui, c'est le « préquel » des autres livres de Semenov consacrés aux hauts faits de la vie de Stierlitz, le James Bond soviétique. Vsevolod Issaïev n'est autre que Stierlitz.*

Semenov appartient à la littérature mondiale. C'est un écrivain très connu mais dont l'importance reste sous-estimée. Pour autant que je sache, personne avant lui n'avait écrit ainsi (*avec des phrases resserrées qui imitent si bien le style des protocoles officiels*)*. Ses innovations stylistiques lui ont permis d'atteindre des sommets inégalés.*

Sans compter que dans les Diamants, *Semenov fait rivaliser la figure d'Issaïev, le jeune tchékiste, avec celle de Stierlitz, l'agent de renseignement émérite infiltré derrière les lignes ennemies.*

Principaux personnages

Alski Arkadi (1892-1939) : vice-ministre des Finances de Russie.

Anna Viktorovna : jeune femme issue de l'aristocratie tombée dans réseau de proxénètes et de bandits.

Blenner Jules : journaliste français.

Bielov Grigori : jeune employé du Gokhan, criminel.

Boki Gleb (1879-1937) : membre de la direction de la Tchéka. À partir de 1921, chargé de la section du chiffrage des messages à la Tchéka.

Bosse Lydia (Lida) : artiste de cabaret et espionne au profit des bolcheviks à Revel.

Boudnikov Vladimir : enquêteur de la Tchéka.

Chelekhes Iakov : principal expert en diamants au Gokhran (Moscou) et trafiquant international à la tête du réseau. Sans parti.

Chelekhes Fiodor (nom d'agent « Roman ») : frère du premier, révolutionnaire, représentant de la Tchéka à Revel.

Chelekhes Ossip : frère des premiers, révolutionnaire, responsable politique en Sibérie.

Chorokhov : secrétaire de presse à l'ambassade de Russie à Revel. Se fait passer pour un commerçant russe.

Dimitri Iourevitch : pseudonyme du comte Vorontsov dans la clandestinité.

Dzerjinski Félix (1877-1926) : issu d'une famille de l'aristocratie polonaise, fondateur et patron de la Tchéka, ministre de l'Intérieur.

Faddeïka : bandit.

Gazarian Ivan : enquêteur anti-corruption et ripou.

Iourla Karl : journaliste estonien.

Issaïev Maxime : pseudonyme de Vsevolod Vladimirov, futur Max von Stierlitz.

Kedrov Mikhaïl : responsable politique dans l'armée.

Kleïmenova Klavdia : vendeuse.

Krivochïna Nina : jeune tchékiste sibérienne, assistante de Vladimirov père.

Krestinski Nikolaï : ministre des Finances russe.

Kropotov : vieux bijoutier véreux de Moscou.

Levitski : directeur du Gokhran.

Litvinov : ambassadeur de Russie soviétique en Estonie.

Marchand : diamantaire, directeur de la firme du même nom à Paris, spéculateur.

Messing Stanislav (1890-1937) : communiste polonais, patron des renseignements extérieurs à Moscou et à Petrograd. Opposé aux répressions de masse dans l'armée.

Neumann Artur : chef de la police politique estonienne à Revel.

NIKANDROV LEONID : écrivain russe.

NOLMAR OTTO : résident de l'espionnage allemand en Estonie.

OLEG : bandit, frère de Faddeïka.

OLENETSKAÏA MARIA : chargée du chiffrement des messages à l'ambassade de Russie et maîtresse de Vorontsov.

OUNCHLIKHT IOSSIF : vice-président de la Tchéka.

POJAMTCHI NIKOLAÏ : employé du Gokhran, membre du réseau de trafiquants.

PROKHOROV : président du Tribunal des chemins de fer de la Baltique. Appartient au réseau de trafiquants.

SOROKINE : communiste, employé du Gokhran, gangrené par la corruption.

SCHWARZWASSER AUGUST : haut fonctionnaire dans la police politique estonienne.

STAKHOVITCH ELENA : ancienne dame de compagnie dans la famille impériale, trafiquante.

TCHITCHÉRINE GUEORGUI (1872-1936) : ministre des Affaires étrangères de Russie.

TERNOPOLTCHENKO : président du Tribunal de Moscou.

VLADIMIROV VLADIMIR : père de Vsevolod, de conviction social-révolutionnaire (SR).

VLADIMIROV VSEVOLOD : agent de renseignement de la Tchéka sous le pseudonyme de Maxime Issaïev en Russie et, plus tard, de Max von Stierlitz en Allemagne nazie.

VORONTSOV (Comte) : Viktor Vitalievitch , dans la clandestinité Dimitri Iourevitch.

Décret du soviet des députés du peuple
« Création du fonds d'État pour le Trésor public »

Le Soviet des commissaires du peuple décrète :

Afin de stocker, conserver et enregistrer tous les objets de valeur appartenant à la RSFSR[1], qu'il s'agisse d'objets en or, en platine ou en argent, sous forme de lingots ou de bijoux, de diamants, de pierres précieuses ou de perles fines, la Direction centrale des Finances crée à cet effet à Moscou le Gokhran[2].

Le Président du Soviet des Commissaires du peuple,
V. I. Lénine

Le Directeur des affaires du Soviet des Commissaires du peuple,
V. D. Bontch-Brouevitch

Le secrétaire,
S. Britchkina

---

1 République socialiste fédérative soviétique de Russie.

2 Fonds d'État des métaux précieux et pierres précieuses au sein du Trésor public du Commissariat du peuple aux Finances.

Moscou, avril 1921

— C'est qui, celui-là, au coin ? demanda Blenner.

Micha Erochine qui avait passé les derniers jours en compagnie de ce journaliste parisien, maugréa :

— Un peintre dont j'ai oublié le nom. Vendu aux bolcheviks.

— Il a du talent ?

— Pas un sou.

— Et l'autre, à côté ?

— Peintre lui aussi. Il travaille pour Lounartchaski[3]. Un lèche-bottes.

— Il n'y aurait ici que des artistes peintres ?

— Nullement. Vous avez Kliouev. Près de lui, Mariengof, un autre poète. Pareil, de beaux salauds. Ils obéissent sans piper car les Commissaires[4] les nourrissent.

Le Français esquissa un sourire :

— J'en viens à penser que médire est un sport typiquement moscovite. Une vieille habitude ou est-ce apparu après le coup d'État ?

Micha n'eut pas le temps de répondre : Staritski, critique de théâtre, avait surgi devant leur table.

— Je peux ? s'enquit-il.

---

3 Anatoli Lounacharski (1879-1933), intellectuel marxiste rallié au bolchevisme. Commissaire à l'instruction de 1917 à 1929. Puis ambassadeur.

4 Commissaires du peuple : ministres du gouvernement soviétique.

— Je vous en prie, répondit Blenner, nous n'attendons personne.

Ici, dans ce demi-sous-sol étriqué de la rue Kropotinskaïa, on venait d'ouvrir une cantine où l'on servait gratuitement du thé et du café et, sur présentation de la carte de membre, du vin « Tsekouba » [5] aux chercheurs et à l'intelligentsia créative de la capitale. Aussi, ceux qui y venaient en foule se connaissaient-ils tous, au moins par ouï-dire.

— Qui est-ce ? demanda Staritski impudemment, le regard planté sur le Français. Micha, qui nous as-tu amené là ?

Accoutumé à la déférence envers les étrangers, Erochine se tortillait sur sa chaise, tandis que le Français offrait un sourire débonnaire à Staritski en lui tendant sa carte de visite.

Le critique la fourra dans sa poche et demanda :

— Membre du Komintern ?

— Plutôt du côté de l'Entente.

— Dans ce cas, méfiez-vous de Micha : c'est un agent de la Tchéka.

— Mon salaud, fit Micha avec un sourire forcé, il faut toujours que tu sèmes l'embrouille !

— Comment ça ? Moi, j'évite soigneusement les bourgeois, les nôtres, nés sur notre sol, quant aux étrangers, Dieu m'en préserve, de grâce ! C'est pas grave, une fois que

---

5 Nom du vin que boit Ponce Pilate dans *Le Maître et Marguerite* de Boulgakov.

tout ce galimatias aura pris fin, Micha, on te fera la peau. Simple mesure d'hygiène et de sécurité sanitaire.

— Vous pensez que ce « galimatias » aura une fin ? demanda Blenner.

— Les lois de la logique gouvernent le monde qui ne peut longtemps s'accommoder de la folie. Il ne s'agit pas ici du rôle de telle ou telle personnalité, mais d'un système extra-terrestre qui nous régit selon des lois impénétrables.

— Tous les changements ici-bas portent l'empreinte de personnalités, fit observer le Français. Miser sur un schéma extra-terrestre équivaut à une désertion citoyenne.

— Quoi, vous me mettez en demeure de brandir mon révolver ?

— Nullement… J'essaie seulement de clarifier pour moi-même le tableau des événements.

— En Russie, il n'y a jamais eu de tableau clair et ce n'est pas demain la veille qu'il y en aura : chez nous, chacun est son Clemenceau. À propos, il n'y a que les espions qui cherchent à clarifier les choses. En seriez-vous un ?

— Tout journaliste l'est à sa façon.

— Qui cherche donc la clarté… soupira Staritski, avant de déclamer : « Rien n'est plus digne que mourir pour la patrie et aucun citoyen digne de ce nom ne peut craindre pareille mort ». Signé Alexandre Oulianov, frère de Lénine. Voilà ce qui attend à bref délai la malheureuse Russie martyre et insurgée : une guerre fratricide.

— Vous avez choisi de citer Oulianov… C'est qu'à titre

personnel l'esprit de sacrifice des condamnés à mort ne vous est pas très sympathique, n'est-ce pas ?

— Qui vous donne le droit de me parler sur ce ton ?

— Comment ? réagit le Français, interloqué. Je pose une question. Je ne vois pas en quoi une question pourrait être offensante puisque vous avez la possibilité d'y répondre.

Ses différents interlocuteurs commençaient à lui porter sur les nerfs. Ils fomentaient des plans extravagants, échangeaient des allusions obscures et annonçaient des changements imminents ; cela, sans cesser de médire sur les personnes qu'ils venaient de saluer chaleureusement, voire d'embrasser une minute auparavant. Blenner avait d'abord été stupéfait par ces échanges et il en avait tiré un plan clair pour ses prochains papiers : « La Russie au bord de l'explosion ». Cependant, sa rencontre avec Litvinov, devenu vice-ministre des Affaires étrangères tout en gardant son poste d'ambassadeur en Estonie, l'avait forcé à mettre cette analyse-là de côté.

— Vous m'interrogez sur une opposition supposée des milieux intellectuels ? lui avait demandé Litvinov. Il y a bien une opposition, le contraire serait étrange. Tchekhov disait que celui qui parle plus qu'il n'écrit n'a plus rien à écrire de bon. Nous avons avec nous les écrivains Gorki, Blok, Serafimovitch, Brioussov, ainsi que de jeunes pousses magnifiques comme Maïakovski, Pasternak, Asseïev, des savants comme Timiriazev, Chokalski, Obroutchev, Graftio ou Goubkine ; des artistes tels que Konenkov, Kontchalovski, Petrov-Vodkine, Nesterov, Kandinsky ou Koustodiev… Leur vie ne va pas sans difficultés : comme partout nos institutions comptent des imbéciles, de minables envieux chargés du développement culturel. Mais nulle part ailleurs la vie artistique n'attire un public aussi énorme et aussi passionné que celui qui a surgi en Russie après la révolution.

Litvinov fouilla les papiers sur son bureau et mit un journal sous les yeux du Français :

— Ça vient de chez vous. Un certain Paul Nadeau, vous le connaissez peut-être ? Parisien lui aussi – nouveau sourire en coin – et journaliste. Lisez donc ce qu'il écrit sur notre opposition, non pas sur celle qui quémande, non, sur l'opposition sérieuse des S.R.[6] et des K.D.[7] Il les a fréquentés pendant son séjour à la prison de la Boutyrka.

Blenner prit le journal et nota aussitôt les passages soulignés : « Toute notre cellule discutait en grande pompe des questions d'ordre intérieur, entre autres, de la désignation des gardiens. L'engouement enfantin pour la parlotte parlementaire qui s'est emparée de toute la Russie se traduisait dans notre cellule par d'interminables palabres. Sous la houlette du président de séance, aux amendements succédaient les contre-amendements, qui à leur tour suscitaient des propositions immédiatement suivies de contre-propositions. Les participants à ce terrible tournoi carcéral

6 Socialistes-révolutionnaires.

7 Parti constitutionnel-démocrate dont les membres étaient appelés « cadets ».

appliquaient des méthodes qu'on n'aurait pas répudiées au Palais de Westminster. Les détenus écoutaient patiemment ces discours verbeux qui n'aboutissaient à rien. Au bout de trois jours, parvint de l'extérieur un panier de victuailles destiné aux S.R. Ceux-ci se calèrent les joues sans la moindre gêne tandis que les autres, le ventre vide, se détournaient. Bouillonnant d'impatience, le chef de cellule se leva et proposa que soit examinée la question de la socialisation des provisions de bouche. Un silence se fit. On n'entendait plus qu'un bruit de mastication accéléré. L'un des camarades S.R. finit par déclarer d'une voix mielleuse : "Collègues, cette idée nous est sympathique puisqu'elle découle des principes mêmes de notre parti. Cependant, réfléchissons un instant ! Sommes-nous prêts à enfreindre le principe de liberté de conscience ? Il y a ici plusieurs prisonniers qui ne partagent pas nos idées, ajouta-t-il en désignant un vieux colonel affamé, un propriétaire terrien au ventre creux et un avocat moscovite que la faim avait rendu fou.

— Devons-nous obliger ces messieurs à devenir socialistes malgré eux ? Non, camarades ! J'affirme que l'examen de la question doit être ajourné." Sur ces mots, l'orateur mit les bouchées doubles pour avaler le reste de la nourriture. »

— Alors ? demanda Litvinov. Ce n'est point un bolchevik qui a écrit cela, mais un bourgeois comme vous… Il nous déteste. Pourtant, une fois libéré, il a déclaré : « J'aime mieux avoir affaire à vous. Vous, au moins, vous êtes concrets. Les autres sont comme les méduses avant la tempête, insaisissables et fuyants. »

Cette fois, de nouveau confronté à des Russes dans cette sorte de cave, Blenner ne pouvait les considérer sans arrière-pensée car il avait l'article de Nadeau en tête. Il connaissait l'homme : tout à fait sérieux et préférant la mort au mensonge.

Quand Staritski se fut éloigné, Blenner demanda :

— Il a publié quelque chose ?

— Il est incapable d'écrire deux lignes ! Un gros bavard. Et s'il y a ici un agent de la Tchéka, c'est bien lui, soyez-en sûr.

L'écrivain Nikandrov entra comme l'obscurité tombait. Grand, sec, un physique qui ne passe pas inaperçu.

— Qui est-ce ? demanda aussitôt Blenner.

— Leonid Nikandrov, homme de lettres.

— Encore un raté ?

— Comment dire… auteur d'essais, de nouvelles tirées de l'histoire ancienne, de travaux sur Pierre le Grand. Ce n'est pas un battant, loin de là.

Le Français se présenta lui-même et demanda à Nikandrov une brève interview.

— Asseyons-nous, consentit celui-ci, morose. Mais votre compagnon doit s'asseoir plus loin.

— Il est mon guide pour visiter la ville, c'est tout, fit remarquer Blenner et, tournant la tête, il lança d'une voix forte : Micha, merci, ce sera tout pour aujourd'hui.

Micha salua le Français avec obséquiosité et s'assit à une table autour de laquelle débattaient des poètes.

— Je dois vous poser quelques questions, citoyen Nikandrov. J'aimerais savoir quels sont, selon vous, les plus grands talents de la Russie actuelle, en littérature, en peinture et à la scène.

— En littérature : moi, dit-il avec un sourire qui donna à son visage tendu et sec une expression débonnaire et ouverte. Ceci en toute sincérité. En principe, je devrais citer Bounine, Gorki et Blok.

— Bounine vit à Paris, c'est la Russie qui m'intéresse.

— Même en Afrique, Bounine appartiendrait à la Russie.

— Et vous croyez qu'il souhaite appartenir à cette Russie-là ?

— Êtes-vous si convaincu qu'elle survivra ?

— Je n'ai rien à vous répondre, déjà parce que je n'ai rien lu de Bounine et que je ne le connais que de nom.

— Dois-je comprendre que vous vous intéressez aux écrivains russes seulement en tant qu'acteurs du jeu politique ? Dans ce cas, notre conversation est vaine.

— Je vous mentirais si je vous disais que les choses politiques m'indiffèrent. Il n'empêche que je porte un vif intérêt aux belles lettres.

— Je me fiche des belles-lettres. J'appartiens à la littérature.

— Où puis-je acheter vos livres ?

— Ici, je suis peu édité…

— Je suis prêt à vous aider pour que vous le soyez à Paris.

Nikandrov dévisagea le Français avant de répondre :

— Je vous remercie si vous parlez sérieusement.

— Tout à fait sérieusement. Mais avant de revenir à votre œuvre, je voudrais votre avis sur les peintres actuels.

— Nous ne manquons pas de talents. Lentoulov, Sarian, Kontchalovski, Maliavine... La liste est longue... Korovine et Nesterov, bien sûr !

— Dieu soit loué, fit le Français avec un large sourire. Vous êtes le premier Russe à me dire que Moscou a des artistes de talents.

— Avec qui avez-vous parlé ? Avec ce menu fretin ? demanda Nikandrov en désignant du menton la table voisine. Ça n'a aucun sens, ce sont d'horribles scorpions. Pire que les commissaires : eux au moins savent ce qu'ils font, les autres, à part brailler... Au moindre coup de gueule, ils filent la queue entre les jambes. En revanche, ils vous diront qu'il n'y a aucun talent.

— La vie est difficile ici quand on du talent ?

— Vous connaissez un lieu où la vie est facile pour les gens de talent ? Bien sûr qu'elle l'est, car les artistes sont en quête d'une vérité qui n'appartienne qu'à eux, alors qu'elle réside en eux, dans leur vision du monde.

— Vous n'êtes pas d'accord avec Marx lorsqu'il dit que l'homme ne peut pas s'émanciper de la société ?

— En effet, je ne suis pas d'accord. L'homme est né libre : personne ne lui a ôté le droit de disposer de sa vie à sa guise.

— À cet égard, il y a de sérieuses limitations : on refuse

la sépulture dans les cimetières aux malheureux qui se sont donné la mort de propos délibéré.

— Après moi le déluge !

— Je croyais que les écrivains pensaient avant tout à leurs concitoyens.

— Ils feraient mieux de penser à eux-mêmes. À condition d'aller jusqu'au bout, sans tricher. Ce serait certainement plus instructif pour les concitoyens, je vous l'assure.

— Avec un tel état d'esprit, vous avez du mal à vivre ici ?

— En effet. Mais l'état d'esprit n'y est pour rien.

— Vous vous préparez à quitter la Russie ?

— Oui, je me démène pour mon passeport.

— Si vous me confiez vos manuscrits, peut-être que le livre sera publié à votre arrivée.

Nikandrov se dressa :

— Quittons ce bordel...

Dehors soufflait un vent glacial.

— Aucune capitale au monde ne possède un Golgotha[8] aussi beau et aussi paisible que Moscou. Vous savez ce qu'est un Golgotha ? Le lieu où l'on coupait les têtes. Vous observerez que des livres entiers ont été écrits sur les cruautés auxquelles s'est livré l'État russe tout au long de son

---

8 Le lieu des crânes, en russe « Lobnoe mesto » (littéralement « golgotha »), se trouve sur la Place rouge. Depuis le XVème siècle, on annonçait sur cette tribune circulaire les grands événements et on exécutait les prisonniers.

histoire. Or, durant les règnes d'Ivan le Terrible et de Pierre le Grand, il y a eu moins de suppliciés que chez vous à Paris pendant la nuit de la Saint-Barthélemy où furent massacrés les huguenots. Notre cruauté fait peur, mais en vérité nous sommes des gentils. Alors que vous autres, Européens civilisés, vous taisez vos horreurs, et cruels, Dieu sait que vous l'avez été, d'où votre choix de la démocratie. Il n'y a qu'en Russie qu'une Véra Zassoulitch a pu être acquittée par un tribunal après avoir tiré sur un général de la police… Nous sommes des Eurasiates ! Au début, il y eut les Tatares qui nous imposaient la dîme et violaient nos mères, d'où la fréquence des noms tatares : Baskakov, Iamchtchikov ou Iassakov ; d'où nos injures tonitruantes qui impressionnent tant les Occidentaux, alors qu'en cas de colère, nos expressions les plus osées ne vont pas plus loin que le cul. Et puis ce sont les tsars allemands qui ont gouverné ce grand peuple descendant des Varègues et des Grecs. Aucun autre peuple au monde n'est aussi indulgent avec son histoire ni aussi soucieux de sa valeur : tenez, prenez l'opéra de Borodine, le Prince Igor, où l'envahisseur, le khan Koltchak est chassé par un homme plein de noblesse, de bonté et de force. La beauté morale d'Igor n'en est en rien diminuée, au contraire ! Prenez encore Pouchkine… Il a écrit des épigrammes contre le tsar, il a été placé sous la surveillance constante des gendarmes, il s'est battu avec les décembristes, et il est pourtant le premier à célébrer l'écrasement de l'insurrection révolutionnaire en Pologne… Pourquoi ? Parce qu'il y a un sphinx en chacun de nous et qu'il est impossible et dangereux de prévoir le cours des choses.

— Pourquoi serait-ce « dangereux » ?

— Parce que toute divination présuppose l'existence d'une théorie ad hoc. Imaginez que les deux ne collent pas ensemble, que la théorie ait du plomb dans l'aile, que la Russie ait encore tenté l'une de ses manigances habituelles. Que croyez-vous qu'il se passera ? Vous vous précipiterez sur vos zeppelins, vos grosses berthas, vos gaz, soyez trois fois maudits !

— Je comprends que vous puissiez haïr votre propre peuple, on a vu d'autres cas, mais qu'avons-nous à y voir ? Pourquoi nous blâmez-vous ?

— Vous voyez bien combien notre discussion est difficile… J'aime mon peuple et je suis prêt à lui sacrifier ma vie. Je ne vous blâme nullement, c'est juste une façon de dire suscitée par l'émotion, rien de plus. Les intellectuels russes chérissent Paris plus que leurs collègues français et ils connaissent bien mieux qu'eux Rabelais et Balzac, soit dit sans vous offenser.

— C'est en effet difficile de vous suivre. Pourtant, Dostoïevski, nous l'avons compris, lui. Ne vous fâchez pas, mais il se peut que le degré de compréhension d'un auteur soit proportionnel à son talent, non ?

— Dans ce cas, pourquoi ne comprenez-vous rien à Pouchkine ? Ou à Lermontov ? Ou à Leskov ? L'Europe, me semble-t-il, se montre égocentrique dans son appréciation des écrivains russes ; vos jugements habituels nous épatent : « Voyez un peu ce dont sont capables ces Russes ! » Il m'est arrivé de me dire en tremblant que si Gogol n'était pas né en Russie, le monde l'aurait complètement ignoré. Quant à Pouchkine, il n'entre pas dans vos critères. À peine fourré sur la liste des révolutionnaires qu'il pointe le nez sur celle des courtisans ; on a juste eu le temps de s'émouvoir de son grand amour pour Natalia qu'en deux temps trois mouvements, il fait dans son journal une allusion libertine à une fessée à la belle Anna Kern.

— Ne pensez-vous pas que les bolcheviks s'en sont pris non seulement à l'ordre social mais aussi aux valeurs nationales ?

— Vous dites cela parce qu'il y a beaucoup de youpins parmi les commissaires ?

— À mon avis, leur patron est le Russe Lénine.

— Excusez-moi, mais vous-même…

— Je suis français, tout à fait français… Je ne dois pas la bosse de mon nez à un quelconque apport de sang juif ; je suis gascon et nous avons le goût des voyages et de la politique. Si nous sommes amateurs de femmes, nous le sommes encore plus de politique.

— Puisque vous êtes dans la politique, dites-moi : quand vos chefs viendront-ils au secours de la Russie ?

— Vous avez à l'esprit l'émigration blanche et l'opposition intérieure ? On ne les aidera pas parce qu'ils ne constituent pas une véritable force.

— Il n'y a donc rien à espérer ?

— Mais si, pourquoi ? En politique, il n'y a pas de décisions catégoriques ; ce n'est pas comme en amour où les ruptures sont définitives.

— S'il en est ainsi, la politique est pour moi le mariage entre deux ennemis jurés.

— Vous n'êtes pas loin de la vérité. Notre capitulation devant les bolcheviks n'est pas le point essentiel : le fait est que notre monde est tout simplement trop petit comparé à l'immense Russie et que la planète ne peut tourner normalement sans elle.

— Vous avez de la sympathie pour le bolchevisme ?

— Les bolcheviks ont ôté à ma famille tout moyen d'existence en annulant la dette contractée par l'État tsariste. Mon frère, père de trois enfants, s'est tiré une balle dans la tête : il avait placé toutes ses économies dans l'emprunt russe. Ce ne sont pas les bolcheviks que je hais, mais les aveugles qui font la politique.

— Patientez un peu, gentil Français, nous vous rembourserons nos dettes. Le peuple finira par comprendre et les choses rentreront dans l'ordre.

— Et que faire lorsque le peuple reste muet ?

— Il se tait tant qu'il n'a pas viré le chef qui tient le flambeau.

— Derrière quel autre flambeau pourrait se ranger le peuple ? Celui qui proclame : « Rendons leurs milliards aux bourgeois français » ?

Après un silence, Nikandrov dit doucement :

— Qu'ils aillent tous au diable, Seigneur… J'ai toujours su ce que je ne voulais pas et ce que je voulais. Me tirer au plus vite d'ici, voilà… À perpète les oies ! Peu m'importe où ! Mais au plus vite… Voilà, nous sommes arrivés devant mon immeuble. Montez, je vais vous faire un thé et vous montrer mes manuscrits.

En grimpant l'escalier, Blenner lui confia :

— Vous êtes bien mon premier interlocuteur à Moscou capable de me donner une vue d'ensemble. Les autres ne savent que cancaner. Vous, vous ne vous arrêtez pas aux cas particuliers.

— Voilà bien un étranger ! Ce sont les cas particuliers qui vous intéressent d'abord, le général, vous le comprenez à votre façon… Je vais vous dire ce qui relève du particulier ! Quel que soit son dirigeant, j'aime mon pays et je ne remuerai pas notre linge sale pour vous faire plaisir. Je suis comme je suis, si je vous intéresse, tant mieux, sinon on se tourne le dos, et bye-bye !

*

Tchitcherine[9] se pelotonna frileusement et jeta sur ses épaules un gilet en lapin. Une douleur insistante perçait sa

9 Gueorgui Tchitcherine (1872-1936), ministre des Affaires étrangères.

tempe gauche : il était absorbé par la lecture des documents que la dernière valise diplomatique de Berlin et de Londres venait de lui apporter.

Dans un rapport détaillé, Ioffé[10] écrivait de Berlin : « Le chancelier m'a déclaré que la coopération germano-soviétique faisait obstacle à l'expansionnisme politique de la France et aux pressions économiques de l'Angleterre. Selon lui, plus que les forces extérieures, ce sont les puissants capitalistes de la Ruhr qui empêchent la mise en œuvre d'un projet d'échange économique et culturel avec la Russie. Walther Rathenau a fait valoir que la folle rigueur des contributions exigées des Allemands par le traité de Versailles permet aujourd'hui de contenir l'extrémisme radical des capitalistes allemands car les forces productives – ouvriers et paysans – ainsi que le patriotisme des milieux intellectuels soutiendront à coup sûr le gouvernement dans ses tentatives de nouer des relations équilibrées avec une grande nation, fût-ce la Russie soviétique. »

De Londres, notre plénipotentiaire Leonid Krassine[11] rendait compte de ses derniers pourparlers avec les représentants des trois plus puissantes aciéries, ainsi qu'avec le secrétaire du premier ministre de Sa Majesté, Lloyd Georges.

---

10 Adolf Ioffé (1883-1927), dirigeant bolchevik proche de Trotsky. Opposé à Staline, il se suicide en 1927.

11 Leonid Krassine (1870-1928), commissaire du peuple au Commerce extérieur du gouvernement des Soviets entre 1920 et 1924. Ambassadeur en France, puis en Grande-Bretagne.

Il écrivait que les Anglais étaient tellement persuadés de leur toute-puissance qu'ils ne cherchaient pas à dissimuler ce qui était au cœur de leurs intérêts stratégiques. Monsieur Enright, en particulier, lui avait carrément demandé si nous limiterions l'entrée des capitaux français en Russie, ainsi que dans les pays limitrophes, et comment nous comptions aider les entreprises britanniques à contrecarrer une possible renaissance de la puissance industrielle allemande. À la différence des entretiens précédents, la précision des questions qui ont été abordées témoigne du sérieux des intentions.

« Ils bougent, songea Tchitcherine, ils comprennent enfin que le gouvernement de Lénine ne va pas s'effondrer d'ici trois semaines pour disparaître à jamais. »

Tchitcherine retourna dans son bureau, saisit le combiné et appela Lev Karakhan[12].

— Comment marchent nos cours accélérés de français et d'anglais ? Je vous prie de suivre cela de très près. Ce sont toujours les détails qui nous jouent des tours : on reconnaît enfin la Russie soviétique, c'est un fait, mais les diplomates capables de mettre à profit cette reconnaissance, on les compte sur les doigts d'une main.

*

12 Lev Karakhan (1887-1937), diplomate russe d'origine arménienne.

Message codé

« 765.651.216.854.922.519... 648.726.569.433... 113.578.723.944... 137.649.523.966.483... 465.282.697.193[13]... 66[14]... »

*

« Cher Auguste, je suis heureux de pouvoir t'envoyer ce billet, grâce à des amis. Tu nous as complètement oubliés. Comment va tante Rosa ? Chez vous, elle doit se porter comme une fleur, alors qu'ici elle gèlerait : ce n'est pas un climat pour elle. Igor trime du matin au soir : l'entrée à l'Université ne va pas de soi puisqu'on n'exige plus de stage en usine, le petit est pourtant doué et nous espérons tous qu'il deviendra un véritable ingénieur des chemins de fer. Il n'a plus le même intérêt pour la géologie : à part l'oncle Ivan, personne ne peut l'aider à réviser les mines de Sibérie et Ivan a tellement de boulot qu'il réussit à peine à dormir. Sans compter que sa tension artérielle saute de 15 à 19. Ici, les docteurs sont impuissants et nous le soignons avec

---

13 « Pour Dzerjinski. D'après certaines sources proches du ministère des Finances, il existerait en Russie une organisation clandestine spécialisée dans le vol de diamants et d'or. Ces articles précieux sont envoyés à Revel (actuelle Tallin) ou à Anvers. »

14 66 est le code de Roman, résident soviétique à Revel, le camarade Chelekhes Fiodor Savelievitch.

un régime à base de champignons: c'est, paraît-il, la dernière nouveauté. Pendant l'été, nous avons fait sécher deux ballots de 50 et 300 sachets. Cela suffira pour passer l'hiver, mais pour soigner Ivan, je préfère ne pas y penser. Si c'est possible, invite Lelia à Paris pour deux ou trois mois. Elle aura sûrement le passeport si tu insistes bien et si tu fais valoir qu'elle t'est indispensable non seulement comme parente, mais comme musicienne parfaitement habituée à ta manière de transcrire le solfège à l'oreille, sans les notes. Si c'est possible, envoie-moi à l'occasion quelques boîtes de cacao. J'attends de tes nouvelles[15].

Ton oncle qui t'aime[16] »

*

---

15 « Au directeur de la firme Marchand à Paris. Le prix fixé par le ministère des Finances pour des diamants d'un carat ou d'un carat et demi est de 1500 roubles. Les perles irrégulières montées font de 50 à 300 roubles or. Les parures de perles rondes, montées, font de 50 à 200 roubles carats. Le platine est estimé à 80 roubles l'unité de 4,26 grammes. L'or à 32 roubles. Refusez d'acheter aux bolcheviks aux prix qu'ils proposent : ils n'y connaissent rien. Les deux seuls spécialistes, c'est Pojamtchi et moi. Interrompez les négociations : c'est l'unique moyen pour qu'on puisse être en relation directe. Si les bolcheviks comprennent qu'ils ne peuvent écouler les diamants et qu'ils nous laissent nous rendre à Riga ou à Revel, nous vous apporterons une certaine quantité de marchandise. Pour le moment, je ne vois pas d'autre possibilité. »

16 « Ton oncle qui t'aime » : pseudonyme de l'expert principal en diamants, Chelekhes Iakov Savelievitch.

« 25. 67. 41. 5982. 6. 3519. 4. 69. 416.5. 8893. 14. 9. 6421 » [17]

*

« Je soussigné, R. R. Vorobouïev, agent du service d'enquête criminelle du district de Mojaïsk, gouvernement de Moscou, déclare avoir rédigé le procès-verbal d'arrestation du citoyen Bielov Grigori. Circonstances de l'arrestation : le citoyen Bielov arrivait en train de Moscou et cherchait un cocher pour se rendre au village de Vozdvjenka. Tous les cochers ayant été déjà pris par les travailleurs, Bielov, légèrement éméché, sortit de sa mallette une montre à gousset de la marque Bourrier, et en proposa le couvercle en or pur au cocher Kouzorguine Afrikan s'il expulsait les clients déjà installés dans sa voiture et le conduisait, lui, citoyen Bielov, à destination. C'est pour ce motif que j'ai procédé à l'arrestation et que le citoyen Bielov a été déféré à la police. »

— Votre signature au coin, suggéra Vorobouïev.

— On ne dit pas au coin, mais dans le coin, fit observer

---

17 À Tchitcherine et Krestinski. Les pourparlers avec les représentants des sociétés commerciales Chaumet, Marchand et Tarlin ont échoué. Ils proposent des sommes ridicules pour les diamants, les saphirs et les émeraudes. Signé : Ganetski. »

(Ganetski était ambassadeur de la Russie soviétique à Riga. Fusillé en 1937. *Note de l'auteur.*)

Bielov. Un représentant de l'État doit savoir s'exprimer correctement. D'ailleurs, je ne signerai rien du tout.

— Comment ça ?

— C'est tout vu.

— Si vous n'êtes pas d'accord sur un point, suggérez une modification, nous réécrirons le texte, mais vous êtes obligé de signer, tout le monde signe son procès-verbal d'arrestation.

— Quel est le motif de l'arrestation ?

— A-t-on idée de bousiller une montre ? Ce ne peut être qu'un voyou qui gagne malhonnêtement sa vie et vole aux travailleurs le fourniment de tous !

— Je suis un honnête employé, c'est entendu ? Vous feriez bien de me relâcher, gentiment, et sans faire d'histoire, autrement, vous aurez de mes nouvelles…

— J'ai les nerfs solides ! Vous ne me faites pas peur…

La porte du commissariat s'ouvrit et un agent entra, introduisant dans la pièce enfumée deux pauvres femmes, des nourrissons dans les bras. Un garçonnet et une fillette de cinq ans environ s'accrochaient à leurs jupes. Puis un gamin d'une dizaine d'années échappa à la solide poigne de l'agent et lança un juron du diable.

— C'est quoi ? demanda Volobouïev. Que se passe-t-il, Lapchine ?

— Ils viennent de la Volga, le gamin fait les poches…

— Mets-les dans une cellule, on va voir ça…

— Charogne, va, fit douloureusement l'une des femmes,

vêtue de noir, en cheveux. Toi, tu as bien sûr le ventre plein, moi j'ai plus une goutte de lait à la mamelle, et tu vois mon petit qui se meurt. Les bonnes gens donnent des nippes, eux non plus n'ont plus rien à bouffer, qui aujourd'hui donnera des sous contre des nippes ? Le Nikola, s'il cherche à piquer des roubles, c'est pour ses frères et sœurs.

— Lapchine, relâche le gamin…

— Mais il mord grave, camarade Volobouïev.

— S'il a les dents solides, c'est bon, il survivra ! ricana Volobouïev.

Il ouvrit le tiroir du bureau, en retira un morceau de pain sec dont il détacha une moitié qu'il tendit au gosse :

— Tiens.

L'enfant prit le pain, le partagea en deux bouts qu'il donna aux femmes.

Volobouïev soupira et lui donna le morceau qu'il avait gardé.

— Sortez, fit-il. Lapchine, relâche-les…

Quand les femmes furent parties, Bielov s'insurgea :

— Vous libérez un voyou, et vous retenez un honnête citoyen… Un paysan reste un paysan, même en uniforme…

Volobouïev posa un regard lourd sur le visage poupin et imberbe du jeune et joli godelureau, vêtu à la mode de l'ancien régime, ses ongles égratignèrent le cuir de l'étui, il dégaina et abattit le chien du révolver. Il aurait pu tirer sur ce Bielov rose et gras si celui-ci n'avait poussé une telle vocifération que Volobouïev en fut immédiatement dégrisé et décillé, seule sa mâchoire restait figée et ses mains s'agitaient comme s'il eût dansé.

— Je vais tout dire ! criait Bielov. Ne tirez pas ! Tout est là ! Dans le portefeuille ! Là ! Ne tirez pas, monsieur !

Volobouïev resta assis un long moment, les yeux fermés, puis il alla vers Bielov, lui prit la mallette des mains, ouvrit les fermoirs et versa le contenu sur la table. Il se forma un tas d'or : trois porte-cigares, douze montres, quinze bagues avec diamants, quatre pièces de dix roubles or à l'effigie de Nicolas II.

Volobouïev resta assis un long moment devant cette petite montagne d'or et toucha chacun des objets avec lenteur. Puis, soudain, sans s'y attendre lui-même, il laissa tomber la tête sur ce métal froid et terne et se mit à chialer, à lâcher un gémissement terrible comme le font les femmes.

— Tu peux tout garder si tu veux, mais, au nom du Seigneur, relâche-moi, disait dans son dos la voix de Bielov. Prends tout, personne n'en saura rien, je resterai muet comme une tombe, je ne soufflerai mot, crois-moi !

Volobouïev essuya ses larmes, se moucha dans un chiffon et dit :

— Excusez ma faiblesse, mais rapport à votre proposition de pot-de-vin, on va suivre les instructions prévues, retournez vos poches et posez leur contenu sur la table.

Il en sortit cent cinquante mille roubles, une carte d'employé du Gokhran de la République soviétique et une lettre sans adresse dont le contenu était le suivant :

« Grigori, je suis contraint de t'écrire cette lettre parce que tu me refuses tous les rendez-vous et j'en suis fort peiné, aux plans humain et amical (excuse-moi, mais je te considère toujours comme un ami, pas comme un simple colocataire).

Lorsque nous avons fait connaissance, rappelle-toi, tu étais le type le plus merveilleux qu'il m'ait été donné de connaître, prêt à donner sa dernière chemise à un copain.

Que t'est-il arrivé, Grigori ? Se peut-il que la possession d'or et de perles ait plus d'importance pour toi qu'une amitié d'homme ? Puisque c'est comme ça, je te prie de me donner le tiers des revenus que te procure le Gokhran. En cas de refus, je dénoncerai aux autorités la nature de tes activités, ce que tu fais en douce, ce que tu gagnes sur le dos du gouvernement de notre république des travailleurs, au détriment des pauvres prolétaires affamés. Par conséquent si, dès demain matin, tu ne viens pas à l'appartement en apportant une quantité d'objets précieux d'une valeur d'1 million de roubles, je vais immédiatement faire une déclaration à la police. Ton ancien ami devenu une simple connaissance,

Kouzma Toumanov »

— Où habite ce Toumanov ? demanda Volobouïev.

— À Palikha.

— C'est quoi ça, Palikha ?

— Une rue de Moscou.

— Pourquoi tu ne dis pas telle rue, tel numéro ?

— Au numéro douze, appartement 6A.

— Comment ça, 6A ? Cinq, c'est cinq, six, ce sera six, et si c'est sept, faut dire « sept » !

— Quel âne ! s'écria Bielov. Fallait-il que je tombe sur un animal pareil ? Triple buse ! Je ne veux plus discuter avec toi ! C'est fini, tu piges ? Fi-ni !

Sur ces mots, Bielov se jeta sur l'agent de police mais, trop fluet et délicat, il fut neutralisé par un coup de poing de ce dernier à l'épaule. Il tomba et se mit à taper sa tête contre le sol souillé de crachats.

— C'est pas un interrogatoire, fit remarquer Volobouïev en allant vers la porte, mais une crise d'hystérie partagée. Sauf que moi, quand je chiale, c'est en pensant à tous les affamés, alors que toi tu prends la rage en pensant à tes montres et à tes pièces d'or, maudit chien.

Il ouvrit grand la porte et cria :

— Lapchine ! Y a-t-il quelqu'un ? Trouvez-moi Lapchine, qu'il m'amène des témoins et se pointe avec eux, j'ai ici un bourgeois qui bave sur le sol et se donne des coups de pieds au cul.

Le jour même, la Tchéka vint le chercher. Il était prostré, comprenant mal les questions qu'on lui posait. On fit appeler un docteur qui diagnostiqua un fort choc émotionnel et prescrivit un calmant en recommandant qu'on évite tout interrogatoire pendant cinq jours.

Messing[18], le patron de la Tchéka, rédigea un ordre

---

18 Fusillé en 1937. *Note de l'auteur.*

d'application : « Le directeur de la prison est prié d'exécuter les recommandations du médecin. »

On rechercha en vain Kouzma Toumanov : évanoui dans la nature. Un groupe d'intervention de la police se rendit au village d'Averkino où vivait son père, Sergueï Mokeïevitch Toumanov. Il possédait naguère trois auberges qui avaient été confisquées par le nouveau pouvoir en 1919. La fouille de la maison paternelle ne donna rien.

Au bout d'une semaine, le docteur constata un brusque changement chez le détenu. Celui-ci le dévisageait et demandait à voix basse :

— Docteur, si je parle à cœur ouvert, ils ne me fusilleront pas ?

— Mon petit, je suis médecin et, à vrai dire, je n'entends rien à ces subtilités... Allons, montrez-moi votre jambe...

— Bon Dieu, qu'est-ce que ma jambe vient faire là ? La nuit qui a suivi votre visite, je me suis réveillé tout en sueur. J'avais peur d'ouvrir les yeux et je me disais : « Pourvu que ce soit un cauchemar ! » Je restais allongé comme ça, puis j'ai fini par ouvrir un œil et j'ai vu le plafond tout gris et la loupiote de la grille. Et là, je me suis mis à pleurer, j'ai chialé toute la nuit, docteur. Y a du plaisir à pleurer : me sera-t-il donné de pleurer encore une fois dans ma vie ? Et de sentir une douleur au bras, comme une décharge électrique, couché sur ce lit de planches, c'est pas mal non plus... Même à pisser dans la tinette, y a du plaisir.

— À quoi pensiez-vous donc avant ? demanda le docteur.

Quand vous vous êtes lancé dans cette histoire ?

— Quand vous êtes saoul, à quoi pensez-vous ?

— Mon cher, c'est trop ancien pour que je m'en souvienne.

— Moi, ivre, je suis méchant. Pour une fille, je suis capable de n'importe quoi. J'ai une audace incroyable. Le matin, je me regarde dans la glace avec lucidité et je me cracherais à la gueule, alors qu'avec un coup dans l'aile, je me trouve beau et fort, je suis plein de mépris et les filles sont intriguées.

— Côté sexe, comment ça va ?

— Sexe, ça veut dire acte charnel ?

— À peu près (le docteur ne put réprimer un sourire).

— Ça ne marche que si je suis saoul. À jeun, je suis de marbre avec les filles, incapable de dire un mot, ne parlons pas de sexe.

— Dans votre parenté, il n'y a pas eu d'épileptique ?

—Docteur, je ne suis pas dingue, pas du tout… Je comprends parfaitement ce qui se passe autour, où je suis, et ce qui peut m'arriver…

Le médecin renouvela les tranquillisants en indiquant toutefois au directeur de la prison que le détenu était parfaitement sain d'esprit.

La nuit suivante, Bielov écrivit à Dzerjinski en le priant de le convoquer pour l'interroger. L'interrogatoire lui ayant été refusé, il déclara la grève de la faim. Personne n'attendait cela d'un jeune homme. Messing, le patron de la Tchéka, se rendit à la prison.

— Quelles sont vos doléances ? demanda-t-il à Bielov. Pourquoi faites-vous la grève de la faim ?

— Parce qu'on ne m'interroge pas.

— Vous n'êtes pas en état.

— Les jours passent sans que je sache, c'est comme mourir… Je vais attenter à mes jours !

— S'il s'agit d'une tentative de suicide, nous ferons le nécessaire pour l'empêcher.

Messing se tourna à demi vers le directeur et lui intima :

— Au cas où il se livrerait à ce genre de plaisanterie, envoyez-le-moi au cachot.

— C'est entendu, camarade Messing.

— Vous avez autre chose à déclarer, Bielov ?

— Vous voulez encore que je déclare quoi ?

— Ne la ramenez pas !

— Je ne la ramène pas. Chacun a sa façon de s'exprimer… Je veux savoir ce qui m'attend si j'exprime des regrets.

— Les regrets sont sincères quand ils vont de soi, quand la faute est insupportable à celui qui l'a commise… Pas quand il y a marchandage, « des regrets en échange d'une brioche ». La discussion est close.

— Je ne mendie pas une brioche, mais la vie…

— Tant que vous poserez des conditions, il n'y aura aucune discussion possible entre nous. Quant à la grève de la faim, cessez vos enfantillages. Patientez un ou deux jours avant de pleurnicher.

— Pourquoi me parlez-vous si durement ?

— Estimez-vous heureux que je parle avec vous, Bielov. Je brûle d'envie de vous descendre, là, sur-le-champ… Bon ! Moscou ne croit pas aux larmes ! Avec les objets précieux que vous avez raflés, on peut nourrir une usine entière !

— Mais je n'ai que vingt ans ! Juste vingt ans ! s'écria Bielov en faisant craquer ses doigts. Je veux vivre ! Il me faut vivre, je suis jeune et un peu bête !

— À vingt ans, on doit avoir toute sa tête… Du reste, moi, j'en ai vingt-six. Si vous voulez, écrivez tous les détails à mon intention : comment vous avez tué Kouzma Toumanov, comment vous avez aménagé la planque, et plus vous entrerez dans les détails, mieux ça vaudra, dit posément Messing qui voyait les prunelles de Bielov s'agrandir et tout son corps se rétracter lentement.

— Pour moi ?

— Surtout pour vous, bien sûr, fit Messing, narquois. À coup sûr le tribunal tiendra compte de votre âge tendre, à coup sûr vous prouverez que ce n'est pas vous qui avez volé et que vous n'étiez qu'un simple maillon…

« Bouche cousue, pas un mot. » Bielov revit avec une insupportable acuité le visage d'Ivan Ivanovitch lors de leur dernière rencontre. « Même si tu as une trouille bleue, la peur au ventre, boucle-la. Je ne dis pas ça pour t'effrayer, mais je te dis mon secret. Tiens compte que tous les ans, il y a une amnistie au Premier mai et une autre pour les fêtes d'Octobre. C'est une chose. Deuxio, dis-toi qu'ils crèvent de faim. Et puis, tertio, nous ne laissons pas tomber les nôtres, nous aussi nous avons le bras long. Enfin souviens-toi que le temps travaille pour les durs à cuire et les audacieux. Les mauviettes, le temps a tôt fait de s'en débarrasser. »

— Je n'écrirai rien, finit par dire Bielov. Vous pouvez même ne pas m'interroger du tout, fallait savoir ce que vous vouliez. Vous avez refusé de m'interroger convenablement, maintenant, c'est trop tard.

— Petite canaille ! éclata Messing, stupéfait. Regardez-moi cette petite frappe, hein ! Ça va, file dans ta cellule. Dis-toi bien que plus jamais je ne parlerai avec toi, tu pourras supplier autant que tu veux. C'est mon dernier mot, fripouille...

Messing informa le vice-ministre aux Finances Alski[19] de l'arrestation de Bielov, en le priant de ne pas divulguer la nouvelle.

— Je vous recommanderai même de faire savoir au Gokhran que Bielov a été envoyé en mission à Tobolsk.

— Ce genre de manigances ne me plaît guère, réagit Alski, mais puisque cela vous semble raisonnable, je vous suivrai, mais bien à titre d'exception.

— Camarade Alski, exception ou pas, le fait est que Bielov a détourné pour un million d'objets précieux.

— Combien ? s'écria Alski, effaré. Ce n'est pas possible !

— Vous savez, la réalité m'a coupé bras et jambes, je n'ai plus la force de raconter des bobards, du reste ma profession me l'interdit.

---

19 Fusillé en 1937. *Note de l'auteur.*

— Qui a fait l'évaluation ?

— On a expédié les babioles à Petrograd pour que votre personnel ne soit pas mêlé à l'affaire.

— À cause d'un malfaiteur, vous soupçonnez l'ensemble du collectif ?

— Où avez-vous vu un collectif ?

— Mais Chelekhes ? Pojamtchi ? Alexandrov ? et Levitski, ce vieil expert qui connaît parfaitement son affaire ?

— Oui, mais autour de ces camarades tourne beaucoup de monde. Et j'ai une requête à vous faire : il serait avisé d'introduire chez vous trois de nos hommes que l'on ferait passer pour des ouvriers. Qu'en pensez-vous ?

— Pas d'accord, répliqua Alski. Comment pouvez-vous croire que nous soyons incapables de mettre de l'ordre tout seuls ? Je vais lancer une opération de contrôle et y placer de véritables spécialistes. Pourquoi devrait-on prendre le Gokhran pour un repaire de brigands ?

— Prenez garde… Je n'ai certes aucun droit de regard sur vos prérogatives, mais soyez sûr que je ferai mon rapport à Felix Dzerjinski.

Commencement du commencement

Lorsqu'au petit matin, dans le hall de la Tchéka, une voix rauque avec un accent étranger appela au téléphone, demandant à joindre le chef du contre-espionnage, on découvrit qu'il s'agissait du Polonais Stef-Stopanski sur lequel les services disposaient d'un épais dossier (il travaillait au deuxième bureau de l'état-major des forces armées polonaises) ; après avoir consulté Dzerjinski, Kedrov[20], membre du collège de la Tchéka, désigna son adjoint Vsevolod Vladimirov pour mener l'entretien.

— Avec son panache, Vsevolod fera merveille dans la discussion avec le polak, assura Felix Dzerjinski. Sa jeunesse, sa distinction et son aménité nous permettront de savoir qui est ce Stopanski : le vieux singe va sûrement vouloir jouer avec notre garçon. Tôt ou tard, le badinage permet de percer l'espion à jour et de découvrir ses intentions véritables. Et il serait idiot de refuser ce contact : les relations de Stopanski passent par Londres, Paris et Berlin.

Vsevolod rencontra Stopanski dans un débit de tabac de la rue Tretiya Mechtchanskaïa. Le regard planté sur son interlocuteur, le Polonais déclara :

— J'ai plaisir à vous rencontrer et je comprends dans quels lieux nous sommes. Néanmoins, je vous demanderai que la partie la plus périlleuse de notre conversation se déroule dans la rue, où personne ne pourra nous entendre. Si nous nous comprenons bien à l'air libre, dit-il avec un sourire ironique, nous poursuivrons l'entretien ici où, autant que je puisse deviner, chaque mot sera écouté par au moins deux de vos collègues.

---

20 Fusillé en 1941. *Note de l'auteur.*

Vsevolod regarda Stopanski d'un œil facétieux et le prit par le bras :

— Je ne vous cacherai pas que je suis fourbu et que l'idée d'une promenade à l'air ne me déplaît pas, surtout en compagnie d'un interlocuteur aussi intéressant.

En acceptant ce rendez-vous, Vsevolod avait déjà été averti par le service de surveillance extérieure que Stopanski venait seul. À tout hasard, il avait mis ses lunettes fumées zéro dioptrie : il faisait partie des gens dont le port de lunettes change la physionomie.

Ils suivaient le trottoir pavé où pointait une herbe tendre qu'on aurait pu croire tondue à l'anglaise, le long des petites maisons, et de loin, ils ressemblaient à un duo de copains.

— Qu'est-ce qui vous a donc conduit jusqu'à moi ? demanda Vsevolod.

— À vous, rien. Je suis allé à la Tchéka.

— C'est flatteur. Moi, comme individu et nous, comme collectivité, aimons recevoir la visite de gens intéressants.

— Dois-je me présenter ?

— Mais encore ?

— Dois-je donner mon grade, le type d'opération, les relations ?

— En gros, tout ça, nous le savons.

— Vous savez que je suis lieutenant-colonel du renseignement polonais ?

— Il me semble qu'on retiendra mieux les détails si vous les couchez par écrit, n'est-ce pas ?

— Vous vous figurez que je vais les écrire ?

— Mais oui, vous le ferez. Si vous avez tramé un coup contre nous, il vous faudra jouer fin. Si vous êtes venu avec l'intention de collaborer, vous voudrez nous convaincre de votre bonne foi et vous commencerez par donner des détails comme les noms de vos amis, de vos proches et de vos parents. N'est-ce pas ?

— Bravo !

Leurs regards se croisèrent. Vsevolod souriait et ses yeux étaient dépourvus de l'expression de cruauté et de morgue que Stopanski redoutait d'y lire.

De son côté, Vsevolod nota que le Polonais n'était pas rasé, que sa chemise était fripée, ses chaussures crottées, son manteau taché avec quelques peluches accrochées à l'épaule gauche, la couleur douteuse de ses doigts contrastait avec ses mains dodues et manucurées.

— Bravo ! reprit Stopanski. Vous raisonnez juste, jeune homme.

— Cela va sans dire.

— Je ne voulais pas vous offenser en faisant allusion à votre âge.

— Il n'y a pas de quoi se vexer. Au contraire…

— Je ne sais pas, fit Stopanski, pris d'un agacement soudain. J'ignore si vous avez déjà eu affaire à de véritables agents issus de services d'espionnage étrangers, mais je vous ferai remarquer qu'à l'heure actuelle, le service de renseignements polonais concentre l'intérêt de tous les pays européens. Personnellement, j'ai des contacts en particulier avec des Français et des Anglais.

— Vous vous rappelez les noms de vos contacts à Paris et à Londres ?

— Naturellement.

— Et les opérations ?

— Anciennes ?

— Les récentes également.

— Je ne suis pas au courant des opérations que s'apprêtent à lancer Londres et Paris. Mais elles passeront par moi car je suis le spécialiste de votre Sovpedie[21]... Quand rendrez-vous compte à vos chefs de notre entretien ? Pouvez-vous convier quelqu'un parmi les hauts responsables ?

— Nous arrangerons cela, promit Vsevolod.

— Quand ?

— Dans une petite semaine.

— Impossible...

— C'est comme ça...

Après un long silence, Vsevolod demanda :

— Quand avez-vous été dépouillé ?

Il ignorait qu'il l'eût été et ne pouvait pas le savoir. Simplement, son cerveau, celui d'un esprit analytique servi par un caractère jovial et hardi, s'était inconsciemment livré à l'analyse des faits : dans la masse d'informations en sa possession, Vsevolod avait sélectionné un certain nombre

21 Désignation péjorative de la Russie soviétique.

de données. Primo, le Polonais était affamé car il avait reluqué à plusieurs reprises les devantures d'auberges et humé la bonne odeur de saucisse grillée. Deuxio, il avait envie de fumer mais n'avait pas de cigarette. Tertio, Stef-Stepanski passait pour un dandy toujours vêtu avec un goût très sûr, or il était dépenaillé et sale. Enfin, il se vantait à tout bout de champ, attitude propre aux personnes en difficulté qui font plus confiance à leur lustre passé qu'à un avenir salvateur.

Stef-Stopanski eut une grimace dédaigneuse :

— En quoi consiste votre travail ?

— Vos amis à l'ambassade ne pouvaient-ils pas vous venir en aide ? poursuivit Vsevolod sans répondre à la question.

— Vous n'avez jamais vécu en Europe ?

— Si, j'y ai vécu.

— Visiblement parmi les émigrés... Entraide, camaraderie et tout le tintouin... Jeune homme... Excusez-moi...

— Absolument pas, comment vous permettez-vous, je vous en prie... Chez nous, ce n'est pas l'âge qui vous vaut les galons.

— C'est le mérite ?

— Tout à fait.

— Qui en Europe sortirait comme ça un billet de sa poche ?

— Vous n'avez qu'à déclarer que la Tchéka vous a tout pris... Est-il possible qu'on vous laisse tomber pour le voyage retour ?

— D'accord ! Mais une fois à Varsovie, je fais comment, dites-moi ?

« Youp ! se dit Vsevolod. Le poisson a mordu ! Là-bas, il n'aura rien à croûter parce qu'on l'éjectera des services de renseignement, soit parce qu'il transporte quelque chose de compromettant, soit parce qu'il a trop d'argent sur lui. Visiblement, il se pointe chez nous sans rien. »

— Prenez une cigarette, lui proposa Vsevolod.

L'avidité avec laquelle Stopanski tirait sur la cigarette, qu'il tenait bizarrement pour cacher ses doigts sales, finit de persuader Vsevolod qu'il avait vu juste.

— On entre dans l'auberge ? demanda Vsevolod.

Il commanda pour Stopanski un plat de saucisses à la moutarde, du pâté de viande en gélatine et une bière.

— Mieux valait éviter le restaurant, dit-il, vous auriez pu y croiser des collègues.

Stopanski opina de la tête car il avait la bouche pleine – la saucisse était brûlante – et comme il arrive quand on est affamé, il avait enfourné de trop gros morceaux et devait lentement aspirer l'air par les narines pour refroidir tant soit peu la chair grossière et savoureuse, encore grésillante.

Le repas fini, Stef-Stopanski ferma les yeux et déclara :

— Ah, je donnerais bien la moitié de ma vie contre une heure de sieste !

— Allons chez moi : nous verrons les choses en détail et vous pourrez faire un somme pendant que l'hôtel vous prépare une chambre. J'ai encore quelques questions à vous poser.

— Allez-y !

— Le nom de Betchkovski vous dit-il quelque chose ?

— Non.

— Celui de Kriakoviatski ?

— Non plus.

— Et celui de Lesnobrodski ?

— Le colonel Lesnobrodski ? Je crois qu'il est chargé de la surveillance de votre Représentation à Varsovie.

*

« *Note du représentant plénipotentiaire de la RSFSR en Pologne à Monsieur Skirmunt, ministre des Affaires étrangères de Pologne.*

Au cours des semaines passées, un inconnu s'est présenté à plusieurs reprises à notre ambassade de Russie : il s'agissait du colonel Lesnobrodski, agent du IIème bureau de l'état-major polonais qui venait proposer à notre ambassade des documents officiels secrets issus de l'état-major polonais. Chaque fois, il s'est vu opposer un refus catégorique. Néanmoins, le 10 octobre, tard dans la soirée, il est revenu en apportant divers documents, ainsi que le dossier secret sur l'espionnage polonais en Allemagne, tous frappés de plusieurs tampons, signatures et timbres du IIème bureau avec une carte et les photos de soi-disant espions polonais en Allemagne, proposant le *tout en échange de 500 000 marks. Dès que j'en fus informé, je téléphonai à monsieur Dombovski, vice-ministre, le priant de dépêcher un fonctionnaire du Ministère des Affaires étrangères, ainsi que des représentants d'autres services, afin d'établir le procès-verbal et de procéder à l'arrestation du colonel Lesnobrodski. En raison de l'heure tardive, le vice-ministre ne fut pas en mesure de dépêcher un fonctionnaire. Seuls des représentants de la police générale et de la police criminelle se présentèrent à nous et procédèrent à l'arrestation du colonel tout en refusant de l'interroger. L'absence de déposition du colonel dans les murs de notre Représentation constitue une entrave au déroulement de l'enquête et peut avoir de graves conséquences pour la suite. Avant l'arrivée des policiers polonais, le colonel Lesnobrodski avait reconnu qu'au titre d'agent du IIème bureau, il avait été chargé par son chef direct, le major Kechkovski, de gagner la confiance de notre Représentation en vue d'une provocation et que les documents dont il disposait étaient des faux fabriqués par le IIème bureau que le major Kechkovski en personne lui avait remis.*

Pendant que les gouvernements russe et polonais mènent des pourparlers en vue de dissiper les malentendus restants et qu'ils viennent de parvenir à un accord sur les questions litigieuses, l'état-major polonais s'efforce par Dieu sait quelle provocation d'aggraver et de gâcher les relations entre nos deux pays.

La semaine passée, se sont succédées à notre représentation plusieurs personnes suspectes exhibant des cartes du

IIème bureau de l'état-major polonais portant la signature du major Kechkovski, pour nous proposer divers documents. Ces propositions ont chaque fois été accueillies par la demande expresse de quitter nos locaux.

Lorsque le gouvernement de la République de Russie a publié des documents fabriqués par le IIème bureau de l'État-major polonais avec l'aide de « L'union populaire de défense de la patrie et de la liberté », dirigée par Savinkov, Odintsov et d'autres individus complices, ceux-ci s'efforcèrent de dissimuler le crime en inventant un roman publié dans toute la presse polonaise sous la signature de Maslovski. Cherchant à se disculper et à renforcer sa défense, le IIème bureau *s'est ainsi livré à une véritable tentative de provocation. Si elle avait réussi, elle aurait donné au IIème bureau l'occasion de s'innocenter face à l'accusation parfaitement fondée que le Gouvernement russe n'aurait pas manqué de déposer.*

L'incident avec le colonel Lesnobrodski prouve à l'évidence que l'État-major polonais pilote une entreprise de provocation longuement préméditée à l'encontre de la Représentation russe.

Veuillez trouver ci-joint : 1. copie du protocole établi le 10 octobre dans les locaux de la Représentation russe ; 2. la carte du colonel Lesnobrodski portant le n°3 835, émise par le IIème bureau de l'État-major polonais, signée par le major Kechkovski ; 3. l'ensemble des documents reçus par la Représentation russe, destinés à lui être vendus par le citoyen Lesnobrodski, sur instruction du IIème bureau du même état-major.

Je vous prie, Monsieur le Ministre, de prendre toutes les mesures que vous jugerez utiles pour faire cesser une tentative de provocation visant à compromettre les relations entre la Russie et la Pologne.

Veuillez agréer, Monsieur le Ministre, l'expression de mes sentiments les plus respectueux.

Karakhan[22] »

*

C'est pendant la nuit, juste après que Vsevolod eut informé Kedrov de ce qu'il avait appris sur Lesnobrodski, que la lettre fut montrée à Stopanski. Celui-ci l'approuva et, en guise de plaisanterie, fit mine de la signer.

Au matin, il commença à faire des dépositions. La plus grave d'entre elles portait sur une personne qui, au sein du personnel diplomatique russe à Revel,[23] travaillait pour un service d'espionnage étranger.

— J'ignore pour lequel, mais le fait est incontestable. D'après les bribes de conversation qu'il m'a été donné d'entendre, je peux supposer que cette personne a été recrutée par l'émigration.

22 Fusillé en 1937. *Note de l'auteur.*

23 Aujourd'hui Tallin, capitale de l'Estonie.

Vsevolod demanda des informations sur l'émigration russe à Revel. On lui apporta la liste des personnalités les plus en vue à Revel appartenant aux différents camps : du monarchiste radical Vorontsov au socialiste-révolutionnaire Vakhta, rédacteur du journal *La Cause du peuple*. Il lut à Stopanski les noms des leaders du Comité d'entraide aux émigrés et aux réfugiés : Vyroubov, Lvov, Zeeler, Obolenski, ainsi que ceux des rédacteurs du journal des K.D. *Dernières nouvelles*, Ratke et Lyakhnitski, espérant que le Polonais se souviendrait précisément de l'un d'eux, mais Stopanski affirma catégoriquement que s'il avait déjà entendu ces noms, il ne pouvait se risquer à établir un lien avec le diplomate russe.

Il révéla encore l'existence à Moscou d'un réseau clandestin disposant d'énormes réserves de diamants, d'or et de platine. Ce réseau se tenait à l'écart de toute forme de combat politique, ayant pour seul but le profit personnel. Certains de ces individus étaient en contact avec des membres des milieux diplomatiques de Revel qui ne se contentaient pas d'acquérir ce butin : dans de nombreux cas, ils se servaient aussi d'intermédiaires pour écouler la marchandise vers Paris et Londres où des courtiers les jouaient en bourse afin de faire baisser les cours, ceci avant que les firmes locales n'entamassent des négociations commerciales avec la Russie.

— J'ai l'impression qu'un de mes amis à Moscou – je tairai dorénavant tous les noms pour des raisons que vous comprendrez - est en contact avec ce réseau, cela à des fins lucratives puisqu'il acquiert des bijoux pour lui-même ; du reste, on m'a dérobé une somme d'argent appartenant à sa famille - deux mille dollars - mais nous en reparlerons plus tard...

— Et si nous réussissons à retrouver cet homme sans votre aide ?

— Vous êtes libres de faire ce que vous voulez, c'est même votre devoir. À propos, dans le réseau de Moscou, nous avons le nom d'une vieille femme très riche qui s'appelle Elena Avgoustovna Stakhovitch.

Trois jours après cette conversation avec Stopanski, Gleb Ivanovitch Boki[24], membre de la direction de la Tchéka réunissait Messing, le directeur, Boudnikov, l'adjoint au chef des Affaires spéciales et Vsevolod.

Avant la réunion, Boki était allé consulter Dzerjinski et Ouchlikhta[25]. Il suggéra d'établir une surveillance plus stricte autour des spéculateurs, mais Ouchlikhta objecta sèchement :

— Vous n'avez pas affaire ici à ces bavards de socialistes-révolutionnaires ou de démocrates constitutionnels. Les spéculateurs « apolitiques » sont autrement plus prudents et avisés. Chaque heure qui passe menace de voir des trésors filer hors de Russie. Il faut les surprendre à

---

24 Fusillé en 1937. *Note de l'auteur.*

25 Fusillé en 1937. *Note de l'auteur.*

l'improviste. Avec les descentes de police méticuleuses et les interrogatoires longuement préparés, on prend le risque d'arriver trop tard. Il ne s'agit pas d'un complot contre-révolutionnaire qu'on peut surveiller en prenant son temps, fit-il, ironique.

Boki n'était pas d'accord :

— Nous attraperons vingt types et deux nous fileront entre les doigts. Peut-être un seul. Si l'on doit frapper, c'est contre tous à la fois !

— À mon avis, Gleb, vous n'avez pas raison, fit Dzerjenski à voix basse. Quand il est question de construire des toilettes publiques avec de l'or, le temps, selon la formule parfaitement juste de Lénine, signifie le communisme. La malédiction du veau d'or est une foutue épidémie. Quand les besoins seront en accord avec les moyens, ce qui suppose que nos magasins regorgent de marchandises, l'or ne sera plus qu'un métal ordinaire, sans couleur et sans odeur. Tant qu'il donnera la possibilité d'acheter plus de pain que son voisin – je simplifie à outrance – aucune mesure répressive, aucune réquisition n'auront raison du pouvoir de l'or. Bref, je suis pour qu'on passe à l'action aujourd'hui même. Chaque heure compte. Bientôt, la NEP[26] nous permettra d'extraire l'or ici, chez nous.

---

26 La NEP, Nouvelle Politique Économique mise en œuvre en Russie bolchévique à partir de 1921 qui introduit une relative libéralisation économique.

La descente dans les planques des trafiquants fut confiée à la Tchéka, dirigée par Messing. L'opération se déroula on ne peut plus tranquillement. Aucun coup de feu, aucune tentative de fuite. Il s'agissait de personnes plutôt âgées, tout à fait respectables. Elles se comportaient dignement, leurs visages étaient juste livides et, les jambes en coton, elles réclamaient des chaises. Il leur fallut pourtant rester debout un long moment, le temps que les agents de la Tchéka eussent procédé à l'inventaire du butin.

C'est sur la demoiselle de compagnie Elena Avgustina Stakhovitch qu'on saisit le plus grand nombre de joyaux. L'Allemande parlant plutôt mal le russe, il fallut l'interroger dans sa langue et Boki fit appel à Vsevolod. Celui-ci n'était pas en mesure de conduire un interrogatoire puisque ses fonctions dans le renseignement politique étaient tout autres. Pendant sept mois, il avait travaillé au sein du groupe de presse de Koltchak avec un écrivain connu, Vaniouchine, qui, après la défaite de l'amiral, attendait « le sous-officier Maxime Issaïev » à Kharbine, puis il y avait eu les voyages à Londres et les apparitions à Varsovie.

Mais il y avait urgence. Les trois interprètes de la Tchéka étaient en mission et il n'était pas raisonnable d'attendre leur retour.

— Bonsoir, dit Vsevolod, en proposant à la dame de s'asseoir. J'ai quelques questions à vous poser.

— Êtes-vous allemand ?

— Non, russe.

— Vous travaillez ici de votre plein gré ?

— Absolument.

La dignité étonnante dont faisait preuve la dame Stakhovitch plaisait à Vsevolod. Il avait eu l'occasion de voir des gens ramper, s'arracher les cheveux, prêts à baiser les bottes du tchékiste en implorant la grâce. Elle, au contraire, restait tranquille sur son siège, sans quitter du regard l'interlocuteur qu'elle tentait de percer à jour.

— Tout d'abord, d'où vous viennent tous ces bijoux ?

— De ma famille. Je n'y peux rien : j'en ai hérité de mes aïeux, des nobles russes.

— Dans ce cas, je vous prierai de me répondre en russe, riposta sèchement Vsevolod. Être russe est pour vous une notion totalement abstraite, d'ailleurs c'était aussi le cas de vos aïeux.

— Comment osez-vous parler ainsi à une dame de compagnie de l'impératrice ?

— Je ne me gênerai pas. Si le mot « russe » était pour vous essentiel, vital et douloureux, vous penseriez aux millions de Russes qui meurent de faim ! Avec vos colifichets, on peut nourrir un district entier !

— Ce n'est pas nous qui avons apporté la famine en Russie…

— Ce serait nous ?

— Parfaitement. Et toute la bande qui vous emploie.

Vsevolod posa un regard lourd sur la femme, sur son visage hautain et tranquille :

— D'après le code pénal, le mot « bande » désigne un groupe de malfaiteurs qui vole le bien d'autrui en recourant au meurtre, au pillage et à la corruption, n'est-ce-pas ?

— En effet.

— Maintenant, citoyenne Stakhovitch, j'ai une question à vous poser : pourquoi mentez-vous ?

— Si vous continuez à me parler sur ce ton, je ne vous répondrai plus. Ma vie arrive à son terme et vous ne me ferez pas peur avec des menaces de mort.

— Je n'en ai pas l'intention. Plus que cela : demain, nous vous relâcherons. Mais nous ferons en sorte que l'on sache – notre presse est lue à Paris et à Londres – comment, ayant acheté quelqu'un que nous connaissons bien, vous avez réussi la semaine passée à retirer à l'aide d'un faux certificat les bijoux de l'aide de camp du grand prince Sergueï Alexandrovitch déposés à l'ancienne Banque de la corporation des marchands, et que vous essayez à présent de faire passer ces objets comme vous appartenant, en racontant qu'il s'agit d'un héritage familial, légué par vos aïeux aristocrates, en toute légalité.

— Non ! Non ! souffla-t-elle soudain. Non ! Non !

Ce que venait de dire Vsevolod était on ne peut plus vrai.

La surveillance de la dame Stakhovitch qui fit suite aux dépositions de Stef-Stopanski avait donné des résultats stupéfiants : on avait surpris la vieille femme rentrant chez elle tard le soir avec une petite valise. Lorsqu'on l'interrogea, le cocher déclara qu'elle avait pris son fiacre près de la Banque, d'où elle était sortie en compagnie d'un homme. Lui avait continué à pied par une rue adjacente, tandis qu'elle regagnait son domicile. On cueillit la vieille sur-le-champ, sans qu'elle ait même eu le temps de cacher son butin. Vsevolod ignorait juste le nom de l'homme, aussi avait-il lancé l'expression « ayant acheté quelqu'un que nous connaissons bien », comptant que le coup de massue de la révélation la pousserait à tout avouer.

— Oui ! répéta-t-il. Oui, parfaitement ! Laissons l'émotion de côté et revenons-en aux faits. L'adresse du compagnon avec lequel vous êtes sortie hier de la Banque ?

— Vous ne savez pas ce qu'un dernier amour signifie pour une femme ! Je ne vous donnerai pas son adresse ! Il est merveilleux, tellement tendre, aussi droit et vif qu'Othello…

— Othello est à mes yeux le personnage le plus répugnant de la littérature, riposta Vsevolod, sarcastique. Un barbare qui s'est octroyé le droit d'ôter la vie à un autre homme, mû par une jalousie aveugle. Une justice universelle devrait le juger pour perfidie.

— Vous n'avez jamais aimé…

— Que oui, j'ai aimé, Elena Avgoustina, j'ai aimé, ne vous inquiétez pas.

— L'un des hommes les plus lugubres de la terre russe, le comte Tolstoï, lui aussi détestait Shakespeare.

— Merci pour la comparaison. Très flatteuse. Mais nous nous sommes égarés dans la littérature. Revenons aux diamants. Primo, il me faut l'adresse de votre compagnon ; deuxio, le numéro de téléphone de l'ambassade où vous avez transféré le butin ; tertio, l'adresse du courtier qui joue pour vous à la bourse de Londres.

Le directeur de l'ancienne Banque de la corporation des marchands informa les hommes de la Tchéka que Mikhaël Mikhaïlovitch Kroutov, le sous-directeur du service des objets précieux, n'était pas venu travailler. On découvrit que c'était lui qui avait remis à la dame Stakhovitch les bijoux du grand prince sur présentation d'un faux certificat du Ministère des Finances. L'équipe de la Tchéka envoyée à son domicile fit savoir que Kroutov avait pris un congé le matin même, déclarant se rendre à Kiev au chevet de sa sœur malade. L'enquête montra que Kroutov n'avait aucun parent à Kiev.

Il avait déménagé à Sergueïev-Possad chez Oleg, le frère de Faddeïka, le braqueur voyou. Oleg se saoulait depuis trois semaines. Il n'avait pas son pareil pour fracturer les coffres-forts, les cassant comme des noix. À vrai dire, ces temps derniers le boulot s'était fait rare et il buvait d'autant, planqué dans sa maisonnette. Un endroit pépère.

Faddeïka vint le voir à la tombée de la nuit car le jour il ne se baladait guère en ville : la police politique grouillait de partout.

— Voilà, lui dit Kroutov en remuant le thé dans une timbale en métal, on va changer de tactique. Ce ne sont plus les types qui iront vers les bonnes femmes, mais l'inverse…

— Parle plus clairement, le supplia Faddeïka, tu compliques trop et j'entrave rien.

— Maintenant que la Tchéka a chopé tous les vieux avec leurs pierres, les autres vont passer illico dans la clandestinité. « J'ai tout sur moi », tu piges ? Ils vont se balader avec les pierres dans les poches. Tu as des maquereaux, que je te demandais ?

— Oui.

— Quel genre de filles ont-ils ?

— Des normales, avec de gros nichons, fit l'autre avec un petit rire.

— Les gros nichons, gardes-les. Il nous faut des jeunesses, maigrelettes, si possible aristocrates. Avec celles-là, ça marche à tous les coups. Tu piges ?

— Non, que dalle ! répondit Faddeïka en riant.

— C'est bon. Tu me conduis demain chez tes maquereaux : je leur donnerai les directives moi-même.

Intermezzo à Revel

Nikandrov retint son souffle lorsque le policier se mit à tourner une deuxième fois les pages de son passeport flambant neuf, qui sentait encore la colle.

— Votre profession ?

— Homme de lettres.

— La raison de votre départ à l'étranger ?

« Les bolcheviks ne me joueraient-ils pas à nouveau un tour ? » Un doute amer lui traversa l'esprit. « Que veulent-ils encore de moi ? Me feraient-ils revenir à Moscou ? Sale gueule de flic, taches de rousseur et narines laiteuses. Un gamin et déjà hystérique. »

Mais après avoir bien tripoté le passeport, le policier le tendit à Nikandrov, l'inspectant une dernière fois de la tête aux pieds. Puis il sortit du compartiment.

Nikandrov ferma les yeux et s'appuya contre le dossier rigide et pelucheux du siège.

« Adieu, Russie, patrie pouilleuse, pays de maîtres et d'esclaves. » Il récita in petto ces vers de Lermontov en ravalant ses larmes. « Ces commissaires de malheur m'ont rendu larmoyant. Les Romains avaient raison de dire que rien n'est plus terrible que des esclaves devenus insurgés : leur liberté est tyrannique et aveugle, tandis que leurs idéaux sont empreints de barbarie et de cruauté. Ils proclament une vertu générale, alors qu'à part la naissance et la mort, rien n'est généralisable », songeait-il en tendant l'oreille au toc-toc du policier à la porte du dernier compartiment où, depuis Moscou, voyageait un mystérieux commissaire flanqué de deux tchékistes en vestes de cuir et armés de mausers.

Nikandrov sortit dans le couloir. Il avait d'abord décidé de s'enfermer dans le compartiment et de n'en plus bouger tant que le convoi n'aurait pas passé la frontière, puis, en rogne contre lui-même, il se demanda s'ils n'avaient pas fait de lui ce misérable trouillard qui craignait leur simple voisinage. « Honte à toi, citoyen Nikandrov, honte à toi ! » Il se dressa, rectifia sa veste d'un geste militaire et, sans quitter des yeux le quadragénaire grisonnant qui ricanait dans le miroir, ouvrit la porte.

Le wagon était à moitié vide.

Dans le compartiment voisin, le chef des policiers des frontières et les tchékistes en vestes de cuir échangeaient des salutations avec le mystérieux voyageur. Un type trapu, les yeux verts, manteau de castor, bottes à museau court, à la dernière mode américaine.

— Bon voyage, dit l'un des tchékistes en serrant la main de l'homme dont ils assuraient la sécurité, et revenez-nous bien vite en forme, camarade Pojamtchi.

Les policiers et les tchékistes partis, la locomotive siffla, les tampons grincèrent, les porte carafes en métal tintèrent contre le verre et le train s'ébranla lentement vers l'Estonie.

Pojamtchi restait planté devant la fenêtre sans ôter son manteau, alors que le wagon était surchauffé.

Les maisonnettes paysannes défilaient, toits de tuile, murs de pierre, grandes fenêtres.

Nikandrov repensa à la Russie : fenêtrons à moitié aveugles, noir épais, désolation, crasse et misère.

— Vous n'avez pas honte, commissaire ? laissa échapper Nikandrov malgré lui.

— Pardon ? Vous me parliez ? sourit Pojamtchi.

— À qui d'autre ? Le commissaire se balade en bottines rutilantes, tandis que le pauvre moujik continue de vivre dans la même mouise qu'auparavant. Que pensiez-vous faire ? A-t-on jamais vu un autre pays se transformer sous l'effet de cette incantation honteuse : « Asservissez-nous, notre terre est vaste et c'est la chienlit ! » La Russie, elle, a répondu. Et par les oreilles, oui, par les oreilles, vous l'avez traînée dans une révolution d'avant-garde ! Elle y était aussi faite que moi pour pondre un bébé !

— Ne vous énervez donc pas ! supplia Pojamtchi. Peut-être que je…

— Allons donc ! Quoi encore ? Il n'y a aucune révolution ! Juste une bande de petits chefs vaniteux ! Combien de millions de gens avez-vous abusé, hein ? Comment la Russie pouilleuse et misérable aurait-elle pu faire une révolution sociale ? C'est eux – plein de rage, Nikandrov indiqua du menton le paysage estonien qui défilait sous leurs yeux – qui auraient dû commencer, pas les culs-terreux, les moitiés de Tatares sauvages et délirants que nous sommes !

Nikandrov sentait combien il était ridicule et pitoyable de crier tout ce qu'il avait sur le cœur, mais c'était plus fort que lui. Il voyait que son interlocuteur cherchait à protester et sa rage en était décuplée.

— Je connais vos objections ! Un pays d'esclaves analphabètes cherche à proposer au monde une autre voie ! Nous qui n'avons ni métro ni avion allons damer le pion à la puissance des États-Unis d'Amérique ! Des tas d'ivrognes qui brûlent des œuvres d'art pour la simple raison qu'ils les ont trouvées chez les hobereaux, iraient donc refaire le monde ? La révolution est au-dessus des lois de la logique !

Elle doit rendre la vie meilleure que celle qu'elle vient de rejeter ! Or qu'a-t-elle apporté, votre révolution ? La famine, la destruction ! La tyrannie du quidam qui me dicte ce que je dois ou ne dois pas écrire.

Plus les cris se faisaient rageurs, plus le visage de Pojamtchi s'épanouissait. Celui-ci avait cessé de tenir peureusement serrée contre sa poitrine la grosse serviette en cuir de porc.

— Qu'avez-vous à rire de moi ? fit douloureusement Nikandrov. Vous ne devriez pas autant vous réjouir de votre sort. Le mal appelle la vengeance, attendez seulement deux générations ou trois. Grisés par un pouvoir fugace, vous vous êtes oubliés, sans penser à vos descendants ! La Russie ne vous pardonnera jamais ce que vous avez fait d'elle et le retour vers la raison sera pavé de sang ; la terreur qui vous attend pour l'expiation de vos péchés sera sans commune mesure avec celle qui sévit aujourd'hui.

— Vous avez tort de vous mettre ainsi en colère, eut le temps de dire Pojamtchi avec un petit rire pendant que Nikandrov allumait sa pipe. Si vous me permettez, je pense exactement comme vous, et je n'ai pas l'intention de retourner en Sovpedie…

— Quoi ?

— Voilà toute l'affaire, railla Pojamtchi. La différence avec vous, semble-t-il, mon cher monsieur, c'est qu'avant de pouvoir dire « bye-bye Russie ! », il m'en a coûté beaucoup plus d'efforts et de risques.

Là-dessus, après un dernier coup d'œil à l'horaire des trains, Pojamtchi se dirigea tranquillement vers la sortie : ils s'étaient arrêtés à une petite gare. Près de la bâtisse, Nikandrov aperçut quelques traîneaux et une automobile trapue comme un bœuf, sans doute de marque allemande, dont la plaque d'immatriculation était éclaboussée de boue.

Soudain, Nikandrov fut pris d'un fou rire. Il s'accroupit, frappa ses genoux de ses grandes mains sillonnées de lignes, étouffant de rire, puis il sentit monter dans sa gorge des larmes salées. « Seigneur, me voici libre ! Lui a quitté le navire en perdition, moi, je suis parti la tête haute ! Je reviendrai en vainqueur, alors que lui est condamné à l'exil ! »

L'employé de chemin de fer qui astiquait les poignées de cuivre du wagon s'adressa à Pojamtchi :

— L'arrêt ne dure que cinq minutes, ne vous éloignez pas, camarade. Ici, ils ne causent pas le russe, ils sont spéciaux…

— Merci, répondit Pojamtchi qui, tout fringant, sauta sur le quai et fila vers la gare.

Trois types étaient attablés dans le petit buffet bien tenu. Ils jetèrent un œil furtif sur le voyageur qui entrait et continuèrent à siroter leur bière dans des chopes en terre cuite.

— Mon ami, s'adressa Pojamtchi au serveur, y a-t-il moyen ici de louer un attelage pour Revel ?

— Vous avez le train, répliqua le garçon dans un russe parfait, pourquoi donc un attelage ?

Pojamtchi eut un sourire obséquieux :

— Pour une promenade en traîneau. Bon, servez-moi un petit verre de vodka et du poisson…

— Quel poisson voulez-vous ?

— Tenez, ce rouge-là. Les Rouges, ils ne font pas bon ménage avec le poisson à chair rouge ! s'esclaffa-t-il à nouveau en sortant un billet de la poche de son manteau.

— Vous ne devez pas boire, prononça une voix dans son dos tandis qu'une main se posait sur son épaule.

Soudain, il se sentit flotter, ses jambes flageolèrent, tour à tour glacées et moites. Il se retourna. C'étaient les trois types attablés près de la fenêtre qu'il avait derrière lui : deux palpèrent rapidement ses poches pour s'assurer qu'il n'était pas armé, le troisième, visiblement leur chef, gardait la main sur son épaule.

— Qui êtes-vous ? demanda Pojamtchi d'une voix méconnaissable.

— Il ne faut pas que vous buviez, car l'ambassadeur sentira l'odeur de la vodka, le camarade Litvinov a le nez fin et vous aurez des ennuis au Ministère avec Nikolaï Dzerjinski et avec le camarade Krestinski[27].

— Vous seriez donc des nôtres ?

27 Nikolaï Krestinski (1883-1938), révolutionnaire russe et homme d'État soviétique. Ministre des Finances de 1918 à 1921. Proche de Trotsky, il est éloigné par Lénine. Nommé ambassadeur à Berlin. Rallié à Staline en 1930, il revient à Moscou et devient vice-ministre des Affaires étrangères. Fusillé en 1938.

— Exact, fit le chef en le poussant vers la sortie. Des émissaires doivent vous attendre à la prochaine gare ?

— Et alors ?

— N'essayez pas de m'embobiner avec des questions, coupa le chef en le prenant par le bras. Répondez !

— C'est ça, à la prochaine gare… Et vous voilà, même avec un peu d'avance, balbutia Pojamtchi. Tant mieux car je crève de peur, si je crâne, c'est pour me donner du courage.

— C'est bon… Nous allons monter vous voir dans le compartiment - vous y êtes seul ?

— Tout à fait.

— C'est bon, répéta le patron en aidant Pojamtchi à grimper dans le wagon.

« Seigneur, songea-t-il soudain, glacé d'effroi. Dire que j'ai lâché devant l'homme de lettres que je n'avais pas l'intention de rentrer en Sovpedie ! Suis-je vraiment fichu ? À Revel, je me précipiterai à la police, je me mettrai à crier, ils me roueront de coups… »

Les trois types conduisirent Pojamtchi dans son compartiment ; Nikandrov n'était plus dans le couloir. Ils mirent le loquet sur la porte et prirent place sur les sièges moelleux. Seul le chef resta debout, légèrement penché sur l'homme en manteau de castor, qui tremblait de peur et serrait dans sa main droite la serviette jaune.

— Combien avez-vous de diamants sur vous ?

— Selon le cours du dollar, ça fait… Mais, veuillez m'excuser, vous ne m'avez présenté aucun mandat ?

Le patron se tourna vers ses compagnons :

— Vlas Egorevitch, présentez-lui le mandat.

Vlas Egorevitch sortit de sa poche un browning à museau court qu'il pointa sur Pojamtchi.

— Voilà pour le premier mandat, fit tranquillement le chef. Comme il fait trop de bruit, nous nous sommes munis d'un second, n'est-ce-pas Valentin Frantsevitch ?

Valentin Frantsevitch retira la main de la poche de sa veste courte fourrée d'astrakhan gris. Sa main empoignait un couteau dont Pojamtchi sentit le fil tranchant et froid bien qu'il n'eût entrevu qu'un éclair de seconde l'instrument d'une blancheur chirurgicale. L'homme le dissimula aussitôt en jetant un regard sarcastique sur le contrôleur Pojamtchi.

— Vous seriez donc des pillards ?

— Est-ce que j'ai une tête de pillard ? demanda le chef. Naguère, vous n'auriez même pas osé m'interpeller par mon prénom et mon nom, vous m'auriez donné du « Son Excellence ».

— Seigneur Dieu, Viktor Vitalievitch, est-ce bien vous ?

— Enfin, sourit le chef, vous m'avez reconnu. Sont-ce les moustaches ou les lunettes qui me vieillissent ? Cela fera donc combien de dollars ?

— Environ deux millions.

— Et c'est avec une telle fortune appartenant à la république des ouvriers et des paysans que vous vouliez vous tailler ? Aïe, aïe, aïe, Nikolaï Makarytch, quelle honte ! Le peuple meurt de faim et vous…

— Mon dieu, Viktor Vitalievitch, je suis prêt à vous en donner la moitié, seulement...

— Non merci, je n'en veux pas ! s'amusa l'autre. Je ne vais pas vous tuer. Une cigarette ?

— Je ne fume plus.

— Le cœur ?

— Non, ça va. C'est ce que ça coûte.

— Malgré tout l'argent que vous faites ?

— Petit à petit, l'oiseau fait son nid, tenta de plaisanter Pojamtchi qui esquissa même un petit rire, tout en lorgnant les deux gaillards assis près de la porte.

Mais Viktor Vorontsov l'interrompit :

— Bien. Trêve de souvenirs, le temps presse. Moi, j'en grille une. À la prochaine gare, deux types de l'ambassade viendront dans ce compartiment pour prendre en charge vos diamants ; il n'a pas été facile d'arriver avant eux, donc parlons peu parlons bien. Pensez-vous que parmi les pierreries qui sont dans votre serviette, certaines appartiennent à ma famille ?

— Un collier d'émeraudes et des bris de pierre : votre tante les a achetés contre trente-deux mille roubles or au printemps dix-sept, avant le coup d'État.

Pojamtchi se tourna vers sa serviette, mais à nouveau Viktor Vorontsov lui plaqua la main sur l'épaule :

— Inutile. Je ne prends pas les pierres, je les ai toujours eues en horreur, et aujourd'hui d'autant plus. J'ai une prière à vous faire : celle de remettre le butin dans son intégralité au camarade Litvinov. Est-ce clair ?

— Je n'y comprends rien, votre Excellence…

Viktor Vorontsov lâcha un petit rire :

— Excellence, vous m'en direz tant ! Il n'y a plus d'Excellence, plus de Comte, seul reste Vorontsov. Un émigrant. Ennemi du peuple travailleur. Sans patrie ni tribu. Et c'est très mauvais, savez-vous, d'être un Vorontsov sans patrie ni tribu sur cette terre. Cela coûte peu aux marchands que vous êtes : la patrie est là où l'on conclut les affaires, alors que pour moi, elle est irremplaçable, je l'aurai au cœur jusqu'au trépas et elle s'appelle Russie. Et j'ai bien l'intention d'y retourner. Pour vous aussi les choses seront à nouveau plus aisées, vous pourrez y négocier vos pierreries, trafiquer avec ma chère tante. Vous allez m'aider à regagner ma patrie et pour cela, vous devez regagner votre poste au Gokhran. Quels étaient vos revenus avant le coup d'État ?

— Trente mille. Il est facile de le vérifier sur mon compte en banque.

— Je ne suis pas l'Inspection ouvrière, et je ne vérifierai rien du tout, je vous crois sur parole. Pensez-vous que les bolcheviks vont tenir encore longtemps ?

— Non, pas longtemps.

— Et si on les bouscule un peu ?

— Alors, ils seront cuits. À condition que vous vous y preniez bien, que vous ne poussiez pas inutilement le peuple à la colère, en tabassant ou en méprisant les petites gens.

— Vous savez bien que personne n'est à l'abri d'une erreur… Vaincus, nous sommes devenus plus intelligents.

Alors voilà : pour les années passées en Sovpedie, vous toucherez cinquante mille roubles or. Vous me croyez sur parole ou il vous faut un reçu ?

— Je ne peux pas y retourner, c'est au-dessus de mes forces.

— Cher ami, j'ai mes arguments. Écoutez-moi bien : si vous deviez ignorer ma demande et décidiez de vous enfuir, je ferais en sorte qu'on vous livre à la police. Vous avez volé des objets précieux appartenant non pas à l'État, mais à nous, les comtes Vorontsov, les princes Narychkine et Ioussoupov. Personne ne vous les achètera car nous ferons valoir nos droits, vous le savez bien.

— Oui, je le sais, soupira Pojamtchi, comment ne pas le savoir ?

— La police vous mettra en tôle et les prisons d'ici ne sont pas meilleures que celles de Moscou. Elles sont même pires : ici l'amnistie n'a pas cours et qu'il s'agisse de la durée de la peine ou de l'argent, les Estoniens savent compter ! Sachez que les dirigeants d'ici détestent autant que nous les maîtres du Kremlin, mais comme ils les craignent, ils seront trop heureux de vous livrer à Moscou, maudits soient ces courtisans d'ambassades ! On a cinq minutes jusqu'au prochain arrêt : les hommes de Litvinov vont monter et vous conduire directement à la rue Pikk. S'il vous prenait en route l'envie de crier et d'appeler la police, sachez que mes amis donneront un coup de main aux tchékistes. Vous ne refuserez pas d'exécuter cette tâche, n'est-ce pas ?

Valentin Pojamtchi acquiesça sans un mot.

— Si vous acceptez d'exécuter notre demande, continua Vorontsov, je suis prêt à vous montrer votre passeport de citoyen allemand. Il vous sera remis ici même après que vous aurez fait trois ou quatre allers-retours. Est-il bien clair que vous n'avez pas d'autre issue que d'accepter mes conditions ?

— Il faudrait être un idiot complet pour ne pas le comprendre.

— Parfait. Je vous attends demain en début de soirée à la taverne « La couronne d'or ». Entendu ?

— D'accord.

— Ne soyez pas furieux, c'est inutile, fit Vorontsov, radouci. Avec tout cet argent, vous étiez fichu – trop pour votre petite tête et trop eu égard à votre origine sociale qui vous empêche d'oublier le montant de votre salaire !

— Non, je m'en serais tiré, Viktor Vitalievitch. Excusez-moi, mais les aristocrates qui ne connaissent pas et n'ont jamais voulu connaître le montant de leurs revenus, c'est eux qui ont conduit la Russie au désastre. À l'aristocratie, la Russie aurait dû vouer un amour platonique et confier le gouvernement à ceux qui aiment les chiffres et s'en souviennent.

— Mais c'est un vrai programme ! Sapristi, dans le futur gouvernement, nous vous réserverons le poste de camarade ministre des Finances.

— Et ce sera un ministre issu de votre caste qui me dictera encore ce que je devrai faire ? Mieux vaudrait pour lui qu'il s'occupe de courses de chevaux ou de parties de chasse, aucun doute là-dessus, mais...

— Arrêtez, s'il vous plaît ! trancha Vorontsov, le visage contracté. Mon aïeul s'est rendu place du Sénat sous les balles bien qu'il fût joueur et propriétaire de chevaux de course. Nous, nous aimons la Russie, alors qu'il vous importe seulement d'avoir un projet quelconque pour satisfaire votre trop-plein de force. Est-ce bien sérieux ? Si vous aviez décidé de fuir avec ces millions du Kremlin, les tchékistes vous auraient de toute façon mis la main dessus. Vous devez gagner leur confiance pour ne plus craindre les fouilles à la frontière : en livrant les pierres à Litvinov, vous devenez exportable. Combien vous garderez pour vous ? Cela vous regarde. Vous me donnerez un million à chaque voyage. Vous, que vous en préleviez quatre ou cinq, je n'irai rien contrôler. Au revoir. Mes amis seront dans le compartiment d'à côté, si quelque chose se passe, appelez-les, ils vous viendront en aide. De toute façon, je ne serai pas bien loin.

— Éloignez un peu l'homme de lettres, je lui ai lâché par bêtise que je m'enfuyais de Sovpedie...

Les trois hommes se regardèrent.

— Quel homme de lettres ? demanda Vorontsov.

— Je ne me souviens pas de son nom, j'ai simplement entendu que c'était un homme de lettres.

— Dommage, fit Vorontsov. Comment avez-vous pu faire pareil impair ?

Vorontsov tira un long stylet de sa poche intérieure, appuya sur un ingénieux petit bouton qui libéra un fin poinçon et regarda Vlas Igorevitch. Celui-ci tendit la main pour saisir le stylet.

Vorontsov fut le dernier à sortir du compartiment. Il referma la porte sans bruit, se retourna et lâcha un soupir proche du gémissement en apercevant Nikandrov près de la fenêtre :

— Leonid, Seigneur Dieu ! Mon cher Leonid !

Ils se précipitèrent l'un vers l'autre et, sans un mot, s'étreignirent.

*

Litvinov[28], ambassadeur de la Russie soviétique en Estonie, se leva lentement derrière sa table et, sans hâte, en claudiquant légèrement, s'avança vers Pojamtchi. Il l'examina de ses yeux bleus et froids, dissimulés derrière les verres épais de ses lunettes, lui sourit assez sèchement avant de l'inviter à s'asseoir derrière la petite table aux maigres pieds contournés ; deux tasses y étaient disposées.

— Vous êtes arrivé sans embûche ? demanda Litvinov.

— Oui, tout s'est bien passé, Dieu merci ! répondit Pojamtchi distraitement, avec un sourire obséquieux, conscient de l'effet négatif qu'il produisait.

---

28 Est mort la veille de son arrestation en 1951.

Sans raison précise, il lui semblait que cet homme à la tête volumineuse, à la fin de leur entretien, l'interrogerait sur la littérature, sur sa conversation avec Vorontsov dans le train, et il en était perturbé, comme si on le scrutait au microscope. Il n'était pas encore parvenu à retrouver ses esprits, à se fixer une ligne de conduite claire. Environ trois minutes après le départ de Vorontsov, Khromov et Potamtchouk, deux diplomates chevronnés avaient pris place dans son compartiment, puis, de la gare, on l'avait immédiatement conduit à l'ambassade, où, sans lui donner le temps de se laver et de se restaurer, on l'avait introduit chez l'ambassadeur Litvinov.

— Eh bien Dieu soit loué ! persifla Litvinov avec son étrange sourire. Je vous convie à prendre un café.

— Je vous en remercie.

« Originaire des faubourgs probablement, songea Litvinov, pourquoi les retrouve-t-on collés à la politique et à la finance ? Amour-propre bafoué ou envie d'être un citadin ? »

— Vous n'avez aucun message à me transmettre ?

— Si, le camarade Krestinski m'a sommé de vous saluer.

— Merci bien. Intéressant : « sommer » veut dire à la fois « demander » et « forcer »…

— Qui m'aurait forcé ? demanda Pojamtchi, sans comprendre.

— Pour le moment, personne n'a forcé personne, répliqua Litvinov en songeant que si Pojamtchi avait utilisé ses mots à lui, lui non plus n'aurait pas immédiatement compris.

Il planta un regard lourd sur le front de son interlocuteur et lui demanda :

— Avez-vous quelque souhait, une demande à formuler ?

— Non, rien, camarade Litvinov, pensez donc !

— Dans ce cas, laissez-moi vous remercier pour la noble action que vous venez d'accomplir en transportant ces pierreries. Permettez que je vous remette cette prime, et Litvinov lui tendit une enveloppe contenant deux billets verts de cent dollars chacun.

— Je vous en remercie, fit Pojamtchi, oublieux de l'expression, ce qui n'échappa pas à Litvinov. L'ambassadeur le lui fit aussitôt comprendre en le dévisageant à sa façon si singulière. Visiblement, l'imperceptible sourire ironique qu'il avait laissé échapper avait révélé à Litvinov ce qu'il s'était acharné à dissimuler depuis les cinq ans qu'avait triomphé la révolution. Comment n'aurait-il pas ricané alors qu'il avait huit mille dollars dans le portefeuille et près de deux millions dans la serviette qu'il devait remettre au bandit au regard froid ?

« Nous sommes tous dans la main de Dieu, songeait Pojamtchi. Qu'avais-je à donner à la dame Vorontsov des émeraudes à cultiver ? Le profit immédiat, voilà ce qui nous fait courir ; les périls et les cauchemars, on préfère les ignorer. »

— Quels étaient vos revenus avant la révolution ? s'enquit Litvinov.

— Mes revenus ? J'ai oublié. Est-ce que l'argent fait le bonheur ?

— Exact. Mais le bonheur, il tient à quoi ?

— Qui le sait ? répondit Pojamtchi d'un ton las. Chaque bonheur est particulier, il n'y en a pas deux de pareils.

— C'est vrai aussi, acquiesça Litvinov en se levant.

Pojamtchi lui tendit la serviette :

— Tout est là... C'est vous qui le réceptionnez ou l'un de vos collaborateurs ?

— Qu'y a-t-il à réceptionner ? demanda Litvinov en haussant les épaules. Vous auriez pu disparaître avec votre sacoche. À la première gare d'Estonie.

À nouveau pris d'un frisson, Pojamtchi eut un rire obséquieux et leva des yeux craintifs sur l'ambassadeur. Celui-ci le regarda sans ciller et son visage semblait dire : « Allons vas-y, crache ce que tu as à dire, soulage-toi ! »

— Pourquoi ? Pourquoi donc m'échapper, l'idée ne me serait pas venue ! lâcha Pojamtchi hors de propos.

Il ouvrit la serviette et, tout en comprenant qu'il ne devait pas agir ainsi, il renversa sur la table les pochons en velours contenant pierres et colliers. Il les retenait d'un geste expert de joaillier. Un geste enjôleur, furtif, qui ne manquait pas de force, tel celui d'un père berçant son petit. Des pierres vertes, blanches à reflets bleus, rouges cendré gisaient sur la table et, Litvinov en nota l'étrangeté, l'aspect de la table en fut bouleversé : elle paraissait plus lourde, plus sombre, absorbant les reflets énigmatiques des pierres. Il semblait qu'elles ne buvaient que par moments les faibles rayons du soleil, qu'elles émettaient alors une lumière étoilée, changeante, éclatée, cela l'espace d'un instant, après quoi le soleil se mourait dans le silence de la pierre. Tout en restant la même, celle-ci devenait autre, selon une propriété secrète dérobée à l'entendement humain. Une fois pour toutes elle captait sa couleur définitive, avec vigueur et avidité.

— Vous aimez les pierres ? la voix de l'ambassadeur parvint à Pojamtchi.

Il entendait cette voix sourde venue de loin, une voix sèche et banale qui lui était antipathique : en présence des pierres, Pojamtchi ne parlait qu'à voix basse, comme s'il se trouvait dans un sanctuaire.

— Comment ne pas les aimer ? Derrière chacune d'elles, il y a une histoire.

— Celle-ci, par exemple ? demanda Litvinov en effleurant une grosse perle à peine irisée. Elle est sans couleur et sans intérêt…

— Les perles meurent dès qu'elles ne sont plus en contact avec le corps humain. Celle-ci s'est fanée après être restée cinq ans dans un coffre. Les perles appartiennent à cette espèce rare de pierres qui sont sensibles au sentiment amoureux. Vous allez voir.

Il mit la perle sous la langue et se figea. Au bout d'une minute, il retira la perle de sa joue.

— Vous voyez : elle commence à rosir. Elle peut être sauvée. Mais si personne ne la porte à son doigt et qu'on la laisse dix ans dans une cave mal aérée, elle mourra. Tenez, par exemple, ces diamants qui proviennent du trésor du

Patriarche Philarète. Le diamant protège le cœur. Si vous en avez un sur l'épingle de votre cravate, vous ne souffrirez jamais du cœur… Ces émeraudes de Saxonie, elles sont passées des mains de Frédéric le Grand à celles de Charles XII de Suède, puis de Pierre le Grand. Les hommes de ma profession les ont ensuite tenues dans les leurs, c'est sans doute pourquoi elles se sont conservées ; comme tous les amoureux, nous sommes de grands muets…

*

Vorontsov louait une petite mansarde à la périphérie de Revel. Dans une maison en bois. S'y mêlaient l'odeur de la mer et celle de la mine. Ganz Saachs, le propriétaire, avait fait des voyages en Amérique pour affaires et, depuis ces temps lointains, il gardait la nostalgie de la mer : cordages goudronnés, câbles d'embarquement imprégnés du parfum mystérieux des voiliers d'antan ; comme partout en Estonie, la maison était chauffée au schiste bitumineux, aussi Vorontsov dit à Nikandrov en l'aidant à retirer son manteau :

— Prends tes aises, mon ami, retire ce pardessus léger, je vais te céder mon pieu, moi je dormirai à même le sol, comme à la guerre.

— Je ne vais pas te déranger, Viktor, je file à l'hôtel : je pourrai y arranger une conférence de presse et des rendez-vous avec les éditeurs.

Vorontsov lui lança un regard étrange, un semblant de ricanement transforma son visage qui devint mélancolique et étonnamment beau.

— Bon, bon, fit-il, combien d'argent as-tu ?

— Rien... ou presque, une vingtaine de dollars. Mais j'ai emporté avec moi le manuscrit de mon premier roman.

Vorontsov prit dans un petit placard une bouteille de vodka, deux œufs durs et une tranche de fromage à trous, d'un jaune vif.

— Il est sur quoi ton roman ?

— Sur les décembristes.

Le visage de Vorontsov se figea et il demanda sans hausser la voix :

— Qu'a-t-on à faire ici des décembristes ?

— Ah ! Voilà bien le scepticisme russe !

— Bon, bon, répéta Vorontsov et il remplit les verres.

— Des verres à facettes, remarqua Nikandrov, comme ceux de ton domestique à Sosnovka.

— Élizarouchka ! fit Vorontsov et son visage s'empourpra et tressaillit. Comment va maintenant ce pauvre vieux ? Il m'aimait et me vouait une fidélité extatique qu'on ne trouve que chez les serviteurs russes. Et chez les femmes... ajouta-t-il après avoir découpé deux épaisses tranches de fromage.

— Certes, et lorsqu'ils trahissent, les deux le font aussi à la russe, jusqu'à l'hébétude et sans la moindre pitié.

— Pour ce qui s'est passé avec Véra, je suis le seul coupable.

— Je ne parle pas d'elle. N'est-ce pas Élizarouchka qui

le premier mit le feu à ta maison de Sosnovka, et creva les yeux de tes chevaux... à l'aide d'une vrille.

— Cela est impossible, Leonid. Que ne va-t-on pas raconter sur les gens, juste pour le plaisir !

Nikandrov voyait Élizarouchka lorsqu'il vivait dans le hameau voisin et n'était lui-même qu'un pauvre diable hirsute et grisonnant dans lequel personne n'aurait reconnu le brillant homme de lettres pétersbourgeois qu'il avait été. Il avait de ses yeux vu Élizarouchka déchirer sa chemise sur sa poitrine décharnée, aux clavicules saillantes, et crier : « Ces parasites ont bu notre sang ! Ça suffit ! »

— Tu as peut-être raison, répondit Nikandrov qui voulait épargner son ami et pour la première fois examinait attentivement sa chambre.

De grosses taches s'étalaient au plafond, le papier peint défraîchi se décollait et le sol était mal peint ; un pied de la table était fixé par un journal plusieurs fois plié.

— À nos retrouvailles, Leonid !

Ils burent en silence.

— Mon Dieu, comme je t'envie : aujourd'hui encore tu étais en Russie...

— Viktor, il n'y a pas de quoi. Tu es ici chez toi, dans ta ni...

Nikandrov allait s'arrêter net, mais Vorontsov lui vint en aide :

— Oui, dans ma niche... Ose le dire. Dans ma niche, comme un chien. Alors que mes chiens couchaient sous la bibliothèque, souviens-toi, tu t'es même endormi une fois avec un lévrier, pour les fêtes de Noël. Comment s'appelait ce chien ? Lizabeth, je crois. C'était Jerry, nous l'avons rebaptisé. Un autre verre ? Un deuxième verre derrière le premier, c'est bien bon.

— Attends un peu que j'aie vendu mon roman et nous filons à Paris, c'est plein de Russes.

— Il y en a plus à Berlin.

Ils burent un autre verre. Vorontsov se dressa avec élégance sur ses longues jambes et, d'un pas léger de cavalier, se dirigea vers la porte.

— Je reviens. J'avertis le propriétaire que nous rentrerons au petit matin. J'ai désormais un propriétaire. Oui, Leonid, j'habite chez un propriétaire.

*

Nikandrov éprouvait une immense compassion pour cet homme au regard gris, à la calvitie débutante, qui avait possédé en Russie des maisons de maître fameuses pour leur hospitalité, leur libéralisme à l'anglaise, leurs magnifiques collection de peintures et, plus que tout, leurs rares bienveillance et compassion, qualités qu'on ne rencontrait ni chez les nouveaux riches, ni chez les hobereaux ruinés si préoccupés de faire valoir leur généalogie et si peu regardants sur les vertus aristocratiques.

« Lui se comporte magnifiquement, songeait Nikandrov, il a tout perdu, mais il a conservé sa dignité. Aussi finira-t-il par gagner. Nous sommes fichus quand nous négocions avec nous-même. Le roi Hasard nous a à l'œil en manigançant d'obscures combinaisons mêlant le bien et le mal, la veulerie et le culot, la fidélité et la trahison. Une incartade au fond de soi, face à sa conscience profonde, une concession même minime au mal et vous êtes mort. Un tel arrangement avec soi-même, peut bien vous apporter gloire, reconnaissance et fortune un certain temps, à la fin vous n'échappez pas à la logique implacable de sa majesté le Hasard auquel nous sommes tous soumis, mais qu'il ne nous est pas donné de comprendre. Il est Dieu et il faut le craindre religieusement ; seule cette crainte peut vaincre le diable qui est dans l'homme. »

Vorontsov descendit chez le propriétaire et lui demanda :

— Ganz Gustavovitch, m'autorisez-vous à utiliser votre téléphone ?

— S'il vous plaît, mais pas trop longtemps…

Vorontsov appela la rédaction du journal *Vaba syna* et demanda à parler à monsieur Orla.

— Bonsoir, ici Vorontsov.

— Bonsoir, Comte.

— L'écrivain Nikandrov est arrivé aujourd'hui de Moscou.

— Pour me voir ? s'étonna le chef de la section « Art et chroniques ». Je ne l'ai pas invité. Sans doute est-il venu vous voir vous, pas nous…

— Non, aucun intérêt de le mêler à nos affaires. Il n'a rien à voir avec la politique, c'est l'un des écrivains les plus brillants de Russie. Je voudrais vous demander de venir aujourd'hui à « La couronne d'or ». Nikandrov nous racontera ce qui se passe en Russie en ce moment.

— Nous avons quelque idée de ce qui s'y passe.

— Mais vous aurez les toutes dernières nouvelles de la bouche d'un écrivain contraint de quitter son pays.

— Oui, je comprends... Il y aura à boire ?

— Il y aura de la vodka.

— Vous voyez le grossier matérialiste que je suis devenu depuis que le matérialisme a triomphé dans notre pays ? ajouta Orla en riant. Il faut vivre avec son temps.

— On vous attend pour dix heures.

Vorontsov remit le téléphone sur son socle, se frotta vigoureusement les mâchoires et étira plusieurs fois la bouche en grimaçant un furieux rire silencieux.

*

Téléphoner à la rédaction des journaux russes *Dernières nouvelles* et *La Cause du peuple* n'était pas sans risque. Le premier journal soutenait plutôt le parti KD[29], le second était l'organe des sociaux-révolutionnaires. Localement, ces journaux n'avaient aucun poids, or Vorontsov cherchait moins à attirer sur Nikandrov l'attention d'une malheureuse émigration désargentée et pataugeant dans les intrigues que celle de l'intelligentsia de Revel. Aussi ne prit-il pas la peine

29 Parti constitutionnel démocrate.

de téléphoner à Lyakhnitski, rédacteur en chef des *Dernières nouvelles*, ni à Vladimir Baranov, chef de la rubrique critique à *La Cause du peuple*. Quant à appeler le rédacteur en chef de ce dernier journal, la chose s'excluait d'elle-même tant le social-révolutionnaire détestait Vorontsov.

« Toujours pareil avec nous, songeait-il en feuilletant son carnet d'adresses, il faut que des étrangers manifestent d'abord leur intérêt pour que les Russes se mettent à bouger. Si d'emblée j'essaie de leur imposer Nikandrov, immédiatement ils regimberont : pour les uns Nikandrov ne sera pas assez à gauche, tandis qu'il passera pour les autres comme un ultra-droite. Décidément, il vaut mieux que les journalistes d'ici commencent à faire monter la mayonnaise, les nôtres suivront sans que j'aie à demander quoi que ce soit. »

— Jan ? Bonjour, j'ai quelque chose à vous demander. Prenez avec vous un de vos confrères poètes et soyez à « La couronne d'or » vers dix heures : Nikandrov vient d'arriver de Russie.

— Qui est-ce ?

— Un confrère à vous, un écrivain. Un type charmant et très intelligent. J'ai invité Orla pour qu'il diffuse l'information : une conférence de presse menée par des poètes, c'est en soi un événement.

Vorontsov se tourna vers Saachs en passant ses doigts froids sur ses joues rasées de près :

— Monsieur Saachs, j'ai une demande à vous faire. Prêtez-moi, s'il vous plaît, cinq mille marks.

— Mon ami, je ne peux pas. Impossible.

— J'ai toujours été honnête. Cinq mille... juste cinq mille...

— Oui, mais votre honnêteté est à sens unique : elle ne profite qu'à vous. Sinon vous seriez obligé de payer un intérêt. En quoi est-elle avantageuse pour moi ? Ne vous fâchez pas, Monsieur Vorontsov, mais chaque homme doit veiller à son intérêt.

— Vous avez raison... Puis-je donner encore un coup de fil ?

— Oui, je vous en prie, je vous ai répondu.

Vorontsov mit la main devant l'appareil :

— Evguenia, c'est moi. Nikandrov est arrivé. Ce serait très cruel s'il devait être confronté à... dès le premier jour. Tu comprends bien. Amène quelqu'un des nôtres et soyez vers 10 heures à « La couronne ». Si Zamiatina, Kholov et Grebov ne sont pas retenus au cabaret, amène-les aussi. Et préparez des tas de questions sur le passé, sur son rôle dans notre vie culturelle et sur ses relations avec les traducteurs européens. Tu m'as bien compris ?

Vorontsov se tourna à nouveau vers Ganz Saachs :

— Je vous propose mon alliance. La voici. Alors ?

— Oui, mais tous les bijoutiers ont fermé leurs boutiques.

— Croyez-vous que l'anneau que je porte soit en cuivre ?

— Quelle question ! Bien sûr que non. Je comprends que vous n'irez pas porter du cuivre au doigt. Cela laisse des traces sombres et donne du rhumatisme. Non, simplement je ne connais pas la valeur de votre alliance et je ne veux pas être malhonnête.

— Je ne la vends pas. Je vous la laisse en dépôt. Pour cinq mille marks. Si je ne vous ai pas rendu cette somme d'ici une semaine, vous pourrez la vendre pour vingt mille.

— Quel homme malin et intelligent vous êtes, dit Saachs, tout sourire, en lui tendant l'argent. Et très aventureux avec ça ! Peut-on mettre son amour en dépôt ?

— Minute, cela ne vous regarde pas.

— Au revoir. Ne soyez pas fâché, je plaisantais juste. À propos, une femme vous a appelé, celle qui téléphone tard.

— Quel message a-t-elle laissé ?

— Elle m'a prié de vous dire que l'état de votre ami a empiré.

— Brusquement ?

— Oui, c'est ça, elle a dit « a brusquement empiré ». Elle vous demande de passer chez lui ce soir.

— Il me faut encore donner un coup de fil.

Sans attendre la réponse alambiquée de Saachs, il composa le numéro et, en allemand, en changeant un peu sa voix, il dit :

— S'il vous plaît, transmettez à la dame qui, le samedi, loue la chambre n°7, que ce soir je suis retenu et que je passerai non pas à dix heures, mais vers minuit.

— Bien, monsieur, je laisserai un billet à notre hôte.

— Inutile. Transmettez-lui de vive voix.

— Bien, monsieur, je l'en informerai de vive voix.

*

— Pardon, j'ai été retenu, s'excusa Vorontsov en regagnant sa mansarde. Leonid, pourquoi n'as-tu pas bu sans moi ?

— Je ne sais pas boire seul.

— Tu es donc immunisé contre l'alcoolisme.

— En effet.

— Ici, on commence à spéculer autour de ta personne : la presse, les poètes.

— Comment ont-ils eu vent de mon arrivée ?

— Des scribouillards, c'est leur boulot et il faut dire que tu n'es pas non plus le dernier des derniers. As-tu faim ?

— Oui, sans doute, je ne ressens plus la faim.

— As-tu du linge de rechange ? Pas de poux ?

— Je suis passé à l'inspection sanitaire, mais je n'ai pas de linge propre. On sort ?

— As-tu une chemise propre ? Une cravate ?

— Rien : je n'arrive pas de Washington mais de Moscou.

— De Washington, ça marcherait, mais attendu que tu viens de Moscou, le portier interdira l'entrée.

— Interdira l'entrée à qui ?

— À nous deux. Plus précisément à toi, puisque moi, j'ai une cravate.

— Il nous chasserait donc ? Il viendrait de Sovpedie ou quoi ?

— Même pas, lui répondit Vorontsov en sortant de la valise cachée sous le lit une chemise rigidement amidonnée. Il n'aime pas du tout la Sovpedie, tout travailleur qu'il soit, si l'on peut dire. Parmi ceux qui ont embrassé la profession de laquais, il y a de tout : des parias, des patriciens, des esclaves et des fauves. Ces derniers savent depuis longtemps que la fortune et l'indépendance ne sont accessibles qu'au travers d'une façon particulière, très raffinée, de se rabaisser. Il hait férocement la clientèle, mais affiche un sourire permanent, un air humble et gentil, une familiarité de bon aloi. Je pense que les laquais moscovites avaient constitué un fichier sur nous avant le coup d'État. Et comme ils n'ont personne à qui rendre des comptes, ils peuvent crever les yeux des chevaux… à l'aide d'une vrille.

Nikandrov lui jeta un regard rapide qui trouva un visage impénétrable.

— Il règne ici une sacrée industrie de l'obséquiosité servile, reprit Vorontsov. Elle présuppose huit heures de servilité et seize heures d'une liberté secrète toute-puissante. Les laquais auront bientôt ouvert leurs clubs, crois-moi. Au fond, bonne chance ! Sifflons encore un verre pour la route… La cravate n'est pas assortie mais, excuse-moi, je n'en ai que deux.

— N'aurais-tu vraiment rien emporté de chez toi ?

— Des diamants, pour une centaine de mille…

— Tu as fait la bringue ?

— Non, Leonid, j'ai aidé des gens. D'abord, Anton Denikine, puis je suis allé à Omsk, et j'ai tout donné à l'amiral… Tu te souviens du cornette Ratomski ? Il est mort de faim à Shangaï. Il y avait une place de laquais au club anglais. Il ne l'a pas prise. J'ai toujours pensé que ses ancêtres étaient d'une noblesse assez douteuse : lui avait une ambition démesurée... Moi, j'aurais fait le laquais au club, amassé un pécule et j'aurais filé en Europe... À votre bon cœur, Votre Seigneurie...

— À ta santé, Viktor.

Nikandrov leva son verre et, pour la troisième fois dans la journée, il ne put retenir ses larmes.

— À ton bon cœur et à ton courage.

— Arrête, Leonid, arrête...Tout ce qui s'est passé a été utile. Un homme averti en vaut deux.

Ils étaient déjà dans la rue à cette heure tardive où se lisait l'hésitant crépuscule du printemps et l'inquiétante proximité de la mer, marchant à travers les bandes d'eau irisées où se reflétaient les contours précis des toitures sombres, quand Nikandrov se résolut à poser la question :

— Vraiment personne de chez nous n'a pu te venir en aide ?

L'autre ne répondit point, s'en tenant à un rire amer.

— Leonid, mémorise bien le chemin car tu devras rentrer seul, j'ai deux rendez-vous importants cette nuit.

— Je te dérange ?

— Non, je ne fais venir personne chez moi...

— Tu as honte de ton terrier ?

— Que vas-tu chercher-là, mon Dieu... Je ne suis quand même pas issu de la race des boutiquiers... Non, cette personne vit au centre et il ne lui est pas facile de venir jusqu'ici. Leonid, dis-moi en toute sincérité, comme à confesse quand nous étions gamins : est-ce toujours la terreur qui règne chez nous ? Comme en dix-huit ?

— Selon moi, c'est même pire. Les moujiks sont exténués. Ils se fichent du village. Le prolétariat urbain, voilà le rêve. Ils sont déterminés à anéantir la paysannerie, à contraindre les moujiks à gagner les villes où ils seront une force de travail bon marché, pour construire des usines ; selon leur dessein, il n'y a pas de bonheur dans la vie et pas de révolution mondiale sans usines. Un schéma cruel où nous ne sommes tous que des éléments inertes, interchangeables.

*

« *Revel. À Roman.*

Il faut à tout prix élucider qui parmi le personnel de notre ambassade est en contact avec des membres de représentations étrangères, accréditées en Estonie. Vu que les informations dont nous disposons proviennent d'une source qui fait l'objet de surveillance, je vous demande d'observer la plus grande prudence et le tact nécessaire.

Boki »

Rapport de forces

Päts, chef de l'État estonien, se pressa à la rencontre de Litvinov le long de l'épais tapis qui étouffait le bruit des pas.

Ce tapis n'était là que depuis peu et, naguère, pour accueillir l'ambassadeur, il fallait traverser l'immense salle dont le parquet posé à la va-vite craquait affreusement, de sorte que le président se sentait embarrassé par ce bruit de bottes qui résonnait aux quatre coins de la pièce, alors qu'il s'efforçait de marcher sur la pointe des pieds.

— Bonjour, monsieur le Président !

— Bonjour, excusez-moi de vous avoir fait attendre...

Päts marqua une pause, pensant que Litvinov lui ferait une réponse convenue, du genre « je vous sais tellement occupé ! », mais l'ambassadeur ne dit rien et, le silence se prolongeant, le Président indiqua de sa main gauche les deux fauteuils près de la cheminée :

— Je vous en prie.

— Je vous remercie.

L'air renfrogné, Litvinov baissa la tête. Elle parut énorme au Président, presque aussi volumineuse que le tronc. Il s'avança un peu et déclara :

— En dépit de mes demandes répétées, la police estonienne n'a pris aucune mesure contre les formations criminelles qui, depuis Revel, font des incursions dans des villes et des agglomérations situées en Russie soviétique où elles se livrent aux pillages, aux meurtres et aux viols.

— S'il vous plaît, monsieur l'Ambassadeur, des faits. L'absence de preuve dans ce genre de litige ne saurait être interprétée que comme une tentative d'intervention dans nos affaires intérieures.

— Il me semble que si nous mettons des faits en avant, la situation s'inversera. Ce ne serait plus à nous d'intervenir, mais à nous de subir l'intervention : des formations criminelles passent d'Estonie en Russie ; c'est dans votre pays qu'elles trouvent protection.

— Vous me voyez obligé de répéter qu'on ne saurait discuter de cette affaire sans s'appuyer sur des faits scrupuleusement documentés.

Litvinov tira de la poche de sa veste plusieurs feuilles de papier. Il le faisait sans hâte, maladroitement et à dessein, allègrement : le Président ne se doutait pas un instant que l'ambassadeur pût apporter un document officiel dans sa poche et non dans sa serviette. L'ambassadeur s'autorisait ainsi des plaisanteries, avec un léger défi, mais toujours avec tact et en faisant mouche.

*

Naguère, au bagne et en émigration, la diplomatie avait été une chose bien lointaine pour Litvinov. Cet éloignement demeure jusqu'au jour où l'on devient soi-même diplomate. Ce n'est qu'alors qu'on comprend que la diplomatie n'est qu'une variante de commerce international, lequel s'apparente au négoce ordinaire et, dans les moments de forte menace de guerre, il rappelle le marchandage qui fait la part belle au plus calme, au plus fort et forcément au plus honnête : sans quoi votre pacotille vous sera jetée à la figure et votre réputation ne s'en remettra jamais.

Litvinov avait beaucoup appris auprès de Tchitcherine, de Krassine et de Vorovski.

Ces grands diplomates avaient un style superbe ; un brin froids, impassibles, ils avançaient cartes sur table, « les affaires sont les affaires », sans précipitation et avec un sens aigu de leur dignité. Ils ne représentaient pas une puissance quelconque, mais le premier État socialiste au monde.

Litvinov avait un jour dit au vice-commissaire Karakhan :

— Je suis convaincu que tôt ou tard, nous parviendrons à surmonter les plus gros problèmes. Il nous reste encore à les aborder, la question est de savoir comment s'y prendre. Là-dessus, on va longtemps se casser les dents… J'ai à l'esprit la difficulté qu'il y a à libérer la conscience de l'intelligentsia russe de son complexe d'infériorité.

— Comment ça ? avait demandé Karakhan, intrigué. Cela fleure le chauvinisme grand-russien.

— Pas du tout. À la rigueur, la fierté nationale grand-russienne. J'adore Byron, mais la Russie a donné Pouchkine au monde ! Maupassant ? Il est magnifique, mais nous avons Tchekhov ! Flaubert, Dickens ? Certes, sans eux le monde n'existe pas. Et sans Tolstoï, Dostoïevski, Tourgueniev, Chtchedrine, Lermontov ? Certes, il y a Verdi ? Mais Tchaïkovski, Rimski-Korsakov, Moussorgski alors ? Peut-on vivre sans eux ?

— Vous n'êtes pas sans remarquer, l'avait taquiné Karakhan, que la révolution a éveillé en l'Arménien que je suis et dans le Juif que vous êtes, un noble sentiment de patriotisme révolutionnaire grand-russien ?

— En effet. Aussi, sans nous laisser aller à l'inconvenance de mettre les pieds sur la table au cours des pourparlers, nous ne devons jamais oublier que nous vivons sous le haut patronage de la grande culture russe, qu'aucune autre sans doute ne dépasse. Or, tout sourire, nous serrons la main avec effusion au premier Suédois ou Hollandais venu pour la simple raison que même chez lui il est étranger.

*

Litvinov disposa les feuilles sur ses genoux et se mit à lire sans hâte.

— « Le 5, le 12, le 13, le 16 et le 23 février 1921, cela fait douze tentatives de violation des frontières de l'État ; de plus, à l'occasion de l'échange de tir qui s'est produit le 23 février, deux douaniers soviétiques et un douanier estonien ont été blessés. Au cours de la fusillade du 2 mars, a été tué un officier blanc, le capitaine en second Piotr von Bromberg. On a retrouvé sur lui une grosse somme d'argent et un tas de faux papiers soviétiques. À Revel, il partageait le logement du chef des groupes criminels monarchistes russes, le comte Vorontsov. Dès le 14 février dernier, l'ambassade de Russie soviétique transmettait aux services estoniens concernés les domiciles et les lieux de rendez-vous des patrons de ces groupes criminels… »

Litvinov continua la lecture de ce document indiscutable tandis qu'en l'écoutant, le président songeait avec chagrin : « Notre seul tort est d'être un petit pays. Dans ce vaste monde, le destin des petits pays est tellement tragique. À qui la faute si le bon dieu nous a placés sur ce morceau de terre caillouteux, superbe et stérile, mais si cher à nos cœurs ? »

Lorsque Litvinov eut fini de lire, le président alluma une cigarette, demeura immobile un instant, les yeux clos.

— Je vais donner des directives pour démêler tout cela.

— À trois reprises, votre ministre des Affaires étrangères l'a fait et les bandits continuent de vivre tranquillement à Revel, de se concerter, et nous savons où ils se retrouvent et de quoi ils parlent.

— Monsieur l'Ambassadeur, nous obéissons à nos lois. La police a besoin de preuves irréfutables... Sans elles nous ne pouvons pas appliquer contre les éléments agressifs de l'émigration russe les mesures que vous sous-entendez.

— Mon gouvernement m'a chargé de vous informer qu'il n'a pas l'intention de tolérer plus longtemps des incursions menées à partir du territoire d'un État auquel le lient des relations diplomatiques.

— J'ose espérer que vous comprenez les difficultés que nous rencontrons. Vous, vous personnellement, qui vivez ici !

— Je n'ai pas appris à dissocier mon point de vue de celui de mon gouvernement, monsieur le Président.

— Que nous reste-t-il à faire ? Doit-on laisser la voie libre à votre Tchéka pour isoler l'émigration russe ?

— Je ne suis pas habilité à vous donner des conseils. On pourrait y voir une tentative d'intervention dans vos Affaires intérieures. En revanche, je souhaiterais que les respectables fonctionnaires auxquels vous en confierez la tâche considèrent sérieusement que le gouvernement de la Russie soviétique n'a nullement l'intention de supporter plus longtemps pareils agissements de la part de groupes criminels russes menés en connivence avec les autorités estoniennes.

— Je comprends votre propos.

— Ce n'est pas le mien, monsieur le Président, rectifia sèchement Litvinov.

— Votre gouvernement nous menace-t-il d'une intervention ?

— Nous ne menaçons personne. Nos douaniers sont tués, nos frontières bafouées, la presse locale se livre à des attaques sans précédent contre mon pays et ses dirigeants : toute patience a ses limites !

— Je ne peux tout de même pas donner l'ordre d'arrêter tous les Russes, monsieur l'Ambassadeur ! Mettez-vous à ma place ! Mon peuple ne me comprendrait pas !

— Et mon peuple ne comprendrait pas mon gouvernement si de telles exactions à la frontière devaient se poursuivre.

— Je suis forcé de noter, monsieur l'Ambassadeur, que votre position est excessivement cruelle.

— Vous parlez de la cruauté de mon gouvernement ? Ce même gouvernement qui vous a apporté la liberté et l'indépendance ? Qui s'est battu contre le colonialisme tsariste ? Qui vous garantit la liberté et vous met à l'abri d'une agression allemande ? Lorsqu'on n'a pas soi-même conquis la liberté et qu'elle vous vient des mains d'autrui, il faut la respecter et en faire un usage raisonnable, monsieur le Président.

— Vous avez à l'esprit la raison géographique qui nous est imposée ? répliqua le Président avec un sourire amer.

— Quelle soit historique, ethnique ou géographique, elle n'a jamais été une contrainte ; elle a toujours été fondée et elle connaît fort bien ses limites, fit Litvinov en tendant à Päts les notes du commissariat des Affaires étrangères.

*

« Nous avons été informés que, ne reculant pas dans leur lutte devant les provocations et les crimes les plus ignobles, les ennemis du gouvernement de la Russie soviétique préparent en Lettonie des attentats contre des membres du gouvernement letton, contre des représentants étrangers et des membres de missions étrangères. Parallèlement aux attentats, ils envisagent de répandre au nom du parti communiste de fausses proclamations déclarant que ces attentats seraient une réponse à la répression des communistes. D'autre part, ils s'apprêtent également à lancer une campagne de presse accusant le gouvernement de la Russie soviétique d'être à l'initiative de ces attentats. Ce faisant, ils escomptent créer un climat propice à des ripostes agressives contre la Russie soviétique de la part de puissances étrangères. Les mêmes méthodes seront vraisemblablement adoptées par d'autres États. Dans l'émigration russe, les milieux monarchistes sont ceux qui participent directement à ces plans. Au vu de ces informations, il est demandé aux plénipotentiaires russes en poste en Lettonie et dans les états voisins d'avertir les gouvernements concernés de ces projets criminels ».

Dès que Litvinov fut sorti, le chef de l'État pria son secrétaire de convoquer sur le champ l'ambassadeur de Grande-Bretagne. Toute logique doit autant au hasard que celui-ci doit à la logique. À considérer les choses à distance, la cohérence des intérêts des États, des firmes et des partis est d'une logique parfaite, irréprochable. En revanche, si l'on considère l'histoire à travers ses personnages, on découvre des circonstances cachées qui n'ont rien à voir avec le bon sens. On peut invoquer en premier lieu les sympathies et antipathies personnelles, ainsi que les affinités d'âge ; certains tournants de l'histoire dépendent moins du développement objectif de la société que de la diversité des tempéraments des leaders qui s'affrontent ; un détail sans importance peut jouer un rôle capital. Ainsi, un simple rhume provoquera la mauvaise humeur : le nez qui coule, le mouchoir trempé, avoir sans cesse à se moucher devant la partie adverse ! Surtout lorsqu'il s'agit de négociations entre États où l'on ne joue pas sur le velours. Le comble est quand un rire fuse : il y a dès lors plus à craindre de l'affront que ressent le chef d'État que de la doctrine qu'il impose, si dure et intransigeante puisse-t-elle paraître.

L'épouse du chauffeur de l'ambassadeur de Grande-Bretagne, une petite femme encore jolie bien que déjà un peu fanée, fit une scène de jalousie à Kurt, son mari, qui avait eu toutes les peines du monde à obtenir cette place à l'ambassade et se mettait en quatre pour se faire apprécier. La jalousie sans fondement et les cris de sa femme, la curiosité du voisinage le mettaient hors de lui : plus que tout, il craignait qu'à l'ambassade, on ait vent de ses scandales domestiques.

— Je trime nuit et jour pour la famille, criait-il. Je veux que toi et les petits ne manquiez de rien ! Je suis fatigué, le comprends-tu ? Oui, fatigué !

— Comment oses-tu me le reprocher ? répliquait l'épouse. Moi je ne te reproche pas d'avoir à faire ta lessive et à préparer tes repas !

Pour la faire courte, tandis que Kurt reconduisait l'épouse de l'ambassadeur depuis le magasin d'antiquités où elle avait acheté un service de porcelaine du XVIIIème siècle, un attelage avait surgi à un carrefour et Kurt, d'ordinaire impassible et prudent, sur le coup de sa scène de ménage, avait freiné brusquement, provoquant la chute du colis. Trois tasses s'étaient brisées. Naturellement, madame l'ambassadrice s'en était tenue à une remontrance discrète, pas question de perdre la face devant un chauffeur, mais une fois à la maison, ce fut une autre affaire : s'il faut se refreiner avec ses proches, que reste-t-il d'autre dans la vie ?

— Vous auriez pu faire venir un chauffeur de Londres, dit-elle avec nervosité, ces animaux sont incapables de conduire une automobile, juste bons pour des chars à bœuf !

— Ma chère, vous savez bien que le budget alloué par le ministère est plus que serré. Mon planton aussi est estonien, et je préfèrerais avoir à sa place notre Howard de Liverpool.

— Vous pourriez embaucher un chauffeur britannique et payer la différence !

— Dans ce cas, chère amie, vous ne pourriez pas acheter des services en porcelaine de Saxe et aller tous les ans à Cannes…

— Il n'est pas très courtois, mon ami, de me reprocher mes séjours à Cannes.

— Vous prenez pour un reproche ce qui n'est qu'un simple constat.

— Ce sont là des paroles indignes. Je ne me permets pas de vous reprocher que vos aïeux écossais s'intéressaient plus au négoce du whisky qu'à l'avenir de…

*

Comme on l'en avait prié, l'ambassadeur se rendit aussitôt chez le président sans avoir eu le temps de retrouver son calme après la vive altercation qu'il avait eue avec son épouse, laquelle s'était montrée froide et cruelle, allant jusqu'à lui reprocher ses origines écossaises.

Le président informa l'ambassadeur de Sa Majesté de la teneur de l'entretien qu'il avait eu avec le Russe, après quoi il lui demanda :

— Pouvons-nous compter sur une réaction rapide et concrète de la part de Londres ?

— Monsieur le Président, je ne saurais vous répondre avant d'avoir consulté le gouvernement de Sa Majesté.

— En l'espèce, c'est votre opinion qui m'intéresse.

— Mais à Londres, je ne réside pas à Downing Street, répliqua l'ambassadeur qui comprit immédiatement que cette manière tout à fait inappropriée de parler au président était due à la rogne qu'il éprouvait contre sa femme ; sa rage décupla de la conscience qu'il eut de son excessive émotivité, véritable tare pour un diplomate. Aussi, pour adoucir son impardonnable rudesse, il ajouta :

— J'envoie sans délai un télégramme à Londres en y faisant part de mes recommandations.

Naturellement, le chef de l'État ne pouvait pas deviner qu'une vive querelle venait de se produire au foyer de Son Excellence l'ambassadeur. Il était au courant, en revanche, de la visite à Londres de plusieurs Russes, des fonctionnaires bolchéviques haut placés, qui menaient des pourparlers avec d'éminents représentants des milieux d'affaires britanniques. Il en tira la conclusion que se profilait un tournant significatif favorable à un réchauffement des relations avec les Rouges. Du coup, sitôt après avoir salué l'ambassadeur, il convoqua Karl Inbound, ministre de l'Intérieur, pour l'inviter à arrêter sur le champ plusieurs émigrés russes afin de parer, au moins dans l'immédiat, aux attaques éventuelles du Ministère des Affaires intérieures russes en mettant en avant l'arrestation d'un groupe d'émigrés et les poursuites dont ils feraient l'objet. Les parties concernées seraient tenues informées de l'issue de ces procédures judiciaires. L'expression « les parties concernées » plaisait beaucoup au Président. La polysémie prêtant à ambiguïté, en politique, on gagne à tous les coups à y avoir recours : dans un paragraphe, elle permet de multiples interprétations qui appellent un débat autour de la table plutôt qu'un affrontement dans les tranchées.

À Revel, pendant la nuit

— Monsieur Nikandrov, permettez-moi de vous remercier pour le brillant et tragique résumé que vous nous avez donné sur la situation dans notre pays, déclara Evgueni Krasnitski, un vieux camarade de régiment de Vorontsov. Je souhaite que vous rejoigniez très vite notre cause et nous vous accueillerons de tout cœur.

Trois hommes, muets comme une tombe, l'accompagnaient et se contentaient de trinquer chaque fois que Vorontsov ou Krasnitski portaient un toast. Ian Rastenbourg avait amené deux jeunes types ; l'un, bien mis, imberbe et le teint laiteux, était le traducteur et poète Ivan Heinasmaa et l'autre, les cheveux en bataille, le fameux poète et acteur Youri Lypse. Au début, les poètes ne disaient mot : concentrés sur la vodka et les canapés, ils jetaient des coups d'œil sur l'assistance, attendant visiblement l'entrée de Iourla pour commencer leur performance.

Le bar était enfumé, bruyant et gai. Se mêlaient ici toutes sortes de gens : des marins, des trafiquants, des membres de la bohême, et même parfois des proches du pouvoir et du monde diplomatique, impossible de savoir qui était qui. Celui-ci sera-t-il demain à la tête d'un département, est-il déjà suivi ici même par des policiers en civil chargés de collecter d'ultimes éléments de preuves afin que, demain à l'aube, on puisse le cueillir chez lui, le coffrer et l'envoyer au bagne sur quelque île ou Dieu sait où ?

Vorontsov couvait Nikandrov des yeux. Il s'inclinait devant son sens de l'analyse qui allait de pair avec une certaine froideur, et puis tant de souvenirs précieux l'attachaient à lui : souvenirs de chasse, conversations autour du thé, le soir, à Sosnovka, sur le destin du monde, l'histoire de la Russie et les courses de chevaux. Bref, tout un monde disparu sans retour.

Au début, Nikandrov s'était senti paralysé – les années de révolution, le constant contrôle de soi, la peur d'être dénoncé par un voisin qui aurait entendu un mot malencontreux avaient laissé des traces. Puis, il s'était détendu et même autorisé une certaine désinvolture : assis, les jambes croisées, il lâchait des boutades d'un ton un peu trop détaché, frisant parfois l'insolence. Vorontsov le comprenait. Il attribuait son attitude à une libération intérieure en général difficilement contrôlable.

Iourla n'arriva pas seul : l'accompagnait le secrétaire de rédaction du journal *Postimees*. Ce Lakhme était lui-même escorté par Lida Bossé, une chanteuse du cabaret « Villa Monrepos », déjà légèrement paf. À Revel, elle avait du succès avec sa voix de basse, légèrement rauque, et son étrange répertoire qui mêlait chansons françaises et tsiganes. Si l'effet paraissait amusant et inattendu au début, il donnait ensuite la chair de poule. On disait qu'elle prenait une énorme somme d'argent aux capitaines et aux vieux industriels qui passaient la nuit avec elle. Ces revenus lui assureraient une totale indépendance et la possibilité d'échapper à la tutelle d'un souteneur exclusif.

À la vue de Lida, Nikandrov se reprit, son visage se fit encore plus expressif, les rides de tristesse autour de la bouche se marquèrent davantage. Elle s'assit tout près de lui ; il émanait d'elle un parfum d'agrumes et il se sentit à la fois tendu et heureux.

Avec sa tignasse ébouriffée, Iouri Lypse attendit la fin

des échanges exubérants de salutations, de poignées de mains et de toasts pour demander :

— Monsieur Nikandrov, en quoi consiste selon vous le devoir de l'homme de lettres ?

— L'homme de lettres doit s'occuper de littérature.

— Les aphorismes, je vais les chercher chez La Rochefoucauld, répliqua Lypse. C'est votre opinion qui m'intéresse.

— J'éprouve quelque embarras à répondre à des questions aussi grandiloquentes, répondit Nikandrov en tirant sur sa pipe. Je vais quand même essayer... Chtchedrine écrivait à son fils...

— Qui est ce Chtchedrine ? l'interrompit Lypse.

— Un écrivain russe génial, un grand écrivain national. Pour nous, c'est un peu ce qu'un Confucius représente pour les Chinois ou un Rabelais pour les Français. En tout cas, il écrit à son fils qu'il n'y a pas en ce bas monde de vocation plus noble que celle d'être un écrivain russe. Je m'incline devant Chtchedrine, mais je suis au regret de le contredire. Qui aurait désigné l'homme de lettres comme intercesseur et juge parfait ? Et pourquoi ? Pourquoi un quelconque élu du peuple devrait-il jouer le rôle d'intercesseur ? Encore faudrait-il que le peuple souhaite un intercesseur ! Et c'est quoi, le peuple ? De tout temps, l'extension du concept a donné aux tyrans l'occasion de se manifester, eux dont la logique est pragmatique et précise. Pourquoi devrions-nous diviser le monde en deux, du côté des passifs, le peuple muet et, du côté des actifs, l'écrivain voué à sonner le carillon ? Et si, ce faisant, il met la pagaille ? Pour mettre quoi à la place ? Détruire est enivrant – regardez donc les enfants jouer – mais construire, c'est une autre paire de manches.

— Ainsi, selon vous, s'étonna Lypse, il n'y a pas lieu d'inviter les gens à combattre la pauvreté et l'inégalité ?

— En Russie, vous trouverez un million d'exemples montrant ce qui advient après un appel général à l'égalité...

— Il y a sans doute les excès du début, n'empêche que l'idée attire les gens.

— Par hasard, vous ne seriez pas bolchevik, Lypse ? s'enquit Krasnitski.

— Ne l'effrayez pas, intervint Lida Bossé. Il ne faut pas. Chacun doit pouvoir s'exprimer librement.

— Si les bolcheviks agréaient votre recommandation, fit Krasnitski en se tournant vers elle, je prendrais immédiatement la carte de leur parti.

— Au parti, ils disent ce qu'ils veulent, relança Lypse. Entre eux, ils sont toujours en train de discuter.

— En tête-à-tête, peut-être, rétorqua Nikandrov, mais avec moi, ils ne discutent pas. Et avec vous, non plus : ils vous colleront au mur et basta !

— Peut-être ont-ils raison : eux, au moins, font quelque chose, croient en quelque chose, alors que vous préférez vous tenir à l'écart...

— Lypse, vous vous oubliez, déclara Krasnitski en se levant. Monsieur Nikandrov a accompli un acte de grand courage civique, il a fui l'esclavage de la Sovpedie en abandonnant ce qu'un homme a de plus précieux : sa patrie.

— Mais pourquoi l'abandonner ? Si les choses ne vous plaisent pas, battez-vous ! Fuir est toujours plus facile.

— Il y a, voyez-vous, un grain de vérité dans ce que vous dites, répondit lentement Nikandrov. En fait, vous jugez les choses de l'extérieur car, pour vous, la Russie est un concept abstrait. Alors qu'il s'agit pour nous de la patrie. J'y ai laissé des amis, au cimetière... Certains ont été fusillés, d'autres sont morts de faim ou se sont tiré une balle dans la tête. Lutter avec un peuple qui, par conviction, crée l'effroi et le chaos ? Est-ce acceptable pour un écrivain ? En l'occurrence, il se peut qu'une prise de distance soit plus digne. J'aurais pu rédiger des proclamations, j'ai la vanité de croire que la jeunesse m'aurait écouté. Mais est-ce convenable pour un écrivain d'appeler à verser encore plus de sang et à attiser la haine ? Peut-être est-il pour l'heure plus important de se tenir à l'écart, d'observer les événements en se tenant prêt à revenir lorsque, non le peuple lui-même, mais ceux qui tentent de le gouverner, auront compris que sans l'intelligentsia russe, ils n'arriveront à rien du tout, que notre intelligentsia a toujours porté sur ses épaules le fardeau de la lutte contre une administration stupide ; qu'elle allait au peuple, répandant le savoir jusqu'aux confins du pays ; qu'elle partait au bagne la tête haute, ces mêmes bagnards – fils de généraux, de banquiers ou de dignitaires – qui auraient pu se la couler douce dans leurs campagnes ou, tout aussi bien, se balader d'un Nice à un autre. Bref, quand les meneurs du peuple auront compris tout cela, il sera temps de retourner à la maison. Entre-temps, on en est là... quand il s'agit de jeunes naïfs, c'est bon, mais pas quand arrivent de jeunes barbares...

— Cela va dans le sens de l'histoire: le nouveau a toujours vaincu l'ancien. Protester contre le fait que les enfants de prolétaires et de paysans prennent possession des amphithéâtres universitaires et des bibliothèques impériales n'est pas digne d'un écrivain.

— Difficile de vous contredire. Vous vous appuyez sur les grands principes, alors que moi, je connais la sombre et barbare vérité.

— Avez-vous essayé d'aider votre peuple à atteindre ces grands principes en vous élevant contre la barbarie ?

— Ce n'est pas à moi de subir le régime, mais au régime de nous aider, moi et mes semblables, quand ce climat de vandalisme devient intolérable. Et, croyez-moi, les chefs de la Sovpedie viendront nous chercher. Bientôt. Très vite.

Iourla qui, dès le début, avait écouté Nikandrov avec scepticisme, demanda :

— Je me méfie des prophètes, mais comme toutes les personnes faibles, je les crois. Sur quels faits vous appuyez-vous quand vous dites que les dirigeants actuels de la Russie finiront par comprendre l'importance de votre rôle ?

— Je m'appuie sur des faits...

— Sur lesquels ? Pour moi qui suis journaliste, c'est ce qui compte.

— Mon Dieu, mais il y en a des milliers ! Sans aller plus loin qu'aujourd'hui, dans mon train, il y avait un commissaire qui voulait prendre le large et qui est sûrement resté à Revel.

Vorontsov se dressa d'un bond et leva son verre :

— Pourquoi nous écarter du sujet : l'écrivain et le pouvoir, la muse et le révolver, la liberté et les caves de la police politique ? Il ne faut pas se perdre dans les détails. Je propose de boire à ceux qui sont restés là-bas, chez nous.

Après avoir trinqué, Iourla sortit un carnet de sa poche et s'adressa à Nikandrov :

— Vous rappelez-vous le nom de ce commissaire ? Du reste, vous pourriez écrire vous-même sur lui : nous rétribuons bien les infos virulentes.

— Figurez-vous que je n'ai pas encore appris à écrire pour la presse.

— Permettez-moi alors de vous saluer, fit Iourla.

Vorontsov le rattrapa au vestiaire :

— Karl, n'écrivez pas sur ce commissaire.

— Je ne sais quoi écrire d'autre. Vous connaissez nos lecteurs, ils ne supportent pas les envolées philosophiques de ces génies.

— Dans ce cas, mieux vaut ne rien écrire du tout plutôt que de toucher à ce thème…

— C'est donc vrai ? Il existe bien, ce commissaire ? La police saura me dire qui est arrivé aujourd'hui de Moscou…

— Karl, je vous supplie de ne pas écrire là-dessus.

— Ce commissaire, ce serait donc votre homme ?

Iourla fit un clin d'œil en enfilant son manteau.

— Monsieur Iourla, je vous supplie de ne pas toucher à ce thème…

— Vos complots, toujours vos complots… Ils me sortent par le nez, Comte, pire que l'oignon rouge. Il est temps de passer aux choses sérieuses.

— Vous me donnez votre parole, monsieur Iourla ?

À part soi, Iourla décida qu'il n'écrirait pas sur le commissaire, ni d'ailleurs sur Nikandrov ; tout cela l'ennuyait plutôt, mais au moment présent, lui, l'ancien typographe promu journaliste à travers tant de difficultés, jouissait de voir le comte Vorontsov se couvrir de taches rouges et implorer humblement le fils d'un charpentier de Saint-Pétersbourg.

— Je ne sais, monsieur Vorontsov, je ne sais… Chez nous, la liberté d'expression est garantie par la constitution, se risqua-t-il à dire, je ne sais…

Ces mots décidèrent de son destin.

Divergence d'intérêts

Maria Nikolaevna Olenetskaïa se déshabillait précipitamment, sans pudeur et sans grâce. Comme la plupart des femmes, songeait Vorontsov, elle n'avait éprouvé de la gêne qu'au début. Ensuite, ce qu'il est convenu d'appeler « amour » devint pour elle une occupation vorace : elle se précipitait dans l'énorme lit, sous le lourd édredon, sans penser que ses soutiens-gorge, ses épingles anglaises, ses culottes démodées pouvaient susciter du dégoût chez Vorontsov.

Il savait déjà qu'il était inutile de parler de choses sérieuses dans les premiers instants de la rencontre. Elle se mettait aussitôt à embrasser ses épaules et son cou et il avait alors l'impression d'être une fille de petite vertu ; il éprouvait alors pour lui-même une nette aversion mêlée de compassion.

Après sa rencontre avec Vorontsov, Maria Nikolaevna avait compris que sa vie d'avant était dénuée de sens. Elle s'était follement éprise de lui, souffrant mille maux, comptant les jours qui la séparaient du rendez-vous suivant ; elle haïssait le temps qui, impitoyablement, inexorablement, lui était ôté : elle avait déjà quarante-six ans et chaque heure qui passait lui apportait la vieillesse et la sensation de son propre néant.

Vorontsov l'avait rencontrée fortuitement ; après Kharbine, il n'avait pas dessaoulé pendant trois mois, incapable de reconnaître les gens. Sa tête était un méli-mélo de mots chinois, japonais et estoniens ; seuls les mots russes, surtout prononcés par une voix féminine, avaient le pouvoir de calmer l'alarme qui ne le quittait pas, ils l'apaisaient au point de lui rendre pendant dix ou vingt minutes un sommeil délivré de cauchemar.

Dans le petit estaminet, Maria Nikolaevna buvait son café et lui sifflait un cognac. S'il ne remarqua pas vraiment son visage, il entendit sa belle voix russe et il en éprouva une tendresse et une paix qu'il n'avait pas connues depuis longtemps. Il l'emmena chez lui, c'était un samedi, et ils passèrent tout le dimanche au lit ; il n'ouvrait l'œil que pour boire l'eau qu'elle lui tendait, et il se rendormait aussitôt. C'est ainsi qu'il sortit du *zapoï*[30] : leur rencontre fortuite l'avait sauvé.

Lorsqu'il eut appris qui elle était, il commença par prendre ses distances, mais il ne tarda pas à lui fixer à nouveau des rendez-vous car, revenu à la vie et au combat politique, il était habité par l'unique désir de comprendre qui étaient ces gens qui venaient de là-bas ; comment ils vivaient et en quoi ils se distinguaient de ceux qu'il côtoyait ici. En la gardant la nuit auprès de lui, il se persuadait que la vie de ces « irréductibles » était faite des mêmes ingrédients que celle du reste de l'humanité : d'amour, de tendresse, d'impudence, de peur et de joie. À la vérité, il ne tenait nullement compte ni de son âge, ni de sa vie ratée, ni même qu'elle avait rejoint fortuitement la révolution, par l'intermédiaire de sa sœur, davantage pour des raisons professionnelles qu'idéologiques, et seulement après que la république des soviets eut ouvert des ambassades à l'étranger.

Une fois, alors qu'elle dormait, il fumait dans le lit sans bouger et, comme il se sentait humilié et vide, il en vint à penser qu'à force de brutalité, chacun en vient à attendre un changement radical dans sa vie, peu importe qu'il vienne de

30 Beuverie prolongée jusqu'à la perte de conscience.

la guerre ou de la révolution, pourvu que ça change, qu'on ôte la rouille ancienne, que ça bouge, et à force d'attendre, les choses tournent mal : viennent les tentatives naïves de ressusciter un passé qu'on détestait.

Il l'aurait quittée si, un jour où il sortait de la pension où elle louait une chambre le samedi, une voiture avec une plaque diplomatique ne l'avait abordé. Le conducteur en costume de sport lui avait dit :

— Monsieur Vorontsov, permettez que je vous ramène.

— À qui ai-je l'honneur ?

— Otto Nolmar, attaché commercial de l'ambassade d'Allemagne.

Il avait ouvert la portière et Vorontsov avait pris place près de lui.

— Quel sale temps ! La route est glissante et, une minute d'inattention, voilà la voiture dans le fossé.

— Vous parlez le russe comme un natif.

— Je suis né à Kiev et j'y ai passé mon enfance… Voulez-vous prendre un café ?

— Non, merci. Je veux dormir.

— Me permettrez-vous alors d'aller à l'essentiel ?

Cet Allemand en pantalon de golf et chapeau à plume lui avait tapé sur les nerfs avec sa lenteur affectée et sa conduite méticuleuse.

— Monsieur Vorontsov, nous nous intéressons à la dame qui est amoureuse de vous, la secrétaire-chiffreuse de l'ambassade de Russie. Nous, c'est-à-dire l'Allemagne…

Je m'attends de votre part à un courroux parfaitement légitime : il ne vous est jamais arrivé jusqu'ici d'être confronté à ce genre de conversation. Cependant, avant que vous n'exigiez que j'arrête la voiture et que vous ne m'insultiez, ce qui ne compromettrait nullement nos relations à venir, je vous prierais de m'écouter sans m'interrompre. Monsieur Vorontsov, l'émigration russe, y compris sa composante la mieux organisée et la plus déterminée, ne réussira à rien avec le régime du Kremlin sans entrer en contact avec quelque personnalité compétente d'une institution occidentale. Le régime du Kremlin est si fort qu'il est impossible de l'abattre en s'appuyant sur les seules forces de l'émigration et d'une clandestinité peu nombreuse et éparpillée. Si vous pensez que je me trompe, inutile de prolonger notre conversation.

Après le carrefour, Nolmar avait posément regardé Vorontsov qui demeurait silencieux, les yeux fixés sur la chaussée au pavage inégal.

— Puis-je continuer ?

— Je vous en prie.

— Je vous remercie. Je suis heureux que vous m'ayez bien compris. À cette heure, l'Allemagne traverse sans doute la période la plus tragique de son histoire. Je sais que votre sympathie est toujours allée à la Grande-Bretagne, je sais comment vous nous avez raillés en nous traitant de « balourds » et de « bouffeurs de saucisses ». Mais les « bouffeurs de saucisses » savent travailler et nous renaîtrons de nos cendres, nous n'avons pas dit notre dernier mot.

— Qu'a à faire ici la secrétaire-chiffreuse de l'ambassade de Russie ?

— Nous sommes avant tout intéressés par les questions économiques : avec qui le Kremlin cherche-t-il à nouer des contacts commerciaux, de quels moyens dispose-t-il vraiment ? Tout cela passe par le chiffrement.

— Quelle aide pouvez-vous fournir à notre mouvement ?

— Je suppose que vous n'envisagez pas une aide financière ? Je ne me serais pas permis de vous la proposer parce que, dès lors, je vous mettrais dans la position de devenir mon agent.

— Et si j'ai besoin de papiers, de billets de chemin de fer allemands, d'équipements d'origine allemande ?

— Qu'il s'agisse de billets lettons, d'équipements estoniens, de papiers lituaniens, à l'heure actuelle, l'Allemagne n'est pas en mesure d'aggraver ses relations avec Moscou. D'autre part, de bonnes relations avec le Kremlin pousseront votre pays à nouer des relations d'affaires avec le nôtre, ce qui vous sera beaucoup plus profitable.

Nolmar avait arrêté son auto trois immeubles avant celui où logeait Vorontsov. Depuis cette rencontre, trois autres avaient suivi, aussi profitables à l'un comme à l'autre. Aussi bien, Vorontsov ne rompit pas avec Maria Olenetskaïa en dépit de son aversion.

« Tant pis, songeait-il en s'écartant avec précaution de son ardente maîtresse jusqu'au bord du lit, il faut bien admettre que l'émigration est vouée à sa perte si, trêve d'orgueil, on regarde les choses en face. Nolmar peut bien communiquer à Berlin que je travaille pour lui, peu importe… De retour au pays, il sera temps de renouer avec la fierté. »

— Qu'as-tu de nouveau ? demanda Vorontsov en écrasant son mégot dans le cendrier en terre cuite. Aucune nouvelle du pays ?

— Aucune, chéri.

Vorontsov se devait d'être tout à fait sincère dans ses conversations avec elle : il lui était impossible d'exiger de cette malheureuse des informations en échange de l'amour. Il en eut été le premier humilié, estimait-il. Dans ses relations avec elle, il avait échafaudé une autre conduite : il l'assurait qu'il comptait rentrer au pays et pour cela, il devait savoir exactement ce qui s'y passait ; allait-on vers une stabilisation et un retour à l'ordre ou vers une nouvelle boucherie dans le cas où les bolcheviks se montreraient incapables de s'extirper des problèmes de gouvernance dans lesquels ils s'étaient tragiquement enlisés ?

— Et ici, que dit-on ? Que raconte-t-on ?

— Rien de spécial, mon chéri…

— Combien de fois ne m'as-tu pas dit qu'il n'y avait rien d'intéressant à signaler, alors que des détails que tu me donnais, j'ai pu tirer des conclusions très importantes pour moi ; à deux reprises, c'est toi qui m'as sauvé la vie… T'en souviens-tu ?

— Oui.

Elle lui avait en effet rapporté le contenu des messages chiffrés sur l'activité du groupe de Savinkov.[31]

C'est d'elle qu'il avait appris l'arrivée de Pojamtchi et que, la même nuit, Litvinov devait aller voir le Président pour faire cesser les incessantes actions malveillantes de l'émigration blanche à Revel.

*

Karl Iourla avait été égorgé dans le hall de son immeuble aux alentours de minuit. Au petit matin, on avait trouvé son cadavre raidi : le laitier qui apportait fromage blanc et crème fraîche aux résidents des appartements numéros trois et cinq avait poussé un énorme cri.

À l'aube, alors qu'on n'y voyait guère et que le dernier givre semblait gris et lourd, posté près de son immeuble, Vorontsov vit la voiture de police qui emmenait Nikandrov. On l'avait frappé au cou pour le faire monter et il hurlait de rage et de fureur.

« Vrai, on l'a embarqué à ma place », se dit Vorontsov ; il eut un mouvement pour se dénoncer à la police, mais se reprit, pensant que Nikandrov serait libéré une fois l'erreur reconnue, tandis que lui ne le serait pas. Il devait

31 Boris Savinkov (1879-1925). Écrivain et révolutionnaire russe, l'un des dirigeants de la « Brigade terroriste » du Parti socialiste révolutionnaire.

comprendre plus tard que Nikandrov ne serait sans doute pas libéré de sitôt et qu'on l'enverrait probablement en Lettonie, ou peut-être même en Russie. Il se remémora la nuit passée, Karl Iourla, Maria Olenetskaïa et se vit à distance : « Maudits soyons tous, trois fois maudits ! »

La vie ici-bas lui parut soudain si odieuse qu'il faillit envisager d'aller se jeter dans la mer, mais il lui revint vite qu'il n'avait que mépris pour les suicidés, et il téléphona à Nolmar.

— Vous êtes déjà au courant des arrestations ? lui demanda Nolmar.

— Elle m'a dit cela cette nuit. Je n'ai eu le temps d'avertir personne. Qui aurait pu prévoir que le Président cèderait si vite à leur pression...

— Vous savez aussi qu'on a égorgé Iourla ?

— Croyez-vous que la perte d'une quarantaine de millions de dollars affecterait beaucoup les bolcheviks ? demanda Vorontsov en évitant de répondre à la question de Nolmar.

— Naturellement... Ils sortiront l'épée car ils ont la nécessité de faire du commerce. Mais une fois qu'il aura disparu là-bas, où cet argent ressortira-t-il ?

— D'une manière ou d'une autre, il ressortira... Monsieur Nolmar, j'ai besoin de papiers : un billet pour Moscou et un peu d'argent.

— À quel nom doit-on établir le billet ?

— Peu importe, c'est égal...

— Je comprends. Quelle photo faut-il mettre ?

— La mienne.

— Tiens donc… Je répète donc ma question : où iront ces millions ?

— Ils iront bien quelque part.

— Dans ce cas, vous n'avez qu'à demander ces papiers « quelque part »…

— Où devraient-ils aller ? demanda Vorontsov après un long silence.

Il se dit qu'il devait descendre de la voiture, mais il se ravisa, comprenant ce que sa position avait d'humiliant.

— En Allemagne.

— Vous voulez racketter une partie de l'argent ?

— Pourquoi une partie ? Tout l'argent doit nous revenir. Chaque dollar sera changé contre des marks, à un taux spéculatif, bien entendu.

— Mais l'Allemagne n'utilisera pas ces dollars pour commercer avec la Sovpedie ?

— Bien entendu, nous pouvons commercer avec eux, mais les dollars nous servent au commerce avec l'Amérique. La Russie se contente de chaussures, d'amidon et d'écrous.

— Mon organisation sera en mesure de disposer de l'argent, même si les Soviets devaient accabler Berlin de protestations ?

— Auriez-vous l'intention d'obtenir ces millions illicitement ? sourit Nolmar. Je ne puis vous croire capable d'aller jusque-là.

— J'aurais surtout envie de prendre une cuite, Nolmar.

— Ce n'est pas une mauvaise idée.

— Quand les documents seront-ils prêts ?

— Dès aujourd'hui. Et n'allez pas traîner dans les rues, n'énervez pas la police. J'aurai besoin de votre amie pendant votre absence. Présentez-nous…

— C'est de moi qu'elle est amoureuse, avec vous cela ne marchera pas…

Nolmar éclata de rire :

— Je suis dans l'espionnage depuis dix ans et je connais les femmes comme le *Pater noster*. Il en résulte que je ne crois plus en rien et que je ne peux plus regarder mes propres sœurs sans frissonner. Ça marchera, Viktor, hélas, ça marche toujours. Nous autres hommes avons le sens du devoir et de l'honneur, les femmes, elles, ne connaissent que la passion : tu as gagné si tu sais la susciter.

— C'est obscène…

— Non, c'est la vérité. Du reste, de la vérité à l'obscène, il n'y a qu'un pas : l'un et l'autre doivent être mis à nu. Si votre Maria Olenetskaïa fait exception, par amour pour vous, elle m'aidera, cela arrive aussi.

Vorontsov trouva Pojamtchi dans la rue, sur le chemin de « la Couronne d'or », alors qu'il venait de présenter Olenetskaïa à Otto Nolmar.

Pojamtchi se montra on ne peut plus flatteur, plein d'entrain et sans rancune pour les événements de la veille. Ce changement d'humeur était survenu après qu'il eut rencontré sur la recommandation de Litvinov le président de la société de joaillerie « Marchand et C° ». Au cours de cet entretien en tête-à-tête, il s'était ouvert à lui et lui avait proposé un marché : le Français préparait deux contrats de livraison de produits alimentaires pour les Soviets et recevait en échange non pas de l'argent, mais des pierres précieuses que Pojamtchi devait choisir à Moscou. Et c'est Pojamtchi, selon la partition écrite par les joailliers, qui devait acheminer ces pierres à Revel. Ils avaient prévu qu'il devait apporter les joyaux officiels et, pour éviter tout scandale international, n'y mettre que ceux qu'il possédait personnellement. Ces pierres lui garantissaient un profit de cinq pour cent dans le portefeuille d'actions de la société « Marchand et C° ».

Persuadé que les gens de chez Marchand auraient très vite rédigé le contrat pour la Sovpedie, Pojamtchi estimait qu'il serait de retour à Revel dans un mois, deux au plus. Il était également convaincu que des comparses l'attendraient à la frontière avec une voiture ; il enverrait les pierres destinées à Litvinov et disparaîtrait le même jour avec les autres joyaux.

Du coup, songeait-il, Vorontsov cessait d'être redoutable, et il le serait encore moins à Moscou. Il affichait une jovialité bruyante, contait au sombre Vorontsov des histoires drôles et se plaignait des difficultés de la vie en Russie.

Se souvenant de la mise en garde de Vorontsov, il l'assura qu'il se mettrait en quatre pour ses émissaires. Il ne pouvait certes pas imaginer que Vorontsov s'apprêtait lui aussi à regagner Moscou…

*

« *Extrait de la directive de la Tchéka, n°28/7*

b) Envoyer en Estonie Vsevolod Vladimirovitch Vladimirov en mission spéciale.

Kedrov, membre du collège de la Tchéka »

Le matin, à Moscou

Gleb Boki reçut en même temps deux messages chiffrés de Revel. Le premier disait : « Un inconnu en provenance de Moscou a déclaré dans le train Moscou-Revel qu'il désirait se rendre en Estonie et d'y rester. Auguste. »

Le deuxième message était plus précis : « Un citoyen soviétique inconnu a passé la soirée avec l'émigré blanc Vorontsov. Leur conversation n'a pu être interceptée, mais il est sûr que leurs relations étaient des plus amicales. Au cas où il s'agirait de l'homme recherché, prévenez-moi sans délai pour me dispenser d'une tâche d'observation inutile. Karl. »

Boki transféra l'information aux services concernés, appela la voiture et téléphona à Vsevolod.

— Vsevolod, vos documents sont prêts et très réussis. Bizarrement, en 1920, vous aviez pris « Issaïev » pour pseudonyme et vous semblez toujours y tenir, je ne comprends pas pourquoi. Vos prénom et pseudonyme, d'accord, c'est en hommage au poète Lermontov[32], mais avec le nom, au risque de vous déplaire, je ne suis pas d'accord. Il n'est justifié ni par la généalogie ni par une quelconque subtilité : ça fait nom de boutiquier, croyez-moi…

Il écouta la réponse de « Maxime Maximovitch » et fit éclater son grand rire de basse légère avant de dire :

— Si vous avez fini, je peux vous raccompagner chez vous. Attendez-moi devant l'entrée n°4…

Dans la vieille bagnole fouettée par un vent glacial, Boki continua de le taquiner :

— Non, mon vieux, ce n'est pas convaincant… Et le fait que vous fassiez référence à Lermontov tout en clignant du côté de Litvinov[33] n'est pas sérieux non plus, c'est même irréfléchi.

— Mais, tout gosse, je grimpais sur ses genoux, je l'appelais « Père Noël » !

— Votre explication plaira au contre-espionnage estonien. Moi, c'est « Issaïev » qui me chiffonne…

— Voyez-vous, Gleb, si l'on prend l'histoire de la culture mondiale, on voit que la civilisation européenne a le christianisme pour lien originel. Isaïe est un prophète chrétien. Mais mon père avait quelque raison de m'obliger à apprendre le farsi car Issa est un prophète de Mahomet. Issi

---

32 « Maxim Maximovitch », titre d'une nouvelle de Lermontov.

33 Maxim Maximovitch Litvinov.

est l'un des prénoms japonais les plus répandus, qui honore une sainte ; n'étant pas allé jusqu'au bout de mes recherches avec le bouddhisme, j'ignore encore comment je pourrais faire fructifier Issaïev en Extrême-Orient. Considérez, en tout cas, le panorama général...

— Oui, cela donne un superbe échantillon de bolchevik cosmopolite porté sur la religion... Dans le genre Tourgueniev interprétant Zola[34] !

— C'est vrai, reconnut Vsevolod gravement. J'entre immédiatement en contact avec une énorme quantité de gens. Élément central, les chrétiens – les émigrés pullulent en Russie, en Bulgarie et en Serbie – vénèrent Isaïe. Les catholiques, les protestants et les luthériens, en somme l'Europe et l'Amérique, tout autant. Cela dit, il ne faut pas oublier l'origine israélite d'Isaïe. N'est-ce pas l'occasion d'entamer à ce sujet une discussion avec le mufti du Caire ? Cela vous suffit-il ? Pour le moment, je laisse tomber le Japon, fit-il, facétieux. C'est encore trop tôt...

— Vous êtes très rusé, camarade Issaïev.

— Comment dois-je le prendre ? Vous voulez dire intelligent ?

— Lorsqu'un imbécile est rusé, ça se voit à un kilomètre. Dans nos stratagèmes, l'idiot est indispensable. Autant que

---

34 En dépit de son admiration et de son affection pour Zola, Tourgueniev n'appréciait ni son naturalisme radical ni ses campagnes de presse très engagées.

la pierre à aiguiser l'est au couteau. Il est injuste que la postérité ne se souvienne que des plus intelligents au détriment des imbéciles. C'est antidémocratique. J'érigerais bien une colonne avec cette inscription : « Aux idiots, les esprits supérieurs reconnaissants. »

Il sortit de la voiture sur l'Arbat : il y habitait avec son père.

— Vous saluerez votre père de ma part.

— Vous vous souvenez de lui ?

— Lorsque nous étions en relégation, nous nous sommes pas mal asticotés... Tout « otzoviste » [35] qu'il fut, votre papa était un polémiste étincelant : il avait la fougue, la sensibilité et l'éloquence.

Le père de Vsevolod, Vladimir Alexandrovitch Vladimirov, était sec, le nez busqué et les cheveux poivre et sel. Son épaisse chevelure bouclée ne se laissait jamais aplatir, de sorte qu'il paraissait plus grand. Il avait une diction d'acteur, une manière ample et belle de parler, et quel que fût le sujet, il montrait de l'ardeur et de la passion.

Il arrivait que Vsevolod s'étonnât de tant de passion : un détail pouvait le mettre en fureur alors que pour les choses sérieuses, il se montrait toujours calme et mesuré, tout au plus devenait-il d'une pâleur mortelle et passait-il nerveusement ses longs doigts maigres dans les cheveux.

---

35 Groupe de sociaux-démocrates radicaux qui, après la révolution de 1905, prône le retrait de la Douma.

— L'opposition menchevique salue l'agent secret, marmonna le père tout en fourrant dans la valise ses carnets bourrés de notes. Le thé est dans la cuisine, ainsi que le hareng et, je n'en suis pas peu fier, il y a du beurre de la ferme que j'ai eu contre un volume de *La Pucelle d'Orléans* illustré par Charontier. Le petit koulak a pris la représentation du nu pour une image porno et en a été très émoustillé…

— Tu as dîné ?

— Oui.

— Tu as reçu le mandat de mission ?

— Une feuille de papier…

— S'il est visé et signé, c'est un mandat…

— Oui, quelqu'un l'a cochonné en bas, au coin gauche.

— Mon cher papa, le supplia Vsevolod, avec moi, à mon propos, à notre propos, tu peux plaisanter autant que tu veux, mais quand tu seras en Sibérie, s'il te plaît, abstiens-toi. Le sens de l'humour, hélas, n'est pas donné à tout le monde et si, là-bas, quelqu'un te prend pour un contre-révolutionnaire, je ne pourrai rien faire puisque je ne serai plus à Moscou.

— C'est donc que la dictature du prolétariat brime le sens de l'humour ?

— Non… pourquoi dis-tu cela ?

— Dans la situation où vous vous trouvez, il n'y a pas de quoi rire.

— As-tu des propositions pour changer les choses ?

— Question démagogique, Vsevolod !

— Une question ne peut pas être démagogique. En général, seules les réponses le sont. Pas vrai ?

— Vsevolod, c'est trop facile de se barricader dans les aphorismes. Regarde plutôt autour de toi ! Comment expliques-tu que tous ces intellectuels qui ont fondé la social-démocratie soient aujourd'hui récusés ?

— Papa, tu t'es toi-même exclu !

— Moi ? C'est malhonnête de dire cela !

— Encore une fois, ton objection est sans fondement.

— Tu as toujours ce mot à la bouche : « sans fondement » ! Prouve-moi que tu as raison !

— Le ciel est le ciel, le soleil, le soleil, mais la terre est un gouffre insondable, il s'agit d'une évidence qui se passe de preuve. Je suis prêt à te contredire parce que tu essaies de me convaincre que le ciel est la terre et le soleil, un gouffre insondable. Tu vas encore me répéter que, dès le début, nous avons trahi le marxisme sous prétexte que la terreur rouge est contre-révolutionnaire, cela par imitation de Robespierre et que, dorénavant, nous ouvrons grand les portes au capital, à la propriété privée, à la Nouvelle Politique Économique. À ces objections, je réponds qu'il s'agit d'une nécessité, que si nous avions attendu davantage, la situation serait devenue désespérée. Tu me diras que l'interdiction des journaux mencheviques, sociaux-démocrates et constitutionnel-démocrates de gauche est contraire à la constitution et, à mon tour, je te demanderai ce que nous aurions dû faire lorsque les généraux Denikine, Ioudenitch et Koltchak nous attaquaient. Quand la maison brûle, il faut éteindre l'incendie plutôt qu'ergoter s'il faut prendre de l'eau ou du sable. Pardon, papa, mais c'est toi qui as lancé cette discussion. Nous nous sommes battus et nous avons éteint l'incendie. Si nous ne l'avions pas fait, les Ioudenitch et les Denikine vous auraient pendu haut et court, vous autres mencheviks, en même temps que nous. Vous vous êtes sentis offensés, vous avez changé d'avis et vous avez manqué le coche. Ce sont les marins et les ouvriers qui sont devenus commissaires à votre place, ce sont eux qui ont appris à écrire en signant les ordres d'exécution.

— D'où te vient tant de froideur, mon fils ? Une froideur si glaçante ?

— Papa, je n'ai jamais osé te demander d'où te venaient cette irresponsabilité insouciante et cet amour-propre chatouilleux.

— Tu aurais dû, fit doucement le père.

— Tiens donc… lâcha Vsevolod, piqué à vif. Et qu'en aurait-il été alors ? On prend le pouvoir, on proclame la dictature, et puis on s'aperçoit qu'ici ça ne colle pas, que là ça coince, alors quoi, il fallait se planquer dans les taillis ? Décamper ? Tout envoyer au diable ? Ç'aurait été cruel, papa ! Pour les gens, pour la Russie ! Ç'aurait été trahir son rêve ! Tu me fourres le nez dans les tares de notre quotidien : bureaucratie, balourdise, crétinerie, cruauté absurde et féroce, comme si je ne les connaissais pas aussi bien que toi, sinon mieux !

Vsevolod s'éloigna vers la fenêtre, s'assit sur le rebord et continua de marteler :

— C'est difficile, chacun de nous le sait en son for intérieur, et vous êtes des dizaines de milliers de malins comme toi qui nous observent en ricanant. Vous feriez mieux de donner un coup de main ! En vous voyant rigoler, les marins vous détestent encore plus : « Maudits intellectuels, tous les malheurs viennent d'eux ! Dire que Gorki veut les gâter encore plus et empêche qu'on les expulse ! » Papa, la vie est une donnée brute : il faut d'abord la prendre comme elle est et après seulement la modeler... Tu peux dire merci à Lénine si Kornilov n'a pas décrété la dictature en août, si cela avait été le cas, c'est au bagne que tu serais en train de pleurer sur le destin du marxisme.

— Ce serait pour moi plus satisfaisant que...

Il n'en dit pas plus. Il se leva lentement et, en traînant ses vieux souliers usés, passa dans le salon.

— Tout État doit prendre exemple sur le jardinier qui est attentif à chaque fleur, même si elle n'est pas de saison. Alors que vous, le bon grain ou l'ivraie, vous traitez tout en bloc.

— Papa, quand à l'église, on sonne les cloches, effrayés, les pigeons aussi s'envolent, et les corbeaux les suivent... N'est-ce pas ? Pour quelle heure faut-il commander la voiture demain matin ? Ton train est à 6h40 ?

— Les corbeaux ne prennent pas la voiture, ils vont à pied...

Vsevolod sourit et se dirigea vers son père :

— Nous ne devons pas nous disputer, papa, nous allons nous séparer...

Le père fixa sur lui un regard si triste, si tendre que Vsevolod en fut retourné et il se précipita contre sa joue, enlaça son cou maigre et flétri et demeura ainsi, comme quand il était petit et que l'homme le plus fort, le plus juste et le plus gentil sur cette terre était son papa. Soudain, il sentit son corps secoué de sanglots et il en fut terrifié parce qu'il n'avait jamais vu son père pleurer et craignant de se dégager de sa joue, il l'étreignit de plus en plus fort, comme un chiot qu'on veut chasser.

— Papa, allons, dit-il enfin, que t'arrive-t-il, mon petit papa ?

— Dieu te juge ! fit doucement le père et son dos cessa de tressaillir, tandis que Vsevolod sentit sur sa joue la fraîcheur des larmes.

*

« Sur le projet de directive en direction de la Petite Commission du Sovnarkom[36]

Camarade Tsourioupa, Il semble que nous ayons un désaccord majeur. À mon sens, l'essentiel doit porter sur le

---

36 Commission permanente auprès du Sovnarkom (Conseil des Commissaires du peuple) de la RSFSR de 1918 à 1930, chargée de régler les questions financières et économiques.

choix des gens et la vérification des résultats et non sur la rédaction des décrets et des ordres (où nous atteignons des sommets de bêtise). C'est la clef.

La Petite Commission ne répond pas à cette exigence ? Admettons. Dans ce cas, Rykov[37] et vous devez consacrer les 9/10ème de votre temps à ces changements (il serait ridicule d'attendre du Rabkrin[38] et de sa direction autre chose que l'exécution de simples missions). Tout le monde s'est noyé dans l'affreux marécage de la bureaucratie des services. Pour en venir à bout au quotidien, il faut une grande autorité, de l'intelligence et une poigne ferme. L'administration, c'est la chierie ; les décrets, aussi. Trouver les personnes adéquates, vérifier les résultats, tout est là.

Lénine »

*

Lénine restait assis, immobile, sentant que s'il venait à bouger, il serait incapable de se concentrer plus longtemps sur ce que disait Alski, le nouveau vice-ministre des Finances que venait de lui amener Kamenev[39] et qu'il pourrait être cassant avec cet homme qu'il ne connaissait

---

37 Fusillé en 1938. *Note de l'auteur.*

38 De 1920 à 1934, organe gouvernemental chargé de contrôler les adminstrations de l'État.

39 Fusillé en 1936. *Note de l'auteur.*

pas et qui, selon les apparences, était plus un exécutant intelligent qu'un bagarreur.

— Vladimir Ilitch, je suis persuadé que, dans les plus brefs délais, le Gokhran fonctionnera à nouveau correctement, continuait Alski. Nous sommes persuadés que, dans les plus brefs délais, nous serons en mesure de préparer pour l'expédier en Europe une caisse de diamants et de platine, afin d'acquérir les produits alimentaires nécessaires aux affamés. Nous comprenons combien est grande notre responsabilité et nous obtiendrons des changements radicaux...

— Bien, fit Lénine, contrarié, vous nous avez raconté tous les dysfonctionnements du Gokhran et peint un tableau idyllique d'un avenir radieux. D'où vous vient la certitude de ce succès final ?

— Nous avons procédé à deux contrôles, très minutieux et approfondis ; maintenant, nous préparons un nouveau projet pour la comptabilité des joyaux ; nous avons renforcé l'éducation politique dans l'administration des douanes...

— Des mots, des mots, rien que des mots ! Et qui avez-vous puni assez sévèrement pour que cela serve d'exemple aux autres ? Qui, dans les faits, est coupable de négligence et de mauvaise gestion de la comptabilité ? Qui avez-vous épinglé dans la presse pour incurie ?

— Il m'a paru impossible d'étaler nos problèmes dans la presse, répondit Alski.

*

Quelques jours auparavant, Rykov était venu voir Lénine.

— Vladimir Ilitch, un doute me taraude et je viens vous demander conseil.

— Dites-moi quel est ce doute, dit Lénine en souriant, nous allons tâcher de vous en libérer, bien que je sois profane en la matière.

— En voici la teneur... Nous abordons notre quatrième congrès depuis la victoire d'Octobre qui confirme concrètement que nous avons vaincu les forces d'intervention et les Blancs. Mais, d'après ce que je peux déduire des débats entre camarades, cela va surtout laisser de nouveau libre cours à la critique, à l'auto-critique et à la discussion...

— Tout cela est logique !

— Certes, mais notre congrès a invité encore plus de communistes étrangers... Nous publions les comptes rendus dans la presse, ils sont immédiatement traduits dans les pays de l'Entente... Ne sapons-nous pas ainsi la confiance que nous avons en nous-mêmes, dans notre pratique de la lutte et de la construction du socialisme vis-à-vis de nos camarades étrangers ?

— Que proposez-vous d'autre ? Nommer une commission spéciale pour la rédaction des comptes rendus ? À quoi servirait alors l'organisation de congrès ? Non, mon cher, apprenons plutôt à entendre les reproches les plus rudes, à condition bien sûr qu'ils soient dictés par l'intérêt pour la cause commune. La malveillance ou le foutoir sont immédiatement détectables et parfaitement inoffensifs pour nous car les travailleurs ne se laisseront pas berner et n'y croiront pas. Quant à nos camarades étrangers, c'est un chapitre à part… Nous comprendront-ils ou non à la présente étape, nous croiront-ils ou pas, c'est une affaire secondaire. Les événements du monde suivent un processus objectif. Ce n'est pas très joli d'épier la tête des amis quand une masse grouillante d'ennemis rôde autour. Les quatre années de lutte que nous avons menée contre les armées de quatorze pays nous valent un brevet de confiance. Nous sommes reconnaissants aux travailleurs d'Europe et d'Amérique qui nous accordent toute l'aide possible, et nous ne l'oublierons jamais, mais il faut regarder la vérité en face : l'aide matérielle, nous serons seuls à pouvoir la leur fournir et, encore une fois, pour le moment, à part nous, il n'y a personne. D'ailleurs, le seul fait que nous existions est déjà une aide : le capitaliste anglais doit payer plus cher ses ouvriers de peur que s'il ne le fait de lui-même, ils lui arracheront une augmentation de salaire, tout le monde a l'exemple russe à l'esprit.

*

Visiblement troublé, Alski déclara :

— Vladimir Ilitch, dans les prochains jours, nous nous engageons à rectifier la situation du Gokhran, sans faire d'annonce tapageuse dans la presse. Nous sommes convaincus que les choses iront pour le mieux, surtout grâce à vos précieux conseils.

— D'accord, coupa Lénine. Fort bien. Nous vous donnons un mois, camarade Alski. Pas plus. Pendant ce mois, vous devez avoir réglé tous les problèmes du Gokhran. Cela, sans bavardage ni hourras inutiles, avec plus de sérieux et sans rapport pompeux. Contactez absolument le Rabkrin et la Tchéka, je crains que sans leur aide, les choses resteront au point mort en dépit de votre optimisme.

Lénine cocha rapidement un jour sur son calendrier et mit sèchement fin à l'entretien :

— Je vous remercie. Au revoir.

— Qu'en dites-vous ? demanda Lénine à Kamenev lorsque Alski fut sorti. J'ai été cassant, n'est-ce pas ? Mais comment faire autrement ? Partout c'est le chaos, bientôt les paysans pourront tapisser les murs de l'isba avec les roubles et votre Alski voit la vie en rose !

— Je peux le comprendre, Vladimir Ilitch !

— Ça, par exemple ! Eh bien aidez-moi aussi à comprendre…

— Toute rupture du cours politique, surtout lorsqu'elle est aussi brutale que la NEP, place les cadres du parti devant un dilemme : choisir entre les paroles et les actes, comment ne seraient-ils pas troublés ?

— Les paroles et les actes ? Cela fait penser à un slogan d'Ivan le Terrible… Je ne saisis pas tout à fait votre pensée, mon ami.

— Les paroles, c'est « la révolution mondiale » et les actes « le développement et l'harmonisation du commerce » à propos desquels, je cite Lénine – ajouta Kamenev avec malice : « il est ridicule de parler de socialisme ».

— Vous observerez que je suis économiste, pas prophète. Ensuite tenez compte que cette phrase a été écrite au début du siècle à propos d'un pays où les principaux rouages se trouvaient entre les mains de l'administration tsariste et de la bourgeoisie naissante. Oui, sans hésiter je dis « vive la révolution socialiste mondiale », et ce sont bien des actes, pas des mots ! Il nous faut prouver à nos ouvriers et paysans dont nous tenons un brevet de confiance que nous sommes capables de gérer le pays et que nous nous y emploierons avec une exigence d'harmonie et de rigueur toujours plus grande.

Ce gouvernement se noiera dans les détails s'il doit s'occuper du repassage des chemises et du ressemelage des chaussures des travailleurs : il faut laisser cela à la NEP, aux petits patrons et, encore mieux, au secteur coopératif qui s'organisera progressivement en industrie de service public. Il nous faut apprendre à ne pas nous perdre dans les broutilles bureaucratiques qui rendent fou et dessèchent l'esprit et à nous élever au-dessus du tumulte de façon à penser à l'essentiel, en prévision de l'avenir : à l'électrification, à la construction de l'industrie métallurgique, à la modernisation de l'agriculture. Or nombreux sont nos camarades affolés – oh là là, voilà que nous restaurons le capitalisme ! – qui affectent de pratiquer la Nouvelle Politique Économique, à dire vrai en l'enrobant de discours et de chiffres. Les ouvriers russes qui n'ont ni pain ni chaussures se gratteront la tête et diront : « Camarades, les bolcheviks, ils sont bons pour causer, mais pour faire, ce ne sont que des empotés et des savates incapables de diriger la république ! » Et fini la confiance ! Il faut regarder la réalité en face ! Nous serons alors fichus, nous aurons tué une grande cause, et cela personne ne nous le pardonnera jamais ! Être un révolutionnaire marxiste aujourd'hui ne signifie qu'une chose : savoir diriger avec profit et utilité, habilement et fermement ; savoir commercer mieux que les capitalistes, produire manteaux et chaussures mieux qu'eux, avoir de meilleures cantines qu'eux, proposer des maisons de santé aux travailleurs que n'ont pas les capitalistes, autant de choses qui signifient continuer à être révolutionnaire. Le détail du quotidien, c'est la chose la plus assommante, la plus fastidieuse de la politique économique. Vous oublierez les détails, et moi aussi du reste. Alors que le quotidien leur rapportant de l'argent, les hommes de la NEP[40] n'oublieront jamais leurs dividendes. Ils nous soulageront grandement en prenant sur eux le poids de vétilles dépourvues d'importance pour l'État, conclut Vladimir Ilitch.

Kamenev s'apprêtait à partir lorsque la camarade Fotieva apporta à Lénine plusieurs enregistrements téléphoniques émanant du ministère du Commerce extérieur, de la Tchéka et du Comité central chargé du chauffage. Lénine parcourut

40 Les hommes de la NEP : hommes d'affaires, commerçants, qui tiraient parti des possibilités offertes par le commerce privé.

rapidement les trois premières feuilles et s'arrêta net sur la dernière. Il relut la page plusieurs fois, deux profonds sillons barrèrent son front. Il appela Kourski, le ministre de la Justice.

— Camarade Kourski, on m'informe que trois fonctionnaires du Comité central chargé du chauffage envoyés en Suède pour l'achat de matériel ont dépensé tout leur argent sans avoir rempli leur mission. Je vous enjoins de les rappeler immédiatement et, si les circonstances le permettent et si les preuves de leur vénalité sont réunies, de les arrêter, de les juger et de les envoyer pourrir en prison ! La Russie meurt de faim et voilà trois ronds-de-cuir communistes qui, figurez-vous, caracolent à Stockholm ! Faites donc, je vous prie…

Lénine raccrocha et posa un regard lourd sur Kamenev :

— J'aurais dû réagir autrement ? Je suis trop dur ? C'est qu'ils comptent sur la bienveillance propre à l'esprit de corporation : du moment qu'on partage les mêmes idées, on se serre les coudes en famille ! Eh bien non. Qu'on m'accuse de cruauté, tant pis, l'important est que la réaction soit juste et objective, conforme à l'intérêt général.

Après avoir raccompagné Kamenev, Lénine revint à sa table de travail et nota sur le calendrier : « Académicien Ramzine[41]. Chaudières. Trotsky, Frounze, Toukhatchevski[42], Ouborevitch[43] – voir avec eux les questions théoriques à

41 Arrêté en 1929. *Note de l'auteur.*

42 Fusillé en 1937. *Note de l'auteur.*

43 Fusillé en 1937. *Note de l'auteur.*

propos de l'armée. Krestinski[44], possible ambassadeur à Berlin, le convoquer. Avec Boukharine[45], discuter de la paysannerie moyenne et de ce qu'on appelle "l'homme honnête". »

Lénine regarda par la fenêtre. Le ciel printanier était tendu, lourd et bicolore, alliage de bleu dense et de rouge brumeux. Croassement de corneilles. Les carillons du Kremlin sonnèrent joliment l'heure. Lénine vérifia sa montre et alluma la lampe.

*

« J'espérais toujours que l'arrivée de nouveaux employés dans le collectif du Contrôle de l'administration bousculerait le cours des choses, mais d'après les questions que j'ai posées à Staline, il n'en est rien. Je vous prie de m'écrire quelques lignes, après quoi, si besoin est, nous fixerons un rendez-vous. Vos effectifs s'élèvent à 8 000 au lieu de 9 000. N'est-il pas possible de les ramener à 2 000 en fixant les salaires à 6000 roubles (salaire multiplié par trois) et d'élever la qualification des personnels ?

Si Avanessov[46] *doit venir bientôt, montrez-lui ma lettre.*

Salutations communistes,

Lénine »

---

44 Fusillé en 1938. *Note de l'auteur.*

45 Fusillé en 1938. *Note de l'auteur.*

46 Fusillé en 1937. *Note de l'auteur.*

« Essayez de confronter le concept usuel, courant de "révolutionnaire" aux mots préférés de l'étape actuelle : louvoyer, reculer, différer, changer les choses doucement, faire bosser sans pitié, exercer une discipline de fer, attaquer le relâchement de la discipline… Faut-il s'étonner si, en entendant ces mots, des révolutionnaires sont pris d'un dégoût légitime et se mettent à nous "attaquer" pour avoir oublié les traditions de la révolution d'Octobre, pour nous montrer trop conciliants avec les spécialistes bourgeois, pour nos compromissions avec la bourgeoisie, pour notre esprit petit bourgeois, notre réformisme, et j'en passe ! »

« Nous ne savons pas condamner publiquement les tracasseries administratives : nous méritons autant que nous sommes, et le ministère de la Justice doublement, d'être pendus haut et court. Je n'ai pas encore perdu tout espoir qu'on nous pende un jour pour cela et nous ne l'aurons pas volé… Pourquoi ne serait-il pas possible de prononcer une condamnation comme suit : nous déclarons untel coupable de tracasseries administratives, d'incompétence, de complaisance pour le bureaucratisme et prononçons un blâme sévère et une réprobation publique, en avertissant qu'il s'agit là d'une peine légère et qu'en cas de récidive, c'est la prison qui attend la fripouille communiste ou syndicaliste… »

« En 1921, au IIIème congrès du Komintern, nous avons adopté une résolution sur l'organisation des partis communistes et sur les méthodes et le contenu de leur action.

Une résolution magnifique mais russe jusqu'aux oreilles, découlant entièrement du contexte russe. C'est là son point fort en même temps que son point faible. Le côté faible, c'est qu'aucun étranger ne la lira jusqu'au bout... vu sa longueur. D'habitude, ils trouvent ce genre de texte indigeste. Et s'il advient qu'un étranger parvienne à la lire, il ne pourra pas la mettre en pratique... Je garde l'impression que cette résolution était une grave erreur... Comme elle est inspirée par notre expérience russe, elle est complètement inintelligible pour les étrangers qui ne pourront se satisfaire de l'afficher comme une image pieuse devant laquelle se prosterner. Résultat nul. Ils doivent s'approprier une partie de notre expérience. Comment cela sera-t-il possible, je l'ignore... »

« Le gouvernement... concentre tous ses efforts pour renforcer autant que possible la base juridique de ce que nous appelons "la Nouvelle Politique Économique", afin de faire obstacle aux tentatives de la contourner ».

« À propos de la formation de l'URSS... Staline a déjà accepté une concession. Au chapitre I, au lieu d'"entrer" dans la RSFSR, on propose la formulation : "Adhésion collective formalisée simultanément avec la RSFSR au sein de l'Union des républiques d'Europe et d'Asie". »

« J'espère que l'on comprendra quel esprit motive cette concession : nous nous considérons égaux en droits avec la République socialiste soviétique d'Ukraine et les autres républiques et nous entrons toutes ensemble et sur un pied d'égalité dans la nouvelle fédération... »

« Prononcer un blâme sévère au Comité de Moscou pour complaisance à l'égard des communistes. Confirmer auprès de tous les comités de province qu'à la moindre tentative d'"influencer" les tribunaux afin d'"atténuer" la responsabilité des communistes, le Comité central prononcera l'exclusion du parti... Diffuser la circulaire du ministère de la Justice (copie aux organisations locales du Parti) informant que les tribunaux ont l'obligation de punir plus sévèrement les communistes que les non-communistes.

P.S. Un parti au pouvoir qui défend "ses" salauds, voilà le comble de l'indécence ! ! ! »

« Nous pouvons faire du prolétariat urbain le fil conducteur des idées communistes dans le prolétariat rural.

Je viens de lâcher le mot "communiste" et je m'empresse de rectifier par crainte de susciter un malentendu ou de paraître trop rigide... Tant que nos campagnes seront dépourvues d'une base matérielle permettant le communisme, ce serait, dirais-je, dangereux, et même mortel pour le communisme...

Histoire d'une question

Six mois avant que Lénine ne convoque Alski, l'Inspection ouvrière et paysanne avait eu vent de la situation critique qui régnait au Gokhran. Le ministre Staline avait convoqué Avanessov, son vice-ministre, et selon son habitude, il arpentait à grands pas son vaste bureau (il avait demandé qu'on réunisse les trois pièces afin que des fenêtres donnent aussi sur la cour) et lui avait dit à mi-voix :

— Si ce qu'on raconte sur le Gokhran devait contenir une once de vérité et que cette vérité venait à s'ébruiter, le camarade Trotsky ne manquerait pas l'occasion de l'exploiter pour renouveler ses attaques contre l'Inspection ouvrière et paysanne lors du prochain Bureau politique. S'il n'y a eu aucun vol d'objets précieux nationaux, c'est à l'Inspection ouvrière de garantir l'honneur et de la dignité des vieux spécialistes. Trotsky se targue tant et plus de la probité professionnelle des spécialistes militaires qu'il emploie dans son administration : il n'est pas le seul à avoir embauché d'anciens cadres. Triez sur le volet des gens expérimentés et tenaces et faites-en des contrôleurs du Gokhran. Les employés ne trouveront rien à redire, il n'y aura pas de quoi, et cela mettra pour toujours la république à l'abri des vols.

Trois jours plus tard, les services de l'Inspection proposaient à Avanessov trois candidats : Kozlovskaïa, Gazarian et Potapov. Avanessov s'apprêtait à convoquer chacun d'eux pour entretien, mais il fut terrassé par une influenza avec complication pulmonaire. Staline étant lui-même pris par le Commissariat des nationalités et le Comité Central, les entretiens furent annulés et les trois candidats automatiquement recrutés. Un jour, à l'occasion d'une réunion du bureau organisationnel, Krestinski, ministre des Finances, échangea quelques mots avec Staline. Tous deux connaissaient Kozlovskaïa du temps de la clandestinité, d'ailleurs elle habitait maintenant au Kremlin, dans le bâtiment de l'ancienne cavalerie impériale, où son appartement jouxtait celui de Stoutchka[47]. À dire vrai, Krestinski habitait encore dans la deuxième maison des Soviets, l'ancien hôtel Métropol, qu'il quitta ensuite pour le Kremlin, mais il s'était immédiatement souvenu de Kozlovskaïa et il remercia Staline d'avoir envoyé au Gokhran une personne aussi loyale, fiable, et remarquablement cultivée.

— Camarade Krestinski, plaisanta Staline, je me souviendrai de votre compliment : c'est bien la première fois qu'un ministre me remercie de lui avoir envoyé un contrôleur. Je le raconterai sans faute à Demian[48] pour qu'il nous compose une fable que nous ne publierons pas avant une bonne décennie pour l'édification de la postérité. Plus sérieusement, je suis content que vous ayez bien compris le sens de notre action et je vous remercie de votre raisonnable sympathie pour notre pauvre Gokhran…

*

Pojamtchi scruta les trois contrôleurs. Il demanda à l'expert-priseur Chelekhes d'aller voir Levitski, chef du Gokhran, anciennement président de la Caisse des Prêts,

---

47 Piotr Ivanovitch Stoutchka (1865-1932), juriste d'origine lettonne, ministre de la Justice de la Russie soviétique en 1917.

48 Demian Bednyi (1883-1945), poète populaire, membre du Parti communiste depuis 1912, auteur de fables qu'appréciaient les bolcheviks.

afin de convenir qu'eux seuls - Pojamtchi et Chelekhes - soient chargés de conduire les contrôleurs dans les locaux, de leur montrer les joyaux qui y étaient entreposés et de les mettre au courant du fonctionnement.

— Admettez, camarade Levitski - en toutes circonstances, Chelekhes insistait sur le mot « camarade » lorsqu'il s'adressait à l'ancien conseiller secret - admettez qu'il sera difficile pour ces nouveaux collègues d'entrer dans toutes les subtilités de notre métier... Il faut leur venir en aide afin qu'ils soient convenablement orientés dès le premier jour.

« Oh, le salaud, il est sacrément roué, songeait Levitski en observant la face carrée et rougeaude de Chelekhes, il va embobiner ces pauvres commissaires, et comment ! »

On ne parlait plus d' « indemnité journalière » mais de salaire et celui que recevait Evgueni Levitski, comme tout le monde du reste, était une misère, en revanche « le colis » représentait une aide substantielle : il contenait du poisson, du sucre et de la farine. Les premiers mois, Levitski était resté ébahi d'avoir été nommé à ce poste et s'en réjouissait. Il comprenait que seule une honnêteté irréprochable lui permettrait de conserver le bonheur qui lui était soudain tombé dessus, celui de manger à sa faim. Comparé au bien-vivre auquel il était accoutumé avant le coup d'État, ce contentement semblait ridicule mais l'opulence s'oublie bien plus vite que le chagrin et la faim.

Après l'introduction de la Nouvelle Politique Économique, cependant, la vie dans la capitale eut tôt fait de changer :

impossible de dire si l'on se dirigeait vers des lendemains inconnus ou, au contraire, si l'on revenait à toute allure à un passé faste et merveilleux. Des petits cafés ouvraient sur l'Arbat, par Dieu sait quel miracle on trouvait à nouveau dans certaines échoppes du jambon, du vin de bourgogne portant des étiquettes tachées et grasses, témoins du je-m'en-foutisme français. Les cochers faisaient les fiérots, l'obséquiosité perçait à nouveau dans leur voix lorsqu'ils hélaient un passant bien vêtu. Grâce à son œil expérimenté d'ancien directeur de la Caisse des Prêts, c'est alors que Levitski s'avisa que son sort était véritablement pitoyable et calamiteux avec son régime de poisson et de crêpes épaisses et aqueuses que sa femme s'efforçait de cuire sans grand succès.

Une semaine à peine après l'interdiction du commerce privé, Chelekhes lui avait rendu visite, l'humiliant par le titre de « camarade » dont il prenait un malin plaisir à l'honorer, et avait posé sur la table un écrin en maroquin contenant des diamants :

—Camarade Levitski, avec Pojamtchi, nous vous demandons de nous départager : voici le récépissé, mais nous divergeons sur la valeur des diamants. S'il vous plaît, donnez-nous votre estimation, dit Chelekhes en lui tendant le document certifiant le nombre de pierres et leur poids en carats.

— Posez-les là, répondit Levitski, non sans étonnement, car Chelekhes et Pojamtchi passaient pour les meilleurs experts diamantaires non seulement de Russie mais de Grande-Bretagne, de Hollande et de France.

Chelekhes parti, Levitski examina les pierres à la loupe : c'étaient de magnifiques diamants, purs, rendant des éclats de lumière bleue, probablement d'origine sud-africaine, des territoires boers. Il les compta avec son petit doigt et resta stupéfait : il y en avait douze. Il n'en crut pas ses yeux et les recompta. Aucun doute, au lieu des dix indiqués sur la facture, il y en avait bien douze sur l'écrin rouge. Un calcul mécanique, dégagé de son souci de scrupuleuse honnêteté, lui faisait estimer les deux pierres manquantes à au moins sept mille rouble or.

Levitski savait que Chelekhes comptait des bolcheviks importants dans sa famille, aussi décrocha-t-il le téléphone pour appeler le service d'estimation des diamants :

— Monsieur Chelekhes, vous vous êtes probablement trompé, il y a plus de…

Chelekhes le coupa et lui dit dans une brusque pirouette :

— Allons donc, camarade Levitski ! Vous avez dû mal compter, j'accours, voyons, camarade Levitski !

— Levitski fut pris d'un frisson : il ne pouvait deviner si c'était le petit frère bolchevik qui l'avait à l'œil ou si c'était l'idée à laquelle il avait eu peur de croire dès le début qui était la vérité. Chelekhes fut chez lui une minute plus tard ; il répandit les diamants sur la table, les compta, retira les deux plus gros :

— J'avais bien dit qu'il y en avait dix, camarade Levitski. Juste dix. Il le regarda droit dans les yeux et ajouta :

— Au fait, le cocher vous attend, vous avez bien demandé une voiture… Je vous accompagne aussi.

Il saisit les deux pierres dans sa grosse poigne et mit les autres dans une petite boîte qu'il glissa dans sa poche, conduisit Levitski jusqu'à la sortie, l'aida à monter dans la voiture et au lieu de lui serrer la main, fourra dans sa paume froide et moite les deux pierres glacées.

Levitski sillonna la ville pendant deux bonnes heures. Au début, l'étreignait une terreur détestable, mesquine, qui lui glaçait l'âme. Une fois qu'il se fut assuré qu'il n'était pas suivi, il se calma et fut submergé par la tristesse. « Maudits bolcheviks, songeait-il. J'ai toujours été honnête, tout le monde le savait, et ils ont réussi à faire de moi un criminel. » Aux abords du quartier Serpoukhovka, il congédia la voiture et erra longtemps dans les ruelles du vieux Moscou si chères à son cœur, aujourd'hui délaissées, silencieuses et cachées. Il se retrouva sur le quai boueux de la Iaouza desséchée, près du Pont de pierre.

« Jeter à l'eau ces pierres maudites, et qu'on n'en parle plus, envisagea-t-il. Ni vu ni connu, et si Chelekhes s'avise de faire du chantage, j'irai à la police. Quoique non… ça fera trop, en plus d'être prévaricateur, je serais délateur. La délation ? Impossible pour moi, et il le sait. »

À la suite de quoi il fut incapable de s'expliquer comment il s'était retrouvé à proximité d'une maison particulière de la rue Dmitrovka où habitait le vieux Kropotov, le patriarche des bijoutiers de Moscou qui, à trois reprises, lui avait prêté de l'argent : la première fois pour un voyage à Biarritz avec sa maîtresse Inga Azarina, la deuxième lorsqu'il donna sa fille en mariage et la troisième, une semaine avant le coup d'État au moment de signer l'acte d'achat de la datcha de Kountsevo.

Comme s'il s'attendait à la visite de Levitski, Kropotov s'exclama, poussa des oh et des ah, le conduisit dans ce qu'il appelait son antichambre, l'installa dans un fauteuil, s'enquit longuement de sa santé, évoqua le vol du collier d'émeraude du prince Ioussoupov, versa une larme en racontant les charmants caprices de la comtesse Vorontsov, puis, tout de go, juste en baissant un peu la voix, il lâcha :

— Cher ami, je suis au courant de tout, Chelekhes est passé. Il y a là cinq mille roubles or, il lui tendit le portefeuille, vous avez la marchandise avec vous ou dois-je la prendre ailleurs ?

Sans un mot, Levitski lui tendit les deux diamants et, sans dire au revoir, il sortit. Ce soir-là, il se saoula à mort, prit une jeune prostituée, une petite souris qui travaillait en uniforme de lycéenne, la baisa jusqu'à l'aube dans une cave déserte et glacée de Palikha. Il rentra chez lui au petit matin, dégrisé : il avait cru y trouver un guet-apens policier. Mais rien de la sorte. Son épouse en pleurs attendait, une hache dans la main : depuis l'enfance, elle avait peur des voleurs.

*

— Alors ? insista Chelekhes. Vous nous autorisez à mettre les contrôleurs au courant ?

— Pourquoi ne pourrais-je pas le faire moi-même ? demanda Levitski d'un ton désabusé.

— Certainement, camarade Levitski, vous pourriez le faire bien mieux…

Levitski sortit une boîte métallique « Lucky Strike » (Chelekhes se dit in petto qu'elle devait coûter les yeux de la tête), alluma une cigarette sans en offrir à son interlocuteur et dit :

— Ne me donnez plus de pierres, fini. Vous me remettrez trois mille roubles or tous les mois, pas ici bien sûr, mais près de la galerie Tretiakov, le dernier mardi du mois.

— Mais d'où sortirions-nous trois mille roubles or tous les mois, camarade Levitski ?

— Primo, je ne suis pas votre camarade, tenez-le-vous pour dit ; quant à savoir d'où vous sortirez cette somme, la question ne m'intéresse pas. Au cas où vous échoueriez, vous avez intérêt à ne rien dire, c'est probablement moi qui serai chargé de l'expertise et j'évaluerai votre travail soit comme positif et excessivement scrupuleux, soit comme involontairement bâclé, soit – Levitski leva un doigt – comme criminel, cupide…

— Sur ce dernier point, objecta Chelekhes, je vous conseillerai de réfléchir à deux fois : Kropotov dira ce que je lui ordonnerai de dire, l'argent qu'il vous a remis, c'est le mien… Et ne venez pas me déranger quand je m'occuperai des contrôleurs. En leur présence, montrez-vous strict avec moi, mais absolument respectueux.

Sur ces paroles, il quitta le bureau, tandis que Levitski demeurait figé dans sa posture précédente, incapable de bouger : le ton et les mots de Chelekhes étaient trop insultants et lui, l'ancien conseiller secret, l'ancien cavalier de la garde impériale, se retrouvait désormais et pour toujours sans défense, exposé à tous les coups.

Pojamtchi et Chelekhes accueillirent les contrôleurs à l'entrée par des salutations et de solides poignées de mains. S'effaçant devant madame Kozlovskaïa, Chelekhes lui glissa :

— Je crois que mon défunt frère nous avait présentés...

Maria Kozlovskaïa sortit un pince-nez de son petit sac à main fatigué, observa attentivement Chelekhes et répondit :

— Je ne m'en souviens pas bien. Présentez-vous, s'il vous plaît...

— Iakov Chelekhes... Mon frère Isaïe est mort en dix-neuf, secrétaire du Parti de la région de Koursk de son état, victime de la tuberculose due à la famine. Moi, j'expertise les diamants.

Il ouvrit grand la porte de la réserve des pierres précieuses, Kozlovskaïa marque une pause sur le seuil :

— Pardonnez-moi... J'ai connu Isaïe, un camarade merveilleux... Je n'ai guère la mémoire des visages...

Chelekhes se mit à étaler les pierres qui brillaient d'un éclat intense et mystérieux sous la lumière falote des lampes électriques et il baissa involontairement la voix :

— Voici les émeraudes des Romanov, elles sont d'un bleu profond exceptionnel, ce qui les rend pratiquement inestimables. Selon moi, elles sont venues tout droit d'Inde au XVIIème siècle.

— On étouffe ici, vous ne trouvez pas ? fit Kozlovskaïa, et la voix tranquille avec laquelle elle avait posé la question, la manière distraite dont elle avait regardé les pierres le décontenancèrent.

— Où ça ?

— Mais ici, répondit-elle. Et ça sent terriblement la naphtaline.

— C'est à cause des écrins, nous les aspergeons de naphtaline pour protéger le maroquin. Autrefois, on commandait les écrins en Belgique en choisissant le meilleur maroquin, assez duveteux pour ne pas rayer les pierres.

— Vous êtes un vrai poète dans votre métier, sourit Kozlovskaïa. Soyez un bon guide !

— Très volontiers. Voulez-vous voir l'or ?

— À vrai dire, tout cela ne m'intéresse guère…

*

Pendant ce temps, Pojamtchi guidait Gazarian et Potapov dans la section dédiée à l'or, étalant les pièces d'or, porte-cigares, bagues, pendentifs et montres. Pojamtchi lui-même n'aimait pas l'or qu'il jugeait lourd et sans intérêt, franchement mercantile, dépourvu du mystère que recélaient les pierres.

À l'instar de Chelekhes, il épiait avidement le visage des contrôleurs lorsqu'il exhibait devant eux ces incroyables richesses.

— À qui ça appartenait avant ? demanda Potapov, qui avait la dégaine d'un marin avec sa démarche chaloupée, un peu de traviole.

— À des bourgeois, à qui d'autre d'après toi ? répondit Gazarian.

— Ce porte-cigares, par exemple, ça va chercher dans les combiens ?

— Tout dépend du marché. Les marchés, ce n'est pas ce qui manque : marché de gros, marché noir, marché international… Au marché noir, il ne vaut pas très cher. Moi je n'ai jamais eu affaire au noir, je ne sais pas, mais si l'on se reporte au marché international, vous l'aurez pour neuf cents dollars environ et vous n'aurez pas à le regretter, expliqua Pojamtchi.

— Neuf cents dollars, ça fait combien ? On y a inséré plein de petites pierres…

— Elles n'ont pas de valeur particulière, on ne cache pas les véritables pierres en les enchâssant dans une monture qui empêche les facettes de briller de tous leurs feux… La forme est importante : vous voyez comme celle-ci se loge dans la main ? Et, bien sûr, il y a le poids. Avec ce seul porte-cigares, on peut poser des couronnes en or sur les dents de la moitié du personnel du Trésor d'État, plaisanta Pojamtchi.

La visite terminée, Pojamtchi expliqua aux contrôleurs sur quoi s'appuyaient les experts pour évaluer la valeur de tel ou tel joyau. Potapov émit un soupir perplexe :

— Avec tout cet or, toute la Russie pourrait manger à sa faim, pourquoi restons-nous le ventre vide ?

— Bon, ça dépasse les limites de notre entendement, rétorqua Pojamtchi. Le gouvernement sait mieux que nous à quoi employer l'or, là-haut, il y a de grosses têtes et ils ont autant que nous le souci du peuple.

— Comment allons-nous organiser le travail ? demanda Gazarian.

— Comme vous le jugerez utile, camarade, répondit Pojamtchi.

— À mon avis, vous devez faire l'évaluation en toute indépendance, continua Gazarian, mais en notre présence et si nous avons des questions, vous nous donnerez des explications, éventuellement par écrit.

— Parfaitement d'accord, camarade, en tous points d'accord.

*

Après avoir quitté le Trésor d'État, Pojamtchi et Chelekhes échangèrent leurs impressions :

— Selon moi, rien de terrible ne s'est passé, fit Chelekhes, pensif, et c'est une chance qu'on ait mis une bonne femme sur les diamants. Le calcul est simple : elle est très instruite, par conséquent crédule. Elle est membre du Parti, par conséquent elle rejettera les soupçons sans fondement : d'après leur morale – je le sais pour avoir parlé avec mes frères – rien n'est plus blessant que la suspicion gratuite. Elle est myope, par conséquent incapable de suivre nos tours de passe-passe, même si on lui a recommandé d'être aux aguets, vous pouvez me croire, confia-t-il en pouffant.

— Je vous crois bien, sourit Pojamtchi qui n'en croyait rien.

Il s'était convaincu que puisqu'on leur avait mis des contrôleurs aux fesses, tout allait capoter. Un premier contrôle suppose un deuxième et plus on irait, plus la surveillance se ferait rigoureuse. Aussi décida-t-il de saisir la première occasion pour décamper. L'occasion tomba bientôt du ciel. Krestinski, le ministre des Finances, le chargea d'aller remettre des diamants à l'ambassadeur Litvinov à Revel. Et il avait fallu qu'il rencontre Vorontsov à la frontière !

Toutefois, le mois qui avait suivi l'arrivée des contrôleurs de l'Inspection ouvrière et paysanne, la situation au Gokhran s'était améliorée : le climat de suspicion réciproque avait pris fin.

Alski avait demandé à Kozlovskaïa et à Gazarian un compte rendu à la fois sur le travail accompli et sur « l'adaptation » des contrôleurs au mode de fonctionnement du Gokhran. Dans leurs rapports, les deux inspecteurs séniors attestaient formellement que tout était réglo : travail normal, organisation fiable et pas le moindre vol, la chose était exclue.

Alski envoya ces rapports avec leurs lettres d'accompagnement à la camarade Fotieva à l'intention de Lénine. Il n'y avait aucune raison de douter des témoignages des gens de l'Inspection ouvrière et paysanne envoyés par Staline. C'est ainsi que la fiche relative au Gokhran figurant dans la section « affaires prioritaires » fut retirée du fichier.

La croisée des chemins

Vsevolod fit ses adieux à son père à la gare. Comme ils étaient gênés de s'embrasser en public, ils se tenaient serrés l'un contre l'autre ; Vsevolod gardait la main de son père dans les siennes, toutes froides ; tantôt il la serrait, tantôt la caressait, et il avait mal au cœur de la sentir si sèche et si maigre, autrement dit fragile et vulnérable.

— Lorsque tu reviendras, mon petit papa, je serai déjà de retour à la maison, lui disait-il doucement, et nous irons quelque part à la campagne, rien que nous deux, n'est-ce pas ?

— Mais oui, comme avant, mon garçon, répondait le père tout aussi doucement.

— On fera des balades en forêt, on dormira dans les greniers à foin…

— Moi, j'observerai les petites bestioles. Je rêve de les regarder dans la forêt, je ne veux rien de plus…

La locomotive se mit à siffler, les wagons s'ébranlèrent soudain en faisant grincer leurs essieux, ils avancèrent rapidement avant de ralentir et, de la plate-forme du wagon, le père eut le temps de lancer une plaisanterie :

— Tu vois, chez nous, même les wagons doivent aplanir leurs différends avec la locomotive. D'interminables discussions pour parvenir à la résolution…

Vsevolod suivit le wagon aussi longtemps qu'il put distinguer le visage de son père.

Boki l'attendait dans la salle réservée à la Tchéka chargée de la surveillance des chemins de fer de la Baltique : le train de Vsevolod partait dans une demi-heure.

Vsevolod Vladimirov devait aller jusqu'à Petrograd où les services nord-ouest de la Tchéka devaient lui assurer « une fenêtre » sur la frontière.

— Vsevolod, lui répétait Boki à voix basse, sois très prudent, je t'en supplie. Ton brio, ça va en Russie, là-bas, tâche de ne pas te faire remarquer. Tu as le caractère de ton père : à la moindre occasion, tu montes sur tes grands chevaux. Souviens-toi qu'on n'a besoin de rien d'autre que de vérifier les informations sur Stopanski. Je ne parviens pas à croire qu'un de nos diplomates soit passé au service de l'Entente. Je pense plutôt que le Polonais avait en vue un chauffeur ou un secrétaire, bref, quelqu'un qui travaille simplement dans l'immeuble. Les lettres de recommandation pour Revel te seront transmises à la frontière. On te remettra en même temps un carnet. Tu négliges le premier chiffre et tu enlèves le « 2 » au dernier : tu obtiens ainsi le numéro de téléphone de Roman, notre représentant.

— Compris.

— Maintenant, ceci – Boki tendit à Vsevolod un paquet de cigarettes. Ici, dans la seconde enveloppe, se trouve la photo de ceux des nôtres qui ont résidé à Revel. Tous y sont. Que nos amis identifient celui qui, parmi les sept, a rencontré Vorontsov à la « Couronne d'or », c'est important ; nos camarades émettent beaucoup d'hypothèses, mais, hélas, aucun fait n'est venu les étayer.

— Dois-je le montrer à Roman ?

— Oui. Il sait à qui on peut faire totalement confiance pour confirmer la vérification, il te mettra en relation avec des amis…

— Au cas où une intrigue intéressante se mettrait en place, dois-je attendre vos instructions ou me faites-vous confiance ?

— Comme d'habitude, nous te faisons confiance, mais attention à ne pas te mettre la corde au cou.

— Aucun risque…, sourit Vsevolod. Depuis l'enfance, j'ai la gorge fragile…

Boki n'accompagna pas Vsevolod jusqu'au wagon. Celui-ci, en effet, ne se rendait pas à Revel les mains vides : il se ferait passer pour un membre de la clandestinité K.D. Mieux valait qu'un contre-révolutionnaire ne soit pas vu en compagnie d'un tchékiste ! Tous deux le savaient parfaitement, aussi se dirent-ils au revoir dans la petite pièce aux fenêtres totalement aveugles.

*

Dès que Nikandrov fut jeté dans sa cellule aux murs soigneusement peints en gris et au plafond bas, éclairée par une fenêtre grillagée, il se mit à faire du tapage, à marteler avec ses poings la porte doublée d'une plaque de fer. Il crut être enfermé dans un cagibi de boucher.

— Bourreaux ! criait-il avec désespoir. Sbires ! Chiens ! Mercenaires tchékistes !

L'ivresse ne s'était pas encore dissipée. Au petit matin, avant de quitter Lida Bossé et son compagnon plutôt barbant dont elle se serait visiblement passée, ils s'étaient rendus à la gare où ils avaient sifflé un dernier verre de vodka, ce qui l'avait rendu hypersensible et irritable. En Russie déjà, l'impuissance qu'il éprouvait lorsqu'il se heurtait aux circonstances lui pesait ; il en avait même tiré une philosophie qui pouvait se résumer ainsi : en quelque lieu ou période que ce soit, l'homme est impuissant face aux circonstances, il est leur vassal et leur esclave. À la moindre révolte, on le coince et on le détruit. Il avait concocté cette philosophie chez lui, dans sa mansarde, en liberté et le ventre vide, tandis qu'il publiait de temps en temps un opuscule de ses essais ; ignoré par la critique, mais entouré du soin attentif de ses admirateurs, n'avait-il pas obtenu son passeport grâce à un commissaire qui parlait de ses travaux avec la plus grande déférence, surtout ceux touchant aux recherches historiques ?

Le fait que personne ne réagissait à ses cris, le fait qu'il s'attendait à tout autre chose – protestations d'éditeurs, proposition d'une chambre au « Savoy », coups de fil intrigués de journalistes de Revel et de journalistes européens accrédités – lui paraissait si cruel, si insultant qu'il s'était transformé en bête furieuse. Il s'était laissé choir sur les dalles froides, se débattant, déchirant ses vêtements, puis l'hystérie avait laissé place à une exhaustion proche de la syncope et il s'était endormi après avoir vomi bile et vodka, l'estomac vide : ils n'avaient que très peu mangé et beaucoup bu une bonne partie de la nuit.

August Frantsevitch Schwarzwasser, inspecteur à la police politique de Revel, était un homme aimable et conciliant. Il ne se distinguait de ses collègues que par une inépuisable propension au romanesque et, au fond de son cœur, il aurait aimé devenir écrivain, pondre des romans captivants à la Conan Doyle.

C'est dans ses mains que tombèrent les papiers saisis lors de la fouille de Nikandrov. Après qu'il fut établi qu'un homme de lettres, tout juste émigré de Sovpedie, avait été arrêté au domicile de Vorontsov, August Schwarzwasser était prêt à signer la décision de relaxe immédiate, accompagnée de la formule d'excuses obligatoires, mais lorsque ses informateurs l'eurent mis au courant des faits de la nuit passée, notre inspecteur commença à se raviser et réfléchit sur le rebord de la fenêtre, en fredonnant un air de « La tsigane ». Il y avait de quoi méditer : primo, Iourla avait été tué après avoir passé la soirée en compagnie d'émigrés et de poètes dont l'un avait des sympathies pro-bolchéviques ; deuxio, il apparut que Nikandrov était un ami de Vorontsov, lequel – ce n'était un secret pour personne – dirigeait les engagés de l'émigration monarchiste russe ; tertio, – chose encore plus étonnante pour l'inspecteur – comment un homme si proche d'un leader de l'émigration avait-il pu sortir si tranquillement de Sovpedie ? Les bolchéviks surveillaient ces chefs avec une vigilance particulière et connaissaient parfaitement les membres de leur famille, leurs amis et parfois même leurs voisins. En outre, August Schwarzwasser avait une estime particulière pour ce pauvre Iourla dont le meurtre était passé au crible par la brigade criminelle ; c'était un journaliste connu qui avait été condamné au bagne en Iakoutie pour ses activités socialistes, certes mâtinées de nationalisme ; il devait d'ailleurs s'en distancer plus tard. Ce retrait ne l'empêchait pas d'aider, parfois financièrement, l'opposition d'extrême-gauche estonienne, la plus sérieuse de toutes.

L'idée, le thème surgirent dans sa tête de façon inopinée : à l'instar d'un paysage se révélant sur la plaque photo qu'on vient de plonger dans le révélateur. Au début, tout est blanc, puis la plaque se colore et le paysage apparaît de plus en plus distinctement ; August Schwarzwasser n'aimait pas photographier les visages car, même lorsqu'il s'agissait de sa femme, cela lui rappelait les portraits de face et de profil de l'institution pénitentiaire avec les incontournables empreintes digitales, toujours grasses et baveuses.

En réunissant sans hâte et en détail tous les faits dont il avait connaissance, il imagina une version assez crédible et prometteuse. Il était déjà au courant de la visite de l'ambassadeur de Russie au président puisque la police secrète l'en avait immédiatement informé ; il savait que Litvinov avait transmis au Président des données précises sur l'émigration russe, en particulier sur Vorontsov que Moscou considérait comme l'ennemi numéro un dans les cercles russes de Revel ; collait aussi le fait que Vorontsov, Iourla et Nikandrov – que Moscou avait laissé filer à l'étranger avec une légèreté inhabituelle – avaient passé toute la soirée ensemble, la veille de la mort mystérieuse du journaliste. Tous ces éléments dérivaient de l'instruction présidentielle exigeant l'arrestation de Vorontsov et de six de ses plus proches compagnons qui devaient être libérés au bout de quelques jours à condition qu'ils quittent le territoire dans les plus brefs délais.

« Un calcul avantageux pour la Tchéka », s'exaltait August Schwarzwasser, pressentant un développement intéressant, complexe et intrigant. « Infiltrer leur homme au cœur même de l'émigration blanche ! En quoi Nikandrov ne serait-il pas la personne qu'il faut ? Il a tout pour plaire. Si je lui arrache des aveux dans ce sens, il sera possible de poursuivre l'opération et de protester auprès de Moscou qui infiltre ses agents. Ainsi, nous pourrons à l'avenir balayer toutes les accusations du Kremlin concernant l'émigration blanche : vous l'engendrez vous-même et vous nous accusez ensuite ».

L'idée lui parut si séduisante qu'il ne songea pas à l'examiner davantage : l'inspiration n'est-elle pas mère du succès ? Sans plus attendre, il demanda qu'on lui amène l'écrivain emprisonné.

Il accueillit Nikandrov avec un sourire gracieux, un brin charmeur, demanda qu'on serve le thé avec des tranches de citron, tout en devisant :

— Quand nous faisions partie de l'empire, le thé était bien meilleur marché, alors qu'aujourd'hui le thé des Indes que nous fournit Albion nous coûte les yeux de la tête, ce qui amène les contribuables à maudire notre pauvre gouvernement.

Nikandrov fusilla du regard le débonnaire August Schwarzwasser avant d'éclater :

— Que vient faire ici votre thé ? Moi je veux connaître les raisons de mon arrestation ! On a à faire à quoi ici, à la Sovpedie ou à la légalité ? C'est révoltant ! Un écrivain russe jeté en prison sans aucune raison ! L'opinion mondiale en sera stupéfaite lorsqu'elle l'apprendra !

— Dites-moi un peu pourquoi l'opinion mondiale l'apprendrait. Qui le lui dira ?

— C'est moi qui le lui dirai ! Je ne suis pas inapte à parler ! Je sais écrire autre chose que des rapports, je sais écrire tout court !

— Bien, et alors… Je serai le premier curieux de lire vos improvisations. Seulement sur quoi et avec quoi écrirez-vous ?

— Est-ce possible ? Seigneur Dieu, je crois rêver ! se mit à crier Nikandrov. Que se passe-t-il ?

— Si vous devez prolonger votre crise d'hystérie, je vous fais mettre au cachot, fit Schwarzwasser toujours souriant.

— Sale gueule enfarinée ! rugit Nikandrov. Chien bolchevisé ! Comme si Moscou n'y suffisait pas, ici aussi il faut que vous nous persécutiez !

La tension accumulée pendant les derniers mois passés à attendre, le cœur serré, le passeport, à compter chaque nuit la moindre minute qui défilait, à jouer à pile ou face ses chances de départ, se relâchait et, ne se rendant plus compte de rien, il saisit le lourd encrier et le balança au visage poupin du petit monsieur assis en face. August Schwarzwasser eut juste le temps de lever le bras, geste qui lui sauva sûrement la vie en empêchant le verre de lui fendre la tempe ; l'encrier vint violemment heurter son front, le sang se mêla à l'encre. Il poussa des cris perçants. Nikandrov se précipita vers lui pour l'aider, effrayé par son geste et, tout dégoulinant de sueur, retrouva ses esprits.

Les fonctionnaires de police, les gardes accoururent, se jetèrent sur Nikandrov, le plaquèrent au sol et le rouèrent de coups, de façon bête et inconsidérée. Au début, ils étaient trop nombreux à lui asséner des coups et il n'eut pas mal, mais quand ils l'eurent attaché et traîné à la cave, ils le tabassèrent si bien que ses cheveux blanchirent d'un coup et qu'il en perdit la voix.

*

« Moscou. À Kedrov.

Je te transmets un bref résumé de l'entretien du conseiller Iaroslav Ondrekhovski auprès de la mission polonaise avec l'ambassadeur de Lituanie, I. Baltchounavitchas. Selon le conseiller, la position de Stef-Stopanski est remise en cause par la récente nomination du nouveau chef adjoint de la deuxième division de l'état-major général, le général de brigade Psedletski. Ce dernier privilégie dans les profils du personnel la solidité des liens matrimoniaux, la piété et la sobriété. Or Stopanski est célibataire, débauché, alcoolique et il ne croit ni à dieu ni à diable, sa position s'en trouve donc ébranlée, bien qu'il soit un agent de première classe. Mais le nouveau général s'intéresse peu au talent et beaucoup aux qualités morales. On lui prête cet aveu : "Le talent est bon pour le ballet. Pour l'espionnage, il est soit superflu, soit gênant, soit nocif et éveille toujours le soupçon." D'après Ondrekhovski, Stopanski serait sincèrement du côté de Paris, bien que depuis quelque temps il ait dit à plusieurs reprises que personne en Occident ne sous-estime la menace russe.

Roman »

*

Vorontsov arriva à Moscou dans la soirée. Une pluie fine tombait, étonnamment chaude, une pluie à champignons, dégageant une odeur entêtante de pourri et une limpidité bleuâtre d'altitude. Il lui avait toujours semblé que la limpidité des montagnes avait une odeur particulière, celle de la truite qu'on vient juste de pêcher. Il avait éprouvé cela au Caucase : en automne 1916, avec son frère aujourd'hui décédé, lorsqu'il était en soins à Piatigorsk pour sa blessure ; ils étaient allés pêcher la truite avec Ouvarov, chargé de mission auprès du gouverneur. Étendus sur l'herbe, Ouvarov et son frère buvaient et riaient tandis que lui pêchait la truite sans canne, se fiant à sa main preste et à sa vue perçante, une acuité visuelle innée. Sa première truite fut la plus grosse. Il la ferra, la truite chantourna l'air bleuté de son corps vif et palpitant, et lui claqua le visage – il n'avait pas réussi à l'attraper à pleine main. À cet instant précis, il avait humé ce parfum d'altitude d'une pureté incomparable. Une odeur fugace, presque instantanée : trois minutes après, la truite aura perdu cette senteur de torrent glacé et irisé, d'azur et de cascade.

Dans ses conversations à Revel et à Paris avec des messieurs qui le soutenaient financièrement, Vorontsov laissait entendre qu'il disposait d'un réseau clandestin restreint mais très engagé à Moscou et à Pétersbourg. Au début, il racontait cela dans l'espoir d'arracher quelques sous à ces pingres de l'Entente lors de réunions de travail. Comme ils étaient très futés, il lui fallait apprendre sur le bout des doigts les adresses des membres inventés, les lieux de réunion, les mots de passe et réponses codées. Il considérait qu'il était contraint au mensonge, question de vie ou de mort. Mais au fur et à mesure qu'il apportait des preuves nouvelles sur l'existence de son réseau clandestin, il se surprenait à y croire lui-même. D'autant que la frontière entre vérité et mensonge se faisait de plus en plus floue dans les discussions avec ses compatriotes auprès desquels il cherchait à entretenir la douce illusion d'un heureux retournement de situation. Cette confusion progressive et involontaire entre mensonge et vérité lui joua un vilain tour : il partit pour Moscou en croyant qu'il pourrait s'appuyer là-bas sur des combattants fidèles, membres du réseau clandestin. Ne démêlant plus le vrai du faux, il se mit à fabuler sur le fameux réseau et, tout à ses chimères, à s'appuyer sur des gens qui, selon ses informations, étaient restés à Moscou et à Petrograd ; il répondait de l'intégrité de ces amis ; il croyait qu'en restant au pays, ils seraient en mesure de lui apporter une aide autrement plus conséquente qu'à Revel, dans ce marécage puant de petites zizanies et de grandes trahisons motivées par la quête d'un morceau de pain ou d'un abri convenable : ce n'est qu'en Russie qu'on agit pour l'amour de Dieu, alors que dans cette maudite Europe, seuls comptent la raison et le calcul, le calcul froid à l'aide du crayon et de la table de multiplication. Certes, lorsque Vorontsov s'était laissé aller à deviser sur ce rationalisme à son goût mesquin, cruel et monstrueux, le grand prince était resté pensif :

— Mon cher Viktor, je vous comprends… Mais peut-être notre tragédie réside-t-elle justement là : nous faisons la charité pour l'amour de Dieu, même au fainéant et à l'ivrogne, et nous n'avons toujours pas appris à compter,

Dieu est bonté et arrive que pourra ! N'est-ce pas ainsi ? Peut-être qu'il ne serait pas si mauvais que l'État sache mieux compter. Tant pis si ça ne plaît pas à tout le monde : les citoyens, eux, apprécieraient…

La gare de Moscou était sale, des débris de papier et d'étranges bouts de vieux chiffons, inhabituels dans une gare, jonchaient le sol. Vorontsov ne pouvait oublier les enveloppes de graines de tournesol recrachées identifiant la troisième classe, du buffet bien garni la seconde et du décorum glacé les premières.

« Pas trace de tournesol, nota-t-il pour lui-même et sur sa lancée, avec une pointe de dérision : sans doute dois-je en conclure que la famine y est plus terrible que jamais. Nous avons toujours cherché à voir la vie du peuple à travers de menus détails ; nous n'avons pas eu le temps de passer au général… »

Il n'y avait plus aucun cocher, tous avaient été pris car Vorontsov se trouvait à la queue de la file, vérifiant qui était devant et, surtout, s'il n'y avait pas quelque flic de la Tchéka. Sans aucun bagage, il avait juste fourré le rasoir, le savon et le blaireau dans la poche de son manteau, il marchait comme un moscovite ordinaire, sauf que, constata-t-il, lui n'avait pas de serviette. À Revel, au contraire, il avait remarqué que la serviette le distinguait des autres, un détail qui n'est plus du tout un détail lors d'un contrôle. Naguère seuls les employés en portaient, mais depuis que les moujiks dirigeaient l'État, comment n'auraient-ils pas exprimé un sentiment enfantin de fierté en fanfaronnant avec une serviette, fût-elle vide, eût-elle la poignée à l'envers, la serrure rouillée et inutile.

Sans hâter le pas, Vorontsov traversa le boulevard Sadovoe Koltso et se dirigea vers le centre. La seule adresse dont il avait eu connaissance par hasard était celle de son vieil ami Abrossimov, ingénieur des chemins de fer, domicilié dans un quartier si familier qu'il en eut le cœur serré. Il comptait y passer la nuit et, avec l'aide d'Abrossimov, trouver deux ou trois logements sûrs où il pourrait s'installer pour un temps.

Il tourna près du Jardin de l'Hermitage et s'arrêta. Les énormes tilleuls, noircis par la pluie, semblaient imprimés sur le ciel gris crépusculaire. Les cloches de la petite église voisine rendirent un faible tintement mélancolique.

Vorontsov s'arrêta soudain, s'adossa contre le mur tout couvert d'affiches et d'annonces idiotes, inspira à pleins poumons et secoua la tête, incrédule : « Seigneur, est-ce bien vrai que je suis chez moi, à Moscou ? »

Il fut envahi par une douceur qu'il avait éprouvée dans son enfance incroyablement heureuse quand sa mère accourait vers lui et qu'il cachait sa tête dans ses genoux, qu'elle caressait son cou gracile et qu'il humait l'odeur de confitures d'orange et de fragrance amère ; le souvenir était si lointain que l'on pouvait douter de sa réalité.

*

Abrossimov ouvrit lui-même la porte. En voyant Vorontsov, il fut terrifié et sauta sur le palier, lui bouchant l'entrée en se plaçant en travers.

—Toi ? fit-il dans un murmure précipité. Que viens-tu faire ? Tu es seul ?

Vorontsov sourit, lui toucha la main et dit :

— Guennadi, permets-moi d'abord d'entrer.

— Impossible. J'ai des collègues du ministère...

— Quand partiront-ils ?

— Tard. Nous travaillons sur un projet.

— Je peux dormir chez toi ?

— Trop dangereux... Mon Dieu, pourquoi es-tu venu, Viktor, je commençais à peine à tourner la page du passé ! Pourquoi diable es-tu venu ?

— Parmi les nôtres, qui habite où ?

— Je ne fréquente personne ! Certes, il y a peu, j'ai croisé Véra par hasard, dans la rue... Elle habite Place Sobatcheï, au numéro 5.

— Tu n'as aucun collègue chez toi ! Tu as simplement la trouille.

Dégoûté, Vorontsov martela chaque mot avec mépris. Il redescendit lentement l'escalier, espérant encore qu'Abrossimov le rappellerait et se jetterait à son cou, tout en larmes. Qu'il le ferait entrer et que lui se montrerait plein d'indulgence, sachant que la peur brise un homme sans qu'il n'y puisse rien, surtout en présence d'un tiers... Mais personne ne le rappela et il entendit le loquet se refermer craintivement, puis un grincement de verrou. « Il y a beaucoup de banditisme à Moscou, songea-t-il machinalement, tout le monde en parle. » Ce n'est que lorsqu'il se retrouva dans la rue sombre et déserte qu'il s'arrêta et que l'explication lui vint : Abrossimov lui avait donné l'adresse de sa propre femme. Véra était la seule femme qu'il aimait, elle était son chagrin et sa joie, toutes celles qu'il avait connues dans sa folle vie, turbulente et terrible, s'étaient éclipsées et il les avait oubliées.

Aujourd'hui, tant d'années après leur séparation, il ne parvenait pas à savoir qui en était responsable. Au début, bien sûr, il était persuadé que c'était sa faute à elle. Plus tard, quand il eut rencontré d'autres femmes, il s'était mis à penser à elle de plus en plus souvent et, au lieu de l'oublier, il était ramené à elle, douloureusement, le cœur meurtri. Il s'était épris d'elle immédiatement, dès qu'il l'avait vue à la fête de la tante Lopoukhina, par une journée exceptionnelle de septembre, le ciel d'un bleu profond, le bois de pins de Nazarino, près de Nikolina Gora.

Véra vivait dans un grand appartement communautaire. Il aperçut le couloir dans la pénombre, le téléphone accroché au mur, deux énormes landaus et une grande baignoire en zinc suspendue à un gros crochet…

— Eh bien salut, dit-il, stupidement renfrogné, faute de savoir qu'elle attitude prendre. Bonsoir !

— Salut, répondit Véra avec un léger sourire, comme s'ils s'étaient quittés la veille et non sept ans auparavant.

Elle ne sortit pas sur le perron comme l'avait fait

Abrossimov, mais elle ne s'écarta pas non plus pour le faire entrer. Elle se tenait sur le seuil, avec une sorte de sourire ironique.

— As-tu quelqu'un à la maison ?

— La question a une portée trop générale, répliqua-t-elle.

— J'ai trouvé en toi beaucoup de magnifiques imperfections, mais pas une once de vulgarité.

— Entre, j'ai une heure de battement.

— Où sont les enfants ?

— À la campagne, chez leur grand-mère. On lui a laissé une petite aile de la maison.

Ils passèrent dans sa petite pièce. Il y régnait l'éternel désordre à la Véra qui parfois l'agaçait et il lui en fit l'aveu, ne cherchant pas à l'épargner, mais, sur le point de sortir, il lui revint que cette pagaille enfantine avait quelque chose de délicieux, venu du temps où les petites filles jouent à la poupée, un temps qui les suit toute la vie.

— Les enfants me ressemblent ?

Véra indiqua le mur d'un geste de la tête : entre les tableaux, deux photos, celles d'une fillette et d'un garçonnet avec un chien y étaient accrochées. Vorontsov regarda longuement leurs visages.

— Arina me ressemble plus que Piotr.

— C'est possible… Avec le temps, j'ai oublié ton visage.

Vorontsov se retourna tandis que Véra débarrassait la table de travaux de couture. Il eut un frisson : c'étaient des pièces de layette roses et blanches.

— Tu es mariée ?

— Aujourd'hui, ce n'est pas important… On dit : « se mettre ensemble ».

— Avec qui es-tu ?

— Moi je ne te pose pas de questions.

— Peu importe avec qui je vis, j'ai des enfants. J'espère qu'ils se souviennent que leur père s'appelle Viktor Vorontsov !

Il parlait désormais d'un ton dur et sec et il s'en voulait car il aurait aimé s'approcher d'elle et appuyer son front contre le sien, lui dire qu'il n'avait jamais cessé de l'aimer, qu'il l'aimait toujours très fort et craignait plus que tout que l'autre homme la blesse et qu'elle se brise : elle n'avait aucune expérience des gens parce qu'il était son bouclier, mais il n'avait jamais pu surmonter cette froideur qui l'empêchait de suivre les élans de son cœur.

— Tu prendras du thé ?

— Non, merci. Les enfants connaissent leur futur beau-père ?

— Non, pas encore.

— Es-tu heureuse avec lui ?

— Avec lui, je me sens exister…

— Il t'a libérée ? demanda-t-il, sarcastique. C'est donc un « camarade » ?

— Tu n'es pas en droit de le demander. Me suis-je jamais intéressée à tes amies ?

Il ne put s'empêcher de demander :

— Et tu nourris le « camarade » avec mes pierres ?

— On dirait bien que tu es jaloux ?

— Je ne suis pas jaloux et tu le sais, fit-il, tout en sentant son cœur brûler de douleur et en mesurant la stupidité de son mensonge et son inutilité : d'après ses questions, il était clair pour elle qu'il crevait de jalousie.

— Je le sais, répliqua Véra, avec de nouveau ce petit rire étrange qu'il ne lui connaissait pas.

— Eh bien, adieu, dit-il sans s'asseoir.

— Adieu ! Tu as peut-être faim ?

— Non, merci.

« Voilà tout », songea-t-il en arpentant d'un pas rapide les rues sombres et désertes. « Voilà tout. Voilà tout. » Il ne parvenait pas à s'empêcher de répéter ces mots et marchait encore plus vite. « Tout est fini… Je n'ai aimé qu'elle. Elle seule. Toute ma vie. Mon amour est encore plus fort aujourd'hui. Et sans doute suis-je seul coupable de ce qui s'est passé car ce sont les plus forts qui le sont. Mais cette fois, elle s'est montrée plus forte que moi. Pourquoi était-elle si fragile pendant toutes les années que nous avons vécues ensemble ? Pourquoi était-elle différente ? Croyait-elle si aveuglément à notre amour qu'elle trouvait dangereux de se montrer forte ? Afin de le protéger, y compris de moi-même ? Je vais retourner la voir tout de suite », se dit-il en s'arrêtant. « Je vais descendre ce "camarade" qui a bouffé mon pain. Et je l'amènerai avec moi. Voilà tout. »

Pendant ce temps, Véra était étendue sur le lit, le visage enfoncé dans un méchant oreiller, tout en pleurs, comprenant qu'elle n'avait jamais cessé de l'attendre et que, d'un instant à l'autre, Andreï rentrerait, calme, aimant et attentionné comme à son habitude. Il lui raconterait sa journée par le menu, sa rencontre avec sa fille chez l'oncle Nathan, ce que l'on avait dit à l'université après la visite au magasin de meubles anciens ; elle fut saisie par un tel accès d'amertume, qu'elle enfila son manteau et fila dans la rue pour retrouver Vorontsov, mais en vain. Il tombait une pluie tiède de printemps qui rendait une odeur âcre d'humidité.

Sur l'Arbat, Vorontsov s'arrêta devant un café vivement éclairé. L'ombre des silhouettes des serveurs se projetait sur les vitres embuées et larmoyantes. On entendait quelqu'un chanter une vieille chanson cosaque, mais l'interprète n'avait pas de voix, chantait cruellement faux, s'arrêtait au milieu et reprenait illico.

Vorontsov poussa la porte du pied et entra. Il régnait dans la salle une odeur de viande grillée, d'oignon et de bière fraîchement tirée. Près du poêle en métal gaufré se trouvait une petite table pour deux. Il s'adressa à un vieux qui sirotait sa bière dans un grand verre :

— Puis-je m'asseoir ?

— Oui, marmonna le vieux. Je permets tout.

Vorontsov s'appuya contre le poêle et alluma une cigarette. Il se sentait frissonner mais pensait que c'était nerveux. S'il avait dû prendre froid, c'était là-bas, à l'étranger, lorsqu'il était tombé dans un fossé plein d'eau et avait ensuite dormi dans le foin humide, mais non, il s'était senti fort jusqu'à sa rencontre avec Véra.

« C'est à cause d'elle, se disait-il, l'excès d'émotion me fait frissonner. Ce n'est rien, je vais boire et ça passera. »

Il attendit longtemps qu'on prenne la commande et finit par héler le garçon qui passait :

— Ne m'appelez pas « garçon » mais citoyen serveur !

Vorontsov resta déconcerté.

— Pardonnez-moi, mon ami, trouva-t-il à dire. Les plaisanteries ancien régime sont-elles encore permises ?

— La prochaine fois, fit le laquais, d'un ton plus accommodant et satisfait, en nettoyant la table avec un torchon puant et en envoyant les miettes sur les genoux de Vorontsov, la prochaine fois, soyez plus prudent... Je suis de bonne composition, mais si vous recommencez, je vous attrape par le col et direct au poste ! Que puis-je pour vous servir ?

Noir de rage, Vorontsov se dit que tout n'était pas perdu puisqu'on disait encore : « Que puis-je pour vous servir ? »

— De la vodka, un verre de bière et un peu de viande, demanda-t-il.

— De la viande à l'oignon ?

— Oui, à l'oignon.

— Bien cuite ou saignante ?

— Saignante.

— Et en entrée ?

— Qu'avez-vous ?

— Il y a du jambonneau qu'on vient de nous livrer, du jambon fumé de la fabrique d'Ougodski... On peut aussi vous proposer de jolies patates extra avec un bon petit hareng.

— Va pour les patates, mais pas de hareng.

Le laquais esquissa une courbette et fila à la cuisine.

Le vieux qui se tenait tout près persifla :

— Du jambonneau, un bon petit hareng…

Vorontsov ne réagit pas, se contentant d'un léger sourire : il comprenait qu'il lui fallait apprendre « les règles du savoir-vivre de la Sovpedie ». Il ne voulait pas risquer sa vie pour des bêtises, il n'en avait pas le droit ; la partie qu'il s'apprêtait à jouer supposait qu'il restât en vie.

— Vous venez de loin ? persévéra le vieux.

— Oui.

— Comment ça va, là-bas ? Mieux ?

— Oui, dans une certaine mesure…

— Mais encore ?

Vorontsov enrageait : « Je t'aurais envoyé balader du temps où nous critiquions la Russie et rêvions de démocratie à l'anglaise. Nous l'avons tant et si bien éreintée, cette Russie, que tu n'as plus aujourd'hui qu'à te mordre les doigts, Viktor Vorontsov ! Nous passions notre temps à tout critiquer, sauf Véra qui se taisait : les femmes sont décidément plus intelligentes. »

— Il y a du pain autant qu'on veut ? s'obstinait le vieux. On a du lait ?

— Il y a du pain, fit sèchement Vorontsov. Excusez-moi, mais je suis très fatigué.

— Quand on est fatigué, on ne vient pas traîner dans les établissements de boisson, on va au lit.

Vorontsov explosa :

— Quoi qu'il en soit, laissez-moi tranquille : je ne suis pas très loquace quand je suis fatigué.

— De quoi donc seriez-vous fatigué, monsieur ? Vous avez des mains blanches de militaire. Dans votre état, on a besoin de conversation. Le forgeron qui tape sur l'enclume a hâte de retrouver le poêle pour dormir... Mais vous, excusez-moi, vous ne pensez pas à dormir mais à baiser... Non pas avec sa légitime, avec une jeunesse !

— Je vais demander qu'on vous fasse déguerpir.

Le vieux partit d'un rire silencieux découvrant sa bouche édentée. D'un coup de langue pointue, il pourlécha ses grosses lèvres à l'abri d'une moustache et d'une barbiche jaunâtres et, en le menaçant du doigt, il lui murmura :

— Nenni, Votre Seigneurie ! Allons donc !

Vorontsov ressentit une lassitude venue de loin. « Le destin, se dit-il. Enfant, au collège, ces vieux m'apparaissaient en rêve comme les présages d'une mauvaise note. »

— Va pour « Votre Seigneurie », et quoi encore ?

— C'est heureux que vous ne soyez pas monté sur vos grands chevaux. Vous ne vous souvenez pas de moi ?

— Non.

Le serveur apporta la vodka dans une carafe, la bière et le bout de viande grésillant servi avec des morceaux de pommes de terre.

« De jolies patates extra, songea à nouveau Vorontsov avec lassitude, de fieffés menteurs... »

— Moi, je me souviens de vous, fit le vieux en baissant la voix. Pas de nom, mais de vue : j'étais portier au Club Anglais. Vous y veniez… Même avec Nemerovitch, le metteur en scène, et avec feu Mamontov, l'industriel…

« Dire que tout cela me tombe dessus dès le premier jour, se dit Vorontsov en coupant sa viande. Nikandrov se moquerait bien de moi. »

— Vous pourriez faire erreur sur la personne ?

— Que non… Vous m'offrez une petite vodka ?

— Servez-vous.

Le vieux avala bruyamment sa bière à la vodka avant de demander d'un ton posé, sans bouffonnade :

— Il vous faut une mignonne ? On peut avoir de jolies filles, dans des chambres à part dans des maisons particulières, avec de bonnes serrures au cas où, par un coup du sort, il y aurait une descente.

— Vous portiez donc la livrée ? Au service des exploiteurs ?

— Vous vous y prenez habilement pour me vérifier… Vous avez déjà vu quelqu'un en livrée au Club Anglais ? Tous en redingote, seulement la redingote !

— Au fait, et pourquoi n'appelles-tu pas la police ? Ils te donneront une prime si tu me dénonces…

— Non, ils ne donnent plus de prime pour ça… La troisième division payait, mais maintenant on te donne juste un certificat sur papier glacé. Donc, je vous ai bien reconnu, j'ai l'œil vif. Alors que vous ne vous souvenez d'aucun d'entre nous, nous n'avons oublié personne, c'est comme en rêve…

— Monsieur le serveur, encore deux carafes, fit Vorontsov au garçon qui passait par là.

— Et de la bière, ajouta le vieux.

— Pour vous aussi ? demanda le garçon. Ce sera une autre bière ?

— Non merci, pas pour moi.

« Peut-être va-t-il s'endormir, calcula Vorontsov, cafardeux. Il faut le faire boire pour qu'il s'endorme. Après je pourrai filer. Et il criera encore dans mon dos, l'animal… »

Mais le vieux restait dispos. Il se leva le premier et proposa :

— On y va, mon gentil monsieur. J'ai toujours été un sans domicile fixe et les SDF, je les reconnais de loin. Aujourd'hui, Moscou n'aime pas les sans-toit et a tôt fait de les coffrer. Allons-y.

*

Il conduisit Vorontsov jusqu'à une maisonnette de la rue Pliouchtchikha[49], adossée à la butte qui descend vers la Moskova ; l'intérieur était sombre et c'est une vieille femme aux yeux de taupe qui leur ouvrit ; elle disparut aussitôt derrière une porte en contreplaqué et Vorontsov put l'entendre marmonner :

— Hum-hum ! Priez pour nous pauvres pécheurs…

---

49 Vieille rue du centre de Moscou près de la rue Smolenskaïa.

Le vieux ouvrit la dernière porte du couloir et poussa Vorontsov à l'intérieur :

— Je suis à côté. S'il vous faut quelque chose, appelez et j'accours.

La fille dormait sur un étroit canapé, couverte d'un plaid. Vorontsov restait planté sans bouger, guettant le bruit de la serrure de la porte d'entrée, cherchant à savoir si le vieux resterait ou non. Ce n'est que lorsqu'il entendit le grincement du loquet, puis celui de la serrure qu'il poussa un profond soupir et se mit à examiner la pièce. La fenêtre basse était fermée par des volets. Il s'en approcha sur la pointe des pieds, ouvrit délicatement le crochet et regarda dehors : la fenêtre donnait sur un jardin touffu. Les branches de lilas venaient contre la vitre.

Vorontsov se dirigea vers la porte, la ferma à clef, mit la clef dans sa poche ; il ôta son blouson, le roula à la militaire, le posa en guise d'oreiller et se coucha près de la porte en s'étirant longuement.

— Comment t'appelles-tu ? demanda-t-il.

— Et vous ?

— Dimitri…

— Mitia est donc votre diminutif, observa-t-elle. Excusez-moi, mais la personne avec laquelle je couche, je l'appelle par son petit nom : j'essaie de mettre du sentiment pour masquer la débauche.

— Sornettes, marmonna Vorontsov, en découvrant les immenses yeux bleus, l'épaisse chevelure brune et le magnifique ovale du visage. Vous ne seriez pas tous un peu cinglés dans cette maison ?

— Tous, en effet... Vous, nous, moi... Vous n'avez pas apporté de la vodka ?

— Non.

— Demandez au grand-père. C'est le supplément à payer pour faire lit à part.

Le vieux apporta la vodka dans une bouteille verdâtre au goulot ébréché.

— Apporte du lard, fit-elle.

— Il n'y en a plus, mademoiselle Anna.

— Qu'as-tu d'autre ?

— Du pain.

— Du pain, soit.

— Je peux peut-être faire un saut au restaurant Briansk ?

— Qu'auront-ils ?

— Le restaurant propose depuis peu des pirojkis aux abats.

— Mitia, donnez-lui les roubles pour des pirojkis.

Vorontsov sortit de sa poche intérieure une liasse de billets et tendit un tchervonets au vieux.

— Je reviens de suite, dit celui-ci. Dans une minute.

Le vieux à peine sorti, Anna quitta son canapé ; elle était grande, élancée, la ligne superbe d'une Anglaise.

— Vous buvez sans manger ? demanda-t-elle en s'approchant de la table.

— Je bois de toutes les façons.

Elle emplit les verres et lampa lentement le sien, en lourdes gorgées bruyantes.

— Buvez, Mitia. c'est du tord-boyaux, mais fait avec du blé.

Vorontsov s'éloigna vers la fenêtre et ouvrit les volets. La flamme de la lampe au kérosène se reflétait sur la vitre juste dans les mains de la Vierge en prière.

— Qui êtes-vous et comment vous retrouvez-vous ici ? s'enquit Vorontsov.

— C'est sans intérêt.

Il s'approcha de la table, emplit son verre de vodka qu'il vida d'un trait et l'observa de près. Elle avait des yeux immenses et regardait fixement, comme si elle avait été aveugle.

— Alors, on se déshabille ? demanda-t-elle.

Il se pencha vers elle, prit son visage entre ses mains, ferma les yeux et chercha ses lèvres.

— Attendez qu'on se déshabille !

— Inutile, fit Vorontsov en s'éloignant lentement vers la fenêtre.

Tourné vers la vitre, il vit trembler les mains en prière, puis s'envoler une grande chose blanche et il comprit qu'elle changeait le drap. Il entendit ensuite le froufrou de sa jupe et le canapé grincer doucement.

— Vous devez vous déshabiller : au lit, je déteste entendre les cliquetis de ceinturon.

*

— Dormez, chéri, lui murmura-t-elle. Il vous faut dormir, vous semblez tellement fatigué…

La pensée de Véra l'avait à peine quitté quelques instants et voilà qu'elle surgissait à nouveau devant ses yeux, suscitant un dégoût de soi et un malaise si forts qu'il se houspilla : « Cela suffit. Personne n'est coupable. Pourquoi le serait-il davantage ? À quoi bon s'accuser ? »

Anna sentit qu'il voulait se lever avant même qu'il ne repousse le plaid. Elle se serra tout contre lui, enlaça ses épaules de ses bras impétueux.

— Encore un peu, murmura-t-elle, restons encore un peu l'un contre l'autre… Que veux-tu ? Une cigarette ? Je te l'apporte. Ne bouge pas.

— Merci. Je l'attrape moi-même…

— Reste couché, répéta-t-elle encore plus doucement, et, fermant les yeux, elle se mit à lui embrasser les épaules, la poitrine, le cou. Je t'apporte la cigarette à l'instant, ainsi qu'un verre de vodka, d'accord ?

— D'accord.

Elle se leva et lui sourit :

— Je peux prendre ton blouson ? J'ai froid… Je l'enfile…

— Je t'en prie… Mais il est très sale…

Elle ramassa le blouson, le jeta sur ses jolies épaules pointues, retroussa les manches.

— Je t'allume une cigarette ?

— Merci. Je le fais moi-même.

Elle lui tendit le paquet. Il malaxa lentement le bout

de la *papirossa*[50] et l'alluma. Comme il cherchait où jeter l'allumette à moitié consumée, son regard croisa la gueule du révolver : elle se tenait au-dessus de lui et le visait au front.

— Repose-moi ça, ordonna-t-il, ce n'est pas un jouet.

— Je le sais, répliqua-t-elle. Un mouvement et je vous troue le front. Vous avez un beau front bien lisse. Où sont les pierres ? Où est l'or ?

« La maisonnette est à l'écart, tout près coule la Moskova, sans compter la gare et le sifflement des locomotives, sûr que personne n'entendrait rien. Et puis, au fond, cela aurait pu être pire. Le révolver n'est pas chargé, par prudence, je n'ai pas mis de balle… »

Il se releva, elle se réfugia dans un coin de la pièce et appuya sur la gâchette. Cinglant cliquetis d'acier. Il bondit vers elle et la frappa avec ses poings fermés, là, sur la nuque. Il se pencha sur elle, lui arracha l'arme des mains, mit une balle dans le chargeur et se releva. Il se figea en entendant des pas feutrés dans le couloir. Ils étaient plusieurs. Il se blottit contre la petite armoire et, l'espace d'un instant, le ridicule, le loufoque de la scène lui apparut : le comte Vorontsov, nu comme un ver, révolver au poing, dans le bouge d'une prostituée affiliée à une bande… L'angle de l'armoire le dissimulait. Il se faisait encore plus mince lorsque palpita la flamme d'une lampe.

50 Cigarette avec un embout de carton.

La porte s'ouvrit sans bruit et il vit un grand gaillard avec une gueule baveuse de dégénéré.

Il tenait une hache et Vorontsov put entrevoir derrière lui les yeux du vieux et un troisième type. Sans réfléchir, il tira trois fois. Le godelureau tomba sans un mot, le vieux également – la balle avait traversé sans peine la cloison en contreplaqué. Quant au troisième, que Vorontsov ne voyait pas, il s'était lourdement effondré, et se répandait en jurons grossiers.

— Silence ! s'écria Vorontsov. Si tu continues, je tire. Jette ton pistolet dans l'entrée.

— Je n'en ai pas !

— Alors jette ce que tu as ! répéta Vorontsov.

Atterrit aux pieds d'Anna un de ces coutelas muni d'une très longue lame avec lequel les chasseurs saignent les élans : Vorontsov crut sentir l'odeur de pin qui se dégage lorsque les chasseurs jettent aux chiens les entrailles encore chaudes de l'animal.

Il ramassa le coutelas, sortit dans le couloir. L'homme blessé le fixa de ses yeux ronds et troubles en appuyant la main sur le foie. Vorontsov alla jusqu'à la porte d'entrée, mit le verrou et jeta un coup d'œil dans le cagibi de la vieille. Elle dormait en ronflant comme un sonneur : avec des soupirs suivis de longs silences. Vorontsov appréhendait ce type de ronflement depuis qu'enfant un cocher lui avait fait peur.

— Traîne-toi dans la chambre, dit-il à l'homme blessé, qui s'affala sur le coude. Du sang apparut au coin de sa bouche.

Vorontsov retourna dans la chambre ; Anna était toujours assise, collée au mur.

— Tu as mal à la tête ? lui demanda-t-il en se rhabillant.

— Vous mettez les formes…

— La politesse est la forme suprême de l'hypocrisie.

— Vous allez me tuer ?

— Que me reste-t-il à faire ?

— Et lui ?

— Il est foutu.

— Seulement ne me tirez pas dans le dos.

— Je ne l'ai encore jamais fait, même s'il s'agissait de putes.

Anna se rhabilla.

— Avant de mourir, je dois vous dire que vous avez été magnifique.

— Quand ? Au lit ou après ?

— Tout le temps. Je ne mens jamais, bougonna-t-elle en le voyant ricaner. Jamais. Et je veux donc vous aider. Déplacez le divan. Ne craignez rien, je n'ai pas d'arme.

— D'où tenez-vous que j'ai peur ?

— Parce qu'il vous faudra me tourner le dos…

Vorontsov poussa le divan. Apparut une trappe solidement fermée par un couvercle de planches, comme sur les bateaux.

— Soulevez la trappe, il y a dessous une cave en pierre que personne ne connaît. Elle a une issue : nous les avons tous fait passer par là pour supprimer les preuves. Vous ferez mieux de me tuer là. On n'entendra rien.

— Vous voulez boire ? lui demanda-t-il en se laissant tomber sur la chaise. Servez-nous.

— Seigneur, murmura-t-elle soudain. Seigneur, pourquoi Dieu vous envoie-t-il si tard ?

— Où sont l'argent et les joyaux ?

D'un geste vigoureux de gymnaste bien entraînée, elle renversa le divan et en retira deux pieds. Dans l'un était caché l'argent ; elle démonta tranquillement le second, le divisa en deux et les diamants s'écoulèrent sur la table.

— Ça vient d'où ?

— Faddeïka a tué ceux que le vieux m'amenait.

— Il agissait seul ? demanda Vorontsov dans un souffle.

Il comprenait que c'était l'occasion, l'occasion en or, pourvu qu'elle lui dise qu'il avait un associé, de retrouver cet homme qui lui était soudain devenu indispensable.

— Avec Oleg, son frère.

— Où est-il ?

— À Possad… Il est en *zapoï*.[51] Oleg est un saint homme.

— Tiens, achève-le pour abréger ses souffrances, fit Vorontsov en lui tendant le coutelas.

Anna saisit l'instrument et passa dans le couloir ; Vorontsov la suivit. Faddeïka respirait encore.

— Je dois frapper où ?

— N'importe, au cou peut-être.

Elle frappa Faddeïka au cou, ceci sous le regard de

51 Beuverie prolongée, jusqu'à la perte de conscience.

Vorontsov, sans ciller, seules ses pommettes se figèrent.

Une demi-heure plus tard, ils jetèrent le cadavre dans la cave et partirent ensemble. Ils passèrent la nuit à la gare de Briansk : il dormit sur ses genoux tandis qu'elle ne cessait de sourire en caressant son visage, elle n'avait plus ces yeux las qui regardaient fixement : ils avaient repris vie.

Vers le matin, elle le réveilla :

— Oleg, le frère de Faddeïka est au courant de notre cave. Je reviens vite : regardez la Moskowa et vous comprendrez.

Une demi-heure plus tard, un incendie éclata sur l'autre rive. Anna avait mis le feu à la maison après avoir arrosé d'essence les trois côtés. Le bois sec lançait d'intenses flammes jaunes dans l'aube hésitante.

L'homme et la loi

Ternopoltchenko[52], président du Tribunal révolutionnaire de Moscou, était un homme solitaire, taciturne et renfrogné. Il n'aimait pas prendre la parole aux réunions, présidait les procès d'un air sombre et inflexible. Il lui arrivait du reste de rendre des verdicts inattendus, d'acquitter des prévenus qui semblaient condamnés ou, au contraire, de faire arrêter des témoins dans la salle que rien ne paraissait accuser. Un jour où Mouraviov, le Défenseur des droits, lui demanda d'expliquer son attitude, il répondit avec son apathie habituelle :

52 Fusillé en 1937. *Note de l'auteur.*

— Je ne me précipite pas pour rendre mon jugement, mais celui-ci est irréprochable. Vous êtes en droit de le contester si vous êtes en mesure de réfuter mes notes en marge du compte rendu.

Et il tendit à Mouraviov trois épais ouvrages avec des marque-pages :

— Veuillez en prendre connaissance.

Le procureur Krylenko[53] dit un jour à son sujet :

— C'est un juriste au talent immense, mais il est incroyablement torturé avant de rendre son verdict.

Krylenko était seul à savoir que lorsqu'il était étudiant à l'Université de Kiev, Ternopoltchenko, vendu à la police par son meilleur ami, avait tenté de se suicider durant sa déportation et qu'il avait été sauvé de justesse, grâce à un autre déporté, Goïberg, un socialiste révolutionnaire qui était médecin.

Dix ans plus tard, il eut à juger le dossier Nikodimov, Rogaline et Goïberg. Il demanda à en être déchargé, mais Karline refusa. Aussi, avant la séance du tribunal, Ternopoltchenko s'adressa-t-il aux prévenus en toussotant :

— Souhaitez-vous récuser un membre du tribunal ?

Aucune récusation ne fut demandée. Goïberg se contenta de fixer Ternopoltchenko, un sourire amer tordant ses lèvres.

— Dans ce cas, fit Ternopoltchenko, je dois me dessaisir moi-même du dossier puisque Goïberg m'a sauvé la vie et

---

53 Fusillé en 1937. *Note de l'auteur.*

que, d'après les pièces qui y figurent, le prévenu mérite la peine de mort.

Lorsque le jugement fut rendu et que Goïberg fut condamné à dix ans de prison, Ternopoltchenko se rendit au marché où il vendit sa montre pour acheter des bottes et du lard qu'il alla remettre au prisonnier le jour de visite.

— Merci, Nestor, lui dit Goïberg. Les bottes n'y sont pour rien, je sais que je te dois de rester en vie.

— Si c'est moi qui t'avais jugé, Roudim, je t'aurais condamné à mort…

— Tu dis cela en toute connaissance de cause ?

— Tout à fait.

— C'est terrible, Nestor.

— Sans doute. Mais c'est la vérité.

Un mois plus tard, son père lui envoya un télégramme du village près de Poltava : « Ta mère et ta sœur meurent de faim. Aide-nous si tu peux. » Il alla voir le ministre de la Justice, Dimitri Kourski.

— Camarade Kourski, je comprends que ma démarche enfreint la loi, mais vous êtes mon dernier recours. Voilà, dit-il en posant le télégramme sur le bureau du ministre. Est-il possible de m'avancer deux mois de salaire ?

— Je crois que la solution est envisageable, répondit Kourski. Mais vous-même, comment allez-vous tenir ?

Ternopoltchenko eut un petit rire :

— J'ai ma méthode. Au temps du bagne, nous avions organisé une commune. Nous achetions des patates dont nous faisions trente tas de cinq par jour. Nous achetions du lard à raison d'un morceau par ragoût, du thé et six biscuits. Le reste de l'argent était consacré aux livres.

Il envoya au village le montant des deux salaires. Le père lui répondit : « Avec ton argent, j'ai acheté un kilo de porc, dix œufs et un sac de pommes de terre, avec un peu de chance on ne mourra pas d'ici l'été. Tes parents te remercient : tu t'es acquitté de leur amour et affection. Nous n'éprouvons aucun ressentiment à ton égard, même si nous savons quel est ton poste. »

Cette courte lettre pliée en trois (le père n'avait pas de colle) avait traîné trois jours au secrétariat du tribunal : l'écriture du vieux était illisible. Après avoir enfin deviné que l'auteur en était le père de Ternopoltchenko, des bruits coururent dans le tribunal et beaucoup se mirent à le regarder avec beaucoup de considération et de pitié, tandis que d'autres le considéraient avec une perplexité cruelle. Il lut la lettre et la mit dans la poche de son blouson, faisant semblant de l'oublier, mais le soir, il passa chez les experts :

— Qui m'avancera un verre d'alcool ? Je vous le paierai dans trois mois.

Manouylov[54] lui remplit un verre.

— À ton avis, Manouylov, à quel âge un homme commence-t-il à vieillir ? fit-il après avoir bu.

---

54 Fusillé en 1937. *Note de l'auteur.*

— Selon moi, les premiers signes apparaissent vers la quarantaine…

— Tu te trompes, camarade Manouylov. Nous commençons à vieillir dès le premier cri, en naissant. Il est important de savoir à quel moment le processus s'accélère. Pour autant que je me souvienne de mon enfance, j'ai toujours pensé à la mort, je craignais plus que tout de mourir. Je me souviens précisément, vois-tu, d'une chaude journée d'été, des libellules volant au-dessus des prés… des prés roussis par le soleil. Il y avait aussi des sauterelles aux ailes bleues. Soudain, j'ai été pris de terreur en pensant que je mourrai, que tout serait noir et que plus jamais je ne verrais les sauterelles et je me suis mis à pleurer, un peu, vois-tu, comme si je piquais une crise d'hystérie. Ah, si l'on pouvait découvrir cette période fatidique où l'homme tombe dans la vieillesse. J'ai l'impression, vois-tu, qu'une fois entré dans la vieillesse, l'homme ne vieillit plus : au bout de quelque temps, il se conserve en l'état jusqu'à la mort… Manouylov, plus nous sommes terrifiés de vieillir, plus nous vieillissons vite.

C'est ainsi qu'à onze heures du soir, un étrange visiteur vint rendre visite à notre Nestor Ternopoltchenko.

— Bonsoir, je viens pour un entretien avec vous.

— Qui êtes-vous ?

— Permettez que je taise mon nom pour le moment…

— Je ne puis parler avec quelqu'un dont je ne connais pas le nom.

— Je m'appelle Sorokine et je travaille à l'Office de la guerre. L'affaire qui m'amène n'est pas banale, croyez-moi, sans quoi, camarade Ternopoltchenko, je ne me serais pas permis de m'adresser à vous.

— Je vous écoute…

— Camarade Ternopoltchenko, un jeune gars, Bielov Grigori, a été arrêté par la Tchéka. Je ne le connais ni de près ni de loin, mais c'est un jeune qui vient juste d'avoir vingt ans… Il travaillait au Gokhran où il a commis un vol – une montre, des bracelets dont il ignorait complètement la valeur et sans comprendre combien c'était ignoble vis-à-vis de notre République. Je me souviens du procès des employés du Comité directeur du combustible que vous avez condamnés à mort, après quoi vous avez vous-même fait une demande de recours en grâce auprès du Comité exécutif central en arguant que les auteurs du crime n'avaient pas pleinement conscience de leur acte ; or deux des condamnés étaient également de très jeunes gens.

— Bien, et alors qu'attendez-vous de moi ?

— Si vous sauvez la vie de Bielov, sa famille vous versera vingt millions de roubles. En leur nom, je peux vous garantir le secret : à part vous et moi, personne n'en saura rien.

— Pourquoi avez-vous décidé de me faire une telle proposition ?

— Je me suis souvenu de l'affaire du Comité directeur du combustible… De votre auto-récusation lors du procès des socialistes-révolutionnaires. Seul un homme honnête et bon peut se conduire ainsi.

— Un homme honnête et bon, répéta Ternopoltchenko, l'air pensif. L'argent sera versé en une ou plusieurs fois ?

— Je suis prêt à vous le donner avant le procès.

— Qui est votre chef ?

— Pourquoi ?

— J'ai moi aussi à en savoir un peu plus sur vous… Je ne peux pas me fier uniquement à votre bonne mine et à vos belles paroles. À l'Office de la guerre, vous travaillez avec qui ?

— Avec Likharev.

— Ignat Likharev ?

— Non, Vassili Likharev…

— Comment va-t-il ?

— Merci, il va bien…

— Bon, ça va, assez joué la comédie. Vous avez une arme, posez-la sur la table, je vous arrête.

— N'essayez pas de me faire chanter, dit Sorokine dans un souffle et il se leva.

— Asseyez-vous. Le sous-directeur de la Tchéka, Lossev, habite en face, je crie si vous vous avisez de fuir.

Sorokine saisit le révolver et le braqua sur Ternopoltchenko :

— Je tire puisque vous m'empêchez de partir.

— Je ne vous laisse pas partir, en effet. Me tirer dessus est on ne peut plus facile, voyez-vous. En revanche, vous enfuir d'ici est une autre paire de manches car la maison a ceci d'étrange que ses murs résonnent au moindre murmure. À croire que l'architecte avait une lubie musicale. Allons, donnez-moi l'arme, insista-t-il en se levant du tabouret, et il alla vers Sorokine.

— Reculez ! J'appuie sur la gâchette !

— Allons, ça suffit ! se fâcha Ternopoltchenko en empoignant le pistolet après avoir dirigé la gueule vers le bas. Il retira le chargeur, le jeta sur la table et, en tournant le dos à Sorokine, s'assit près du téléphone.

— Passez-moi Messing. Il n'est pas là ? Bon, envoyez-moi alors deux de vos gars, je vous envoie un type en état d'arrestation.

Ternopoltchenko se retourna vers Sorokine :

— Votre fonction ? Et ne mentez pas : Likharev, auprès duquel vous prétendez travailler, est parti depuis déjà cinq mois au Turkestan.

— Je suis secrétaire du Tribunal révolutionnaire des Chemins de fer de la Baltique.

— Qui en est le président ?

— Prokhorov, Pavel Konstantinovitch…

— Vous êtes juriste de formation ou vous a-t-on nommé ?

— Nommé…

— Vous connaissez les lois sur la concussion ?

— Pourquoi avez-vous demandé une escorte policière ? On ne peut pas l'annuler ?

— On ne doit pas excuser le crime, Sorokine. Un crime involontaire, une négligence stupide sont pardonnables. En revanche, un crime prémédité, abject, contraire à nos valeurs ne peut être pardonné. Ce serait trahir la révolution.

« Je soussigné, Sorokine Valéri Nikolaevitch, en réponse aux questions posées, dépose ce qui suit : cette semaine, pendant mon service, une inconnue m'a appelé en me suppliant de lui accorder un rendez-vous. J'ai d'abord refusé cet entretien, puis je me suis ravisé, trouvant mon attitude cruelle, et j'ai accepté de la voir. J'ai découvert une jeune femme qui, en pleurs, m'a raconté l'arrestation de son fiancé, le jeune Bielov Grigori, employé au Gokhran. Elle m'a supplié de le sauver, me disant que si je réussissais à parler avec le président du Tribunal, Ternopoltchenko, elle et le père de son fiancé étaient prêts à donner tout l'argent qu'il faudrait pour récompenser celui qui aurait sauvé la vie de leur fils et fiancé. Je n'ai reçu aucun argent de ces inconnus et je me suis rendu chez Ternopoltchenko mû par la seule compassion, ce que je regrette aujourd'hui en maudissant cette minute de faiblesse. J'ai rencontré cette jeune femme dont j'ignore le nom à deux reprises, près du cinéma "Ars". Je ne connais pas son adresse. Rédigé de ma propre main.

Sorokine »

Messing souligna en rouge la phrase « mû par la seule compassion, ce que je regrette aujourd'hui », regarda Sorokine assis en face sur sa chaise et lut :

— «...la seule compassion que je regrette aujourd'hui... » Comment votre main a-t-elle pu écrire pareille chose, hein ? Par conséquent, quand vous signiez les condamnations à mort des contre-révolutionnaires, des spéculateurs et des prévaricateurs, vous étiez un salaud, et là, vous avez décidé d'être humain et, pan, vous vous êtes fait prendre ! C'est bien ça ?

— Donnez-moi un pistolet, monsieur Messing. Permettez-moi de partir dignement. Je n'ai pas la force d'en supporter davantage, je n'en peux plus...

— Voyez-vous ça ! Monsieur réclame un pistolet ! Pourquoi pas un sabre pour se faire hara-kiri !

Messing relut la déposition de Sorokine, plia soigneusement les feuilles qu'il glissa dans le dossier.

— Tu ne te souviens de rien d'autre ?

— Je l'aurais noté.

— Aïe, Sorokine, Sorokine... Pauvre idiot... Tu nous sors une nana alors qu'il n'y a pas la moindre fiancée et qu'il courait les putes, ton Bielov... On va vous confronter et il te mettra au parfum sur la fiancée, Sorokine, ta gueule me dégoûte...

— Impossible qu'il ait témoigné comme ça, non, camarade Messing !

Messing prit le téléphone intérieur et demanda qu'on lui amène Bielov.

— Quel sens ça a de nous confronter ? soupira Sorokine. Je ne l'ai jamais vu de ma vie.

Ils allumèrent une cigarette. Silencieux, Messing observait

Sorokine, son beau visage charpenté, son front haut, son nez cartilagineux. Sorokine gardait les yeux baissés et fumait sans aspirer, en gardant une petite bouffée dans la bouche ; ses joues se gonflaient et il semblait qu'il s'apprêtait à lâcher des bulles de savon.

— Tu as des enfants ?

— Oui.

— Combien ?

— Un.

— Son âge ?

— Deux ans.

— Ta femme travaille ?

— Oui.

— Où ?

— À la gare.

— Sa fonction ?

— Caissière.

Un gardien amena Bielov et demanda s'il devait ou non rester.

— Partez... Bielov, asseyez-vous. Vous connaissez cet homme ?

— Non.

— Bien. Maintenant, dites-moi... comment s'appelait votre fiancée ?

— Citoyen Messing, j'ai déjà déclaré que je n'en avais pas. À quoi bon les fiancées par les temps qui courent ? Elles ne pensent qu'à vous coller un marmot.

Condamné à l'isolement dans sa cellule, Bielov déprimait de sorte qu'il était soudain pris d'une envie irrépressible d'écouter, de rire, de répondre, de questionner, histoire de briser à tout prix le silence accablant de la prison.

— Quelqu'un m'a dit, poursuivit-il en toute hâte et en avalant les mots de peur d'être coupé, que la vie de couple impose d'avoir deux copines en plus de l'épouse : cela vous fait l'aimer davantage. Mais, l'épouse, est-elle capable de le comprendre ? Elles ont gagné la liberté et, au moindre faux pas, vous recevez deux beignes, et vous n'irez sûrement pas vous plaindre à la police.

— C'est bon, Bielov, s'agaça Messing.

— Mais c'est des adultes qui me l'ont dit !

— Stop ! l'interrompit Sorokine. Écoute-moi, Bielov. Prokhorov, ce nom te dit quelque chose ?

— Non, rien du tout…

— Tu ne l'as jamais entendu ?

Messing était affligé de voir comment Sorokine avait changé de tête après les révélations de Bielov. Il était devenu méconnaissable, son visage s'était fait plus pointu, plus allongé et près des tempes, des poches de vieillesse étaient apparues.

— Prokhorov ? Il y en avait un au village. Un grand père Kostia Prokhorov, très bon horloger.

Sorokine se renversa contre le dossier de la chaise :

— Qu'on le ramène, camarade Messing. Je vais déposer ! Mais, pour l'amour du ciel, qu'on le ramène.

« Pavel Prokhorov, président du Tribunal des chemins de fer de la Baltique, mon supérieur direct, m'a informé la semaine dernière que Grigori Bielov, employé au Gokhran, avait été arrêté. Il m'a dit que des amis du père de Bielov, lui-même responsable du rayon chaussures du magasin Chmelnikov et sa collègue, la demoiselle Kleïmenova, vingt-et-un ans, apparemment de mœurs légères, proposaient quarante millions de roubles à qui garantirait la vie sauve à Grigori Bielov. Prokhorov m'a demandé de m'adresser à Ternopoltchenko qui traversait des difficultés matérielles, pour qu'il ne prononce pas l'arrêt de mort et se limite à une condamnation aux travaux forcés d'une durée laissée à l'appréciation du tribunal. En échange de quoi Prokhorov m'a suggéré d'annoncer à Ternopoltchenko une récompense de vingt millions de roubles. "La différence, ajouta-t-il, sera à partager entre nous deux : dix millions pour toi et dix millions pour moi." Après quoi je me suis rendu au domicile de Ternopoltchenko, mû par la cupidité et l'ignominie, et c'est chez lui que j'ai été arrêté, que je n'ai pas trouvé la force d'âme de mettre fin à mes jours sur-le-champ pour ne pas salir le nom de ma femme et de mon fils. Je suis prêt à collaborer en toute chose avec les enquêteurs, sans attendre la moindre indulgence.

Sorokine »

Messing relut deux fois la déposition que venait de faire Sorokine dans son bureau et lui tendit le téléphone :

— Tu vas appeler Prokhorov et lui dire qu'étant souffrant

tu n'irais pas au bureau. Tu te souviens du numéro ?

— On a le même.

— Sorokine, tu ne caches rien d'autre ?

Sorokine fit non de la tête.

— Tu l'appelles tout de suite ou tu fais une pause ?

— Je l'appelle.

— Vas-y, fit Messing en soulevant le combiné de l'appareil parallèle.

— Prokhorov ? fit Sorokine d'une voix enrouée. J'ai pris mal et je ne viendrai pas aujourd'hui…

— Qu'as-tu ?

— Mal à la gorge, de la fièvre.

— Je suis passé chez toi et je ne t'ai pas trouvé…

Messing jeta un regard furtif sur Sorokine qui ferma à demi les paupières, manière de dire : ne vous inquiétez pas, tout va bien.

— Je suis chez Rosa…

— Laquelle ?

— Celle de l'Union coopérative.

— Comment te joindre ?

Messing couvrit le combiné de la main et souffla :

— Au 2-54-4. C'est le téléphone des voisins.

— Chez les voisins, au 2-54-4…

— Bien, merci… Maintenant, autre chose… Tu l'as vu ?

— Oui.

— Dieu soit loué, félicitations ! Je commençais à me ronger les sangs !

— Tout va bien…

— Pas possible ! Bravo, Sorokine, sincèrement bravo ! Peut-être dois-je passer te voir tout de suite ?

Messing fit un rapide signe de tête.

— Pas la peine, fit Sorokine. Personne ne sait que je suis ici, ajouta-t-il en baissant la voix. Demain…

Messing lui souffla encore :

— Demandez-lui quand il pourra apporter l'argent…

— Quand ? Quand cela t'arrange-t-il, pour que je l'emballe ?

— Quoi ? demanda Sorokine qui, n'ayant pas compris la question, fixa les lèvres de Messing.

— Je te demande à quelle heure je dois passer te voir demain.

— Le soir, vers 19 heures, et avec l'argent, vingt millions…

— Tu es fou, on est au téléphone ! fit Prokhorov en baissant la voix. Tu es devenu fou ou c'est le succès qui te monte à la tête ? L'adresse ?

— Rue Merzliakovski, souffla Messing, n°4, appartement 7, trois coups de sonnette.

— Rue Merzliakovski, n°4, appartement 7, trois coups de sonnette.

— Bien, je passerai…

Messing souffla à nouveau :

— Pas avant 19 heures. Avec la marchandise…

— À 19 heures, répéta Sorokine. Avec la marchandise…

— Compris, répondit Prokhorov. À demain.

Messing se leva d'un bond, appela ses aides et, en présence de Sorokine qu'il semblait avoir oublié, s'écria :

— Déclenchez l'alerte ! Envoyez une équipe pour surveiller Prokhorov, le président du Tribunal des chemins de fer de la Baltique. Ah ! le salaud, le beau parleur ! Potapov, tu restes avec Sorokine ; toi, Tchaïkine, dis à Galia Chevkoun[55] de se rendre d'urgence rue Merzliakovski, dans la pièce voisine, où se trouve Boudnikov.

*

« À 13h26, Prokhorov sortit du tribunal, prit une voiture en direction du boulevard Strastnoï. Parvenu au niveau du numéro 2, il congédia le cocher et continua à pied sur le boulevard. Il s'assit sur un banc près d'une jeune femme, y resta quelques minutes en la tenant par le bras. Ce n'était pas un signal convenu parce qu'il caressait la main de la femme et tentait de l'enlacer, mais elle se rétracta et partit. Avec Kiriouchine, nous nous sommes réparti les filatures. Moi, j'avais Prokhorov et Ivanova, lui et Goltsev avaient la charge de la femme qui se trouvait travailler au rayon chaussures du magasin n°61, la dénommée Klavdia Kleïmenova. Prokhorov était revenu au tribunal et ne le quitta plus. Avant de retourner au bureau, je décidai de surveiller Kleïmenova et toutes les personnes avec qui elle entrerait

---

55 Fusillée en 1936.

en contact. Je donnai cette instruction à Kiriouchine avant de nous séparer. Après avoir cessé de surveiller le tribunal, je me rendis au magasin. Kleïmenova se trouvait dans les locaux réservés au personnel. Faisant preuve de présence d'esprit et d'audace révolutionnaire, Kiriouchine entra dans le local, en prétextant chercher le chef, sans plus de précision. Kleïmenova était dans le bureau de Chmelkov, directeur du rayon chaussures ; lorsque Kiriouchine lui demanda quand ils étaient censés avoir des bottes, celui-ci le chassa en se disant occupé, et il referma la porte. J'appelai deux autres agents en renfort et bien m'en a pris car Kleïmenova fila rue Merzliakovski, entra au numéro 4 et parla sur le seuil de l'appartement 7 avec une certaine Rosa à qui elle demanda si elle n'était pas Rosa Tikhonova, belle-sœur de l'oncle Kolia Tikhonov, à quoi la femme répondit qu'il n'en était rien et qu'elle ne connaissait aucun Tikhonov. Elle cria alors dans le couloir : "Soroka, retire le thé du feu ! " Sur ce, Kleïmenova s'excusa et sortit, elle erra longtemps dans la ville, s'arrêtant devant les vitrines de parfumeries, avant d'entrer dans un immeuble de la rue Povarski, au n°26, et de frapper à la porte de l'appartement n°7, où habite un certain Ivan Gazarian, qui était absent. Kleïmenova glissa un billet dans la boîte aux lettres. Je retirai le billet et recopiai le texte : "Oncle Gricha va mieux, passez ce soir chez le docteur avec un nouveau médicament." »

« À 17h50, Chmelkov sortit du magasin et partit à pied vers la Place Teatralnaïa. Là, il entra dans la cantine de la Deuxième Maison des Soviets[56], l'ancien hôtel "Métropole", où il déjeuna moyennant un ticket, après quoi il se balada longuement dans les rues, en surveillant sa montre en argent, de forme bizarre. Il n'adressa la parole à personne, ne se dissimulait pas dans les entrées et ne se souciait pas d'être surveillé. À 19h30, il entra dans l'immeuble n°6 de la rue Dmitrovka, chez le citoyen Kropotov. »

« À 18h35, Gazarian rentra, prit la lettre dans la boîte et, au bout de cinq minutes, ressortit de l'appartement pour se diriger à pied vers la rue Dmitrovka où il s'arrêta au n°6, chez un certain Nikolaï Kropotov. »

Messing mit de côté les rapports de ses collaborateurs. Il resta assis un long moment à regarder fixement la liste des numéros de téléphone placée sous vitre, sur son grand bureau. Il avait devant les yeux le visage de Gazarian avec lequel il s'était entretenu moins d'un mois auparavant au sujet du fonctionnement des réserves en objets précieux de la République.

« Sapristi ! songeait-il amèrement, mais que se passe-t-il donc ? À qui faire confiance si ce n'est à Gazarian, le premier à exiger la peine de mort pour tous ceux qui pilleraient la République ? S'il était notre ennemi avant de

---

56 En attendant que les locaux du Kremlin soient remis en état, le nouveau pouvoir a réquisitionné plusieurs immeubles du centre de Moscou pour loger les hauts cadres du Parti et du gouvernement.

nous rejoindre et se dissimulait, ce serait grave, mais ne le serait-ce pas encore davantage s'il l'était devenu parce qu'on lui avait donné l'occasion de voler ? L'or ne recèle-t-il pas en lui une force satanique ? Les humains seraient-il désarmés face à lui ? »

Ce jour-là, le visage de Sorokine s'était effondré ; en revanche ses yeux brillaient et ses joues s'empourpraient nerveusement d'un éclat bleuté. Messing avait noté que cet éclat maladif provenait des vaisseaux violacés de ses joues.

— Tu en es où avec la tension ? lui demanda Messsing.

— Normal, pourquoi ?

— Pour rien…

— Je ne peux plus rien faire pour t'aider ?

— C'est pour cela que je t'ai fait venir. Tu n'as toujours pas dormi ?

— Tu parles de dormir…

— Tu as tort. Sans sommeil, tu ne tiendras pas le coup.

— Une fois que nous les aurons tous pris, je me rattraperai.

L'expression de Sorokine « quand nous les aurons tous pris » n'échappa pas à Messing.

— Écoute bien, Sorokine… N'imagine pas que parce que tu nous aides, je ne t'enverrai pas devant les juges. Je ne suis même pas sûr que le tribunal te laissera en vie…

— Je me fous de vivre, répliqua très sincèrement Sorokine. La vie me dégoûte et je serai un fardeau pour mon petit.

— Tu connais bien Prokhorov ?

— On a bu ensemble.

— Tu peux lui donner un rancard ?

— Je ne comprends pas…

— Oui, rue Merzliakovski, chez Rosa, tu peux le recevoir ?

— Oui. Pour la cause, je peux tout faire !

— Tu n'en feras pas trop ?

— Non.

— Rosa sera avec toi… Elle est des nôtres… Il y aura une table bien garnie, vous picolerez bien, mais pas de bêtise, tu gâcherais tout…

— Je ne boirai pas.

— Félicitations ! Avant, tu buvais, non ?

— Oui.

— Et maintenant, plus une goutte ? Ça ne va pas. Tu es obligé de boire avec lui… Et tu lui demanderas au nom de Ternopoltchenko qu'ils donnent la moitié de la somme en joyaux. De plus, tu préciseras lesquels : des diamants, des émeraudes et de l'or, tout cela en bracelets, pièces de monnaie et montres.

Il était important pour Messing de voir comment Kropotov et Gazarian allaient se comporter, jusqu'où menaient les fils. Son plan bien ficelé, il mit fin à l'entretien avec Sorokine et se rendit au bâtiment voisin pour parler avec Unchlikht et Boki.

*

— Salut, Sorokine, fit Prokhorov en lui serrant chaleureusement la main. Quoi de neuf? Tu te sens mieux ou tu as encore la crève?

— Je suis remis, entre donc.

— C'est la première fois que j'entends parler de cette Rosa. Où est-elle?

— Elle va venir. C'est une nouvelle…

— Et au boulot, elle est comment? demanda Prokhorov? Elle s'y connaît?

— Ça va, fit Sorokine, en faisant passer Prokhorov dans la pièce. Elle travaille bien, elle en veut.

— Oh là là! Du cognac, il sort d'où? fit Prokhorov, ébahi, en découvrant la table garnie de bouteilles, de lard, de patates bouillies et de poisson. Je vois qu'on ne se prive de rien!

— Un petit verre?

— Vas-y. Mais raconte-moi d'abord comment ça s'est passé! Les cloisons sont épaisses?

Sorokine fit un signe de tête à gauche:

— La salle de bains… Elle ne fonctionne plus depuis la révolution, et, de l'autre côté, la pièce est vide: le militaire qui y est domicilié a été envoyé au Turkestan. Il n'y a plus que nous.

C'est dans cette pièce vide qu'étaient postés Vladimir Boudnikov, sous-chef de la section spéciale de la Tchéka, et Galia Chevkoun, jouant le rôle de Rosa. Même les murmures s'entendaient derrière la cloison. Boudnikov avait envie de fumer mais craignait que la fumée ne filtre chez

Sorokine, aussi suçait-il sa *papirossa* éteinte en mordillant le carton à tout bout de champ.

— Alors, comment l'as-tu trouvé ? s'enquit Prokhorov. Il n'a pas crâné ?

— Difficile... Au début, j'ai cru que j'étais cramé.

— Impossible, il n'a pas de preuves.

— Le bonhomme est compliqué, maussade. Pas facile à comprendre. Je te raconte la suite, mais buvons avec le lard.

— À ta santé, Sorokine.

— À la tienne, vieux...

— Pourquoi tu ne bois pas ?

— Je bois... Mais j'ai eu mon compte hier et la gueule de bois, tu sais ce que c'est... On est nul, et on s'effondre d'un coup, or la Rosa, elle est exigeante... Elle m'a dit comme ça : « Si je ne m'aime pas moi-même, qui le fera ? Les hommes, je les juge au lit. Autrefois, c'est vous qui le faisiez, mais aujourd'hui nous avons gagné la liberté et moi je suis une femme émancipée... »

Prokhorov éclata de rire :

— T'es mordu pour de bon ?

— Pourquoi cette question ? Tu veux tenter tes chances ? Pour le moment, elle est à moi. N'insiste pas...

— Qu'avez-vous convenu lui et toi ?

— Il se rendra au lieu que je lui indiquerai au moment où je le lui dirai, et alors toi ou l'un de tes hommes, vous vérifierez s'il est venu tout seul ou s'il a amené des types de la Loubianka.

— C'était déjà prévu. Mais sur l'arrangement, qu'a-t-il dit ?

— Il a dit qu'il ne voulait pas tout en roubles.

— Ça alors ? Il a pourtant besoin de sous pour ses parents...

— Il m'a dit qu'il lui fallait dix millions en roubles et le reste en joyaux. Une moitié en diamants et en saphirs, une deuxième moitié en or, en bracelets, en bagues et en pièces.

Prokhorov avala sa vodka, renifla le lard et éclata de rire :

— Oh là là, Ternopoltchenko ! Tu parles d'un jacobin, d'un fiston de Karl Marx, hein ?

— Tu ne vaux pas mieux, répliqua Sorokine. Non, pas mieux !

*

Boudnikov eut un regard rapide en direction de Galia et lui fit signe de la tête :

— Vas-y. J'ai peur qu'il ne craque... Vas-y, petite.

*

— Qu'est-ce qui te prend ? dit Prokhorov, stupéfait. Qu'est-ce que j'ai à voir avec ça ?

— Comment ça... Tu colles au poteau un travailleur qui vole du pain et toi tu manies les millions, pas vrai ?

— Sorokine, qu'est-ce qu'il t'arrive ?

— Rien... Je suis encore pire, mais il ne s'agit pas de moi.

La porte s'ouvrit sans qu'on ait frappé.

— Salut, Sorokine ! dit la femme avec un sourire aguicheur. On fait la noce en mon absence, les gars ?

— Je te présente Rosa, fit Sorokine.

— Konstantin Nenakhov. En vous attendant, nous avons bu un coup.

Galia passa la main dans les cheveux de Sorokine et lui dit tendrement :

— Chéri, va donc te passer la tête sous le robinet, ça ira mieux.

— Va te rafraîchir, glousse Prokhorov. Prenez la peine de vous rafraîchir, cher ami…

Sorokine se leva prestement et sortit.

— On trinque ? proposa Prokhorov. À la vôtre, chère Rosa !

— Je ne bois pas de fine-champagne, seulement un vin léger.

— On peut commencer par un petit verre d'eau-de-vie, ça fait tourner la tête comme un tour de valse.

— Même un vin léger me donne le tournis, Konstantin.

— À notre prochain rendez-vous !

Il vida d'un trait son demi-verre de cognac, enlaça Galia et se mit à l'embrasser goulûment. Comme elle cherchait doucement à se libérer, il l'étreignit encore plus fort, ses mains l'enserraient comme dans un étau. Galia le repoussa avec ses poings sans se départir de son sourire, seul son visage avait blêmi.

— Pas maintenant, Konstantin. Non ! Sorokine va revenir.

— Il va s'endormir, répliqua Prokhorov. Il la souleva et la porta jusqu'au divan.

— Sorokine ! cria-t-elle, se sentant impuissante face à ce type robuste et suffocant. Sorokine, à l'aide !

Boudnikov entendit ses appels plaintifs.

— Lâche-moi ! Ah, lâche-moi !

Boudnikov sortit prestement sur la pointe des pieds. Il aperçut la lumière dans les toilettes et murmura :

— Sorokine, retourne vite dans la pièce !

Sorokine ne répondit pas. Boudnikov poussa plus fort la porte avec l'épaule, elle s'ouvrit tout grand et, ne pouvant se retenir, il tomba dans l'étroit WC, de grands pieds venant buter contre son visage : Sorokine s'était pendu à un crochet, à l'instant même...

— Au secours ! répétait Galia. Volodia !

Boudnikov ouvrit grand la porte, aperçut Galia et Prokhorov près d'elle et, de l'entrée, il s'écria, fou de rage :

— Debout, salaud ! Haut les mains !

*

Ils étaient trois à interroger Prokhorov : Boki, Kedrov et Messing. Prokhorov était assis, les bras pendant entre les genoux, incapable de maîtriser le tremblement qui secouait son visage. Il répondait aux questions avec force détails et un zèle excessif, évoquant des faits qui n'avaient rien à voir avec l'affaire.

Boki lui demanda de téléphoner au tribunal.

— Pour dire quoi ? Écrivez-le, sans quoi je vais encore m'embrouiller.

— Il ne faut pas. Dites que vous vous sentez mal et que vous viendrez au bureau demain matin.

Messing composa le numéro et tendit le combiné à Prokhorov.

— Allô, c'est moi, fit-il d'une voix tranquille alors qu'un léger spasme continuait de contracter son visage. Je ne suis pas bien et je viendrai seulement demain... Quoi ? Bien, dans ce cas, renvoyez l'audience.

— Que faut-il ajourner ? s'informa Boki.

— C'était la secrétaire de Choubarine. J'avais aujourd'hui à auditionner des bureaucrates de l'usine métallurgique de Khamovniki qui ont immobilisé deux wagons vides pendant une semaine.

— Écoute bien, Prokhorov, dit Boki. Tu as intérêt à aller voir tout de suite Kleïmenova... Tu la connais ?

— Oui.

— Alors tu as intérêt à aller la voir et à lui demander de convoquer Gazarian à ton bureau, rue Merzliakovski. Tu diras à Gazarian que Ternopoltchenko veut le voir...

— Compris, coupa Prokhorov, c'est pour l'or et les pierres. Ce que m'a dit Sorokine. Vous voulez savoir où Gazarian fait passer... J'accepte... Je comprends que si je ne vous aide pas, j'aurai du mal à me tirer d'affaire... Parce que c'est par bêtise que j'ai mal agi, je ne pensais pas à mal.

Stupéfait, Messing regarda Kedrov. Celui-ci porta un doigt à ses lèvres : chut ! Boki lui répondit par un hochement de tête tout en écoutant Prokhorov, et en acquiesçant d'un « oui-oui, tu as raison, Prokhorov… »

*

« Revel. À Roman.

Selon des informations en provenance de Paris, le président de la firme de joaillerie, monsieur Marchand, se trouve à nouveau en Estonie. Nous le soupçonnons d'être en contact avec notre réseau de trafiquants de devises. C'est sa firme qui a saboté l'accord que nos représentants avaient tenté de conclure en Lituanie. Par la suite, les gens de Marchand ont fait capoter nos accords à Londres et à Anvers. Pourtant, à Revel, Marchand nous avait proposé par l'intermédiaire de Pojamtchi, notre expert au Gokhran, de procéder à un échange direct blé contre diamants à prix libre. Il nous incombe de contraindre Marchand à acheter nos diamants en dollars et en francs afin que nous ayons un débouché sur le marché international. Il est indispensable que vous preniez en filature Marchand et son entourage pour mettre au jour ses contacts. On soupçonne Marchand d'avoir des contacts avec notre réseau clandestin à travers des hommes de paille. Ces informations proviennent de sources anglaises et ne contiennent aucune donnée concrète.

Boki »

Le père

À Irkoutsk, le vieux Vladimirov descendit à la pension du département de culture populaire, non loin du Musée d'ethnographie, sur les rives de l'Angara. Dans les réserves de la bibliothèque, il était secondé par Ninotchka Krivocheïna[57], une jeune fille fluette au minois couvert de taches de rousseur. Elle avait été mise au service de Vladimirov après un entretien avec Ossip Chelekhes, le sous-directeur de la section culturelle. Celui-ci nourrissait quelques réserves à l'endroit de Vladimirov. Il n'avait pas apprécié ses critiques furibondes contre le fonctionnement de la bibliothèque, du musée, de l'imprimerie, et il avait eu cette réflexion :

— On ne peut pas se contenter de critiquer. D'accord, je le sais, les livres gisent au sol et moisissent. Je sais aussi qu'on les fauche et qu'on s'en sert de combustible. Mais que faire quand on n'a pas de bois pour se chauffer ? Alors vous, comme bolchevik, que proposez-vous ?

— Je suis sans-parti.

— Vous voulez dire ?

— Vous n'avez jamais vu de sans-parti ? Alors regardez-moi bien…

— Comment avez-vous pu atterrir dans l'éducation politique ?

---

57 Fusillée en 1936. *Note de l'auteur.*

— J'ai été mandaté, rétorqua Vladimirov. Vous pouvez demander à Moscou.

— Attendez, voyons un peu... Vous êtes bien le Vladimirov qui s'est séparé de nous en 1911 ?

— Si l'on considère l'exil comme une séparation et le fait de se battre pour son point de vue comme une trahison, alors vous avez raison. Je suis bien ce Vladimirov-là. Cependant, en tant que sans-parti, je n'aurais jamais pu admettre qu'on laisse pourrir à ciel ouvert des manuscrits tibétains et mongols, trésors inestimables de la culture matérielle ! Je n'aurais jamais toléré ce que vous tolérez !

— Bon, cela suffit ! La conversation a assez duré !

— Pour moi, elle ne fait que commencer ! Il vous sera impossible de créer l'État des travailleurs sans retourner aux sources de la culture mondiale !

— Je dois en priorité faire imprimer des manuels scolaires ! Après, on pourra revenir aux sources ! Or il nous reste à peine dix rouleaux de papier ! Et l'imprimerie doit en plus fabriquer les ordres militaires vu que Ungern[58] n'est pas loin, de même que les Chinois et les Japonais !

— Pourquoi n'avez-vous pas confisqué l'imprimerie Elizariev ?

— C'est fait.

---

58 Baron Ungern (1885-1921), d'origine autrichienne, combattit dans les armées blanches durant la guerre civile et tenta de créer un empire à l'est du lac Baïkal.

— Faux ! Elle ne l'a pas été ! Êtes-vous sûr que l'on ait réquisitionné tout le papier resté dans les dépôts ?

— Tout à fait sûr.

— Faux ! Les hommes de la NEP, sur quoi impriment-ils leurs affiches ? Oui, je parle de vos boutiquiers rouges !

— Suffit ! La conversation est terminée. Ce que nous déciderons à votre sujet, je vous le ferai savoir à la résidence.

Le soir même, Chelekhes se rendit chez le général d'armée Hiéronyme Ouborevitch, grand jeune homme de 25 ans, arborant un pince-nez professoral, l'air distant et fameux pour son courage et sa tête froide.

Il écoutait Chelekhes écumant de rage et se contentait de hocher la tête de temps à autre, comme pour acquiescer.

— Hiéronyme, si ça ne tenait qu'à moi, ma parole, je confierais toute cette pourriture intellectuelle à la Tchéka.

— Oui, mais que faire avec un intellectuel du nom de Plekhanov ? La Tchéka ne serait donc pas au courant qu'on a édité ses œuvres complètes ? Lénine serait si gentil et si crédule qu'il ne saurait rien de ce qui se passe dans le pays, c'est ça ?

— Je ne vois pas où tu veux en venir…

— Sais-tu qui étaient les parents de notre ministre des Affaires étrangères Tchitcherine ?

— Non.

— Des aristos ! De gros propriétaires terriens. Et le père de Dzerjinski, fondateur de la Tchéka ? Un hobereau. Celui de Toukhatchevki ? Un officier. Et mon propre père ? Une véritable révolution doit savoir attirer toujours davantage des gens de différents milieux. Bref, pour en terminer là, je réserve le débat aux questions que je ne comprends pas dans des circonstances données, en tant que militaire je te donne l'ordre d'aller voir la Tchéka pour qu'ils choisissent quelqu'un capable de seconder Vladimirov. Pas un balourd qui le suivrait aux toilettes avec son révolver, mais quelqu'un d'instruit… Un intellectuel, conclut Ouborevitch avec un sourire.

Ounanian, vice-président de la Tchéka pour la Sibérie, prêta une oreille compréhensive à la requête de Chelekhes et promit d'envoyer l'un de ses meilleurs agents.

— Si tu veux, attends un moment, je m'en occupe.

Chelekhes resta dans le bureau jusqu'à ce qu'Ounanian revienne, au bout de cinq minutes, avec une petite jeune fille maigrelette. Au début, il ne lui prêta aucune attention, occupé qu'il était à lire le journal S.R. de Tchita, mais lorsqu'Ananian lui dit qu'il recommandait cette Nina Krivocheïna, membre de la section opérationnelle, pour seconder Vladimirov, il resta pantois :

— Ounanian, où as-tu la tête ? Un vieux barbon et une gamine !

— Une gamine qui a travaillé clandestinement chez Koltchak, qui a participé à l'élimination de la bande d'Antip et, surtout, elle a fini le lycée ! Tu comprends ? Je n'ai personne d'autre. Si tu la veux, prends-la.

— Sergueï, on croirait que vous négociez un cheval ou une esclave, s'interposa Nina.

— Pardonne-moi, camarade ! fit Ounanian en riant. Mais comment fourrer dans la tête de cet incrédule, de ce saint Thomas, que vous êtes notre préférée ?

— Mais pourquoi ces efforts pour le convaincre ? s'étonna Nina. Si le camarade est venu vous solliciter, il doit respecter la candidature qui lui est proposée.

Le soir même, Nina se présentait à la pension et déclarait à Vladimirov :

— Bonsoir, Vladimir Alexandrovitch, on m'envoie pour vous aider. Je m'appelle Nina.

— Salut, gentille Nina. Prenez une tasse de thé. Je commente la Bible au gardien et lui me fournit en thé et en poisson. Je ne suis fou que d'un seul mets : la brème séchée au soleil me perdra.

— Demain, je vous en apporterai une douzaine. Mon frère pêche dans l'Angara. J'aime regarder le soleil à travers les brèmes séchées, il paraît si jaune…

— Ah, chère petite ! s'attendrit Vladimirov. Comme c'est bien dit ! Le soleil à travers la brème séchée ! En Suisse, on reconnaissait les émigrés russes à ce qu'ils mangeaient du poisson séché et buvaient de la bière. Les Allemands et les Français ne pouvaient le comprendre et mangeaient leur poisson sans aucune grâce. À l'aide du couteau et de la fourchette !

— On ne doit pas se servir du couteau pour le poisson, voyons !

— Rien n'est interdit, répondit Vladimirov avec un curieux soupir. Vous êtes née dans le coin ?

— Oui, à Tchadlonka.

— Vous êtes si blonde… comme les blés. Des sourcils arqués, sibériens. Ma femme aussi était sibérienne, je me suis marié lorsque j'étais en déportation à Minoussinsk, près de Krasnoïarsk.

Il sortit de sa poche un vieux portefeuille plat et fripé d'où il tira quelques photos.

— C'est elle, dit-il en tendant à Nina un vieux portrait.

— Elle est jolie…

— Et voici Vsevolod, mon fils.

Nina prit la photo et fut saisie d'effroi : c'était l'officier Maxime Issaïev, du groupe de presse de l'amiral Koltchak qui la regardait. À l'époque, Nina était une jeune *komsomol*[59] travaillant dans la clandestinité et lorsque Koltchak se replia, ses camarades voulaient fusiller ou du moins attraper les principaux journaleux de l'amiral qu'étaient Vaniouchine et Issaïev. Mais le premier avait filé sur le train de Semenov[60] au tout début de 1920, quant à Issaïev, il s'était tout bonnement évanoui dans la nature.

— Votre fils aussi est très beau, dit Nina. Comment s'appelle-t-il ?

— Vsevolod.

---

59 Membre du mouvement des jeunesses communistes.

60 Grigori Semenov (1890-1946), seigneur de guerre cosaque au service des chefs de l'armée blanche.

Nina regarda à nouveau la photo : non, elle ne pouvait se tromper.

— Il a un visage très volontaire, fit-elle.

— Oui, c'est un garçon doué d'une volonté exceptionnelle.

— Il est à Moscou ?

— Nous sommes rentrés de Suisse en 1917. Depuis, il vit à Moscou. Certes, il lui arrive souvent de s'absenter et parfois pour de longues périodes.

Sur ces entrefaites, la porte s'ouvrit sur un vieillard apportant une grosse bouilloire et des bûches sous le bras. Il ouvrit avec le pied la porte du poêle et fourra les trois bûches. Elles étaient bien sèches et le feu partit aussitôt.

— Ce tantôt, le printemps est mal luné, il tarde, dit Nikodime. Il fait beau temps que l'hiver ne s'est pas tant accroché au soleil.

— C'est la volonté de Dieu… sourit Vladimirov avec un clin d'œil à Nina. Il se venge de ses enfants.

— Y a-t-il pas de quoi ? La vie est dévastée et le courroux sera sévère, en accordance avec la vérité…

— Seule est détruite la vie d'avant… L'ancien temps…

— Et qu'avait-il de mal l'ancien temps ?

— Je dois vous renvoyer à l'Apocalypse de Jean. Rappelez-vous, il y a, si je ne me trompe, au chapitre 21, ce passage remarquable : « Alors celui qui siégeait sur le Trône déclara : "Voici que je fais toutes choses nouvelles… Quant aux lâches, perfides, êtres abominables, meurtriers, débauchés, sorciers, idolâtres et tous les menteurs, la part qui leur revient, c'est l'étang embrasé de feu et de soufre, qui est la seconde mort… »

— Y a une chose que j'ai peine à saisir… Notre grand chef, à ce que vous m'avez dit, le camarade Ilitch, a raison d'annoncer que la foi, eh, c'est comme du « tabac opiacé pour les travailleurs ». Présentement, eh, vous faites grand cas de la Bible.

— C'est pourtant simple, répondit Vladimirov en mettant un deuxième morceau de sucre dans la tasse de Nina. La Bible appartient au patrimoine de la culture populaire. Le peuple est sage, Nikodime. Il faudrait visiter les villages, les quartiers ouvriers – je pense que nous le ferons un jour – et enregistrer les gens, sérieusement, pas à la va-vite comme le font les journalistes.

— On les enregistrera, puis on les enverra dans les caves de la Tchéka ! Là, l'envie de causer leur passera !

Vladimirov s'esclaffa, Nina aussi s'efforça de rire.

— Vous dites à la Tchéka, pouffait Vladimirov. C'est bien possible, aucun doute ! Cependant, lorsque la Pravda publie le récit du contre-révolutionnaire Avertchenko[61], ça prouve que la Tchéka a cessé d'avoir peur des confidences…

— Votre fils a fait des études de lettres ? demanda Nina.

---

61 Arkadi Avertchenko (1881-1925), écrivain satirique né en Crimée, émigra en 1920. Son recueil de pamphlets *Une douzaine de couteaux plantés dans le dos de la révolution* parut à Paris en 1921. Il fut aussitôt publié par la Pravda et Lénine en fit l'éloge.

— Il a une bonne plume, bien qu'il ait suivi les cours de la faculté de physique-mathématiques.

— Il écrit des articles ? Des récits ?

— Il a fait des poèmes qu'il ne m'a jamais montrés. Lorsque nous étions à Berne, tout jeune, il s'est essayé au reportage dans de petites gazettes.

— Vladimirov, continuait le gardien sur sa lancée, dis-moi, lorsque tu lisais la Bible, nulle part tu n'as vu que Dieu appelait à combattre le pouvoir légitime ?

— En effet, je n'ai rien trouvé de tel... C'est toujours Jean qui dit, à propos de Babylone : « Multipliez ses tourments et ses douleurs, à proportion de ce qu'elle s'est élevée dans son orgueil, et de ce qu'elle s'est plongée dans ses délices ! C'est pourquoi ses plaies, la mort, le deuil et la famine viendront fondre sur elle en un même jour, et elle sera brûlée par le feu, parce que Dieu qui la condamnera est puissant... Alors les rois de la terre qui se sont corrompus avec elle, et qui ont vécu dans les délices, pleureront sur elle, et frapperont leur poitrine en voyant la fumée de son embrasement... »

— Notre pope ne nous l'a pas dit...

— C'est qu'il ne connaît pas la Bible et qu'il ne comprend pas que s'y expriment les rêves des misérables qui, depuis la nuit des temps, aspirent à plus de justice.

— Vladimir Alexandrovitch, demanda Nina, avez-vous jamais pris part à des débats antireligieux ? Peut-être faut-il en organiser, qu'en dites-vous ?

— Volontiers. Je jette le gant à n'importe quel théologien.

— Quel gant ? demanda le vieux Nikodime, perplexe.

— C'est ainsi que jadis les chevaliers se lançaient un défi, expliqua Nina, avant de se battre en duel, l'un jetait son gant aux pieds de l'autre.

— Fallait dire : « Ramasse-moi le gant au lieu de tirer ! », c'est-y pas mieux ? commenta le gardien. Prendre à la bonne, c'est-y pas possible ? Tirer sur les braves gens, y pensent qu'à ça. On se trucide les uns les autres, mais quoi, le Blanc est-il l'ennemi de la Russie ? Mon frère était Blanc ; un type qui suivait les ordres, qui faisait ce qu'on lui disait. Où ça fait un ennemi de la Russie ? Tous les Russes ensemble, on pouvait pas s'accorder ?

— C'est parfois difficile, répondit Vladimirov en laissant échapper un soupir.

— Et où est-il votre frère à cette heure ? s'enquit Nina.

— Des bandits l'ont tué…

— Qui appelez-vous « bandits » ? Les Blancs ou les Rouges ?

— Pour moi, ma fille, un bandit, c'est quelqu'un de criminel.

— Ninotchka, je vous raccompagne, il se fait tard, fit Vladimirov.

— Nina eut beau protester, Vladimirov persévéra. La jeune fille habitait loin, du côté de la gare et elle devait absolument passer à la Tchéka, afin de raconter à Ounanian ce qu'elle avait appris sur Issaïev, l'officier blanc qui se trouvait être le fils de ce gentil vieillard.

Aussi lui dit-elle au revoir devant un petit immeuble du centre, non loin des locaux de la Tchéka, et pénétra dans le hall. Elle attendit que Vladimirov s'éloigne et s'étant assurée qu'il avait pris la direction de son domicile, elle fila vers les bureaux de la Tchéka.

Mais Vladimirov s'était retourné juste pour le plaisir de se remémorer le joli minois de la petite. À son grand étonnement, il vit Nina entrer en courant dans un immeuble à trois numéros de celui devant lequel ils s'étaient quittés. Il songea que peut-être quelqu'un l'avait effrayée dans l'entrée et, serrant son bâton noueux dans sa main gauche – la droite était paralysée depuis trois ans – il revint hâtivement sur ses pas. Il ouvrit la porte avec le pied, s'éclaira à l'aide d'une allumette et grimpa à l'étage : personne.

Perplexe, il se dirigea vers l'immeuble où Nina s'était engouffrée.

Sur la façade, près de la porte d'entrée recouverte d'un revêtement ciré, il lut sur la plaque : Commission extraordinaire de Sibérie pour la lutte avec la contre-révolution, la spéculation et les délits au travail

Vladimir Alexandrovitch ouvrit la porte. Un soldat armé d'une mitraillette lui barra la route. Là non plus, pas de Nina.

— Votre laisser-passer, dit le soldat.

— Il y a ici une jeune fille, une petite Nina…

— Krivocheïna ? Elle vous a convoqué ?

— Non, soupira Vladimirov, elle ne m'a pas convoqué.

Dans la rue, il bruinait. La lune était basse sur l'horizon, blanche. La glace dessinait des dentelles bleues sur les flaques. Les locomotives échangeaient leurs sifflets à la gare. La ville était silencieuse et déserte.

La première réaction fut la colère. Puis vint le dégoût. Il avait d'abord pensé rentrer, puis il se ravisa et décida d'attendre la jeune agente et de la regarder dans les yeux.

Nina composa longuement un message chiffré pour Moscou, après quoi elle s'assit dans le bureau de Sergueï Ounanian et réfléchissait à voix haute, comme par devers soi :

— Il est si gentil, ce Vladimirov. Je ne sais où me mettre tant j'ai honte de moi, honte de trahir.

— Vous lui feriez confiance ?

— Humainement, oui.

— Comment peut-on se diviser en humain et non-humain ? Je pose la question concrètement.

— Je ne sais ce que Moscou répondra... S'ils diront qu'ils sont au courant pour le fils... Qu'il n'a rien caché...

— Dans ce cas, l'interrompit Ounanian, autant vaut croire au diable cornu ! Non, fie-toi à ta réponse sans compter sur Moscou !

En sortant du bâtiment, Nina vit Vladimirov et elle éprouva un soulagement en se disant que le vieux l'avait suivie. Il traversa la chaussée.

— Je dois vous dire que vous êtes une personne malhonnête et dépravée, en dépit de votre âge ! Je ne vous ai pas suivie : j'ai cru que quelqu'un vous avait effrayée, là-bas, dans le hall, c'est pourquoi je suis revenu sur mes pas. Du fait que mon fils travaille auprès de Dzerjinski et que, visiblement, on me croit, j'ai perdu l'habitude du contrôle.

— Quoi ? le coupa Nina. Que dites-vous là ?

Et, spontanément, elle se dressa sur la pointe des pieds et couvrit de baisers enfantins le front, le nez glacé, les lèvres et les joues piquantes de Vladimir Alexandrovitch.

Et le fils

Grigori Vakht, éditeur de *La Cause du peuple*, invita son visiteur à s'asseoir, décacheta l'enveloppe et parcourut rapidement la lettre.

« Cher Grigori, le porteur de cette lettre est Maxime Maximovitch Issaïev (vous vous êtes peut-être rencontrés à Zurich où, encore enfant, il était dans l'émigration). Mes amis et moi-même souhaitons vivement qu'il puisse sortir de Russie. Nous comptons sur votre aide et assistance. Sincèrement vôtre,

Ouroussov »

Vakht relut deux fois la lettre. Le prince Ouroussov, ancien camarade du ministre du Gouvernement provisoire, arrêté, jugé puis blanchi par la justice, était un personnage très fameux au sein de l'émigration et, en dépit de la petite phrase figurant dans les minutes du procès « s'étant repenti et ayant exprimé son désir de collaborer avec le pouvoir soviétique, Ouroussov est libéré », il demeurait respectable. Personne ne croyait qu'il avait accepté de collaborer avec les bolcheviks de son plein gré. De sorte que la petite phrase en question valait au malheureux prince une sympathie unanime, l'émigration voyant en lui une victime du sadisme de la Tchéka qui avait cherché à le compromettre aux yeux de ceux qui, en Russie, pensaient librement.

— Comment avez-vous réussi à arriver jusqu'ici ? demanda Vakht à Issaïev.

— En me faufilant sur le ventre, sourit Issaïev, à la barbe des douaniers.

— Vous avez de bons papiers ?

— Non, aucun.

— Je vois. Vous avez besoin d'aide ?

— Oui.

— Mais vous n'êtes pas membre de notre parti ?

— Je suis sans-parti, je pense que les S.R. et les bolcheviks auront fini de discuter à Moscou au moment où se réunira l'Assemblée constituante[62]… N'est-ce pas ?

---

62 En février 1921, une insurrection visant à renverser les bolcheviks éclata à Petrograd. La répression fut sanglante et de nombreux responsables S.R., mencheviks et anarchistes furent arrêtés. La révolte de Kronstadt (28 février) en fut l'épilogue. Ces révoltes ouvrières contraignirent les bolcheviks à promouvoir la NEP.

— Ce n'est pas notre point de vue…

— Comme j'ai un plan très précis, j'ai besoin d'obtenir des papiers d'identité fiables.

— C'est quasiment impossible.

— Dans ce cas, vous me conseillerez sûrement la meilleure façon de procéder : dois-je brûler mes papiers et me rendre à la police ou vaut-il mieux que je me planque un mois ou deux ?

— Mais après ?

— Je ne compte pas m'éterniser ici.

Vakht se leva pour aller fermer la petite porte grinçante qui donnait sur la pièce voisine où se trouvaient les trois membres du comité de rédaction du journal S.R., *La Russie du Nord-Ouest*.

— Ils sont je crois ici à demeure et mieux vaut ne pas parler devant eux de retour au pays.

— Vous avez raison.

— Oroussov ne précise pas les raisons de votre départ de Russie…

— Je suis menacé…

— L'idée de s'adresser à la police d'ici… j'avoue que nous n'avons pas encore essayé. Vous pouvez leur dire ce que vous faisiez au cours de ces dernières années : vos domiciles, vos occupations…

— J'ai vécu à Moscou et en Sibérie, j'ai travaillé au sein de l'état-major de l'amiral Koltchak, dans son service de presse. Ensuite, je me suis caché.

— Avec qui étiez-vous au service de presse ?

— Avec Nikolaï Vaniouchine.

— C'est un personnage haut en couleurs, et bien que je sois son adversaire politique, nous avons toujours eu des relations cordiales.

— Je vois… c'est une perte, bluffa Issaïev, qui savait bien que Vaniouchine se trouvait à Harbin. Il est mort bêtement.

— Il est vivant, Dieu soit loué ! rétorqua Vakht. Nous avons reçu il y a peu un petit mot de Chine.

— Ça alors ! Poplavski m'a juré qu'il était mort du typhus… Avez-vous son adresse ?

— Je vous la donnerai, répondit Vakht et pour la première fois au cours de l'entretien, son regard s'adoucit, se fit moins soupçonneux. Au fait, comment va Poplavski ?

— Je n'ai plus aucun contact avec la Tchéka. Sans quoi, je pourrais vous dire comment se porte un homme dans les caves de la Loubianka.

— Quand cela est-il arrivé ? s'enquit Vakht et Maxime Issaïev comprit immédiatement que le rédacteur en chef était au courant de cette arrestation. Il se convainquit une fois de plus qu'il avait choisi la bonne stratégie en s'exposant docilement au contrôle d'un S.R.

— Quand il a été arrêté ? Je vais vous dire cela exactement : au printemps…

— Sans doute êtes-vous affamé, Maxime Maximovitch ?

— Je ne vous cacherai pas que je le suis. Je ne voudrais pas vous ennuyer avec des questions financières, mais j'ai emporté deux diamants. Est-ce facile ici de changer les objets précieux ?

— Je n'en ai jamais possédé moi-même… Mais ne refusez pas mon invitation à déjeuner, s'il vous plaît.

Maxime Issaïev remarqua que Vakht ne l'amenait pas au restaurant à côté, mais dans un petit estaminet en sous-sol.

— On va manger un bout, fit Vakht. Ils servent des blinis au fromage blanc et de la crème fraîche avec de la confiture.

Issaïev jeta un coup d'œil sur le journal qui dépassait de la poche de Vakht.

— Vous me permettrez de feuilleter le journal d'aujourd'hui ? Loin de la liberté d'expression, nous sommes devenus un peu sauvages, des mammouths laineux.

Issaïev remarqua que son interlocuteur se rengorgeait aussitôt et s'empressait de lui tendre le journal avec un soupir :

— L'idée que ce qu'on fait est utile vous donne envie de vivre.

Issaïev parcourut rapidement les rubriques : « Selon nos informations, les prix au marché de Pskov étaient les suivants : 400-500 roubles, la livre de pain ; 4500 roubles, la livre de pommes de terre ; 5000 roubles, la livre de porc ; 700 roubles, le litre de lait ; 3500 roubles, la dizaine d'œufs » ; « Hier, un nouveau convoi d'or est arrivé de Russie à Revel : 600 livres d'or en tout. Le wagon a été déchargé au port et l'or doit être convoyé par bateau jusqu'à Stockholm, de là, d'après ce que l'on sait, il ira à Berlin où doivent être fabriqués les roubles soviétiques » ; « Le représentant d'une grande puissance est arrivé à Moscou afin de mener les négociations sur la réorganisation du gouvernement soviétique. L'idée est de renverser Lénine et Trotsky ; la totalité du pouvoir sera confiée à Krassine, le nouveau premier-ministre. Selon toute vraisemblance, les éléments les plus extrémistes seront exclus du gouvernement. Si les bolcheviks acceptent ces conditions, les grandes puissances entameront des pourparlers avec le Kremlin. »

— Se peut-il que vous n'ayez pas d'informateurs fiables ? marmonna Issaïev. Mon cher Grigori, pourquoi prendre vos désirs pour des réalités ? Ne me dites pas que les informations sur Pskov vous viennent d'une source sérieuse. Moi je viens de passer par Pskov. Où j'ai acheté un pain d'une livre. Les prix cités dans le journal datent de six mois, ils sont très différents aujourd'hui. En outre, aucun représentant des grandes puissances n'est venu à Moscou avec le plan d'installer Krassine au pouvoir.

On apporta les blinis. Issaïev se jeta avidement sur le plat.

La sonnette de la porte tinta et Vakht s'exclama en feignant la surprise :

— Lev Golovkine, bonjour, quel heureux hasard !

Issaïev leva la tête et reconnut Golovkine d'après les photos qu'il avait vues aux archives de la Tchéka. L'homme était lié au contre-espionnage S.R.

— Je vous présente le citoyen Issaïev, arrivé de Russie. Et voici notre journaliste Lev Golovkine.

Golovkine appella une grosse fille engoncée dans un tablier amidonné :

— Un café, deux biscuits et un verre d'eau.

— Voulez-vous des blinis, Golovkine ? proposa Vakht.

— Non, merci bien.

— Maxime Issaïev travaillait avec Vaniouchine au service de presse de Koltchak en dix-neuf, expliqua Vakht. Peut-être allons-nous lui demander de collaborer au journal pour des fiches.

— Ce serait formidable... approuva Golovkine tout en remerciant la serveuse d'un hochement la tête.

— Je suis obligé de décliner votre proposition flatteuse.

— Pourquoi donc ?

— Parce que mon intention est de retourner très prochainement au pays.

— Le citoyen Issaïev a apporté une lettre de recommandation d'Ouroussov, fit observer Vakht.

— Comment va le prince ? s'informa Golovkine.

— Mal.

— Mais il collabore avec les bolcheviks ?

— Que feriez-vous à sa place ?

— Comment l'avez-vous rencontré ?

— Dans un couloir de la Banque populaire. C'est là qu'il m'a écrit ce billet.

— Mettons que vous obteniez une autorisation temporaire de résidence. Mais après ?

— Après, je compte sur l'aide d'amis.

— Russes ou étrangers ?

— De tous.

— Ne vous bercez pas d'illusions, Issaïev, réagit Golovkine. À part nous, il n'y a personne ici à qui vous adresser. Les *Dernières nouvelles*, ce sont des monarchistes « Cent-Noirs [63] ». Ils ne vous viendront pas en aide.

— Il y a le comité d'aide aux réfugiés… Vyroubov, Obolenski, – je ne pense pas qu'ils soient si effrayés, fit Issaïev avec un rire franc, à moins que leur destin soit aussi affligeant ?

— Le Comité des réfugiés a une autre visée : ils n'ont pas comme objectif le combat politique, ils se sont résignés à la défaite.

— C'est donc qu'en Estonie une seule force est résolue à se battre ?

Vakht et Golovkine répondirent en même temps.

— Non, pourquoi donc ? fit Golovkine.

— Bien sûr, cette force, c'est nous, fit Vakht.

Soudain Golovkine s'esclaffa ; tordu de rire, il essuyait ses larmes, secouait la tête, et le fou rire passé, il déclara :

— Tu parles de conspirateurs ! Nous avons peur de notre ombre !

Issaïev alluma une cigarette :

— Je viens d'être soulagé d'un poids. Comme lorsqu'on

---

63 Mouvement nationaliste et monarchiste d'extrême-droite apparu pendant la révolution de 1905.

enlève le tartre de la bouilloire… Vous la ramenez avec vos « journaliste, collaborateur… » Croyez-vous qu'en Russie on ne sache rien sur vous ?

Il reboutonna son manteau comme s'il s'apprêtait à se lever et ajouta :

— Je suis chargé de vous dire que vous vous montrez très soupçonneux avec ceux qui viennent de Sovpedie et avec les personnes qui ont des liens avec eux.

— Vous pensez qu'il y aura beaucoup de gens qui cherchent à nous contacter ? demanda Vakht.

— J'ai exprimé l'opinion d'amis au courant de votre action et qui savent qui est le journaliste Lev Golovkine.

— Un journaliste médiocre, sourit Golovkine. Maxime Issaïev, heureux de vous avoir rencontré et si vous réussissez à légaliser votre statut à Revel, je vous demanderai de repasser au journal, avant votre retour en Sovpedie… À moins que vous renonciez à rentrer après avoir goûté aux blinis d'ici…

— Si vous-même songez à vous y rendre, préparez-vous, je vous aurai à l'œil…

— Si cette conversation est sérieuse, je m'y préparerai… Je demanderai à l'avance à mes amis en Russie de m'assurer un toit et des papiers, je ne ferai pas comme vous : expédier les choses à la va-vite.

— L'écrivain Nikandrov est arrivé à l'improviste et se retrouve en prison, fit remarquer Vakht. Vorontsov, lui, s'est servi de ses papiers pour filer en Sovpedie !

Maxime Issaïev se souvint d'une dépêche télégraphiée faisant état du franchissement de la frontière estonienne par un inconnu qui, dans un échange de tirs, avait tué deux douaniers, un Estonien et un Russe, cela une semaine avant que lui-même ne quitte Moscou.

— J'aurais volontiers signalé aux « camarades » que Vorontsov avait passé la frontière si je ne les avais pas autant détestés, déclara sèchement Golovkine. Dommage seulement qu'il soit condamné comme ennemi des travailleurs, tout comme nous, grinça-t-il. Il mérite le poteau. Il va leur faire une sacrée boucherie, il flanquera le feu et écrabouillera le pouvoir.

Quand il eut quitté les S.R. qui allaient sûrement le faire prendre en filature, Issaïev se mit à déambuler dans la ville. Il n'eut aucun mal à identifier les suiveurs : deux gamins, étudiants sans doute. Ils s'y prenaient mal, trop excités par la mission et il ne tarda pas à les semer.

Deux heures plus tard, dans les locaux de la Société mixte russo-estonienne, le téléphone sonnait. Une voix masculine demandait à parler au « co-directeur » russe.

— Monsieur Chorokhov, je serais heureux que vous me racontiez les conditions de votre retour au pays, si vous le voulez bien et si vous en avez le temps.

— Ce n'est pas le temps qui m'en empêche, répondit Chorokhov, mais je ne suis pas autorisé à répondre à pareilles questions. Veuillez plutôt vous adresser au service consulaire de l'ambassade, aux heures d'ouverture.

Cet échange de propos était dénué de sens pour les policiers chargés des écoutes : il s'agissait du mot de passe entre Chorokhov et Issaïev.

Le même soir, après avoir quitté Issaïev, Chorokhov transmettait ce petit message au service de chiffrage : « On suppose que l'homme qui a passé la frontière au cours de la fusillade était Viktor Vorontsov. L'agent 974 est formel. »

Diables de Russes

Les derniers jours, Nolmar, le résident allemand, était rentré fort tard chez lui. Une semaine auparavant, il avait eu la visite de Klaus Dollmann-Grotte. Ils s'étaient connus étudiants et Klaus était déjà bizarre. Ainsi avait-il rejeté catégoriquement une offre de poste au ministère des Affaires étrangères et même celle de servir au quartier général des armées. On avait beaucoup insisté, sans qu'il y ait la moindre protection : à 23 ans, il connaissait déjà sept langues, le finnois, le suédois, l'estonien, le hongrois, le polonais, le letton et le russe. Mais il restait sur sa faim et jugeait indispensable d'y ajouter le roumain, l'anglais et le danois.

Après une licence de philologie, il avait débuté comme employé au tout bas de l'échelle au département de publicité de la firme « IG-Farbenindustrie » ; il était resté aussi peu loquace et effacé, évitant les gueuletons et la compagnie masculine, rougissant lorsqu'on racontait devant lui des blagues potaches, ne buvant ni ne fumant, vivant seul, reclus. Puis il était parti à Varsovie. Il y avait rencontré quelquefois Nolmar qui travaillait alors à l'ambassade et traitait son ancien camarade d'université avec condescendance, noblesse oblige.

— Tu te sens vieillir ? lui avait alors demandé Dollmann-Grotte. Moi, j'en ai une conscience aiguë au réveil, en particulier.

— Quel pessimiste ! avait raillé Nolmar.

— Nullement ! Il y a cinq ans à peine, j'ai trouvé au grenier des poupées de maman... Des poupées ridicules affublées de pantalons et de bonnets de dentelle. Et voilà que je viens de fouiller le grenier de fond en comble sans les retrouver. Le temps vieillit avec nous. Seule la puissance est en mesure de le vaincre...

— Quelle puissance ?

— Là n'est pas la question. La puissance est la puissance. La mémoire, par exemple...

— La mémoire, parlons-en ! Te souviens-tu du nom de la fiancée de ton arrière-grand-père ? Mais ce que Ramsès a construit en Égypte ou Frédéric-le-Grand à Berlin, tu te le rappelles. Et tes enfants s'en souviendront.

— Encore faut-il faire des enfants. Au fait, es-tu marié ?

— Non. Et toi ?

— Non plus.

Ils avaient ensuite passé un long moment sans se voir. À la surprise de Nolmar, ils s'étaient retrouvés à Revel. Nolmar se rendait dans le bureau de l'ambassadeur lorsque le secrétaire l'arrêta :

— Attendez, pas tout de suite… L'ambassadeur reçoit monsieur le conseiller Dollmann-Grotte.

Mais c'est Dolmann-Grotte qui le retrouva. Il était tout bonnement entré dans la pièce, l'avait serré dans ses bras avec effusion et l'avait assailli de questions, sans se prévaloir de sa toute récente promotion, il l'avait invité : « Si tu n'es pas trop claqué, bien sûr, avec tous les dossiers compliqués qui te tombent dessus, dînons ensemble au Savoy. »

Il occupait au cinquième étage une suite composée de trois pièces qui d'ordinaire était attribuée aux ministres ou aux membres des familles couronnées lorsqu'ils venaient en visites privées. Le couvert avait été dressé pour trois convives.

— Otto, tu ne seras pas fâché si se joint à nous une charmante dame qui a appris à ne pas gêner la conversation de ces messieurs ?

Une fois de plus, Nolmar se sentit très humilié en voyant entrer dans le salon une très belle femme en robe de bal au décolleté plongeant.

Cependant, Dollmann-Grotte vola derechef à son secours :

— Fräulein[64] Barbara, permettez-moi de vous présenter à mon ami Otto Nolmar.

Nolmar se dit qu'il aurait été bien incapable de parler sur un ton aussi tranchant et autoritaire à une femme

64 « Mademoiselle » en allemand.

aussi admirablement belle et d'apparence aussi raffinée, or ce butor se montrait cassant comme le verre : son ton sec et impérieux ne tolérait aucune objection. Il se pénétra si bien de l'expression « ne tolérait aucune objection » que désormais, comprit-il, il serait incapable de lui tenir tête et de plaisanter avec lui et, pris de lassitude, il se dit : « J'ai perdu la partie et je devrai dorénavant bien me tenir pour qu'il ne se doute pas tout de suite à quel point je suis battu. »

— Tu ne bois toujours pas ? demanda Nolmar.

— Eh bien non, Otto. Pardonne-moi, mais c'est devenu une question de principe.

— Pour le reste, pas de question indiscrète, sourit Nolmar, d'un air entendu.

— Là, tu te trompes.

Nolmar regarda malicieusement Fräulein Barbara, puis lorgna Dollmann-Grotte.

— Tu as bien compris, fit-il, ma fiancée m'a cédé sa secrétaire, Fräulein Barbara, et je lui ai laissé mon chauffeur… Je suis infiniment confus de ne pas boire, mais toi tu tiens l'alcool à merveille et c'est la délicieuse Barbara qui boira pour moi.

Au bout d'une demi-heure de joyeux babillage, Dollmann-Grotte déclara :

— Puisque la charmante Barbara assiste aux négociations les plus importantes - il eut un sourire pour elle - et, je le crains, qu'elle en informe ma fiancée, Fräulein Ilsa Krupp, je ferai nos propositions en sa présence, Otto. Il n'y a pas lieu de revenir à notre discussion passée sur le sens de la puissance. Je n'avais pas raison, c'est vrai. Tout venait de ma terreur devant la mort et la rapidité du vieillissement. Seul un travail qui vous absorbe peut vous sauver des fantasmes et des peurs. Est-ce que la politique du gouvernement est un travail ? Oui et non. Elle est en dehors de toute logique. Elle est à la fois abstraite et subjective. Otto, je prends le taureau par les cornes. Nous recherchons partout des yeux et des oreilles. En particulier dans les petits pays qui bordent la Russie, or l'Allemagne s'intéresse à la Russie, pas seulement pour aujourd'hui, mais sur le long terme. La Russie, Otto, est un sujet de conversation à part. Nous nous intéressons à l'ingénierie russe : ils ont des théoriciens infiniment doués, leur ingénierie est plus créative, plus audacieuse que la nôtre. Ils ne savent pas travailler et n'apprendront jamais à le faire en raison de leur paresse, mais c'est justement parce qu'ils sont paresseux que leur imagination, encore une fois je parle des concepteurs, nous intéresse beaucoup. On dit que Revel et Riga regorgent de Russes tombés dans la misère… Malheureuse nation.

Fräulein Barbara lui tendit un classeur rempli de coupures de presse et il sortit au hasard quelques annonces parues dans les *Dernières nouvelles*.

— Tiens, s'il te plaît : « Donne des leçons de mathématiques supérieures, de physique et de chimie en trois langues à n'importe quel tarif. » Ou encore : « Contre une modeste rémunération, privat-docent de l'université de

Saint-Pétersbourg donnerait des cours de mathématiques et de physique. » Et il y a même l'adresse : « Adressez-vous au journal pour toute question à mon nom. » Otto, je t'en supplie, aide l'Allemagne. Naturellement, tes dépenses éventuelles pour les rendez-vous, le courrier, les réceptions et toutes les inévitables sornettes bureaucratiques te seront remboursées. À tes trois cents dollars de salaire, nous proposons d'ajouter cinq cents dollars. Si tu es d'accord, nous allons signer sur le champ ton contrat de collaboration avec IG, au titre de consultant pour la Russie et les régions baltes.

Dès le lendemain, Nolmar entra en action. Il alla voir Mikhaïl Ratke, le rédacteur-éditeur des *Dernières nouvelles*, Vakht, de *La Cause du peuple*, Lvov, du Comité d'aide aux réfugiés et fixa l'organisation des rendez-vous avec les ingénieurs et les professeurs russes. Entre parenthèses, ni avec Lvov ni avec Ratke, il ne fut naturellement question d'une quelconque compensation financière. Otto Nolmar sut habilement mener l'entretien, de sorte que les deux compères se sentirent obligés : l'occasion leur était enfin donnée de porter secours à la malheureuse intelligentsia.

Le premier interviewé fut le jeune physicien Ivan Travine.

Après coup, Nolmar devait se reprocher d'avoir d'emblée pris un ton condescendant dans l'entretien avec ce gueux.

— Dites donc, qu'est-ce qui vous fait croire que j'ai l'intention d'accepter votre proposition ? D'où vous vient l'impudence de me proposer d'aller vivre en Allemagne ?

— Que faire d'autre ? Ici, vous êtes dans la misère.

— J'ai toujours le choix de retourner en Russie.

— Là-bas, qu'est-ce qui vous attend ?

— La Russie.

— La faim, le mépris des ouvriers exaspérés, les contrôles, la terreur.

— Je suis sûr que la NEP va mettre fin aux horreurs de la terreur.

— Je ne vous comprends pas, vous refusez donc ? demanda Nolmar avec un nouveau coup d'œil imprudent sur les bottes éculées. Est-il possible que vous préfériez la sauvagerie à la civilisation, vivre sans but au lieu de travailler ?

— Je n'ai jamais trouvé que ma patrie fût sauvage et ce jugement sur la Russie m'interdit de prolonger la conversation.

Avec le privat-docent Pavel Kouravliev, il s'y prit tout autrement. Il s'était auparavant renseigné sur lui et s'exprima ainsi :

— Monsieur Kouravliev, je comprends combien il vous est difficile de vivre loin de votre patrie... Vous qui êtes un patriote, vous devez souffrir en particulier de l'impossibilité de transmettre vos connaissances à votre peuple. Je comprends et compatis à votre sort, bien que je sois allemand.

— Merci, monsieur ! Merci pour votre compassion envers mon pays. Il est aujourd'hui de bon ton d'accabler la Russie et d'en faire un épouvantail pour les enfants, mais la Russie n'a pas dit son dernier mot.

— Je suis chargé de vous proposer un séjour d'un ou

deux ans en Allemagne, dans une bonne université et d'y continuer vos travaux : je pense que lorsque vous aurez terminé vos recherches, les choses se seront calmées et vous rentrerez en Russie en ayant quelque chose à offrir.

— Merci, merci infiniment, répéta Kouravliev, tout ému. Quand on rencontre des hommes comme vous, l'envie de travailler vous reprend. Mais comment aller en Allemagne quand on a une femme et trois enfants, sans un kopeck pour le voyage ?

— On vous attribuera un appartement et, s'agissant du voyage, la firme prendre en charge vos dépenses qu'elle déduira ensuite de votre salaire.

Quant au troisième, Stepan Ougarov, lorsqu'il entendit l'introduction désormais bien rodée de Nolmar, il ricana :

— Et qu'est-ce qui vous fait croire que j'ai l'intention de revenir en Russie ? Pourquoi devrais-je travailler pour ce troupeau de couilles molles en furie ? Il faudrait exterminer la moitié de la Russie : comme dans la Bible, toute la gent masculine ; marier les femmes à vos Teutons, Anglais et Suédois. Pour sûr, j'irai en Allemagne, à condition qu'on me garantisse la nationalité, sinon je déposerai un dossier pour un État d'Amérique du Nord, les salaires y sont meilleurs et c'est plus loin de la Russie.

« Ces Russes sont imprévisibles, qu'ils aillent au diable, songeait Nolmar, impossible avec eux de prévoir quoi que ce soit, surtout quand la conversation tourne autour de leurs talents : c'est la confusion la plus totale. »

Rentré chez lui après l'une de ces séances avec un ingénieur russe, Nolmar avait l'intention de prendre un bain bien chaud, de se glisser aussitôt sous la couette et de tomber dans les bras de Morphée ; ces Russes l'avaient sucé jusqu'à l'os.

Lorsqu'il aperçut une ombre près de la porte, il sortit vivement son pistolet. Un geste automatique : à Revel, on se couchait tôt, et pendant toutes les années qu'il y avait passé, personne ne l'avait attendu devant la porte.

— Monsieur Nolmar, je deviens folle, voici plus de deux heures que je vous attends, fit Olenevskaïa à voix basse.

— Que se passe-t-il ? Vous semblez bouleversée. Entrez donc, ma chère. Bien sûr, vous auriez dû me téléphoner, ce n'est pas une heure, quelqu'un a pu vous voir…

— J'ai été très prudente.

— Il la fit entrer et prit son manteau.

— Viktor est en Russie… Vous le saviez ?

— La fine mouche ! Comment l'avez-vous appris ? Voulez-vous un café ?

— Non, non, je vous remercie…

— Vous êtes toute pâlotte et vous avez les mains glacées. Je vais vous forcer à avaler un petit grog, asseyez-vous dans le fauteuil et enveloppez vos genoux avec ce plaid. Comment avez-vous su que Viktor Vorontsov était rentré en Russie ?

— Je l'ai appris aujourd'hui même, de source sûre.

— Par qui ?

— Peu importe, monsieur. L'important, c'est qu'il soit en Russie et que la chasse à l'homme a commencé, puisque le code…

— Vous êtes très amoureuse de lui, n'est-ce pas ?

— S'il devait lui arriver malheur, je mettrais fin à mes jours. Sans lui, je n'ai aucune raison de vivre…

— Qu'êtes-vous prête à faire pour le sauver ?

— Je suis prête à tout.

— Prête à tout… répéta pensivement Nolmar. Dans ce cas, commencez par boire le grog pour vous réchauffer. Je vous prie de me croire, chère amie, il n'est rien arrivé à Viktor qui m'est aussi très cher. Vous vous dites prête à tout pour lui, dans ce cas dites-moi déjà quel est votre travail à l'ambassade de Russie.

— Je suis chargée du chiffrement des messages.

— C'est bien d'avouer tout de suite. Maintenant, dites-moi quel chiffrement vous utilisez. Celui avec lequel vous avez envoyé aujourd'hui l'information relative à Viktor. Vous me le donnerez demain en une demi-heure ?

— Qu'en avez-vous à faire ?

— Il m'est indispensable en ma qualité de résident, représentant l'Allemagne à Revel ; toute l'information qui sort de votre ambassade est pour moi extrêmement précieuse. Viktor Vorontsov étant un ami très proche, plus je serai au courant de ce qui se passe chez vous, plus je m'assurerai de la possibilité de l'avertir à temps d'un éventuel danger.

— Mon Dieu, fit Olenetskaïa à voix basse. Seigneur Dieu…

— Vous vous repentez d'avoir donné votre cœur à un Viktor Vorontsov ?

— Non... Je me dis que cet horrible monde est bien cruel. Nous sommes tous si chétifs. Si faibles...

— Vous avez tort, Maria. Nous serions vraiment chétifs et faibles si nous n'avions pas d'amis. Désormais la vie de Vorontsov dépend de nous deux... Il me vient à l'idée qu'il pourrait, par exemple, avoir quelques difficultés pour se loger... En quoi pourriez-vous l'aider ?

— Ma sœur... habite au Kremlin, elle est au-dessus de tout soupçon.

— Si vous lui griffonniez un petit mot pour qu'elle l'héberge deux ou trois jours, pensez-vous qu'elle acceptera ?

— Bien sûr.

— Où travaille-t-elle ?

— Elle est contrôleur d'administration au Gokhran.

— Justement... Je l'ignorais. Prenez une feuille et écrivez : « Cher Viktor, auprès d'Otto je vous promets de vous aider en toute chose. » Votre mot lui fera terriblement plaisir.

— À vous ou à lui ? demanda-t-elle avec amertume.

— Mais encore ? Je ne comprends pas votre question...

— Si je comprends une chose, monsieur Nolmar, c'est que vous vous y prenez très bien pour recruter un agent.

— Arrêtez donc, Maria... De quel recrutement parlez-vous ? Viktor m'a raconté quels services inestimables vous lui aviez rendus, par conséquent à moi aussi depuis six mois. De sorte que ce petit mot n'est que pure formalité. Vous avez été recrutée il y a six mois et les documents qui le prouvent se trouvent à Berlin. Nous fonctionnons toujours avec rigueur… Avez-vous faim ? Je vous prépare un sandwich.

— Ce n'est pas la peine. Quand doit-il revenir ?

— D'après nos estimations, un mois lui suffira. Toutefois nous ne sommes pas à l'abri de hasards imprévisibles qui pourraient le retarder et l'obliger à passer par l'Extrême-Orient et la Chine.

— Avez-vous déjà quelques nouvelles de lui ?

— Pour l'instant, je sais qu'il a pu passer la frontière. Qui me l'a appris et par quelles circonstances ai-je su qu'il est en Russie ? Il est bien connu de la Tchéka qui a probablement des photos de lui. Seul un agent de la Tchéka minutieux et très perspicace était susceptible de le découvrir. Pour autant que je sache, il n'y a aucune nouvelle recrue dans votre ambassade… Qui a transmis la dénonciation ? Le jour exact ? L'heure ?

— L'écriture est inconnue. C'est Chorokhov qui a transmis la dénonciation.

— Savez-vous s'il a dû auparavant s'absenter de son bureau pour se rendre quelque part ?

— Non.

— Peut-on le savoir ?

— Je vais essayer… répondit-elle d'un ton apathique, en fixant le coin sombre de la pièce.

— Non, ce n'est pas une réponse, ma petite amie... Vous voulez la perte de Viktor ? C'est vous-même que la question regarde : est-il possible de savoir exactement si Chorokhov est venu hier à l'ambassade et quand ?

— Il est venu dans mon bureau vers 9 heures, tout rouge, comme s'il rentrait de promenade.

— Vous en êtes sûre, c'était bien aux alentours de 9 heures ?

Le lendemain, aidé de ses gens et de la police politique estonienne, Nolmar put établir que la voiture du commerçant Chorokhov était bien sortie de l'ambassade à 8 heures 25. L'automobile du Russe avait réussi à semer les deux fiacres des agents qui avaient tenté de la prendre en filature.

À l'enquête lancée par Nolmar par l'intermédiaire de son agent du ministère de l'Intérieur, le département de la police répondit que les rédactions de la presse émigrée, ainsi que le Comité d'aide aux réfugiés, avaient enregistré un Russe inconnu du nom d'Issaïev. Cependant, il avait été impossible jusqu'ici de découvrir son adresse. En revanche, le critique Alexandre Tchernigovski avait déclaré qu'Issaïev avait promis de passer à leur rédaction la semaine suivante.

Nolmar avait convenu avec Tchernigovski que celui-ci l'avertirait immédiatement ou, à défaut, contacterait l'un de ses amis proches, dont il donna les numéros de téléphone, lorsque Maxime Issaïev paraîtrait et qu'il le retiendrait une petite demi-heure.

« Moscou. À Kedrov.

Le directeur de la firme de joaillerie Marchand a été mis en filature. Il réside à l'hôtel Savoy, chambre 53. Villa, son garde de corps occupe aussi la chambre, ce qui ne facilite pas la tâche, puisque les lieux sont toujours occupés soit par l'un soit par l'autre et qu'il est donc impossible de fouiller les papiers. Je vous informe que l'un des directeurs de Krupp, Dollmann-Grotte, vient d'arriver à Revel. Otto Nolmar, le résident allemand en poste, est déjà entré en contact avec lui. Après une rencontre avec Dollmann-Grotte, le résident d'Allemagne s'est entretenu avec des groupes politiques locaux.

Roman »

Préparatifs des uns…

« Ma chérie, visiblement, avec le temps qui passe l'imperfection de la mémoire humaine permet aux bourreaux de passer pour de bons génies ; aux doux martyrs de devenir d'abominables sadiques ; pour cette même raison, il est vrai, ceux qu'on a aimés deviennent des ennemis, les imbéciles des génies, les ternes ignares de grands devins. Je parle de moi… Je suis assis près de la fenêtre qui donne sur le jardin aux couleurs du printemps, non, sur le jardin tout court car, comme toujours, je suis impatient, le printemps en fleurs me manque beaucoup et je devance un peu la saison. Je suis un homme pressé, je suis ainsi fait, et le caractère, ça se brise mais ça ne s'amende pas.

Il se peut que les chagrins que nous avons connus ensemble viennent de ce constat que je ne me suis appliqué qu'à moi-même. Visiblement, sans le vouloir, je cherchais à faire de toi mon calque, une copie de moi-même, sans comprendre que si j'eusse réussi, la vie aurait été mortellement ennuyeuse, aussi morne et solitaire que celle d'un homme confiné pour toujours dans une galerie de glaces.

C'est sûrement une mauvaise chose que l'on connaisse l'autre sur le bout des doigts, nous avertit Tchékhov dans *La steppe*. Le secret, le non-dit sont un apprentissage qui vaut aussi bien en amour qu'à la guerre, en politique que dans les batailles boursières. Je suis convaincu que l'agression n'advient que lorsqu'une partie connaît les grands secrets de l'autre.

Mais sais-tu qu'avec le temps, je me mets à penser qu'il y a pire : lorsqu'on regarde un visage de femme, on commence à comprendre que le secret scellé dans le regard et le sourire a été soigneusement vérifié, parce qu'elle sait d'avance qu'elle garde ce secret, non par modestie, mais pour préserver sa souveraineté, à la manière des États. Quand les frontières des relations entre personnes sont bien délimitées et protégées par des garanties mutuelles, le secret est préservé, tout comme la réserve réciproque. Tout sera sauvegardé, sauf qu'il n'y aura plus place pour les miracles : toi, écoutant de la musique ou baignant les enfants à Sosnovka dans des bassines posées sur l'herbe au soleil ; toi en train de lire tandis que je regarde vivre ton visage – tressaillement des sourcils, mélancolie du regard, murmure des lèvres relisant les passages favoris, ce que tu aimais faire plusieurs fois.

Nous ne pouvons pas imaginer que nous allons perdre tout cela tant que cela n'arrive pas. Tu disais que contrairement à moi, tu jouais franc jeu et attendais mes lettres. J'aurais dû me comporter tout autrement. Je n'avais pas le droit de tout abandonner et de partir. Je maudis ma susceptibilité, mais aussi la tienne, admets que sur ce point, nous sommes à égalité. Je ne redoutais pas tant que tu me trompes, que tu me trahisses bêtement, mais qu'on puisse t'humilier. Dans ce monde, il y a peu d'hommes bien. À l'occasion des enterrements de la vie de garçon, tu entends les copains raconter ce qu'ils pensent de l'amour, rire et échanger des clins d'œil pleins de mépris, la bouche lubrique et dégoûtante. J'avais peur qu'après moi, philosophe baveux et génie raté, viendrait quelque parvenu combinard qui saurait te dominer, coucherait avec toi et irait au concert avec sa légitime. Le sexe "faible" est toujours attiré par le sexe "fort". La soumission volontaire ne se rencontre que dans l'amour féminin. C'est à la fois plus effrayant et plus puissant que l'esclavage.

Je n'ai jamais aimé que toi. Ai-je cherché autre chose ? Peut-être. La mémoire, le temps, tout s'est emmêlé dans ma pauvre tête : qui est le salaud, où est la victime ? Dieu le sait... Est-ce que je recherchais l'admiration ? C'est peu probable, plutôt la confiance en moi. Sans doute ta foi en moi était-elle honteuse et dissimulée. Peut-être t'ai-je trompée dès le début en te laissant croire que j'étais très fort tandis que je me reprochais d'être faible et si peu sûr de moi. Je ne sais, ma chérie, je ne sais plus rien du tout. Si nous devions nous rencontrer à nouveau, tel que je suis aujourd'hui, après le front, la révolution, l'émigration, tu m'aimerais mieux et plus, et je verrais en toi ce que je n'étais capable de voir ou de comprendre avant.

On dit qu'il faut savoir conserver l'amour. Deux mots incompatibles, et toute tentative de les apparier est immorale. On peut conserver les bijoux de tante Varvara ou le lait frais par temps de canicule, à condition d'avoir une glacière. Mais pas l'amour car il est en dehors de nous tout en étant notre être profond, à la fois proche et lointain. Il faut qu'il y ait une exceptionnelle compatibilité d'âme qui assume le lourd fardeau de l'amour. Mais on ne doit pas aimer les êtres malheureux - surtout les femmes - et les hommes faibles. Car les uns et les autres épuisent même un Dostoïevski, et tout finit par une tragédie, laquelle ne doit rien à l'imagination de l'auteur... »

Anna, qui observait Vorontsov à travers ses paupières mi-closes, demanda :

— Qu'écrivez-vous ?

— Une lettre.

— Pourquoi faites-vous cela ?

— J'ai mes raisons.

— Je vous observais. Vous vous êtes humilié et faisiez amende honorable, mais vous ne croyiez pas un mot de ce que vous écriviez. Vous jouiez, comme un acteur qui ne croit pas à la pièce. La femme à qui vous écriviez ne le comprendra pas. À la différence des femmes qui changent en faisant l'expérience du chagrin ou du bonheur, rien ne fait changer les hommes. Et lorsqu'une femme change, ne le prenez pas mal, mais les exercices de style de son ancien amoureux lui semblent ridicules. C'est seulement par les actes que vous pouvez vous réconcilier avec elle.

— Comment ?

— Je ne sais… Vous adoreriez sûrement être à nouveau blessé, frôler la mort, mais à condition qu'elle vous voie et se précipite à votre chevet, mais si elle accourait, vous ne manqueriez pas de l'offenser.

— Ce que vous me dites-là est de la littérature.

— C'est possible, admit-elle, impassible.

— Pourquoi acceptez-vous aussi facilement que je vous contredise ?

— Je vous aime…

— Je vous en prie !

Elle secoua la tête :

— Cela ne doit pas vous embarrasser : si une femme vous plaît, je ferai tout ce que je peux pour qu'elle vous aime en retour.

— Vous êtes incapable d'aimer parce que vous êtes une putain.

— Seules les putains peuvent aimer.

Vorontsov se leva de table et alla dans la pièce à côté. Oleg, l'homme de Dieu, dormait sur le poêle, tandis que Kroutov, près de la fenêtre, se tirait les cartes.

— Comment va Oleg ? lui demanda Vorontsov.

— Je lui ai donné du bicarbonate.

— Il a des brûlures d'estomac ?

— Non, ça aide en cas de gueule de bois.

— Demain, il sera sur pied ?

— Bien dit, « sur pied » ! Vous êtes aussi un alcoolo ?

— Exact.

— Moi, j'ai renoncé à l'alcool dès que, le matin, j'ai ressenti le besoin de prendre encore un petit verre. Comme disait mon grand-père : « Il faut jouer sans excès et boire sans se saouler. » Et les vieux sont intelligents, même si on les prend pour des radoteurs.

— Il ne vous a laissé aucune morale sur le « temps » ?

— Il m'a conseillé de « me presser avec lenteur ».

-Tolstoï prétendait qu'en cas d'incertitude, il faut agir vite et se jeter à l'eau, même si ça ne sert à rien.

— Qu'allons-nous faire sans Oleg ?

— Où sont vos trois hommes de confiance ? s'enquit Vorontsov.

— La Tchéka est en furie et la police aussi a changé. Je vais les convoquer, mais Faddeïka, on ne l'a pas vu depuis deux jours, et vous avez dit qu'il avait promis de venir.

— Faddeïka fait bien de fuir la Tchéka, répondit Vorontsov. Sa promesse était ferme.

— Connaissait-il les détails de votre plan ?

— Ceux qu'il devait connaître, sûrement.

— Alors que moi je suis dans l'ignorance totale, sourit

gentiment Kroutov, et il m'est difficile de travailler dans ces conditions...

— Peut-être est-ce la raison pour laquelle vos hommes ne sont toujours pas là ?

— Qui le sait...

— Que voulez-vous savoir ?

— La vérité.

— À l'ignorance de la vérité totale se substitue la connaissance du motif principal. Et puis vous aurez une coquette rétribution : un million de roubles-or.

— Je sais tout cela. Mais en réfléchissant la tête froide, je me suis posé une autre question : quelle sera votre rétribution à vous ? Nous avons amené les gens ; Oleg, c'est la main-d'œuvre ; moi, les armes... L'idée vient de vous et elle est bonne, rien à dire : boum-boum et voilà le butin du Gokhran à l'air libre ! Mais c'est au moins dans les vingt millions qui s'y cachent ! Alors, un million aux hommes de main, un million à Anna, ça fait dix-sept millions pour vous ?

— Un peu moins sans doute : disons dix.

— Vous trouvez cela juste ?

— Voyez-vous, Kroutov, tant qu'on n'a pas planifié l'opération soi-même avec tout son enchaînement logique, on n'a que du vent dans la tête et on est nul pour agir... Comment comptez-vous réaliser l'opération ? L'idée, je vous la donne gratuitement. Mais comment allez-vous la mener à bien ?

— Et vous ?

Vorontsov éclata de rire :

— On se croirait dans le bureau d'un inspecteur de la Tchéka.

— Une razzia, c'est tout. L'audace fait les rois !

— Des gens m'ont dit que les razzias n'étaient pas tellement votre rayon, que vous vous occupiez principalement de femmes mûres.

— Anna n'est nullement au fait de toutes mes activités.

— En dehors d'Anna, je connais du monde. Comment comptez-vous donc vous y prendre ? Comment allez-vous pénétrer dans le bâtiment du Trésor ? Qui vous indiquera le chemin entre la section des objets en argent et celle des diamants ? Comment saurez-vous quels coffres contiennent les diamants, où et combien il y en a ? Qui vous le dira ?

— Vous.

— Exact : moi. Maintenant, prenez donc un crayon et calculez ce qui revient à chacun. Vous voulez plus qu'un million ? Mettons, un million et demi.

— D'accord, vous connaissez tous les contours et détours, toutes les salles où se trouvent les diamants ! D'accord, vous avez la clef des portes ! Mais vous n'emporterez pas cela tout seul ! Même si les gardiens sont peu nombreux, ils sont armés ! Vous n'ouvrirez pas les coffres sans Oleg ! Et sur quoi transporterez-vous la marchandise ? Vous demanderez peut-être à un cocher de vous attendre ? « Donnez-moi le temps de faire main basse sur le Trésor et on y va. » Hein ? Vos quinze millions, on les partage : voilà mes conditions.

— Quoi ? De colère, Vorontsov en oublia de parler à voix basse. Que dis-tu là ?

Kroutov planta ses yeux sur le visage de Vorontsov, comme s'il savourait sa rage. Il se renversa sur le dossier de la chaise et éclata de rire :

— C'est bon ! Comme on dit aux réunions, je lâche prise. J'attendais que vous acceptiez de me donner la moitié : cela signifiait mon arrêt de mort. Je vous avais aidé et je n'étais plus utile : l'affaire finissait par un coup de couteau dans le dos. Au lieu de ça, vous avez marchandé honnêtement, à la loyale.

— Eh bien, Kroutov, dit une voix derrière eux qui les fit se retourner en même temps : Anna se tenait sur le seuil. Vous avez intérêt à ne pas oublier ce que je vais vous dire... Il n'y a pas de troisième roue du char, surtout lorsqu'on a affaire à vous. Le troisième homme, c'est lui, dit-elle en désignant Vorontsov de la tête, et il vous surveillera comme le lait sur le feu. Et savez-vous ce qui vous arrivera si vous vous avisez à entourlouper... le savez-vous ou non ?

Son visage était devenu de craie, ses yeux s'étaient éteints, sans vie, comme dans la maisonnette de Pliouchtchikha.

— Alors ? demanda-t-elle. C'est entendu ?

— D'accord, fit Kroutov, et Vorontsov remarqua que son regard brillait d'une rage cruelle mais impuissante.

*

Extrait des réponses de L. Krassine aux questions posées par les dirigeants du Labour.

Question. Dans quelle mesure d'éventuelles attaques et révoltes organisées depuis l'étranger constitueraient-elles un sérieux obstacle au redressement de l'économie russe ?

Réponse. L'incertitude qui pèse sur le statut de la Russie au niveau international est le principal obstacle à son renouveau économique. L'intervention et le blocus des puissances de l'Entente initiés en 1918 n'ont pas pris fin. La France conserve à l'égard de la Russie la même attitude hostile. Selon une source d'informations fiable, les milieux militaires polonais n'auraient toujours pas renoncé à leurs plans d'intervention. Les groupes monarchistes de la garde blanche réfugiés en Allemagne prennent de semblables dispositions pour attaquer la Russie à travers les anciennes provinces baltes (Estonie, Lettonie, Lituanie).

…et préparatifs des autres

À Kiasma, petit village de pêcheurs près de Rakvere, le rivage était désert. Seuls quelques hommes pêchaient le brochet à la cuillère. L'eau du golfe avait la couleur du fer feuilleté, grise avec un soudain chatoiement de violet. Deux pêcheurs, la tige de leurs bottes en cuir gras relevée, s'étaient avancés très loin, au-delà des derniers rochers. Vu d'ici, Kiasma ressemblait à un village miniature : cinq grandes maisons couvertes d'épais toits de roseaux ; un quai entrant dans la mer comme une lame ; une petite église luthérienne en bois et, alentour, le silence entrecoupé de rares cris de mouettes.

— Écoutez-moi, vieux, disait Issaïev à voix basse au résident Roman, tout en embobinant sa ligne sur la cuillère. Je vous fais passer quelques photos : il y a les portraits de ceux qui ont été envoyés officiellement à Revel. L'une de ces personnes a rencontré Vorontsov à la « Couronne d'or ».

— Bien. Nous allons tirer la chose au clair.

— Vous nous avez informés de l'arrivée d'un nouveau résident français, un certain Croizié. Pourrez-vous le surveiller de près ? Ainsi que ses contacts ?

— Ce ne sera pas facile.

— Mais pas impossible ?

— Très difficile, répéta Roman.

— Maintenant, passons aux Allemands, à Nolmar…

— C'est la figure la plus intéressante à Revel. Il est plus fort que les Anglais et les Français.

— J'ai ma petite idée pour faciliter les choses.

— Quoi donc ?

— Je lance très fort une désinformation cryptée et je demande à Chorokhov de la traiter par-dessus la jambe, bref, nous les menons en bateau. Et nous testons l'intox successivement, sur les Français lorsque vous pourrez surveiller Croizié, le lendemain, quand vous prendrez Nolmar en filature, on bombarde quelque chose d'hyper allemand… Par conséquent, si quelqu'un de notre ambassade reçoit mon intox – et je l'aurai conçue de façon qu'elle vise les intérêts français et allemands – leur agent planqué chez nous cherchera à joindre ses patrons et c'est comme ça que nous les coincerons.

— Avec Nolmar, c'est plus facile : un appartement s'est libéré hier sur son étage et nous l'avons déjà loué.

— Vous êtes sacrément avisé !

— La prévoyance est l'alliée naturelle de l'audace, répliqua Roman sur le même ton.

— C'est assez vrai.

— Vous traînez dans la ville trop ostensiblement, avant-hier, vous avez passé trois heures au musée en oubliant même de vérifier si vous étiez suivi.

— Vous avez tout à fait raison, admit Issaïev sans hésiter. La peinture, c'est plus fort que moi ! J'ai voulu visiter les fabriques d'art, mais Boki ne m'a pas autorisé.

Roman regarda alentour : les pêcheurs se trouvaient toujours loin d'eux.

— Bon… maintenant, il faut nous quitter. Prenez mes deux brochets, moi je continue un moment à taquiner le goujon, je ne puis rentrer sans trophée de pêche !

— Je vous laisse les deux brochets sous le pin où nous nous sommes retrouvés. Sait-on jamais, si le poisson ne mord pas…

— Merci, et cachez la canne dans les lichens.

— Je vous appelle dès que j'ai concocté la bonne intox.

— On commence par Nolmar ?

— D'accord.

Issaïev retournait lentement vers la rive lorsque Roman le héla :

— Max, encore une minute !

— Je vous écoute…

— Puisque vous optez pour un coup assez osé, évitez de m'appeler au téléphone.

— Dites-moi comment vous joindre.

— Eh bien, retenez cette adresse : hôtel Kayak, « la mouette » en estonien, route de Pirita, n°12. Une actrice du nom de Lida Bossé y habite. L'hôtel est habitué à voir les gens défiler dans sa chambre. Vous la trouverez le matin.

— Comment me reconnaîtra-t-elle ?

— Elle vous a déjà vu, pouffa Roman. Elle aussi fréquente les musées !

— Compris. C'est un coup bas. Comment moi vais-je la reconnaître ?

— Vous lui direz : « Lida, Roman m'a tellement parlé de vous que je ne pouvais me tromper… »

— Trop alambiqué. Je dirai simplement : « On m'a beaucoup parlé de vous… »

— Non, rectifia Roman, « Lida, Roman m'a tellement parlé de vous… »

— D'accord, c'est ce que je dirai.

— Elle vous répondra : « Bonjour, cher Répine. »

À 7 heures du matin, Chorokhov sortait par la porte de derrière qu'il empruntait pour la première fois depuis qu'il habitait dans l'immeuble. Il savait que deux flics le surveillaient : l'un était posté dans l'arrière-cour, près de la porte, tandis que l'autre lisait le journal dans la loge ou jouait aux dames avec le concierge. Cependant, comme il n'était jamais sorti par la porte de derrière durant ces trois mois, et qu'il n'avait même pas débarrassé le réduit qui y menait, on avait ôté le deuxième flic. C'était donc par là qu'était sorti Chorokhov au petit matin. Depuis sa fenêtre, il avait étudié le dédale des cours et put sans peine retrouver Issaïev au lieu de rendez-vous.

Il répondit à voix basse à son bonjour, l'entraîna dans un hall d'immeuble qui donnait sur la cour et le houspilla :

— Arrêtez de sourire, vous allez finir par vous faire remarquer !

— D'accord, admit Issaïev en lui glissant furtivement une boîte d'allumettes. Vous devez taper ce texte en trois exemplaires et ajouter la mention : « Top secret. Très urgent. À remettre en mains propres à Dzerjinski. » Vous laisserez un exemplaire au secrétariat, bien en vue, vous en garderez un autre, quant au troisième… Vous avez accès libre à notre ambassade soviétique puisque vous négociez avec Moscou, n'est-ce pas ?

— Je trouverai où oublier le troisième. Quand dois-je attendre de vos nouvelles ?

— À tout moment.

— Finissez, soyez un peu sérieux !

— Mais je le suis tout à fait : à tout moment, vous pouvez avoir un message de moi ou de mes amis…

La ville était plongée dans le brouillard. Les tours de Toompea se fondaient dans un gris laiteux. L'air sentait très fort la mer, le brouillard renforçant les odeurs en dépit de l'humidité.

Par un fâcheux hasard, le facteur monta chez Chorokhov alors que celui-ci était absent. L'homme redescendit donc déposer le colis chez le concierge pour « monsieur le négociant rouge ». Aussitôt, le flic se précipita dans la rue : il était tôt et il pourrait voir Chorokhov de loin. Il l'aperçut près du carrefour, sortant d'une cour, derrière un homme de haute taille, élégant, l'air européen. Il ne fit pas immédiatement le lien entre les deux ; il s'en mordit les doigts lorsqu'il vit Chorokhov rentrer chez lui sans croiser personne, en empruntant l'escalier de service.

Cependant le flic avait bien remarqué l'Européen et il ne manqua pas de le signaler à monsieur Nolmar (il y avait de nombreux Allemands dans la police estonienne), sans avertir toutefois ses supérieurs estoniens car il craignait que son inattention lui vaille une belle engueulade.

*

— Roman m'a tellement parlé de vous que je ne pouvais me tromper.

— Entrez. Vous avez oublié que je m'appelle Lida, cher Répine.

— Appelez-moi simplement Roubliov, dit Issaïev avec un sourire.

Il remarqua que son visage avait cette caractéristique rare chez les femmes de ne pas être marqué au réveil : ses yeux clairs étaient à peine gonflés, d'où son charme mutin et Issaïev le savait pertinemment, les femmes-enfants font rêver les hommes.

— Un café ? demanda-t-elle. Je m'apprêtais à prendre le petit-déjeuner et je ne peux parler de choses sérieuses l'estomac vide. Mon ventre se mettra à gargouiller et vous devrez faire semblant de ne rien entendre au lieu de rigoler, et cela m'énervera. Et je deviendrai insupportable. N'est-ce pas ? Lisez donc la presse : les journaux russes, estoniens et allemands, ennuyeux comme une pelouse bien tondue, dans dix minutes je vous apporte le café et de quoi vous restaurer.

Sur la petite table, il prit les *Dernières nouvelles*. Il lut sur la une, juste au-dessous des gros titres : « Aujourd'hui, au café "Le lion d'or", concert dansant entre les tables, fox-trot et shimmy. » Plus loin : « Demain, à la Villa Monrepos, soirée au profit des artistes. Avec Zamiatine[65], Bossé, Tkhala, Timan[66] et le chœur tsigane Koromaldi. Tarif augmenté. Ouverture du cabaret : 22 heures. » En page trois, Alexandre Tchernigorski discutait de la nouvelle pièce à

---

65 Evgueni Zamiatine (1884-1937), écrivain russe, auteur du célèbre roman ***Nous*** écrit en 1920. Émigre à Paris en 1932.

66 Paul-Ernst Timan, né en 1881 en Estonie. Producteur de films. Débute sa carrière à Paris (Gaumont, Pathé), la poursuit à Moscou jusqu'à la révolution. En 1918, fonde sa compagnie au 118, avenue des Champs-Élysées.

l'affiche : « Avez-vous vu au "Théâtre russe" la nouvelle mise en scène du *Revizor* de Gogol ? »

— Que lisez-vous ? demanda Lida en sortant de la salle de bains. Elle portait une robe grise, ses cheveux étaient coiffés simplement, sans façon, et elle sentait bon le savon de qualité.

— Je lis un article de Tchernigorski.

— Ce cher Alexandre est mort de faim... Nous allons lui donner à manger. Il est gentil, mais un peu irrité, piquant comme un hérisson.

— Pauvre hérisson.

— Le matin, je mange un gâteau avec le café : le pâtissier d'en face le cuit à ma façon. Vous patientez cinq minutes ?

— Certainement, répondit Issaïev en montrant le téléphone du regard.

Bossé secoua négativement la tête et fit un signe de tête en direction de la fenêtre : Issaïev comprit qu'elle n'allait pas téléphoner de chez elle et qu'elle avait inventé le gâteau. Il la regarda attentivement et elle lui répondit par un petit sourire avant de se diriger vers le porte-manteau. Il se précipita pour l'aider à mettre son imper et lui tendit le petit sac en paille tressée.

— Non, merci, ils m'auront préparé un colis, c'est plus commode et plus élégant. Poursuivez votre lecture et détendez-vous, je reviens.

Il s'assit derrière la table, feuilleta encore la presse mais en fut vite fatigué ; il se leva et alla à la fenêtre, jeta un œil sur la rue. Bossé traversait en courant la chaussée pavée, hésitante sur ses hauts talons, un colis encombrant mais apparemment léger dans les bras.

— Me voici, fit-elle en posant le colis sur la table. J'ai acheté beaucoup de choses vraiment succulentes.

Elle brancha le phono, un modèle américain tout récent, et mit un disque de Mozart.

— C'est un compositeur du matin, dit-elle, après l'avoir écouté, la vie semble merveilleuse. J'ai téléphoné à Roman. Il m'a dit que tout ira bien et que « les camarades ont commencé la filature de toutes leurs cibles ».

— Merci.

— Par pitié, appelez-moi au moins Lida, ou mademoiselle Bossé, j'ai l'impression que vous parlez à la table.

— C'est dans la tradition du théâtre russe : on parle à la table ou à l'armoire.

Lida éclata de rire.

— Qu'y a-t-il ? fit Issaïev, gagné par sa gaîté.

— C'est la première fois que je rencontre un homme cultivé venu de là-bas !

— Venu d'où ?

— De la Tchéka, chuchota-t-elle.

— Eh bien, merci, je suis touché…

— Goûtez aux délices de Revel. Je vous recommande les gâteaux blancs à la crème fouettée. Le « napoléon », je le trouve aujourd'hui raté, trop sec…

— Lida, j'évite le sucré.

— Et moi qui ai fait des efforts, l'idiote ! Vous êtes tous si timorés, vous mangez par politesse, alors que moi, je suis un régime draconien…

— Bon, d'accord, je prends le « napoléon » et vous un gâteau à la crème.

— Voyez-moi ce coquin, mais j'ai du caractère et je n'en ferai rien.

— Avec vous, tout est immédiatement facile : une qualité rare chez nos femmes.

— Mais je ne suis pas tout à fait de chez vous, rétorqua-t-elle, papa était français et maman estonienne.

— Il y a longtemps que vous êtes avec nous ?

— Ça fait deux ans.

— Qu'est-ce qui vous a fait dire que je suis le premier homme cultivé « venu de là-bas » ?

— Les autres sont de braves types, mais tous un peu rigides, comme désincarnés. Ils veulent aussitôt vérifier s'il n'y a pas de dictaphone caché dans la cheminée de la chambre voisine, comme si je n'étais pas moi-même terrifiée à cette idée… Et puis vous avez évoqué Roubliov, « ce maudit bourgeois qui a peint des icônes », comme quelqu'un m'a dit un jour.

— C'est passager.

— Que Dieu vous entende. Je suis croyante, ne l'oubliez pas s'il vous plaît, et ne vous avisez pas de calomnier le Christ devant moi.

— Vous êtes orthodoxe ?

— Je ne suis rien. Simplement, je crois en Dieu. J'ai d'ailleurs beaucoup de dieux : le Christ, Bach, Tolstoï… Parfois, mon partenaire devient Dieu… mais ça ne dure pas. Mon mari l'était pour moi… Ne pensez pas que je sois folle : je dis simplement ce que je pense, sans quoi je suis gênée de regarder les gens dans les yeux. Voulez-vous encore du café ?

— Volontiers.

— Seigneur, il ne refuse pas ! Hourrah ! Le ciel nous est tombé sur la tête ! En partant, direz-vous ou non : « Camarade, prends bien soin de toi » ?

— C'est ce que je dirai.

— Dommage. Sans cela, vous m'auriez fait tourner la tête. Savez-vous que je tombe facilement amoureuse, Maxime. Maxime, c'est bien votre prénom ? Pourquoi êtes-vous avec eux, Maxime ?

— Et vous-même ?

— Ce n'est pas joli de répondre à une question par une autre.

—C'est vrai, ma foi. Mais comment répondre si je ne saisis pas bien si vous faites la coquette ou si vous vous intéressez pour de vrai ?

— Je ne sais pas moi-même quand c'est l'un ou l'autre… Comment pourrais-je me dédoubler ? Vos amis s'autocontrôlent si fort qu'ils justifient la filature. On doit toujours rester soi-même, advienne que pourra. J'ai des bonbons acidulés, en voulez-vous ?

— Non, merci.

— Allez au diable… on ne sait quoi vous offrir !

— Quel tempérament, vive l'émancipation !

— Pensez donc ! s'insurgea-t-elle. La nuit, je rêve d'enfants en barboteuses et en grenouillères. Pourquoi ne dites-vous rien ? J'ai bien remarqué que vous vouliez me répondre. Vous fronciez les sourcils, vous êtes donc un affreux jaloux.

— Et vous, vous êtes sacrément finaude.

— Moi ? C'est vrai. Mais la ruse n'est-elle une deuxième intelligence ? Vous aussi vous avez fait de la prison ? Vous avez été torturé ?

— Non. Tout s'est bien passé pour moi. J'ai même pu terminer le lycée et j'ai commencé des études de math…

— Je vous admire ! Parce qu'il m'arrive parfois de me demander pourquoi au fond je suis avec eux. Tous mes proches sont contre, et moi je me suis rangée à leurs côtés. Et je risque en plus d'être fusillée comme espionne ! Vous savez comment ça se passe : clac, clac ! et c'est fini. On jette le corps et puis on raconte que vous avez tenté de fuir et que vous avez blessé un gardien. Oh ! je devine ce que vous voulez ! J'ai des cigarettes américaines. Au miel. Je me trompe ?

— Non.

— Je sais lire les pensées dans les yeux. On m'a proposé un contrat pour une tournée en Amérique du Sud : « Les séances de magie de mademoiselle Bossé ».

— Et vous avez refusé ?

— L'organisateur a aussitôt tenté de mettre sa main sous ma jupe. Et puis je fonctionne à l'inspiration. Au plan professionnel, je ne peux m'exhiber que sur scène. Allons, aboule ton fric ! Alors ? Pourquoi ne dites-vous rien ?

— J'attends.

— Vous attendez quoi ?

— La cigarette.

— Je vous ai raconté un bobard. Je n'en ai pas. J'essayais juste de deviner ce que vous vouliez.

— Lida, merci pour le café. J'ai fait une bonne pause, maintenant je dois y aller.

Elle secoua la tête :

— Roman m'a demandé de rester avec vous. Si je vous accompagne, tout le monde va me regarder. Je suis mignonne et j'ai un regard provoquant. Il a aussi demandé que vous tombiez malade. Et dit que l'on vous avertirait lorsque les docteurs auraient établi le premier diagnostic… Vous ne me croyez pas ? Vérifiez avec le code si vous pensez que je suis une idiote, comme les autres femmes. Or Anton Denikine disait que j'étais la plus censée des femmes.

— Le général Denikine ?

— Lui-même. Un homme extrêmement gentil. Je ne comprends pas pourquoi vous le détestez tant. Il aurait fallu lui envoyer un bon propagandiste et il serait passé de votre côté. J'ai bien essayé de tout lui expliquer, mais je suis loin d'être assez calée dans le domaine…

— Que vous a-t-il répondu ? Je suis curieux de le savoir…

— Tenez, je me souviens de sa réponse très drôle ! Si

vous remerciez un domestique anglais pour quelque service, m'a-t-il dit, il s'en souviendra toute la vie et vous en saura gré, mais si vous dites merci à un laquais russe – il a fait une longue pause et s'est frotté les yeux – il se dira que vous êtes toqué et essaiera de vous rouler, en plus, si vous protestez, il vous cherchera noise…

— Quel brave homme, votre Denikine ! persifla Issaïev.

— On y est ! Je redoutais ce moment plus que tout… Pourquoi êtes-vous si méchant ? Pourquoi ne cherchez-vous pas la voie de la conciliation au lieu de vous évertuer à remplacer le « tu ne tueras point » par un « œil pour œil, dent pour dent » ?

— Souvenez-vous, dans l'Ecclésiaste : « Il est sorti de prison pour être roi, lui qui était né pauvre dans son royaume ». Vous en êtes sortie de la prison, n'est-ce pas ? La condescendance vaut-elle comme preuve de bonté ? Et que dire de la condescendance à l'égard de son pays ?

— Puisque vous êtes philosophe, pourquoi vous mettre en colère ? Vous vous piquez même de citer l'Ecclésiaste dont je n'ai pas lu une ligne.

— Dommage.

— Et vous, pourquoi le défendez-vous, cet Ecclésiaste ?

— Je défends mon point de vue, c'est tout ; vous êtes un amour ! Tant pis, nous désobéirons à Roman et j'irai là-bas tout seul, tranquillement.

— Roman va s'inquiéter. Et si on demandait à Lermontov de trancher ?

— D'accord.

— Dites un numéro de page.

— Page cent six.

— Bien ! Un plus six, sept est votre nombre !

— Vous y êtes.

— Vous voyez bien. Quelle strophe ?

— La première.

— À partir du bas ou du haut ?

— Du haut.

Issaïev fut frappé par la transformation de son visage :

« Lorsque le passé à tout moment
Devant mes yeux surgissait
Et que toutes choses belles et sacrées,
Me semblaient oubliées,
J'osais presser Dieu
De ma folle prière
Alors une voix miraculeuse me disait... »

Lida laissa tomber le livre sur ses genoux, resta silencieuse un moment, alluma une allumette lorsqu'Issaïev eut fini de malaxer l'embout de sa ***papirossa*** et déclara le plus sérieusement du monde :

— Vous avez vu, Lermontov n'a pas utilisé un seul point d'exclamation.

Issaïev se leva :

— Vous êtes un amour, Lida... Au revoir... J'y vais.

Lida secoua négativement la tête.

— Non, non, fit-elle, tout seul vous n'irez nulle part.

L'opération

De prime abord, Olenetskaïa n'avait pas prêté grande attention au télégramme : on le lui avait apporté du secrétariat pour qu'elle le code en priorité, document top secret. Elle pensait à Viktor, attendait quelques nouvelles de lui, or Nolmar ne lui avait fixé rendez-vous que le jeudi suivant, car, selon lui, il fallait observer la plus grande vigilance si l'on voulait aider Vorontsov.

Mais le relisant avec soin, elle vit qu'il portait comme celui concernant Viktor le numéro de code « 974 ». Elle comprit que ce serait un bon prétexte pour revoir Nolmar. Le télégramme disait que « selon des sources bien informées, on doit s'attendre à la venue à Revel de trois éminents représentants anglais censés rencontrer nos agents commerciaux pour l'Europe. Il est précisé que la rencontre se produira sûrement à Nymma, à la résidence du baron Grauers. 974 ».

« Mais pourquoi devrais-je attendre jusqu'au soir ? songea-t-elle. Le télégramme est assez important pour que je prenne le risque. Et puis il a peut-être des nouvelles de Viktor. Je ferai un saut à l'heure du déjeuner. »

— Tu es bien sûr ? demanda à nouveau Roman à son interlocuteur. Tu ne confonds pas ?

— Non, je ne confonds pas. À côté de Vorontsov était assis cet homme, et il indiqua la photo de Pojamtchi.

— Ça alors ! Le vieux Kolia ?

— Quoi donc ?

— Non, rien… J'ai déjà vu cet homme. Mieux : je le connais. C'est bon, merci, Jan.

Le téléphone sonna dans l'appartement de Nolmar :

— Otto Nolmar, notre homme se promène en ville.

— Où êtes-vous ?

— Près de la cathédrale Sainte-Marie.

— Et lui ?

— Il est descendu.

— Descendu où ?

— Vers la ville.

— Restez où vous êtes, je vous envoie quelqu'un.

Nolmar téléphona à ses gens, à la police et fila vers sa voiture.

Deux minutes plus tard, Olenetskaïa arrivait chez lui avec le texte de l'intox fabriquée par Issaïev.

— Roman (le résident russe reconnut la voix de l'homme préposé à la surveillance de Nolmar), Karl a filé à toute allure, sans doute chez le docteur.

— Pauvre Karl, répondit Roman, méditatif. Bon, je vais essayer de lui venir en aide moi-même.

— Et moi, je fais quoi ? Je passe chez la cousine Lida ?

— Non, reste à la maison, on pourra avoir besoin de toi… Quelqu'un pourrait bien venir voir ce cher Karl.

Le second signal fut encore plus inattendu. Voilà Hans qui accourait (« Combien de fois ne lui ai-je pas dit de ne pas s'essouffler dans la rue, une personne qui court se fait aussitôt remarquer », songea-t-il), l'homme chargé de surveiller l'appartement de Nolmar. Celui-ci lui dit qu'il venait de suivre jusqu'à l'ambassade de Russie une femme qui avait longuement sonné à la porte de l'Allemand.

— Pas toute jeune, la quarantaine… À part ça, rien de particulier.

— La couleur des yeux ?

— Gris. Peut-être bleus. Clairs, en tout cas.

— Grains de beauté sur le visage, signe particulier ?

— Non, rien. Des lèvres banales.

— Des boucles d'oreille ? Des lunettes ? Un sac ?

— Ah oui ! Un sac. Marron, plat.

— La matière ?

— En peau de… de cet animal qui vit en Afrique…

— De crocodile ?

— C'est ça !

— Habillée comment ?

— Veste et chaussures marron. Avec des boucles dorées.

On eut tôt fait de retrouver au vestiaire la veste en tissu cloqué : elle appartenait à la chargée du cryptage Olenetskaïa, laquelle portait des chaussures marrons à boucles dorées ; quant au sac en crocodile, il était sur la table de sa chambre.

Quand il eut quitté Lida Bossé à hauteur de la rue Viaïke-Karya (Issaïev lui avait dit qu'à partir de là, il gagnerait son domicile en passant par les cours), il se faufila dans l'entrée principale, sortit par derrière sur la rue déserte et sans hâte se dirigea vers le centre.

La balade avec Lida avait un sens : sa présence permettait aux vigiles de Roman de s'assurer que personne ne les suivait. Ce sont eux qui avaient donné à Lida le signal que la voie était libre, que personne ne filait Issaïev. Aussi avait-elle accepté de le laisser partir.

À l'occasion des conversations qu'il avait eues à Revel avec des K.D. et des S.R., Issaïev leur avait fourni l'occasion de l'observer de très près. La biographie qu'il s'était inventée était sans faille, il n'y avait rien à redire : en 1919, il avait bien travaillé pendant sept mois au service de presse de l'amiral Koltchak, et, à tout hasard, l'alibi était inattaquable. Il supposait avec raison qu'étant sorti une première fois de leur zone de surveillance, les émigrés chercheraient désormais de l'aide. Mais auprès de qui ? La question intéressait Roman et Maxime en rapport avec une éventuelle trahison au sein de l'ambassade, un jour ou l'autre. L'expérimentation qu'ils tentaient n'allait pas sans risque. Roman l'avait d'abord repoussée, jugeant impossible de laisser Issaïev servir de mouchard. Mais celui-ci fit valoir ses arguments. L'alibi de Koltchak et Vaniouchine, en dernière extrémité ; l'art d'échapper à la surveillance ; la confiance aux siens qui, au moment critique, viendraient à son secours s'il le fallait.

L'opération menée pas à pas, méthodiquement, par Issaïev et Roman, suivait trois directions. D'abord l'intox touchant aux intérêts des Allemands (et également à ceux des Français et des Anglais), avait été « lâchée » au sein de l'ambassade de sorte que l'information se répandit assez largement. Si l'ennemi devait vraiment se trouver dans ce cercle, il contacterait immédiatement son patron. Secundo, puisque Stopanski affirmait que les diplomates étaient formés à recruter des monarchistes, Issaïev jouait assez finement avec eux : il brouillait les pistes, mettait au défi les jugements que l'on portait sur lui, ainsi que les interprétations sur son comportement à Revel. Selon lui, à un moment ou à un autre, l'émigration prendrait contact avec l'un des réseaux d'espionnage opérant en Estonie. Ceux-ci ayant plus de moyens, il leur était plus aisé de découvrir la véritable identité de Maxime Issaïev : était-il le représentant de l'espionnage K.D. en Estonie ou un agent de la Tchéka ?

Le piège était bien pensé. En effet, l'émigration à Revel étant coupée de Moscou, toute personne arrivant de là-bas représentait une véritable mine pour les K.D. et les S.R. Grâce à sa fiabilité, ils pouvaient soutirer de l'argent des Anglais et des Français car les bonnes paroles ne suffisaient plus. Et en dernier lieu enfin, Issaïev n'excluait pas la possibilité d'un lien intermédiaire entre un diplomate recruté comme agent avec un réseau étranger à travers des concitoyens qui venaient de plus en plus nombreux à l'ambassade soviétique, soit qu'ils cherchent à savoir ce qui était advenu d'un proche, soit qu'ils s'enquièrent prudemment sur les démarches à entreprendre pour un retour au pays.

Dans les trois variantes envisagées pour détecter l'agent double, Issaïev se dévoilait volontairement. C'était le risque à prendre, justifié par le fait que Revel était devenue la plaque tournante où s'effectuaient les contacts entre notre diplomatie avec Londres et Stockholm. Tandis que la présence d'un agent double à l'ambassade aurait mis en péril les démarches indispensables pour rompre le blocus économique.

Issaïev se souvenait de ce que lui avait dit Kedrov : « Lorsqu'un espion se met à faire le coup de feu et à courir sur les toits, il est fini, et loin d'un exploit, il s'agit là d'incompétence. Même s'il risque d'échouer, il a le devoir de tourner l'échec à son profit. »

— Maxime Issaïev, bonjour !

Quelqu'un l'interpellait par son nom en détachant chaque lettre. Issaïev se retourna sans hâte : Nolmar était au volant d'une voiture de sport.

— Bonjour. À qui ai-je l'honneur ?

— Je suis Otto Nolmar, l'attaché commercial de l'ambassade d'Allemagne.

— C'est un plaisir de vous rencontrer, mais le commerce n'est pas ma partie, répondit Issaïev qui avait remarqué sur le trottoir d'en face, à une vingtaine de mètres, trois types à la gueule carrée, tout à la contemplation d'une vitrine d'épicerie.

— Qui le sait, sourit Nolmar. Accepteriez-vous qu'on s'entretienne un moment ?

Demain, à cinq heures, je serai au Rossia pour le déjeuner.

— Seigneur, fit Nolmar, étonné. Par les temps qui courent, peut-on remettre les choses au lendemain ? Non, j'insiste pour que vous me consacriez tout de suite quelques instants.

— Hélas, pour le moment je suis pris, monsieur Nolmar.

— Votre refus vous compliquera la journée, de même que les jours à venir, répliqua Nolmar avec un petit signe de tête en direction des trois types toujours aussi absorbés par la vitrine. Issaïev put sentir l'impatience qui tendait les nuques des trois hommes.

« Il faut accepter la bagarre, comprit Issaïev. Il serait stupide d'appeler la police. Le fait qu'il s'intéresse si vivement à moi signifie qu'avec Roman nous avons vu juste. »

Issaïev s'assit à côté de Nolmar et lui demanda :

— Elle est très gourmande ?

— Quoi ? demanda Nolmar sans comprendre.

— Je vous demande si votre moteur consomme beaucoup.

— Les voitures de sport sont voraces, la combustion est très forte… Huit cylindres, c'est quelque chose.

— Le volant est-il stable ? demanda Issaïev, en posant soudain les mains sur le volant qu'il fit tourner de droit à gauche.

— Attention ! s'écria Nolmar en blêmissant. Je pourrais rentrer dans le trottoir !

Il freina à hauteur de l'entrée de son immeuble.

— C'est ici que j'habite.

— L'immeuble est confortable ?

— Bien chauffé, c'est l'essentiel.

Ils prirent l'entrée principale puis l'escalier en bois. Soudain, Issaïev cria :

— Oh là !

— Qu'est-ce qui vous prend ? À nouveau le visage de Nolmar frémit.

— Rien. Je vérifie l'acoustique. Dans mon immeuble, c'est stupéfiant : un éternuement du concierge suffit à me réveiller.

Assurément, Nolmar ne pouvait deviner que le cri d'Issaïev était destiné aux voisins qui venaient de s'installer dans l'appartement vide jouxtant le sien ; ils étaient en contact avec Roman. Par précaution, de peur qu'ils ne bayent aux corneilles, il avait cherché à attirer leur attention sur Nolmar et lui-même et il n'avait pas eu tort : Artur Kreitz avait attentivement suivi des yeux l'élégant jeune homme à la démarche souple qui montait l'escalier aux côtés de l'énorme Nolmar.

— Allô, pourrais-je parler à Roman ?

— Il sera bientôt là. Que dois-je lui transmettre ?

— Dites-lui d'appeler tante Rose, elle se sent très mal et les médecins se penchent sur son cas.

Mais Roman se trimballait en ville et son agent de liaison n'avait pas le droit de quitter l'appartement. Suite à cette succession de coïncidences fâcheuses, Issaïev se retrouvait seul à seul avec Nolmar et les quatre policiers d'origine allemande assis dans la petite chambre voisine du bureau où nos deux hommes s'entretenaient. Les policiers avaient branché les micros dès que la lampe s'était allumée au chevet du lit : Nolmar avait actionné le bouton sous la table. Puis deux lampes s'allumèrent près du trumeau : Nolmar aimait les meubles sophistiqués. Ces deux lumières donnaient le signal pour qu'on prenne Nolmar lui-même en photo pendant l'entretien, puis qu'on fasse des clichés du visiteur, de face et de profil.

— Je vous offre un verre ? s'enquit Nolmar.

— Ce n'est pas l'envie qui me manque, mais je ne peux pas boire.

— Pourquoi donc ? Un ulcère ?

— Je me porte parfaitement. Je crains que vous ne me saouliez. Je vous connais, messieurs les diplomates…

Nolmar approcha son fauteuil de celui d'Issaïev et lança :

— Merci de m'aider à aborder cette conversation en m'épargnant de passer par les préludes de rigueur.

— Tiens, vous avez reçu une éducation musicale ?

— Une éducation, sans plus. Elle suppose un certain niveau culturel qui ne va pas sans la musique.

— Eh bien soit, j'accepte votre formulation, dit à nouveau Issaïev avec un petit rire. Pour ne pas nous éterniser : j'ai à faire. Je vous écoute.

— Je ne sais même pas comment m'y prendre avec vous.

— Ce n'est pas une mauvaise chose, semble-t-il.

— Pour moi, ce l'est. Vous êtes différent des autres et avec vous, on peut se planter.

— Ou l'emporter sans faire exprès.

— Vous venez de Moscou ?

— Oui.

— Je peux vous poser une question ?

— Je vous en prie. Mais allez-y franchement ! Advienne que pourra, s'il n'y a pas de réponse, ça ira aussi.

— « Pas de réponse » ne m'ira pas. Vous avez dit qu'Ouroussov vous avait écrit sa bafouille dans le couloir ?

— En effet.

— L'expertise de la lettre a montré qu'elle avait été écrite sur une table recouverte d'un tapis. D'un tapis vert.

« Exact, pensa Issaïev. C'était bien une table couverte d'un tissu vert sur laquelle Ouroussov avait écrit. Sacré Allemand ! »

— Et alors ?

— Non, rien, sauf qu'un petit mensonge suscite une grande suspicion.

— Je n'ai nullement l'intention de vous contredire. Je me contenterai de vous faire remarquer qu'on peut écrire sur un papier provenant d'une table couverte d'un tapis vert. Quoi encore ?

— Il n'est pas sans intérêt pour vous de poursuivre notre entretien.

— Sur les ordres de qui le conduisez-vous ?

— J'agis de ma propre initiative… Passons à la deuxième question : vous savez que la Tchéka suit Ouroussov de très près ?

— Certainement.

— Que diriez-vous de Leonid Iourevitch ?

— De qui me parlez-vous ?

— Auprès d'Ouroussov, il n'y avait que ce Leonid Iourevitch.

— Vous parlez du vieux ? De son ancien majordome ? Je n'ai rien à en dire.

— En revanche, moi je peux vous dire que dès 1913, on a découvert que ce majordome avait des relations avec les bolcheviks. Par conséquent, si vous étiez au courant, je m'étonne que vous ayez pu sortir de Russie sans l'aide de la Tchéka.

— Bon, si c'est ce que vous pensez, quelles sont vos questions ?

— Excusez-moi, je vous laisse un instant…

Nolmar passa dans la pièce voisine et, du regard, il désigna les révolvers. L'un des mouchards lui tendit des clichés encore humides.

Nolmar revint et jeta les photos sur la table.

— Si vous avez pu venir avec l'aide de la Tchéka et n'avez pas cherché à me rencontrer, ces photos ne manqueront pas de choquer la Tchéka…

— Je pense que c'est tout le contraire. Cela les intéressera vivement.

— À condition qu'ils vous aient recruté comme agent. Mais si vous êtes l'un de leurs fonctionnaires ?

— Qui sait… J'ai du mal à avoir un avis.

— Moi aussi. Même si je peux faire quelques présomptions.

— Je le peux aussi, répondit-il en se levant. Hélas, les délais sont expirés.

— Pour moi également. Aussi, voici ma proposition : prenez la plume et écrivez l'engagement que je vais vous dicter.

— Et puis… ?

— Et puis vous décrirez vos contacts, vos planques, vos missions et vos moyens.

— Vous avez fait enregistrer notre entretien ?

— Que croyez-vous donc ?

— Hélas, je ne peux accepter votre suggestion.

— Vous vous trouvez dans l'illégalité, la police peut vous faire des difficultés, sans compter les papiers que… vous dites ne pas avoir…

— D'où tenez-vous que je n'ai pas de papiers en bonne et due forme ?

— Pourquoi ai-je cette impression ? Si vous en aviez, il aurait été plus commode pour vous de descendre à l'hôtel.

— J'ai eu plaisir à faire votre connaissance, monsieur Nolmar.

À cet instant, les quatre flics déboulèrent dans le bureau. Deux se jetèrent sur lui, fouillèrent ses poches à la recherche d'une arme, tandis que les deux autres lui immobilisaient les bras.

— Je n'ai pas d'arme, dit Issaïev sans opposer la moindre résistance. Mais je porterai plainte.

Bon, admit Nolmar, en fouillant le portefeuille que les sbires lui avaient aussitôt remis. Il contenait un passeport de la République socialiste fédérative soviétique de Russie et un permis de séjour de six mois émis par le consulat d'Estonie à Moscou.

Nolmar fourra le passeport dans sa poche :

— Messieurs, cet homme a tenté de me cambrioler en me menaçant de mort. J'exige qu'on l'arrête. Je l'ai désarmé et j'insiste pour qu'on examine son cas avec le plus grand soin.

— Rendez-moi le passeport, demanda Issaïev, ainsi que le portefeuille.

— Vous n'aviez aucun passeport, objecta le major, quant au portefeuille, le voici.

On le plaça à l'isolement. Nolmar convint avec Neumann, le chef de la police politique, que cet agent de Moscou serait accusé de tentative de cambriolage. Le délai nécessaire pour vérifier les dépositions de l'inculpé selon lesquelles il aurait obtenu (ou pas) ces papiers à Moscou serait mis à profit pour scruter l'espionnage russe à Revel car ils ne manqueraient pas de faire du tintouin. Ce qui ferait l'affaire du ministère de l'Intérieur : le mois dernier, la Tchéka avait arrêté à Moscou sept Estoniens de leur service.

— Il vous faudra récupérer ces hommes par un échange, or pour autant que je sache, vous ne détenez en prison aucun soviétique, conclut Nolmar. Cet Issaïev doit à coup sûr traîner à sa suite plusieurs types. Ainsi vous serez quittes. Je ne réclamerai pas d'honoraires pour service rendu, ajouta-t-il dans un sourire. Et enfin, ce monsieur a rencontré ici plusieurs fois un négociant du nom de

Chorokhov. Aujourd'hui même, je vous transmettrai le détail de leurs rendez-vous, mais considérez ce document comme secret.

Il ne remit pas immédiatement le passeport d'Issaïev aux autorités estoniennes car il y voyait une prise de guerre qui pourrait bien lui être utile plus tard, allez savoir... Et si la pilule leur semblait dure à avaler, Neumann aussi l'appellerait au secours, lui, Nolmar. Il exigerait alors une contrepartie, ce qui serait une fameuse victoire, les services obtenus venant du chef de la police secrète d'Estonie en personne.

Neumann contacta immédiatement le ministère des Affaires étrangères : prudence est mère de succès, et il demanda au service consulaire de s'informer auprès du service consulaire de l'ambassade russe si le dénommé Maxime Issaïev appartenait au personnel de l'une des organisations russes de Revel et, dans ce cas, de préciser laquelle, depuis quand, l'adresse du domicile et qui pouvait se porter caution pour lui, vu qu'il faisait l'objet d'une enquête criminelle.

Le consul répondit à l'interlocuteur que l'on prendrait les renseignements nécessaires sur cette personne.

— Cela étant, nous sommes prêts à répondre de lui puisque vous affirmez que c'est un citoyen de la RSFSR, ajouta-t-il.

— Monsieur le consul, je suis fondé à vous demander un document officiel. Il n'y a pas d'autre moyen pour entreprendre des démarches conformes au droit international.

— Savez-vous, restons-en à la procédure ordinaire, admit le consul. Après tout, c'est vous qui êtes intéressé par cet individu.

Au petit matin, Roman avait rendez-vous avec Viktor Kinguisepp, membre du Comité central du Parti communiste clandestin.

— Ils ont attrapé Maxime, l'informa Roman. Je suis arrivé trop tard. Je ne pensais pas qu'il taperait tout de suite dans le mille avec son intox.

— Je le connais bien. C'est un gars en or. Il a travaillé au service étranger. D'abord avec Kedrov si je ne me trompe, puis avec Boki.

— Moi j'ai juste fait sa connaissance ici.

— Nos camarades m'ont informé en gros : l'Allemand l'a cuisiné. Pourquoi est-il entré en contact avec lui ? Il prenait un gros risque.

Il connaissait le bonhomme qui nous intéresse beaucoup. Et puis il s'est trouvé coincé dans une situation où il ne pouvait plus refuser l'entretien. Un jour ou l'autre, il nous aurait fallu nous occuper de lui. Viktor peut avoir besoin d'un bon avocat.

— On lui en trouvera. Erik Lakhme, tu as sans doute entendu parler de lui. On va chercher les moyens d'accéder à la prison…

— Je commence à m'en occuper. Je ne crains qu'une chose, c'est d'opter pour la mauvaise variante. Imagine, en cas d'échec, qu'ils découvrent notre relation, on aura un scandale mondial : les communistes estoniens qui exécutent les besognes de Moscou !

— L'Estonie est liée à la Russie par la révolution mondiale : tu connais notre position à ce sujet. L'Estonie était une colonie de la Russie, mais après la Révolution à Saint-Pétersbourg, nous sommes devenus une république. À ce propos, il n'y a pas de place pour l'équivoque et, s'il te plaît, pas lieu de nous prendre, vous comme nous, pour des salauds : nous montrons autre chose que la politicaillerie entre États.

— Éric, penses-tu que l'avocat prenne cher ?

— Il a défendu nos camarades gratuitement.

— Les vôtres, d'accord, objecta Roman. Ici, il s'agit d'un des nôtres. Je pose la question parce que l'argent n'est pas un souci.

— Tant mieux, grinça Viktor. C'est le camarade Ioukha qui sera chargé de la liaison entre nous.

— Bien, merci.

— Il ne faut pas se précipiter pour admettre qu'Issaïev est un sujet soviétique, il faut le faire en dernière instance, si nous ne réussissons pas à le tirer d'affaire autrement. Ils seraient enchantés de voir Moscou l'admettre. Nous devons essayer de ne pas leur offrir cet atout. À mon avis, on peut compter sur Issaïev, c'est un camarade solide et, si je me souviens bien, plein d'humour.

— Une dernière chose encore : j'ai besoin de tout savoir sur Neumann.

*

— August Schwarzwasser, dit Neumann à son ancien collaborateur, un instant s'il vous plaît… comment se porte votre écrivain russe obstiné ? Où en est-il ?

— Ah, Nikandrov ? Depuis qu'il a tenté de s'enfuir et failli me trucider avec un article de bureau, désigné, je crois, dans l'inventaire des objets de nos services comme un encrier, il est au cachot. Il a encore récidivé en agressant un gardien qui, pour se défendre, l'a pas mal amoché, même si lui aussi avait été blessé.

Dans les conversations en tête-à-tête, ils ne s'abandonnaient pas à ce cynisme de bas étage caractéristique des gardiens de prison et des employés de base de l'appareil judiciaire de la police politique. Ceux-là appelaient les choses par leurs noms, se complaisaient dans les détails, ricanaient sur le comportement des prisonniers et attendaient avec une cruauté redoublée le moment où ils pourraient soumettre tel ou tel individu aux humiliations les plus raffinées.

Neumann avait un jour dit à Schwarzwasser :

— Savez-vous où est toute la tragédie de l'homme politique ? C'est qu'en se fabriquant une ligne qui prévoit les tournants majeurs susceptibles de se produire dans les affaires internationales ou à l'intérieur de son propre pays, il s'appuie sur des dogmes abstraits. Les questions relatives à la pratique étant jugées viles, il ne daigne pas les voir ni même les connaître : il laisse cela aux exécutants. C'est à eux qu'on imputera l'échec en cas d'expérience ratée, et, en contrepartie, on doit leur laisser une totale liberté d'action dans la réalisation du projet. C'est à ce prix et à lui seul que l'homme politique peut, la tête haute, regarder ses concitoyens dans les yeux, exonéré de la faute qu'il a commise.

Cette conversation avait eu lieu au tout début de leur collaboration au sein de la police politique, au moment où il fallait tout rebâtir après que le Kremlin eut donné l'indépendance à l'État estonien. Avant la révolution, Schwarzwasser et Neumann travaillaient au département de la police russe et, à ce titre, ils connaissaient mieux que quiconque les faiblesses de cette administration qui s'était trouvée réduite à n'être plus qu'une chambre d'enregistrement de l'opinion, cela à cause d'hommes politiques ayant misé sur l'absolutisme et sa propre errance entre l'ultra-nationalisme et le libéralisme modéré.

— Cela ne nous convient pas, répétait alors Neumann. Nous devons suivre, au début bien sûr, le goût du citoyen lambda, friand d'histoires d'agents secrets, de révélations de complots et de procès scandaleux. Quand nous aurons façonné ce nouveau citoyen, nous emprunterons la voie de la légalité européenne.

On nous donne une ligne de conduite et il incombe à nos exécutants de la mettre en œuvre. Aucune autre administration que la nôtre ne s'est davantage enfoncée dans des pratiques aussi détestables : cela constitue à la fois un gage de succès et une possibilité de tragédie. Nous devons accomplir une mission cruelle sur laquelle nous ne savons rien, ni à l'écrit ni à l'oral, mais si nous faisons l'autruche, l'issue en seront hélas la cruauté et le sang. Je fais cette confidence à vous seul, je ne la répèterai pas et mieux vaut que nous l'oubliions tous les deux. Portons donc notre croix en silence, nous ne sommes qu'un maillon entre la politique et la prison. Nous savons tout alors que nous ne le devrions pas : il faut nous en convaincre une bonne fois pour toutes et faire un vœu lourd à porter mais nécessaire.

Depuis le début de cette conversation autour de Nikandrov, Schwarzwasser observait Neumann : convaincu de sa vocation d'écrivain, il se prit à regarder avec distance ce proche collègue, au fond de lui-même certes, car extérieurement il ne laissa rien paraître, manifestant une bienveillance égale. Sentant en lui ce talent pour concevoir des intrigues, inventer des histoires, faire naître à la vie à partir du néant une réalité perceptible par lui seul, il commençait à se sentir supérieur à ce pointilleux Neumann, épris de théorie. Il se prit même à songer que Neumann n'était pas la personne adéquate pour continuer à diriger la police politique d'Estonie. « Il me parlait lui-même du prosaïsme russe. Mais sa conduite est tout aussi terre-à-terre, privée de toute audace », se disait parfois Schwarzwasser. « Il a oublié ses propos d'avant, enjoignant de s'occuper du citoyen lambda… De fait, il ne s'intéresse à personne, il fait du surplace, n'ose rien entreprendre, s'efforce seulement d'évaluer les dégâts causés par l'ennemi… »

— Dans quel état moral se trouve Nikandrov ?

— Vous auriez l'intention de vous servir de lui pour me poser cette question ? s'enquit Schwarzwasser.

— En effet.

— Allez-y ! Je vous demanderai seulement de m'en débarrasser tout à fait, j'ai perdu pour lui tout intérêt.

— Non, je ne peux pas vous le prendre tout à fait, ce n'est pas dans mon pouvoir, rétorqua Neumann. Il me semble qu'après s'être reposé dans une cellule normale, il pourrait changer.

Il comprenait fort bien pourquoi Schwarzwasser se montrait si prompt à lui fourguer l'homme de lettres éreinté et amoché qu'il fallait d'une manière ou d'une autre mettre au rebut – tâche qui revenait à Schwarzwasser, Neumann n'ayant aucune envie de prendre sur lui les conséquences d'un travail bâclé.

— Je crains d'avoir perdu tout intérêt pour lui, objecta doucement Schwarzwasser. J'ai tout bonnement peur de lui.

— Dans ce cas, mieux vaut le libérer, lui répondit tout aussi doucement Neumann qui savait parfaitement que l'autre ne pouvait aller jusque-là : le Russe ne manquerait pas de divulguer dans la presse la manière dont on l'avait traité. Neumann comprenait que le Russe était condamné, soit il crèverait en prison, soit il devrait « coopérer ».

— J'accepte de le libérer sur-le-champ si vous contresignez l'ordre.

— Puisque ce n'est pas moi qui ai signé l'ordre d'incarcération – si je me souviens bien, j'avais juste signé l'ordre d'incarcération provisoire de Vorontsov – je n'ai le droit ni de vous autoriser ni de vous interdire de le libérer. Du reste, il s'agirait d'une autorisation assez formelle. Si je suis bien le chef de la police politique, à dire vrai, la sommité, c'est vous.

— Mais comment légaliser l'acte de transfert ? demanda Schwarzwasser, qui comprenait qu'il venait de perdre la partie. Faut-il en faire la demande ?

— Que diable pareille casuistique étant donné nos relations ? Votre accord verbal suffira, d'ailleurs je lis dans vos yeux que vous me l'avez déjà donné.

*

— Prenez la peine de vous asseoir, monsieur Issaïev, dit Neumann avec un léger signe de tête. Je suis le chef de la police politique.

Il y eut un silence qui surprit Neumann. Il s'attendait à ce que le Russe commence par protester, au lieu de quoi, avec un léger balancement de sa jambe gauche jetée négligemment sur la droite, Issaïev dévisageait lourdement Neumann sans dire un mot, en faisant bouger le bout de son nez de façon rigolote, comme si on lui chatouillait les narines.

— Je veux être tout à fait franc avec vous.

— J'adore la franchise.

— Ne faites pas le fanfaron, vous n'êtes pas en situation de vous le permettre.

— Cela sent le mépris, vous ne trouvez pas ? Vous l'avez peut-être dit sans réfléchir ?

— En effet, répliqua Neumann, bien décidé à lui emboîter le pas, ce qui lui avait parfois bien réussi. Écoutez-moi bien, Issaïev, je préfèrerais vous avoir pour ami, mais, hélas, les circonstances en décident autrement. Contre vous, j'ai trois personnes prêtes à témoigner que Nolmar vous a surpris dans son appartement, qu'il vous a désarmé, du reste le révolver n'a pas été enregistré et, plus grave encore, vous êtes sans papiers et étranger.

— Pas bon tout ça.

— Quoi ? demanda Neumann, qui ne comprenait pas.

— Je dis que mon affaire sent mauvais…

— En effet, elle sent même très mauvais. Nous ne sommes pas la dictature bolchévique, nous sommes obligés de professer la démocratie en toute chose, et avant tout dans le fonctionnement de la justice. En cela réside le contrepoint dangereux aux principes de notre parti : ai-je la possibilité de vous faire comparaître en justice dans la mesure où la procédure du procès à huis clos n'existe pas ? J'y verrai plus clair lorsque j'aurai une réponse à la question transmise par notre consulat au ministère des Affaires étrangères de Russie : êtes-vous oui ou non un ressortissant de la RSFSR ou un citoyen autoproclamé ou l'une de ces personnalités douteuses dont personne n'a envie de se porter garant ?

— Une troisième possibilité est-elle envisageable ?

— C'est à vous de la suggérer.

— Quand recevrai-je le chef d'accusation ?

— En temps voulu.

— Puis-je exiger de voir un avocat ?

— Je prendrai votre demande officieuse en considération.

— Je suis dans de beaux draps, n'est-ce pas ? dit Issaïev, narquois.

— Pardon ? fit à nouveau répéter Neumann.

— Dans de beaux draps, monsieur Neumann, c'est une expression familière pour dire que je suis mal loti.

— Vous avez du goût pour la philologie ?

— C'est un domaine excessivement vaste. Disons que j'aime bien la sémantique comparée… Vous me permettez de me retirer ?

— Oui, vous êtes libre.

— Tout à fait libre ? Dans ce cas, signez l'autorisation.

— Mon cher ami, soupira Neumann avec un sourire. Pourquoi diable avoir mis le nez dans nos affaires ? Je flaire immédiatement les individus exceptionnels, sans doute parce que je ne le suis pas moi-même. Vous auriez dû vous illustrer dans l'art, au lieu de ça… L'espionnage est une perdition pour les natures exceptionnelles qui sont comme des papillons de nuit attirés par l'abat-jour. C'est la science qui fera l'espionnage de demain.

— De quelle façon ?

— Vous voudriez que je vous confie mes secrets ? Et puis vous vous évaderiez ?

— Vos prisons sont bien gardées, d'autant que, si j'ai bien compris, vous me détenez dans une unité spéciale ?

— Exact.

— Quant aux secrets, bon, ils se vendent bien, à condition qu'ils soient solides.

— Dieu merci, c'était une proposition désintéressée... J'ai cru que vous alliez m'opposer la disparition inéluctable des exploiteurs, m'impressionner avec la dialectique.

— Qu'allez-vous chercher, monsieur Neumann, n'essayez pas de me mener en bateau !

— À propos de bateau, parmi les Russes pro-soviétiques à Revel, je ne connais qu'un seul ancien marin.

— Qui est-ce ?

— Monsieur Chorokhov. Il est vrai que s'il aime tant se balader ici et là, c'est qu'il a consacré ses plus belles années à la mer.

— Pauvre Chorokhov...

— Pourquoi « pauvre » ? Il fait un boulot intéressant.

— Lequel ?

— Oh, un boulot varié, Issaïev, oui, varié... Comment est la nourriture ? Pas de récrimination ?

— Non.

— Pas de vers dans les choux ?

— Je ne m'attends pas à ce que vous me donniez de la brioche.

— Tout dépend de vous.

— Arrêtez, je commence à me sentir tout-puissant.

*

— Approchez-vous, Nikandrov. Plus près. Ne tremblez pas, je ne vous battrai pas aussi longtemps que vous ne m'enverrez pas d'encrier au visage.

Le visage de Nikandrov tressaillit.

— Bon, ça va, ce qui est passé est passé. Je vous conviais à une conversation détendue. Calmez-vous, je vous en prie.

— Je suis tout à fait calme... Je vous suis reconnaissant pour vos paroles réconfortantes... J'en suis tout ému, voilà pourquoi. Je vous dois un grand merci... J'ai toujours cru et attendu que ce cauchemar cesse.

— Il pourrait cesser très vite si vous vous aidiez vous-même.

— Comment le pourrais-je ? Il se mit à nouveau à pleurer. Je ne suis plus qu'un animal, un animal apeuré... Pareil au chien d'un chasseur brutal qui marche toujours la queue basse.

— J'ai une nièce, une toute petite fille, confia Neumann. Lorsque nous nous promenons et qu'elle est fâchée à cause d'une gronderie, elle ne manque pas de me dire : « L'histoire que tu m'as contée, n'est pas vraie ». Eh bien, Nikandrov, l'histoire que vous contez n'est pas vraie. Un homme doit toujours se sentir un homme ! Toujours, quelles que soient les circonstances, car un homme, « cela sonne fier » !

— Je vous remercie... Seigneur, tu as entendu mes larmes...

— Le seigneur peut voir les larmes ou entendre les sanglots, lui fit observer Neumann qui se surprit à penser qu'Issaïev aurait dit la même chose. Tâchez de bien me comprendre, Nikandrov. Nous allons vous transférer dans une cellule où est détenu l'un de vos compatriotes, un Russe.

Quel bonheur ! Enfin ! Je commençais à parler aux murs, au lit de camp, aux barreaux de la fenêtre…

— Eh bien, vous voyez ! Vous sortirez en promenade avec les autres détenus, dont certains sont des communistes, mais vous n'irez pas vous bagarrer avec eux. Ce sont des gens instruits, gentils, qui se sont égarés, mais « bienheureux l'égaré, il aide les autres à suivre le bon chemin » ! Votre compatriote, lui, est privé de promenade. Il pourra vous demander avec qui vous vous êtes promené ou quelque amabilité du même genre. Ne refusez pas de lui répondre, mais vous me rapporterez ensuite ce qu'il vous a demandé.

— Vous me suggérez de jouer au provocateur ?

— S'il vous plaît, ne le prenez pas de haut. Primo, je peux retirer ma proposition et vous renvoyer au mitard où vous parlez lamentablement aux murs, au lit et aux barreaux. Deuxio, si vous vous retrouvez en prison, c'est à cause de ce Russe.

— Je me retrouve en prison en raison de l'arbitraire que créent des gens malhonnêtes !

— Nous allons conclure que notre entretien n'a pas abouti, Nikandrov. Il me reste à vous exprimer ma compassion…

— Pourquoi êtes-vous tous si cruels ? Seigneur Dieu, pourquoi ?

— Cruel, moi ? Moi qui ai consacré tant d'efforts pour obtenir votre libération ? Vous étiez accusé d'espionnage au profit des Rouges ! J'ai tout fait pour contester cette accusation ! Je m'aperçois soudain que j'étais un triple idiot ! Si vous ne pouvez pas me rapporter ce que raconte un agent de la Tchéka, un bolchevik, si vous refusez de nous aider à combattre ceux que vous traitiez naguère d'égorgeurs du progrès et de la raison et que vous vous mettiez maintenant à les défendre, la chose est claire pour moi : Nikandrov, vous êtes un sbire du Kremlin !

— Vous ne croyez pas vous-même à ce que vous dites.

— Et si j'y crois, que va-t-il se passer ?

*

Le samedi, Neumann se rendait à la petite ferme située sur les méandres de la rivière Perel. Il l'avait eue pour peu d'argent : les premiers jours après la révolution, les Allemands vivant en Estonie ont vendu leurs propriétés pour presque rien.

C'était une maison aménagée à la prussienne avec des papiers peints rayés aux murs, une petite cuisine dont les murs avaient été recouverts d'une généreuse couche de peinture à l'huile et les rebords des fenêtres eux-mêmes garnis de toile cirée de couleur.

Neumann y avait amené sa femme et sa fille aînée ; la maison leur avait plu et elles l'avaient supplié de n'y rien toucher.

— Tout est propre et douillet, avait dit sa femme, Frau[67] Elsa. Artur, tu dois réfréner ton imagination bouillonnante.

— Mes chéries, leur avait répondu Neumann, j'ai beau être une mauviette, croyez-moi, je vais tout faire pour que la maison vous plaise encore davantage.

— Papa, mais tu m'as promis de m'acheter un manteau d'astrakhan !

— Tu l'auras, ton manteau d'astrakhan, vilaine fille… Je ferai tous les travaux moi-même. Ne suis-je pas le petit-fils d'un forestier ?

— Artur, en tout cas tes fantaisies ne doivent pas grever le budget de la famille ! avait averti Frau Elsa.

— C'est entendu, mon amour ! Pas un seul mark de notre budget n'ira dans les travaux. Je fumerai moins et, l'été, je n'irai plus à Pärnu.

Voilà cinq ans que Neumann restaurait sa maison. Il avait passé son premier congé à arracher les papiers peints, enlever le lino, poser le plâtre dans la grande pièce. Il essayait de tout faire par lui-même et n'avait que rarement la visite de Lakhme, le pêcheur, avec lequel il faisait des parties de jeu de dupes et discutait sur l'endroit où trouver du bon bois de pin ou comment passer le brou de noix sur les poutres en chêne destinées au plafond de la véranda.

Désormais la maison était presque finie. Neumann n'avait pas touché à l'extérieur de sorte que la maison avait gardé

67 « Madame » en allemand.

son air vieillot et penché. En revanche, à l'intérieur, tout avait changé : dans la véranda, il avait maçonné des pierres provenant de galets qu'il avait lui-même apportés de la mer ; dans la cuisine, les poutres noircies par la fumée voisinaient avec des planches passées trois fois au ripolin. Tout cela créait une harmonie parfaite avec les casseroles et les pots en cuivre anciens suspendus au-dessus du poêle bâti en briques grossières.

Neumann y venait chaque samedi, retouchait les petits défauts que lui seul voyait et passait les nuits blanches sur le fleuve à pêcher la truite. Aucune chaumière alentour et il se sentait en tête-à-tête avec la nature dans cette vaste, silencieuse et vénérable forêt de pins.

Dans ces lieux, loin des tracas du quotidien, il était paisible et heureux. Il savait parfaitement qu'un chef de la police politique ne deviendrait jamais homme d'État, ministre ou député. Lorsqu'il eut accédé à ce poste, au début, il avait éprouvé une sorte d'ivresse mais au fil des années, il s'était rendu compte de son erreur : si l'on songe sérieusement à faire carrière, il faut gravir les marches de l'échelle sociale. Comprenant que la solidité de son poste dans la police lui avait joué un vilain tour en lui barrant la route de la grande politique, il se résigna à rester définitivement « l'inquisiteur numéro un ». Ce choix était acceptable à condition que les tâches soient précises, discrètes, rapides mais sans fébrilité, et surtout tranquilles, loin des scandales et du tumulte de la presse. Aussi, une fois qu'il eut organisé le travail des services et l'eut rendu praticable, contrairement à ses plans initiaux, il obtint une stabilité relative à tous les niveaux de son administration et il n'eut plus aucune raison de s'inquiéter ; il pouvait se fier à ses collaborateurs et il se réservait les dossiers qui avaient un peu de piquant. L'erreur y était pardonnable et le succès plus visible.

La nuit, le soleil ne quittait pas l'horizon ; à minuit seulement s'émoussait l'éclat des rayons qui, impalpables, n'étaient plus qu'un lavis tendre et léger, tout terrestre.

Neumann avait appris à s'approcher sans bruit des trous d'eau. Il voyait flotter à la surface d'énormes poissons, immobiles et denses comme l'eau elle-même. Il pouvait contempler longtemps ces poissons assoupis en acceptant sans regret de voir soudain disparaître une truite formant à sa suite des ronds languissants.

Lorsqu'il parvenait à lancer l'hameçon chargé de vers sous le nez d'une truite et que celle-ci avalait aussitôt l'appât, il soulevait le volumineux poisson, si léger dans l'eau et si lourd dans l'air et restait un moment à l'admirer avant de l'envelopper dans une feuille de bardane et de le glisser dans son sac à dos ; puis il filait jusqu'aux rapides.

Là, il disposait un feu de bois et, après avoir fait provision de branches de pin, se couchait pour dormir jusqu'à la fringale du matin.

Mais ce matin-là, il se réveilla avec peine : il avait rêvé que quelqu'un lui chatouillait l'épaule et il se refusait à ouvrir les yeux ; quand enfin il le put, il vit deux hommes accroupis devant lui et il éprouva un terrible pressentiment.

— Asseyez-vous, lui dit Roman, j'ai à discuter avec vous.

— Mais enfin, qu'est-il arrivé ? demanda Neumann, surpris par sa propre voix. Qui êtes-vous, messieurs ?

— Asseyez-vous ! répéta Roman. Et écoutez-moi bien. Acceptez-vous d'aider Issaïev ?

— Comment pourrais-je le faire ?

— Cela, nous vous le dirons... Dites d'abord si vous en êtes d'accord.

— Je n'ai jamais contrevenu à mes obligations professionnelles.

— Si vous refusez de l'aider, Issaïev risque de mourir. Nous n'avons pas d'autre moyen de sauver notre ami. Aussi, votre refus vaudra deux condamnations à mort : Issaïev dans sa prison et vous, ici même !

— Vous êtes fous ! Je suis le représentant de la loi !

— Neumann, je ne vais pas me répéter, dit Roman et il regarda Ioukha. Celui-ci comprit le message, se leva d'un bond et d'un coup porté au cou, il renversa Neumann qui se mit à couiner comme un lapin. Ioukha s'assit à califourchon sur son dos, lui tordit les bras et, à l'adresse de Roman, lança :

— Le bâillon est prêt ?

— Pas besoin de bâillon. Tu le frappes à la tempe et on le traîne jusqu'au fleuve...

— Je suis d'accord ! dit Neumann d'une voix enrouée, hanté par la vision atroce de sa maisonnette avec ses ustensiles de cuivre suspendus aux murs, ses poutres de chêne et la tendre lumière du crépuscule à travers les carreaux.

— Lâche-le, fit Roman.

Neumann s'assit, le souffle court. Roman lui tendit du papier et un stylo.

— Écrivez, et pas d'entourloupe avec l'écriture car j'ai des lettres de vous et je comparerai.

— J'écris quoi ?

— « Je soussigné, Neumann Artur, m'engage à collaborer avec Pavel, résident de la Tchéka pour l'Estonie. » Vous signez. Et vous ajoutez : « J'informe que Paul Raudsepp, secrétaire du Parti communiste sera transféré à Rakvere où, en cas de tentative d'évasion, il sera exécuté dans la forêt. Je vais m'efforcer de connaître la date du transfert auprès de Ploom qui sera sûrement au courant. Artur. »

— Je ne ferai pas...

— Vous le ferez, lui rétorqua calmement Roman.

— Et quoi encore ?

— Écrivez : « Issaïev se trouve dans mon service. À travers ses agents, Nolmar insiste pour le présenter comme un espion russe à Revel. Artur. » Continuez : « Moi, Neumann Artur, atteste avoir reçu de Pavel la somme de 3000 francs français. » Signez de votre nom.

Roman fourra ces feuilles dans la poche, s'approcha du feu pour se réchauffer les mains et dit :

— Maintenant, parlons de ce que vous devrez faire. Issaïev vous demandera un médecin en raison de violentes douleurs au dos. Vous le ferez transporter à l'hôpital pour incapacité à se mouvoir et à marcher. Bien entendu, vous prendrez cette décision après que les experts auront conclu qu'il n'est pas transportable, il y va de votre réputation. Comme dorénavant vous êtes mon agent, il importe doublement de préserver votre réputation et je vous en donne l'entière garantie.

— Je ne peux pas le mettre à l'hôpital sans garde policière.

Donnez-lui-en une.

— Je ne suis pas sûr que vos gens puissent le faire sortir car nos policiers sont bien formés.

— Si c'est le cas, nous ne vous reprocherons rien. À condition, bien sûr, que vous ne vous avisiez pas de tendre un piège pour massacrer nos gars et, en les utilisant, me faire tomber, là, ce serait une autre chanson… Nous ne sommes plus au XVIIème siècle et les récépissés certifiant que vous avez reçu de l'argent partiront aujourd'hui même à l'étranger ; ensuite, au cas où, par-dessus le marché, vous prendriez le risque de continuer vos saloperies, je ne mise pas un kopeck sur votre vie : je n'aurai pas le choix. En attendant, voici vos premiers honoraires en espérant que ce ne seront pas les derniers.

Roman lui tendit une liasse de billets que Neumann glissa craintivement dans sa poche, comme s'il y avait mis un serpent.

— Maintenant, faites un peu de toilette avant que nous réglions les détails.

Neumann alla jusqu'au fleuve, tout voûté, comme s'il

avait pris dix ans d'un coup, pitoyable, et, étrangement, il parut à Roman beaucoup plus petit qu'auparavant.

— Il ne va pas se noyer ? lui chuchota Ioukha.

Roman secoua la tête, arracha une herbe qu'il se mit à mordiller sans hâte.

*

« À A. Alski.

Camarade Alski, les mesures nécessaires pour accélérer et renforcer le fonctionnement du Gokhran ont-elles été prises ?

Et pour mobiliser les communistes ?

En conclusion : combien faudra-t-il de mois et quels en seront les résultats ? Vous serez tenu pour responsable si la question est négligée car dans pareil cas vous devez en appeler rapidement aux instances supérieures, c'est-à-dire au Bureau politique.

Sans délai.

Il faut mettre l'été à profit, au lieu de cela vous le laissez filer : je vous préviens que sur vous repose l'entière responsabilité du problème. Faites vite et envoyez-moi vos doléances (concernant le Comité du Travail et de la Défense), ainsi qu'au Bureau politique si je ne suis pas compétent.

Lénine »

*

« Projet de directive relative au fonctionnement du Comité du Travail et de la Défense, au Soviet des Commissaires du peuple, ainsi qu'au Soviet restreint des Commissaires du peuple.

La ligne à suivre par les Commissariats et le Soviet des Commissaires du peuple, de son président et de ses vice-présidents doit être la suivante : montrer de la défiance à l'égard des décrets, des institutions, des réorganisations et des dignitaires, surtout quand ils viennent des rangs communistes ; lutter contre la fange bureaucratique et les tracasseries exercées dans la vérification des gens et du travail ; élimination impitoyable des fonctionnaires inutiles, réduction des effectifs, renvoi des communistes dont la formation en management n'a pas été sérieusement assimilée.

Lénine »

On attaque

Cette même nuit, Nikandrov fut transféré dans la cellule d'Issaïev. À la lumière faible et inégale de la lampe grillagée, Issaïev crut vaguement reconnaître le visage de son codétenu, mais il ne lui posa aucune question, comprenant que cet homme ne se trouvait pas là par hasard. Neumann avait en tête une stratégie précise et il n'entrait pas dans ses intentions de chouchouter son protégé par pure bonté d'âme.

« Voyons comment tout cela va se passer, se dit Issaïev en se blottissant sous la couverture, cela promet d'être intéressant. »

Le matin, il commença par la gymnastique. D'ordinaire, il s'exerçait intensément et transpirait beaucoup, mais aujourd'hui, il évitait de faire du bruit, se contentait de sauter sur la pointe des pieds et soufflait avec retenue pour ne pas réveiller son compagnon. Pour tout dire, Issaïev détestait la gymnastique. Selon lui, les balades à pied, à ski ou sur l'eau, ainsi que l'équitation ne garantissent à personne qu'une brique ne vous tombera sur la tête ou que vous ne vous asphyxierez pas au gaz carbonique. Cependant, en prison, la gymnastique est une discipline indispensable.

— Ça pue la sueur, dit une voix enrouée.

— La sueur, c'est pas comme la merde, l'odeur est tolérable, répliqua Issaïev en se retournant. Primo, Comte, levez-vous, de grandes choses vous attendent et, secundo, faisons connaissance. Je suis Maxime Issaïev.

— Leonid Nikandrov.

— Pas possible ! Lui en personne ?

— Quelle différence... Lui ou un autre...

— Une énorme différence. Vous comprenez qu'ici on ne permet pas de lire. À part la Bible.

Nikandrov protesta :

— La Bible, et alors ? Vous ne croyez pas que c'est un livre ?

— Écoute jusqu'au bout une fois mis à mort ! C'est bien ce que disaient les anciens ?

— On aurait aimé que vous ayez toujours professé cette vérité.

Issaïev éclata de rire. Il rit longtemps, en profitant pour réfléchir. « C'est donc, songea-t-il, que Neumann a dit à ce malheureux écrivain que je viens de Russie. Ils ont dû le briser dans l'affaire Vorontsov et ils me courent après. »

— On parlera de moi un peu plus tard, Leonid. Levez-vous d'abord et essayez de bouger les bras, je vous ferai ensuite un massage, puis on passera au topo.

— Êtes-vous fou ?

— Oui, et alors ? Relevez votre chemise pour que je vous masse, mais demain je vous obligerai à sautiller et à faire des rotations avec les bras.

Issaïev s'assit à la tête du lit, près du torse de Nikandrov. Pris d'épouvante, ce dernier recula, incapable de dissimuler une haine apeurée. Issaïev secoua la tête et le plus amicalement possible souffla :

— Leonid, vous devez avoir avec moi de bonnes relations.

Nikandov s'assit d'un bond. Il passa sa grande main amaigrie sur le visage, comme pour chasser une hallucination.

— Pourquoi ? Pour quelles raisons devrais-je avoir avec vous de bonnes relations ?

— Ne criez pas, les gardiens vont se fâcher, relevez la chemise et mettez-vous sur le ventre, s'il vous plaît.

En 1919, officier du groupe de presse de l'amiral Koltchak, Issaïev fut fait prisonnier par les partisans. Même aux siens, il ne pouvait révéler son identité. L'eût-il fait, qui l'aurait cru ? Aussi, après avoir roué de coups « le salaud de Blanc », les partisans le jetèrent dans une grange et comme au petit matin il leur fallut livrer bataille au train blindé de Koltchak, ils oublièrent Issaïev dans le feu du combat et, dans la matinée, après un thé bien fort mélangé à de la vodka, le lieutenant Kourotchkine, de la cavalerie du général Kappel[68], lui fit un massage. Il excellait si bien dans cet art que, depuis, Issaïev croyait à son effet magique. Un jour, il avait dit à Boki en riant : « Gleb, je suis capable de retourner n'importe quel espion à l'aide du massage de la cavalerie de Kappel. »

Il manipula longuement Nikandrov qui finit par s'endormir avec un étrange sourire béat.

Après le petit-déjeuner, Issaïev déclara :

— Maintenant, allons-y, discussion jusqu'au déjeuner.

— J'ai la promenade avant…

« Le malheureux, grinça Issaïev. C'est clair. On l'a chargé d'établir un contact pour moi. Il importe pour eux de savoir qui j'aimerais trouver ici et comment me connecter avec l'extérieur. »

— Va pour la promenade, mais ce n'est pas bien de rester toujours couché. Levez-vous donc. Et discutons debout. Connaissez-vous la dernière théorie de la médecine ? Non ? Eh bien en restant debout huit heures par jour, on s'immunise contre les ulcères, les hémorroïdes et l'atrophie de la prostate.

---

68 Vladimir Kappel (1883-1920), général de cavalerie, l'un des chefs de l'armée blanche en Sibérie, fut le bras droit de Koltchak.

— Laissez-moi tranquille…

— Non pas !

— J'ai mal aux jambes…

— Ça passera ! Debout !

Nikandrov se leva, recula vers le mur.

— Voilà, approuva Issaïev. Très bien. Alors commençons ! Lorsque je travaillais au groupe de presse de feu l'amiral, je transmettais des missives qui étaient immédiatement codées. La frénésie de la guerre suppose la frénésie du langage. La Bible, c'est l'histoire, sa langue est donc concise, ramassée et emplie d'aphorismes. Vous avez remarqué que la langue n'est jamais aussi suave et ample que dans les instants de tension extrême, quand la vie est en jeu ? Pensez au siècle passé : au cœur de la tradition, il y a le travail d'écriture. Mais le monde est fatigué du nébuleux, il exige du concret. Là se niche un formidable danger pour l'humanité car le concret repose sur l'utilitarisme, sur un protocole dogmatique, sur un seul étalon pour tous : à cet égard, la plateforme de Benito Mussolini représente un échantillon remarquable d'un futur possible. Cependant, la révolution de la société appelée à advenir, même si pour l'instant elle n'est pas visible, est une révolution de la production, des sciences et des techniques, qui portera inéluctablement un coup d'arrêt à la littérature. La littérature d'avant est morte…

— Point du tout ! s'exclama Nikandrov. Nullement ! La littérature est éternelle ! Elle est là pour toujours ! Cela m'est odieux d'entendre pareille chose. L'affirmation a l'apparence de la vérité, mais c'est pur mensonge ! Comment pourrait s'éteindre notre littérature alors qu'elle a toujours partagé les souffrances du peuple ?

— Bravo ! C'est tout ce que je voulais entendre. Partager les souffrances du peuple, n'est-ce pas supposer que l'on est foncièrement intègre ?

— Exactement.

Issaïev s'approcha encore de Nikandrov et lui dit :

— Croyez-vous vraiment avoir le droit de parler de l'intégrité de l'homme de lettres après qu'on vous a flanqué dans ma cellule ?

Et sans donner à Nikandrov le temps de se reprendre, Issaïev poursuivit :

— Quels ordres vous a-t-il donnés ? Qui êtes-vous censé voir pendant la promenade ?

— Vous avez engagé la conversation avec moi alors que vous êtes au courant de tout ?

— Ce n'était pas sorcier à deviner.

— Par conséquent, vous… Vous vous êtes joué de moi ?

— Non, c'est Neumann qui s'est joué de vous. Pour moi, vous étiez et vous demeurez Nikandrov, dit tristement Issaïev. Si vous êtes fatigué, allongez-vous un petit quart d'heure. La compassion est le fichu trait de caractère des Russes. Pour les Occidentaux, un ennemi est un ennemi. Alors que nous fouillons le tréfonds de l'ennemi ou du voyou. Que la littérature russe soit éternelle, aucun doute là-dessus, je ne faisais que vous taquiner. On va bientôt vous emmener pour la promenade… Sans doute vont-ils vous coller un soi-disant « camarade » qui vous demandera de me transmettre un message. Ce sera un homme à eux… Dites que vous le prendrez demain… Et rapportez le tout à Neumann.

Nikandrov soupira :

— Jamais je n'aurais pensé que ce soit un tel bonheur de parler dans un bon russe avec quelqu'un, fût-il un ennemi. Et vous avez cru Neumann qui vous a dit que j'étais un ennemi ? Si vous appartenez à la Tchéka, qu'êtes-vous donc pour moi ? Un ami peut-être ? Et si je suis un officier de Koltchak, je suis quoi pour vous ?

*

« *À Lejava*[69], *ministre du Commerce extérieur.*

Hier, le patron de la firme de joaillerie Marchand est venu à l'ambassade pour une visite à la représentation au commerce extérieur soviétique. Il a déclaré qu'après que son envoyé spécial a rencontré l'expert en diamants russe qu'il connaît déjà, sa firme souhaite entrer en relations d'affaires avec lui. La proposition de Marchand suggère que Pojamtchi soit chargé de la sélection des pièces les plus exceptionnelles qu'il acheminera ensuite à Revel. « *Pojamtchi doit choisir pour notre firme les diamants et*

69 Fusillé en 1937. *Note de l'auteur.*

les saphirs qui me permettront, indépendamment du risque, de vous proposer des produits alimentaires– pain, beurre, huile et viande – ainsi que des articles manufacturés. Vous devez comprendre que tous les joailliers du monde vous boycottent et que, malgré cela, je prends le risque compte tenu des perspectives prometteuses qui s'ouvrent à nos deux parties. »

Lorsqu'on lui a proposé d'acheter les joyaux, Marchand a refusé, alléguant qu'il ne peut passer outre le pacte de la corporation s'engageant à boycotter nos pierres sur la bourse aux diamants. Quand je lui ai demandé comment il pourrait alors nous livrer des produits alimentaires et comment nous déterminerions l'équivalence des valeurs, il m'a répondu que la question serait tranchée à Revel après qu'il aura examiné les diamants apportés par Pojamtchi. « Je ne veux avoir à faire à aucun autre de vos experts, car Pojamtchi est le meilleur et il jouit d'une grande notoriété à la bourse aux diamants d'Anvers. » Il a précisé que les produits alimentaires et les articles manufacturés seraient négociés par l'entremise de tiers en Suède. Je vous demande de décider si Pojamtchi doit ou non se rendre en mission à Revel avec les diamants pour l'achat de produits alimentaires.

Chorokhov »

*

« Ministère des Finances. Au vice-commissaire, camarade Alski…

Cher camarade Alski,

Je vous prie de demander au Gokhran de nous fournir la fiche contrôle de N. Pojamtchi afin que, en cas d'appréciation positive de son travail, nous puissions l'utiliser au ministère des Finances pour régler notre problème. Les aspects les plus urgents sont les suivants : interruptions répétées de nos entretiens avec des firmes françaises, hollandaises, ainsi qu'anglaises ; nécessité urgente d'obtenir des fonds de roulement pour acheter en Suède et en Allemagne des locomotives, des charrues et du matériel nécessaire à la construction de centrales électriques.

Fraternelles salutations du Ministre au Commerce,

Lejava »

*

« À Lejava de la part d'Alski (Ministère des Finances)

La fiche de contrôle du dossier Pojamtchi se trouve chez vous puisqu'il a déjà eu plusieurs missions à Revel.

À la direction du personnel. Je vous prie d'établir un bon de mission pour Revel au nom de N. M. Pojamtchi dans l'intérêt de notre ministère.

Lejava »

Boki rapporta à Dzerjinski la nouvelle de l'échec de Vsevolod dix minutes après qu'il en fut informé par Roman.

Silencieux, Dzerjinski allait et venait dans son bureau tout en buvant son thé dans un verre fin. Il avait de la sympathie pour Vsevolod comme d'ailleurs l'ensemble de ses collègues. À l'exception de Vassili Morkovets qui passait pour un peu froid en dépit de ses compétences, rappelant à tout propos qu'il venait d'une famille d'ouvriers agricoles : lui éprouvait de l'animosité à l'égard de Vsevolod et il ne jugeait pas utile de le cacher.

— Pourquoi ne l'aimez-vous pas ? lui demanda un jour Boki.

Une grimace d'étonnement crispa le visage balafré de Morkovets :

— Quel rapport avec le travail ?

— Un rapport immédiat.

— Vous savez, tout gamin déjà, je détestais les chouchous, et Vsevolod appartient à la catégorie ; fin, aucun doute qu'il l'est et brillant… Mais je n'aime pas les gens qui veulent faire ami-ami avec tout le monde.

— Il vaut mieux regarder sournoisement ?

— Avez-vous quelque chose de précis à me demander, camarade ? Je suis à votre disposition…

Boki n'insista pas, mais à l'occasion d'une rencontre avec Dzerjinski, il fit cette remarque :

— Voir Morkovets parader dans son département me fiche la frousse. C'est un type sans-cœur.

— Mais un bon collaborateur, objecta Dzerjinski avec un haussement d'épaules. S'il fait trop le prétentieux, remontez-lui les bretelles. Il a une poigne de fer, il en faut aussi de ceux-là. Son attitude à l'égard de Vsevolod est compréhensible : en général, la médiocrité résiste au talent et n'a guère d'empathie pour lui.

Tout en faisant les cent pas dans son bureau, Dzerjinski revenait sans cesse à cette conversation qu'il avait eue un an auparavant avec Boki, si ce n'est plus.

— Le sortir de l'hôpital est une affaire risquée. À la moindre suspicion, ils le retireront du service. Quels espions estoniens avez-vous arrêtés ? Détenez-vous de grosses pointures ?

— Encore difficile à dire. Mais je ne crois pas que nous en ayons… Juste des trafiquants.

— Visiblement, ce sont les Allemands qui lui ont damé le pion… Soit ils ont compris qu'ils ne pouvaient plus compter sur la chargée du codage, soit Vsevolod s'est grillé en relation avec cette affaire… Au fait, ils ont arrêté Olenetskaïa ?

— Oui. Aujourd'hui, à la frontière.

— Pour le moment, ne dites rien à Kozlovskaïa. Je me souviens d'elle : une fille assez exaltée, mais honnête… Alors, Olenetskaïa ?

— Elle a avoué qu'elle travaillait pour Nolmar. On ne peut rien lui tirer de plus.

— Elle parlera… Reprenez la conversation dans deux jours, mais prudence avec Kozlovskaïa… Elle est toujours au Rabkrin ?

— Elle a été détachée au Gokhran.

— Quoi de neuf là-bas ?

— Il y a une bande, il faudrait les attraper tous en bloc.

— Où sont les faits ? Les preuves ? Les pièces ? Les preuves incontestables ?

— C'est ce que nous faisons : les traquer. Avec votre permission, dans les deux ou trois prochains jours, je vous ferai le rapport.

Dzerjinski s'arrêta soudain, comme s'il avait rencontré un obstacle :

— Et où est Stopanski ?

— Le Polonais ? s'enquit Boki.

Dzerjinski eut un petit rire maussade :

— Le Polonais, il est ici : c'est moi.

Il avait la capacité de sourire dans les moments les plus tendus.

— Je parlais de ce lieutenant-colonel de la deuxième division… que Vsevolod a recruté.

— Ah, Stopanski ! Il habite au Grand hôtel.

— Faites-lui miroiter une bonne prime s'il est prêt à se rendre à Revel dès demain.

— Faire passer Issaïev pour son agent ? suggéra Boki.

— Exact. Tenez bien compte du fait, mon ami, que la morgue et la forfanterie définissent mieux que tout l'aristocratie polonaise. Aussi expliquez-lui sans ménagement que s'il vous dit tout de suite la vérité – qu'il ne peut nous aider dans la partie qui se joue à Revel pour telle ou telle raison, ou compte tenu du niveau de risque – il recevra une rétribution deux fois plus élevée que s'il s'avise de raconter des craques. S'il montre de l'intérêt pour l'affaire, passez au plan, laissez-lui jouer sa carte, ne vous hâtez pas de donner votre version. Qu'il défende d'abord sa stratégie dans le détail : avec les noms, les accès aux personnes envisagées, les adresses ; ensuite nous procèderons à l'analyse, à la vérification de ces données auprès de nos gens à l'étranger, nous apporterons des modifications et aussitôt nous enverrons notre Polonais à Revel. Qu'il se mette au travail.

— Entre-temps, Roman doit attendre ?

— Oui.

— Et si ça ne marche pas avec Stopanski ?

— Lisez bien la Pravda, mon cher. Depuis qu'on a lancé la NEP, les Anglais et les Allemands nous font la cour… Nous ferons pression sur Londres à travers Leonid Krassine, et Nikolaï Krestinski se rend à Berlin après-demain. Lui aussi sait faire pression. Nous ne sommes plus en 1918, on ne peut plus réprimer nos gens aussi facilement, on peut les couvrir…

— Faut-il reconnaître que Vsevolod est notre homme ?

— Oui, s'il est impossible de faire autrement : rien n'est plus ridicule que de faire l'autruche, aucun état ne peut se passer de service de renseignement.

— Ils vont pousser des cris d'orfraie…

— Comme si c'était la première fois ? Ils se fatigueront bien de crier. Est-ce à nous de nous habituer ?

« Maxime Issaïev a été recruté par moi à Moscou, le... avril..., il s'est rendu à Revel pour une affaire liée à son activité clandestine à Petrograd. Sujet prometteur pour l'état-major en raison de... ; peut être utilisé comme... Mû par des sentiments anti-allemands, a combattu sur le front contre l'Allemagne. Connaît la plupart des langues européennes. Les renseignements le concernant nous ont été fournis par nos services diplomatiques à Kharbin, Tokyo et Pékin puisque Maxime Issaïev était dans l'armée de Koltchak, il a été décoré pour la Grande marche de glace de Sibérie[70] (au cours de laquelle le général Kappel réussit à sortir ses troupes de l'encerclement des Rouges). N. Vaniouchine, l'un des idéologues de l'armée blanche en Extrême-Orient, directeur du service de presse du général Koltchak, le lieutenant V. Nedocheïne, ainsi que le général Dieterichs ont souligné ses qualités personnelles et ses compétences. »

— Trop léger, releva Boki après avoir lu le plan de Stopanski. Superficiel... Un agent... clandestin... Et après ? Comme si vous n'en aviez pas pléthore, n'est-ce pas ?

— Ils ne sont pas si nombreux. Les agents préfèrent se

---

70 Grande marche de glace de Sibérie : en 1919, les Rouges poursuivent l'armée blanche de Koltchak sur plus de 4000 kms dans la taïga glacée. L'illustre général Kappel, bras droit de Koltchak, eut les pieds gelés et mourut sur le front en 1920.

prélasser sous le ciel de France ou d'Albion. Ces dernières paient mieux et leurs filles coûtent moins cher.

— Cessez ces allusions aux femmes... Ceux qui en parlent trop ne sont pas les plus actifs. Dispensez-vous donc de ces discours, Pan Stopanski.

— Que je le veuille ou non, il me faut travailler pour vous, mais de là à adopter votre puritanisme tchékiste, excusez-moi...

— Mon intention n'est pas de vous rééduquer, Dieu merci ! Avec notre morale tchékiste, à Varsovie, on aurait tôt fait de vous mettre en cabane.

— Exact ! Merci, pas la peine !

— Pan Stopanski, vous nous avez dit que le général Goziak était d'une cupidité démentielle. Du coup, que pensez-vous de ma proposition ? fit Boki en lui tendant une feuille où figurait le texte suivant : « Issaïev est bien introduit dans le réseau des trafiquants de devises à Moscou. Il ne m'a transmis aucun détail, mais il s'apprêtait à se rendre à Revel pour recevoir de l'argent que des affairistes acheminent depuis Moscou pour leur profit personnel et non pour aider la clandestinité anti-bolchévique. À mon avis, si l'on place Issaïev sous une filature efficace à Revel, nous serons en mesure : un, de le mettre sérieusement en difficulté, ce qui l'obligera à s'adresser à nous, et deux, nous aurons ainsi accès à un énorme réseau bien implanté, disposant de filières de trafic de devises très ramifiées. Il me semble indispensable de me rendre de toute urgence à Revel puisque j'ai des rendez-vous clandestins avec Issaïev et des dates. Si je ne suis pas présent, il devra demander Marek Iang, le troisième secrétaire. J'ai obtenu des renseignements sur lui par l'intermédiaire de nos gens à Kharbin, Pékin et Tokyo : les jugements sont très élogieux (N. Vaniouchine, l'idéologue de l'armée blanche en Extrême-Orient qui a assisté en 1920 à la Conférence de Daïren[71], le général de la Maison impériale Dieterichs, l'ataman Semenov, actuellement retiré des affaires). »

— Cela va intéresser notre ambassade. Je peux passer un ou deux jours avec Issaïev pour fignoler sa légende ?

— Il est en prison. À Revel…

— Vous auriez dû commencer par là ! Moi je ne connais pas cet Issaïev, je ne l'ai jamais regardé dans les yeux et j'ignore s'il va tenir le coup pendant les interrogatoires, je ne…

— Vous le connaissez, l'interrompit Boki. Il a été le premier à vous rencontrer, rue Mechtchanka.

— Vsevolod ! Il moisit en prison ? Un sacré bonhomme qui leur donnera du fil à retordre…

Il se tut.

— L'opération va coûter cher.

— Mais elle se fera ?

— Comment l'ont-ils attrapé ?

— Ils n'ont aucune preuve. Probable que ce sont les

71 Conférence à l'initiative des Japonais qui s'est tenu en 1921-1922 dans la ville de Daïren en Chine (aujourd'hui Dalian).

Allemands qui l'ont piégé. Ceux-là mêmes qui intéressaient notre diplomate.

— Vous dites ? fit répéter Stopanski. Du rapido ! Félicitations... Bravo !

— Sans vous, on ne l'aurait pas trouvé, mon cher.

— C'était un type sérieux ?

— Plus ou moins.

— Merci pour tous ces éclaircissements.

— Alors ? Vous êtes décidé ?

— Date ? Délai ? On commence quand ?

— Hier.

— Bravo ! Ma question est sérieuse.

— Et ma réponse l'est tout autant : hier. En tous les cas, aujourd'hui. Nous vous donnerons les codes de Vaniouchine et de Dieterichs, nous les avons. Demandez à vos gens de contacter Ouroussov à Moscou ; je vous donne son adresse, mémorisez-la et ne la prenez pas sur vous. Tâchez que la requête soit faite demain à Revel ; et tâchez de savoir comment se comporte Issaïev.

— Avec qui vais-je répéter l'entretien ? Si vous m'aviez cru plus tôt, j'aurais pu en discuter avec Vsevolod.

— On n'avait pas prévu son arrestation.

— Vous ne me faites pas confiance... Je n'ai nul besoin de vos secrets, je suis fatigué des miens. À dire vrai, j'ai voulu vous aider : chez nous, c'est un tel capharnaüm que chacun se barricade à double tour et moi, vu mon caractère, je me sens mieux avec vous...Vous avez raison, je parle à tort et à travers à propos des femmes, mais au fond, j'exprime ma révolte contre nos principes moraux. Ne riez pas ! Le mariage n'est chez nous que servitude et mesquinerie. Et pas possible de divorcer, c'est mal vu et fatal pour la carrière ! Dans tout ça, que me restait-il à faire d'autre que de travailler dans le renseignement ?

— D'être un espion…

— Cessez donc ! se rembrunit Stopanski. Agent ou espion, c'est également courageux. Et on ne va pas diviser le monde en deux : leurs espions contre nos agents. Chez moi, je suis désormais un espion, plus un agent de renseignement. Mais bon, parlons d'autre chose…

— Très bien, je n'osais pas vous interrompre : vous me semblez être un homme excessivement susceptible.

— Tout le monde l'est et les agents plus que tout le monde. Par-dessus le marché, ils sont complexés… Au final, qu'est-ce qui l'a fait trébucher ?

— C'est un Allemand qui l'a coffré.

— À propos, Marek Iang, le troisième secrétaire, est un ami à moi. Tiens, il me revient que je ne vous l'avais pas dit…

— En effet, fit Boki avec un léger sourire. Vous ne l'aviez pas dit.

Bravo ! Vos services à l'étranger font du bon boulot.

Il se fit songeur et se mit à mordiller les poils roux de sa moustache.

— Issaïev était vraiment chez Koltchak ou est-ce une légende ?

— C'est vrai.

— Où était-il ?

— Au service de presse.

— Il a gardé des relations avec des journalistes français ou américains ?

— C'est à voir.

— Les journalistes ont l'esprit corporatiste. C'est un métier aussi vieux que le monde, mais ils ne manquent pas de noblesse, surtout lorsqu'il s'agit de l'un des leurs. J'ai des contacts à Paris avec des journalistes. Des liens solides…

— Votre proposition est intéressante. Tâchons de la formuler ainsi : « Arrêté sur instruction allemande sous prétexte d'espionnage, Issaïev est un journaliste admirable, l'un des flambeaux du mouvement blanc. Il est victime de la corruption éhontée des Allemands en Estonie. Il semble bien que le gouvernement estonien n'ait pas été informé de son arrestation, sans quoi il aurait été mis fin à cette injustice. On nous a rapporté des cas où, de peur d'être sanctionnée, la police organise le suicide d'un homme qui devrait être libéré. En l'occurrence, c'est Neumann qui est responsable de l'arrestation d'Issaïev. Il faut l'arracher à ces bureaucrates cupides et à ces tchékistes assoiffés de sang. » En gros, ça vous va ?

— Rien à dire, pas mal du tout… Je dirais même que c'est bien. Demain, je dois me rendre à Paris, pas à Revel. Ce serait encore mieux de partir dès aujourd'hui. Antoine Caben, ce nom vous dit quelque chose ? C'est mon ami.

*

Antoine Caben avait débuté dans la carrière avec un compte rendu de quelques lignes. Victime d'un accident ferroviaire sur la ligne Toulouse-Paris, à peine remis de ses contusions, il avait pondu un reportage époustouflant. Puis il était parti au Transvaal et ses articles avaient fait le tour du monde. Au début, il s'était enivré de sa gloire et de sa célébrité, puis il avait soudainement renoncé à ses conférences lucratives sur la guerre des Boers à travers l'Europe pour partir en Russie, aller explorer l'Arctique avec Gueorgui Sedov[72] et Alexandre Koltchak[73]. Inventer pour la presse des micro-héros et des macro-canailles lui sembla trop minable ; il estima en outre que tout ce qu'il voyait dans la vie devait passer par la littérature. Ainsi écrivit-il un roman qui dut son succès plus à sa notoriété qu'à son talent de plume. En trois ans, il publia cinq livres avant de repartir pour le Japon et la Chine. La prose avait cessé de le charmer, il comprit que la littérature se devait d'être foudroyante, redoutable et sans pitié ; alors qu'il n'avait jamais pu « tuer » son héros, qu'il redoutait les dénouements tragiques, s'arrangeait pour que l'histoire finisse bien et que ses personnages favoris aient un destin propice. Dès

---

72 Gueorgui Sedov, (1877-1914), fils de paysan devenu l'un des plus fameux spécialistes du Pôle nord à 25 ans, explorateur de l'Arctique.

73 Alexandre Koltchak (1874-1920), avant de devenir le chef des armées blanches, l'amiral Koltchak a derrière lui une très brillante carrière d'explorateur et d'océanographe.

lors, il retourna à son journal et fut accueilli ainsi par le rédacteur en chef :

— Caben, vous êtes un sacré malin ! Vous avez fait un habile circuit avant un retour royal au bercail de la presse. Personne n'envie davantage les écrivains et ne les respecte autant que les journalistes : j'en ai fait moi-même l'expérience. Que souhaitez-vous faire maintenant ?

— Ce que je veux faire…

— La chronique militaire ? Les personnages héroïques ? Les bas-fonds ?

— Je ne vois là que les conséquences. Je veux m'occuper des causes. De la politique et des politiciens. J'ai cru en la littérature qui me semblait en mesure de ramener le monde à la raison, mais je me suis fourré le doigt dans l'œil. La littérature fait peur aux potentats orientaux : leurs peuples sont incultes et comme les enfants ils croient à leurs jouets, eux croient aux livres. Les démocraties matures peuvent se permettre toutes les bévues, y compris la liberté d'expression. Je vais prendre le taureau par les cornes et je laisse le reste aux jeunes contempteurs des traditions.

— Vous savez que mon intérêt se porte maintenant sur Clemenceau ?

— Oui, je le sais. J'arrive précisément au bon moment pour empêcher Clemenceau de faire des bêtises. Ses admirateurs ne manquent pas, il peut bien tolérer que quelqu'un lui jette la vérité au visage.

— Vous n'avez pas à vous préoccuper de la gloire, par conséquent tout ce que vous entreprendrez, doit sérieusement... Vous avez besoin d'argent ?

— Pour le moment, l'argent n'est pas un souci.

— Vous ne voudriez pas prendre un petit-déjeuner avec Clemenceau ?

— Ce serait un honneur.

— Si vous lui disiez que vous étiez prêt à vous battre pour sa cause, tout en évoquant ce qu'il vous semblera nécessaire de lui dire, en ami et non en adversaire brailleur, nous aurons fait du bon boulot.

— Nous ? Caben haussa un sourcil. Pourquoi « nous » ? Non, moi. C'est moi qui le ferai. N'y voyez aucune offense, la littérature est une foire d'empoigne qui exige d'emblée une rigueur intransigeante si l'on veut éviter les malentendus finaux. Sans quoi, ce n'est pas seulement l'amitié qui sera compromise, mais le simple esprit de camaraderie.

C'est juste après avoir parlé avec le conseiller d'ambassade polonais à Paris, Stanislav Sedletski, et avec Stef Stopanski, qui lui révélèrent les malheurs d'un journaliste victime de l'enchevêtrement secret des relations entre l'Allemagne, l'Estonie et la Russie, que Caben se rendit chez le ministre des Affaires étrangères. Lequel ministre, comme la France entière, faisait grand cas du nom de Caben.

*

« Strictement personnel, à Monsieur Ants Piip, ministre des Affaires étrangères d'Estonie.

Monsieur le Ministre,

À l'occasion d'une réception à l'ambassade des États-Unis, j'ai eu hier une conversation avec le ministre des Affaires étrangères français. Sa question m'a paru trop spécifique, néanmoins le ministre a insisté pour que je m'informe des raisons qui ont prévalu à l'arrestation d'Issaïev, héros de l'armée blanche, diffamé semble-t-il à Revel suite à des intrigues de l'espionnage allemand manipulé par les bolcheviks. Le ministre français s'est par ailleurs référé à l'affaire Chaloukyavitchous à Kovno où les Allemands, sous la houlette de la Tchéka, ont réussi à mettre en prison un citoyen français en fabricant de fausses preuves d'espionnage. Je lui ai promis de m'adresser à Revel tout en précisant bien que je me méfiais beaucoup de ces on-dit, sachant que l'Estonie veillait scrupuleusement à la légalité. Je vous prie de bien vouloir m'indiquer quelle réponse je dois donner au ministre lors de notre prochaine rencontre, dois-je aborder moi-même la question pour lui apporter une réponse ou est-il souhaitable d'éluder la conversation avant que soit déposée une requête officielle ?

P. Pousta,

Ministre plénipotentiaire de l'Estonie en France »

*

« Moscou, à Boki.

Le stratagème monté avec Caben est au point. Toutes les démarches envisageables ont été entreprises. La décision finale dépend désormais des autorités de Revel, en fait du ministre de l'Intérieur Einbund et de celui des Affaires étrangères Piipa. Je suppose que l'on peut faire pression sur ce dernier à travers Londres.

Joseph »

Logique d'une conversation en prison

— Qu'est-ce qui fait écrire un écrivain ? Voilà bien, cher Maxime, une question très compliquée. On trouve cette phrase chez un écrivain russe : « Rozanov, t'intéresses-tu un tout petit peu au lecteur ? » — « Non, pas du tout, c'est un triple idiot qui comprend les choses de travers. » — « Alors pourquoi écris-tu ? » — « Parce qu'on me paie... » La blague trouve sa source dans le plus complet désespoir. Un écrivain écrit parce qu'il ne peut pas faire autrement. Il doit sans cesse accomplir ce qu'il est.... Un écrivain véritable n'écrit pas pour prouver quelque chose à quelqu'un. Celui qui se pense uniquement comme un médiateur n'est qu'un politicien, pas un écrivain, continua Nikandrov en pesant ses mots et en allant et venant dans la cellule.

— Un politicien ? d'étonnement, Issaïev se souleva du lit. Mais il me semble que la littérature russe ait toujours voulu être « dans l'action ».

— De quelle action s'agit-il ? Tout est là. Qu'elle l'ait voulu, assurément. Mais à quel niveau ? Tchernychevski [74] servait sa cause à un niveau et le comte Rostoptchine[75] à un tout autre.

— Et Pouchkine ? demanda Issaïev.

— Pouchkine, c'est le commencement des commencements de la Russie. Une Russie inachevée, une Russie qui a fait une unique apparition furtive. Bien sûr, Pouchkine a lui aussi servi, mais en restant fidèle à lui-même… « Baladin, je ne veux pas être plus bas que notre Seigneur Dieu » : toute sa dignité est là. Il chante comme un oiseau, batifole, pantomime, envoie à Benkendorf[76] des lettres épouvantées. Si cet homme peut s'autoriser un tel naturel, c'est qu'il cèle en lui quelque chose de sacré. Et vos « politiciens » lui flanquaient la frousse.

— Comment expliquer alors sa *Note sur l'éducation populaire*[77] ? Ou son *Histoire de la révolte de Pougatchev*, ne fait-il pas là œuvre politique ? Vous ne croyez pas ?

---

74 Nikolaï Tchernychevski (1828-1889), philosophe, écrivain révolutionnaire, auteur du célèbre roman *Que faire ?*

75 Fiodor Rostoptchine (1763-1826), général, ministre des Affaires étrangères, gouverneur général de Moscou de 1812 à 1814. Décida l'incendie de Moscou pour ne pas livrer la ville aux troupes napoléoniennes. Père de la comtesse de Ségur.

76 Alexandre Benkendorf (1781-1844), comte d'origine allemande, chef du corps spécial de gendarmerie sous Nicolas Ier, spécialement chargé de la surveillance de Pouchkine.

77 Texte sur l'éducation écrit en 1826, un an après la répression de ses amis décembristes, sur ordre de Nicolas Ier.

— Souvenez-vous de ce grand Français auquel on demandait : « Que faisiez-vous pendant que Robespierre coupait les têtes, que Fouché organisait des pogroms et que Mirabeau faisait des discours ? » — « Je vivais », répondait l'homme. Même chose pour Pouchkine : il vivait, semble-t-il. Ce qui n'empêchait pas que s'accomplisse en lui une harmonie divine, d'essence antique, que la Russie ne devait plus jamais connaître. Avait-il pour autant servi le pouvoir ? Absolument pas. Et il ne fut en rien un baladin inférieur à notre Seigneur Dieu. « Un contrat personnel » le liait au tsar. Souvenez-vous : « Je préfère la frivolité à l'ingratitude. » Il a écrit son *Pougatchev* parce que le tsar lui avait accordé sa protection, le nourrissait, le stipendiait, le soutenait, lui avait évité le sort tragique des décembristes... Pour tout cela, Pouchkine le servait en badinant, fidèle à la parole donnée en homme de bien, maniaque du code de l'honneur.

— Quelle cause servait-il ?

— La vérité. L'écrivain se distingue du simple mortel en ce que son sens de la dignité est développé au plus haut point. Ne pas confondre personnalité et individu : la personnalité est le point de réfraction de la vérité générale. En quoi se distinguent-ils ? continuait Nikandrov avec fougue. L'individu est une entité distincte. Alors que la personnalité signifie la conscience de ce que « l'on est venu au monde et que l'on disparaîtra ». La tragédie de la personnalité tient à ce qu'une fois formée, elle doit disparaître. Lorsque je meurs, ma personnalité disparaît. Peut-on s'en accommoder ? L'écrivain, s'il est un écrivain-né, est le détenteur d'une justice supérieure. Et quelle justice y a-t-il dans la naissance et la mort ? L'écrivain doit détenir une vérité morale devant laquelle toute force s'avère impuissante. Il vit sous le régime « d'être ou ne pas être ». Dès lors que règne la force, il n'y a plus de place pour la haute moralité. N'est-ce pas la force qui régit aujourd'hui la Russie ?

— À vous entendre, Brioussov, Maïakovski, Essenine, Koustodiev, Pasternak et Maliavine serviraient donc la force brute qui règne en Russie ?

Nikandrov haussa les épaules :

— Tout véritable écrivain a son Golgotha. La tragédie de l'écrivain russe tient à ce qu'il ne peut être écrivain qu'en Russie. À l'intérieur. Il ne peut être un écrivain de l'extérieur précisément parce qu'en Russie accéder aux gens lui est très difficile. D'où, peut-être, ce paradoxe : l'écrivain russe ne peut écrire sans penser aux gens qui l'entourent, mais en même temps il ne parvient pas à les atteindre. C'est le chemin de croix de la littérature russe. À moins qu'elle soit platement politique comme chez Pissariev. Dans ce cas, elle se réjouit d'être foulée aux pieds. Dès qu'elle connaît une embellie, comme avec Tolstoï, Dostoïevski ou bien Gogol, les manuscrits sont promis aux flammes plongeant leurs auteurs dans l'égarement, ou bien, comme ce fut le cas pour Dostoïevski, dans le malheur perpétuel – l'épilepsie manifeste le gouffre qu'aucune révérence à la politique en place ne peut combler. Situation sans issue. Là est la tragédie de l'écrivain russe. L'écrivain occidental se réalise d'un coup, puis s'étiole ; le malheur chez nous vient de ce qu'il ne peut se réaliser, que la pensée, la foi s'engrangent en lui, jusqu'à la rupture. Pour cette raison il ne peut quitter la Russie : c'est la même tragédie que d'y rester.

Issaïev aimait à converser avec Nikandrov. Il ne l'interrompait pas s'il avait un désaccord : il écoutait en s'efforçant de suivre sa logique car il se trouvait confronté pour la première fois à ce type de conceptions. Son entourage ne comptait que des amis ou des ennemis jurés. Nikandrov s'efforçait d'être au milieu et Issaïev comprenait que s'il le lui disait, leurs conversations prendraient fin. Nikandrov ne pouvait s'ouvrir que lorsqu'il était sûr de la bienveillance de l'interlocuteur.

— Je me suis souvent demandé, dit Vsevolod, pourquoi l'écrit a chez nous un tel pouvoir magique. Pourquoi croit-on si fort en lui et le craint-on autant ?

— Vous le dites fort bien… sourit Nikandrov.

— Voici à peu près ce que je me dis : nous sommes une puissance paysanne, dépourvue de routes, fractionnée en d'immenses espaces. L'écrit réunit une nation faite d'un territoire gigantesque, oui, l'écrit.

— C'est le point essentiel, approuva Nikandrov. Et après ?

— On incrimine la paresse russe. Mais où en est la cause ? Si le moujik ne veut pas aller au champ, il prend sa canne à pêche et va taquiner le goujon. S'il n'a pas envie de poisson ? Il s'en va en forêt bousculer l'ours ; l'ours ne l'amuse pas, il reste à tresser des chaussons pour les vendre au marché. Et si rien de tout cela ne lui chaut, il file en Sibérie élever des abeilles.

— Le puits n'est tout de même pas sans fond.

— Vrai. C'est bien pourquoi nous aussi avons lancé en Russie une expérience nouvelle. L'idée est de démolir cette magnifique et vénérable institution, mais infiniment rétrograde qu'est la Russie pour lui substituer un système de production mécanisée.

— Cela entraînera la mort de la culture russe telle que nous la connaissons…

— Mais « tout passe, tout change », n'est-ce pas ? La véritable question est plutôt de savoir qui pèsera sur le processus de transformation de la culture. Moi ? Sûrement pas. Vous ? À coup sûr.

— Vous avez fort bien dit que pour souder les gens à travers nos immenses espaces, il n'y eut jamais que l'écrit ou la force brute. C'est de là qu'est né ce grand État. Certes, on peut y bousculer l'ours, y chasser le lièvre ou y vendre des chaussons de tille. Mais comment fondre tout cela dans une même nation ? Il y eut deux réponses. Qui s'excluent l'une l'autre. D'une part, celle d'Ivan le Terrible et de Nicolas Ier : le knout, la baïonnette, la police militaire, la Sibérie. Et ils ont façonné leur Russie. L'autre réponse va de Pouchkine à Dostoïevski, Tolstoï, Tchékhov et Bounine. Eux aussi ont façonné leur Russie. Au fond, les deux ours doivent partager la même tanière, nécessité fait loi.

— Vous et moi réussissons bien à cohabiter dans la même tanière... Vous représentez l'écrit et moi, disons, le knout... ironisa Issaïev.

— L'État et la spiritualité, soupira Nikandrov.

— Nous faisons le pari de sortir le paysan de son izba brinquebalante, d'envoyer son fils à la faculté ouvrière et ensuite à l'université. Il sera un homme éduqué quand nous le renverrons au village.

— Comment ferez-vous dans tout ça pour qu'il continue d'être un homme ?

— Vous trouvez qu'aujourd'hui il est tout à fait un homme ?

— Il n'en a que la potentialité, mais on ne l'a pas tué. Or quand vous l'aurez haché menu, il lui restera deux possibilités : soit devenir un individu civilisé soit une mécanique civilisée.

— Exact. C'est là qu'intervient la chose écrite.

— Pour quoi faire ? fit Nikandrov avec un haussement d'épaules.

— Pour qu'il y ait toujours quelqu'un qui répète inlassablement aux foules qu'elles sont constituées de personnes. Cet homme sera ridicule et on lui lancera des tomates pourries. Même s'ils ne rencontrent que les huées, les hommes tels que lui sont indispensables. Tant qu'il y aura un farceur qui s'obstinera à dire ce qu'est le bien, ce qu'est le mal, que noir n'est pas blanc, et l'inverse non plus, l'homme demeurera un homme !

— C'est beau… Amer aussi… Maxime, vous devriez être écrivain.

— Dites-moi ce qui vous semble rationnel dans ce qui se passe aujourd'hui chez nous.

— Il n'y a, hélas, que des choses inéluctables.

— Je me souviens de vos livres sur Pierre le Grand et Ivan le Terrible. Vous y considériez bien leurs expérimentations avec respect ?

— Facile de juger quand on en a le résultat sous le nez. Le bon sens qu'on a extirpé par le knout des fesses des moujiks est devenu le sens de l'histoire. Il m'aurait été difficile d'écrire ce livre au temps de Pierre le Grand. Ivan le Terrible avait au moins quelques remords, il se repentait de temps à autre, alors que Pierre tuait sans état d'âme, c'était déjà une mentalité nouvelle… On avait en quelque sorte affaire à un programme en soi.

— Et chez son fils, Alexeï[78], y avait-il un programme ? Et chez le prince Kourbski[79] ? questionna Issaïev.

— Le programme de Kourbski, c'est la Russie transformée en amicale de boïards[80], de sujets relativement

78 Tsarevitch Alexeï Ivanovitch, fils aîné d'Ivan le Terrible qui lui fracassa le crâne au cours d'une dispute familiale, en 1581.

79 Prince Kourbski (1528-1583), conseiller et grand général du tsar Ivan le Terrible avant de devenir l'un de ses plus farouches ennemis.

80 Seigneurs formant la couche supérieure de la société féodale du Xème au XVIIème siècles. Ivan le Terrible tenta de limiter leurs immenses prérogatives.

libres, jouissant d'une mobilité horizontale et de droits, à la manière d'une société britannique de type parlementaire. Si la Russie avait alors suivi cette voie, ce n'est point à la gloire d'Ivan le Terrible mais à celle de Kourbski qu'on élèverait des monuments.

— Où Kourbski a-t-il émigré ?

— Dans la Rzeczpospolita[81].

— La Pologne était-elle à l'époque en bons termes avec la Russie ?

— Non.

— Sur quel papier Kourbski imprimait-il alors ses compositions ?

— Sur du papier polonais, naturellement.

— À qui la philosophie de Kourbski était-elle davantage profitable, à la Pologne ou à la Russie ?

— D'accord, mais il n'en pouvait plus de voir couler le sang des innocents ! Tout comme moi aujourd'hui, quatre siècles après.

— Mais le sang en 1905, vous l'avez bien toléré ? s'acharna Issaïev. Les pogroms, les supplices et tout le reste ?

— À l'époque, tout ce que la Russie comptait d'intellectuels progressistes s'insurgeait contre le tsarisme justement pour cette raison.

— Je parle de vous, pas des intellectuels en général.

— Dès lors que je prends parti pour ceux-ci, contre

---

81 Rzeczpospolita Polska, république de Pologne.

ceux-là et inversement, je cesse d'être un écrivain pour devenir un individu impuissant, enlisé dans le courant, dépourvu de repère concret. Toute société doit avoir des balises stables au milieu du chaos. Ceux qui dansent la ronde, à force de tourner, doivent à un moment donné poser le regard sur quelque repère…

— Mais après…

En Europe, l'église et la littérature ont existé séparément, chacune accomplissant sa mission. De là, l'absence de spiritualité de la littérature européenne, d'où son génie pratique, d'où également l'art pour l'art, l'esthétisme et l'avant-gardisme. En Russie, l'Église a toujours été soumise au pouvoir. La littérature de spiritualité représentée par Dostoïevski, Tolstoï ou Gogol étaient l'unique sphère où s'exprimaient le spirituel et le moral. Naturellement, ces constantes peuvent se perdre très facilement. Et disparaître une fois pour toutes. La littérature russe se distingue de l'européenne par cela même : la morale de la spiritualité. Elle est la gardienne des valeurs éternelles. Et vous voulez l'attirer dans la bagarre. C'est d'ailleurs compréhensible : vous avez devant vous une tâche affreusement difficile et vous cherchez de l'aide à tout prix, vous êtes même prêts à exiger d'elle qu'elle serve à la propagande.

On tambourina à la porte :

— Nikandrov, promenade !

Issaïev lui fit un clin d'œil et gloussa :

— Oxygénez-vous bien et sans rancune. On finira après notre discussion.

Logique du geôlier

Après que Neumann fut retourné chez lui, le lundi, les hommes de Roman le prirent en filature nuit et jour. Roman n'excluait pas que Neumann puisse informer son ministre qu'il avait été recruté et, en riposte, inventer un stratagème.

C'est bien ce qu'entendait faire Neumann au début ; sur le chemin de retour vers sa chaumière à travers bois, il riait tout seul de l'insigne bêtise des Rouges. Cependant, plus les détails de l'échange dans la forêt lui revenaient, plus il soupesait sa conversation de la veille avec le ministre, plus il se sentait pris d'un étrange malaise. Il se souvint d'Artur Gross qui, d'un agent naguère plein d'avenir, était devenu un petit employé de bureau. Gross s'était présenté à Neumann avec à peu près la même affaire sur le dos : trois jeunes gaillards l'avaient coincé dans un train et l'avaient forcé à leur donner les détails des actions prévues par la police à la veille du 1er Mai. De retour à Revel, Gross s'était précipité chez Neumann car il comprenait qu'une relation honnête des faits lui ouvrait un vaste champ d'action contre les Rouges. Neumann avait remercié Gross pour son rapport et lui avait donné une prime, mais il s'était longtemps demandé s'il allait le convier ou non à monter une autre opération. Finalement il y avait renoncé, ne sachant pas jusqu'à quel point l'adversaire s'intéressait à Gross. « Et s'ils avaient l'idée de le prendre en otage au moment où il sera au fait du nouveau projet ? À l'évidence, il a peur de mourir, sans quoi il n'aurait révélé aucune information aux Rouges : il aurait préféré se tirer une balle dans la poitrine. »

Lorsqu'il apprit qu'il avait été exclu de la réunion préparatoire chez Neumann, Gross s'était saoulé comme seuls les Estoniens savent le faire, une cuite carabinée suivie d'esclandres. Neumann lui avait fait plusieurs remontrances amicales et avait fini par l'exclure de la police ; ce n'est que six mois plus tard qu'il apprit de la bouche d'un provocateur infiltré chez les Rouges que l'affaire du train était sans rapport avec les festivités du 1er Mai. Gross s'était vanté de nourrir une haine farouche à l'endroit des communistes et les autres avaient décidé de le griller. Il fallait le faire sauter de la police et les communistes s'en chargèrent par l'intermédiaire de Neumann.

« En quoi ai-je la garantie, réfléchissait-il, que le ministre sera plus perspicace que moi ? Après tout, j'ai trouvé plus tard le courage civique d'aller voir Gross et de lui proposer de regagner la police. Ce n'est pas ma faute s'il ne dessaoule pas et est incapable de travailler. Le ministre ne viendra pas me chercher, même si je mène l'affaire Issaïev à bon port. D'ailleurs, dans quelle mesure nous intéresse-t-il cet Issaïev, nous Estoniens ? » Neumann se posait pour la première fois la vraie question. « Ne sommes-nous pas en train de tirer les marrons du feu pour les Allemands ? Mais si je décide de me confier à quelqu'un, les autorités me suspecteront aussitôt d'éprouver de la rancœur, et si on a pu m'offenser, c'est que je suis coupable, faible et borné. Dans les trois cas de figure envisagés, je suis perdant puisque le chef de la police politique n'a pas le droit de prêter flanc à l'humiliation. »

De retour à Revel le lundi matin, Neumann n'était toujours pas parvenu à une décision et continuait à se demander douloureusement s'il pouvait réellement compter sur l'audace et la lucidité du ministre. À deux reprises il avait failli se rendre chez Einbund pour tout lui raconter. Mais sur le point de passer à l'acte, il s'arrêtait : il lui fallait tout reprendre à zéro, réfléchir à ce qu'on lui avait demandé, aux souffrances que lui avait coûtées ce recrutement et envisager l'avantage que pouvait en tirer la police politique.

Il avait échafaudé une version assez habile en misant sur le fait que l'incendie de la maisonnette était à la hauteur du prestige d'un chef de la police, mais à nouveau il renonça.

« Le ministre voudra sans doute que je lui parle d'Issaïev : comment, pourquoi et à travers qui il a été pris. Or ai-je le droit de lui révéler les informations de Nolmar ? L'amitié est une chose, les Allemands sont ce qu'ils sont, mais les élections pointent leur nez et Einbund exigera des preuves, songeait Neumann. Clairement, je dois d'abord aller voir Nolmar et réfléchir avec lui à tous les détails. Même si ce dernier doit utiliser notre conversation pour faire de moi son subalterne. S'il est en train d'obtenir pour ma femme et ma fille un séjour en maison de repos, après pareille conversation, il sera fondé à me donner l'argent et à me laisser débrouiller seul. »

Ainsi passa la journée du lundi. Neumann ne ferma pas l'œil de la nuit. Au petit matin, sur la pointe des pieds il alla jusqu'à l'armoire, se versa un verre de cognac et se recoucha sous la couette tout contre sa femme. La tête sur son épaule chaude, il se rendormit pour une petite demi-heure. Mais le mardi, le ministre dut se rendre d'urgence à Tartu pour célébrer les vingt-cinq ans de carrière du journaliste Ian Tanisson. L'événement devait réunir de nombreux députés, professeurs et rédacteurs de presse, bref des gens dont beaucoup de choses dépendaient désormais en Estonie.

Le mercredi matin, Neumann s'avisa soudain très clairement qu'il avait manqué le coche. Le ministre ne le croirait sûrement plus puisqu'au lieu du lundi matin ou de la nuit du dimanche, il venait seulement le mercredi soir. Il fit donc le mort, en se convainquant tout à fait à son insu que ce qui s'était passé n'était qu'un rêve brutal et sauvage, le fruit de son imagination, et que la vie devait suivre son cours habituel.

Informé par ses agents que Neumann ne s'était pas rendu au ministère ces derniers jours et que la conversation avec le ministre n'avait pu se faire au téléphone, en raison des demoiselles qui tenaient les écouteurs, Roman se rendit au domicile de Neumann, à Nymma, pour le rencontrer. Le quartier avait été bouclé par ses hommes et, à cette heure tardive, il était quasiment désert, de sorte que le risque était calculé. Roman guetta le retour de la voiture du chef de la police et l'interpella au moment où il traversait la cour en direction de la porte.

— Monsieur Neumann, excusez-moi de vous prendre au dépourvu. Auriez-vous un instant ?

Neumann se retourna lentement, posa un regard lourd sur Roman avant de répondre :

— Ce n'est guère l'endroit…

— Nous allons marcher.

— Faisons vite, s'il vous plaît, car je ne me sens pas bien.

— Vous apprêtez-vous à confier le dossier Issaïev à quelqu'un d'autre ?

— Qu'est-ce qui vous le fait penser ?

— Une mauvaise intuition… La cure thermale, le repos prescrit par les médecins… Neumann, vous auriez dû mettre en avant d'autres raisons : une crise cardiaque au bureau, un accident subit, pour le coup vos chefs et moi-même aurions pu y croire. Vos atermoiements sont funestes. Vous pourrez tomber malade quand tout sera fini.

— Je n'ai pas encore eu la possibilité de m'occuper du dossier Issaïev.

— Nous allons vous faciliter la tâche. Prenez cette *papirossa* : l'embout contient un papier de soie pour Issaïev. Ensuite, vous le convoquerez à un interrogatoire et il nous répondra par votre intermédiaire. Au revoir.

Neumann ne quitta pas son bureau de toute la soirée, relisant cent fois le code marqué sur le papier.

« Je dois aller tout de suite chez le ministre, ressassait-il bêtement. Mais il me demandera pourquoi j'ai gardé le silence jusqu'ici, protestait en lui une petite voix alarmée et pitoyable. Je répondrai que j'attendais. Il me demandera alors pourquoi nous n'aurions pas pu attendre ensemble. Il cessera de me croire si je lui avoue tout, même si nous brisons la chaîne qui conduit à la prison. »

Soudain, il fut pris de rage : tout allait cahin-caha et voilà qu'une fatale rencontre dans la forêt l'avait mis au pied du mur, depuis, il n'était plus lui-même, il avait cessé d'être le Neumann d'avant, honnête, exigeant et bon.

La rage qui l'étouffait était vaine : il aimait trop sa femme et ses enfants, sa maisonnette sur le Perel, pour barrer d'un trait l'homme pitoyable qu'il était devenu. Il était trop monomaniaque et prosaïque pour trouver dans cette nouvelle conjoncture la possibilité de se lancer dans une autre activité, sans doute risquée mais à coup sûr prometteuse, qui supposait de nouveaux protecteurs. À dire vrai, il n'était pas aussi juste et intègre qu'il s'était toujours cru. Du reste, il ne se trouvait pas responsable de ce qui lui arrivait et invoquait la fatalité des circonstances ; il n'osait pas non plus incriminer le tchékiste aux cheveux blancs qui avait tout manigancé avec lui dans la forêt car il était intouchable. Mais la rage doit trouver une issue ! Neumann trouva un coupable en la personne du ministre Einbund.

« S'il avait été une personne crédible, un véritable homme politique et non un politicard prêt à trahir pour les intérêts du Parti, il y a longtemps que je serais allé le voir et nous aurions ensemble imaginé une stratégie audacieuse.

Si, à la place de ce fanfaron se trouvait un véritable patriote, je ne souffrirais pas le martyre. »

Neumann se leva de sa chaise et tendit l'oreille. La maison était silencieuse, on entendait juste goutter un robinet et ce bruit l'attendrit brusquement ; il resta longtemps immobile tandis que les larmes lui montaient à la gorge, prêtant l'oreille aux gouttes d'eau, retrouvant les sensations de l'enfance.

Le plan jaillit d'un coup – de la rage, de la compassion pour sa famille, de ses souvenirs d'enfant, en passant par la crainte du ministre et la haine apeurée pour le tchékiste aux cheveux blancs, cause de tout.

« Je lui dirai que lui seul peut faire sortir Issaïev de l'hôpital. Je rédigerai le laissez-passer, je le signerai et le lui remettrai en mains propres. Il se présentera avec ses hommes et je leur ouvrirai. Et c'est moi qui ouvrirai le feu, personnellement. Pourquoi n'avoir pas informé le ministre ? Par crainte d'une fuite probable au sein des rouages de l'administration mettant en péril l'opération. Le ministre passe son temps à exiger de l'argent du gouvernement pour étoffer ses services au lieu de suivre attentivement les affaires au jour le jour. Les vainqueurs ont toujours raison ! En revanche, si vous montrez la moindre faiblesse, vous êtes éliminé. Vive la force d'âme, vive la force ! J'ai mon plan, maintenant il faut dormir et laisser les détails pour demain. Si je réussis, j'aurai la peau du ministre. Et pour la suite, on verra. »

Là-dessus, Neumann s'endormit d'un coup, sans somnifère.

« J'ai eu la connexion », disait Vsevolod dans sa réponse. « J'ai déclaré à Neumann que je ne témoignerais qu'après avoir rencontré Marek Iang, troisième secrétaire à l'ambassade de Pologne. »

En Sibérie

Vladimir Vladimirov obligea Ossip Chelekhes à se rendre aux bureaux de la Tchéka pour que Nina puisse rester deux semaines supplémentaires auprès de lui.

— Son boulot, c'est la contre-révolution, pas la bibliothèque, protestait Chelekhes.

— Ossip, la bibliothèque est plus importante et parfois plus redoutable que le combat contre les ennemis de la révolution. Ce sont les livres…

— En ce moment, les livres comptent pour des prunes : les Blancs massacrent les gens et toi tu viens nous parler de livres !

— As-tu déjà travaillé dans une bibliothèque ?

— Comment aurais-je pu ? J'avais treize ans quand on nous a embarqués avec Fédia, mon frère puîné, dans la campagne d'expropriation, il fallait de l'argent pour la typographie du journal. Puis, je suis passé dans la clandestinité, pas question d'étudier, je distribuais le journal, je le transportais à Prague. Après la révolution, j'ai demandé à entrer dans une grande école communiste et on m'a envoyé suivre des cours à l'université de Tobolsk, mais bientôt les Blancs sont arrivés et on m'a versé dans le contre-espionnage. Et là, tu imagines à quelle bibliothèque j'ai eu droit ! Deux officiers dont l'occupation, à jeun, était de nous briser les os…

— Comment ça ?

— Comment ? Ils nous déshabillaient, nous entravaient les jambes, nous attachaient les mains et nous assénaient des coups de bottes sur la tête. Tu vois, j'ai depuis la gueule de traviole ; après ça, ils nous écartelaient les côtes en nous tirant avec les bras. J'en ai ainsi trois de cassées et quand le temps change, j'ai des douleurs et la peur me reprend…

Chelekhes déboutonna sa tunique et retroussa le pan de sa chemise en toile grossière.

— Non, je t'en prie ! le supplia Vladimirov en fermant les yeux. Ne me montre pas !

— Je leur mets chaque fois mon dos sous le nez, soit quand j'affronte des intellectuels et qu'ils sont plus calés que moi, soit quand les travailleurs commencent à ricaner : regardez bien comment ils discutent, en face ! Ça réussit à tous les coups. Ensuite, ces intellos, ils sont calmés !

— Es-tu sûr que ce soit loyal ?

— Et alors ? Ce sont mes propres blessures que j'exhibe, non ?

— Là n'est pas la question. On doit combattre l'adversaire avec des arguments logiques, dénués d'émotion. Or chez nous, en Russie, la profondeur d'âme importe plus que tout. Pourquoi je dis ça ? Parce qu'Oulianov nous a tracé le programme : il faut étudier, Ossip, étudier !

— Pourquoi appelez-vous Lénine Oulianov ?

— Une habitude, depuis nos années communes d'émigration.

— Attention ! Si tu as quelque chose contre lui, je te flingue et en sus je crache sur ton corps.

— L'as-tu jamais vu ?

— Non.

— Mais d'où te vient cet amour pour lui ?

— Parce qu'il est Lénine, justement.

— L'as-tu lu ?

— Des articles de lui, pour les congrès, j'ai aussi lu *L'État et la révolution* et *Que faire ?*

— Tu n'as pas lu *Matérialisme et empiriocriticisme* ? Ni *La question agraire en Russie au* XIX*ème* *siècle* ?

— Je n'en ai pas encore eu le courage.

Vladimirov lui fit signe de s'approcher. Chelekhes s'avança.

— Honte à toi, lui chuchota le vieil homme. Tu es sans vergogne...

— Je commençais à me dire que tu voulais m'enrôler dans la contre-révolution, ricana Ossip.

— Au milieu d'un débat au sein d'un vaste public, dis-moi comment tu te justifieras si quelqu'un t'objecte : « vous nous déclarez aimer Lénine parce que c'est Lénine. C'est en fait de la religion à rebours, juste la façon qui change » ?

— S'il y a un vaste public de travailleurs, sûr que je ne pourrais pas tirer dans le tas... Seul à seul, je casserais la figure au type... Devant une masse de gens, je dirais : « Espèce de salaud ! Comment peux-tu dégoiser une saloperie pareille ? On voit bien là que tu es un ennemi du peuple ! » Et ça me vaudrait une ovation ! Oui ou non, hein ?

— Non, Vladimirov désapprouva avec la tête. J'aurais répondu autrement. J'aurais dit : « Chers contradicteurs, camarades... »

— En quoi sont-ils « chers » ? Des contre-révolutionnaires ! Il faut les appeler « citoyens » !

— Comme tu voudras. « Citoyens, depuis la Rome antique, quand Spartacus, à la tête des esclaves, a conduit la guerre contre les gros propriétaires de l'orgueilleuse capitale, l'Humanité rêve de liberté. C'est au nom de ce rêve magnifique que les paysans allemands menés par Luther sont allés à la mort. Que le tsar des moujiks, Emelian Pougatchev[82] a mis sa tête sur le billot... Que Radichtchev[83] a pourri au bagne... Qu'ont combattu les héros des États d'Amérique du Nord... Que le fiévreux Robespierre a secoué les fondements du monde féodal... Que les décembristes ont péri sous les balles du tsar ; que Sofia Petrovskaïa, Nikolaï Kibaltchich et Alexandre Oulianov ont attendu le supplice, la tête haute. De ce rêve, un Marx barbu et un Engels solitaire, amoureux

---

82 Cosaque du Don (1742-1775) : prit la tête de l'insurrection paysanne de la basse Volga en 1773.

83 Alexandre Radichtchev (1749-1802), écrivain et philosophe, auteur du « Voyage de Pétersbourg à Moscou », critique impitoyable de l'état de l'empire.

de la mer, ont fait une science. Le monde petit-bourgeois, las de l'indigence de l'esprit et de la stupidité du quotidien, en tapinois, attendait peureusement les changements. Il y a toujours une personnalité qui émerge pour assumer le noble fardeau de la responsabilité : ceci est vrai à tous les niveaux, celui du peuple, de l'État ou des individus. Ainsi, Lénine est arrivé. Au lieu d'en appeler au messie qui devrait apporter la liberté, il a mis en application ces vers de l'Internationale : « Il n'est pas de sauveurs suprêmes, ni Dieu, ni César, ni tribun ! » et il a réveillé le siècle endormi. Dès que la nouvelle société aura recouvré le calme et sera dans l'attente d'un bienfaiteur qui lui offre de nouveaux avantages, elle devra se souvenir des paroles de Lénine : « Tout est désormais dans vos mains, vous répondez de tout ! Nous avons fait l'essentiel et vous avons apporté le droit précieux de ne pas distinguer les hommes à l'aune de leur richesse ou de la couleur de leur peau, mais selon leur rapport à la liberté ! »

Chelekhes écoutait, médusé, comme un gamin, la bouche entrouverte. Quand le vieux se fut tu, il toussota, retrouva son expression sceptique et suspicieuse pour dire :

— C'est vrai, du tout au tout. Mais tu as tort sur un point : on n'a pas le droit de traiter Marx de barbu et Engels de solitaire, ce sont des chefs !

*

Nina était fascinée par la façon de travailler de Vladimirov. Elle restait longtemps à contempler la façon dont il tenait les livres dans ses mains, les feuilletait, caressait et tapotait tendrement la tranche lorsqu'il les rangeait sur l'étagère.

Un soir, tout en feuilletant un volume de son cher Montaigne, il lui dit, pensif :

— Ma petite Nina, le talent est inné, il recèle une part de secret. Pouchkine a écrit ses choses les plus géniales en s'amusant, sans songer un instant qu'elles étaient extraordinaires. Et que dire de Chtchedrine ou des lettres de Tchékhov ? Ce dernier écrivait à ses amis qu'il était en train de travailler sur un texte ennuyeux qui ne vaudrait pas un clou. Il s'agissait de sa nouvelle « Les moujiks ». Comment apprendre à détecter le talent ?

— Il faut inventer des examens, fit Nina. Des débats…

— Ça ne marche pas. Les jeunes, vous cherchez à tout généraliser ; vous allez du général au particulier, alors que je crois plus juste de partir de l'individu, de la loi à la société, et non l'inverse.

Vladimirov alla vers les étagères en tenant des livres dépareillés et en admirant son travail, il s'exclama :

— Nous sommes des champions ! Dans une semaine, nous passerons à l'organisation de l'exposition.

— Je n'aurais jamais pensé que travailler avec les livres soit si intéressant. Une nuit, je me suis réveillée en sursaut : il m'avait semblé que quelqu'un était venu avec un bidon d'essence... J'ai été prise de terreur ! J'ai accouru, mais non, personne ! Je suis restée ici jusqu'au matin, à regarder les livres.

Vladimirov lui caressa la joue et se surprit à penser qu'il avait ce même geste avec son fils Vsevolod. Une alarme soudaine étreignit sa poitrine : où était-il à cette heure ? Que lui était-il arrivé ?

Un bruit de bottes monta de la pièce voisine.

— Nous apporteraient-ils le poêle ? s'exclama Nina en se précipitant vers la porte : dans cette salle aussi, on avait rangé des livres, le plancher avait été lavé et les vitres soigneusement astiquées.

Seulement voilà, on n'apportait aucun poêle : cinq soldats de l'Armée rouge posaient près de la porte des lits en fer.

— Qu'est-ce que ça veut dire ? leur demanda Nina.

— On a un mandat de l'infirmière, répondit un tout jeune soldat en lui tendant une feuille. Tout est légal. Nous resterons ici cinq jours, à dormir et à bouquiner.

Toujours interloquée, Nina leur demanda :

— Vous allez garder la bibliothèque ?

— Qu'y a-t-il diable à garder ici ? s'esclaffa un rouquin coiffé d'un bonnet en peau de mouton. S'il y avait des sabres et du pain, d'accord ! Non, c'est ici et pas ailleurs qu'on va roupiller.

— Non, camarades, répliqua Nina. Vous ne dormirez pas ici.

À peine entré dans la pièce, Vladimirov s'arrêta et fit une proposition :

— Au sous-sol, il y a un local vide, vous pouvez vous y installer en attendant de trouver un logement.

— Merci bien ! Les gens devraient pourrir à la cave pendant que les livres sont dans la salle ? fit le rouquin. Allez les gars, installons-nous…

— Je vous l'interdis ! fit Nina. Je prends votre mandat et je vais vous trouver un bon local.

— Que non ! fit un autre soldat. Celui-ci nous plaît.

— Donnez-moi le mandat ! insista Nina.

— Tu as assez causé avec la fille, dit le plus âgé. Dépose ton barda et fini.

— Qui vous a donné ce mandat ? demanda Vladimirov.

— Quelqu'un ! riposta le rouquin et, bousculant Nina d'un coup d'épaule, il traîna un lit dans l'étroit passage entre deux étagères, à bonne distance de la porte.

Nina agrippa le gars par l'épaule, le tira avec une force disproportionnée avec sa frêle silhouette, le forçant à se tourner vers elle :

— Suffit !

Le soldat posa le lit au sol, l'appuyant contre les livres et, sans un mot, il flanqua une bourrade à la jeune fille. Elle tomba. La scène ne dura qu'un instant.

Vladimirov leva sa canne et frappa le rouquin au cou.

— Petite crapule, voyou ! criait-il. –Comment oses-tu ?

Soudain, il eut l'air terrible : la moustache hérissée, les

sourcils en bataille, une bave blanche au coin de la bouche.

Nina se précipita vers lui, le serra dans ses bras et tenta de le calmer. Livide, Vladimirov s'affaissa au sol, le souffle court.

Retrouvant ses esprits, le rouquin saisit sa mitraillette et commença à lâcher la culasse. Le jeune soldat la lui arracha des mains et se figea près de la porte : personne n'avait encore tout à fait réalisé ce qui se passait.

— Crapules, vous déshonorez une grande cause, dit doucement Vladimirov que Nina continuait d'enlacer. Avec vos armes, vous devriez protéger les livres, mais non, vous rigolez et vous frappez une jeune fille. Attendez que je me lève et que j'arrache vos brassards, votre conduite fait honte à la couleur rouge !

— Tu te bats à coups de canne, salaud ! Je ne suis pas ton esclave, espèce de bourgeois bon à zigouiller ! criait le rouquin d'une petite voix indignée.

— Le bourgeois, c'est toi, s'exclama Nina, maudit rouquin !

Elle se tourna vers les autres soldats :

— Amenez-le donc pour qu'on ne l'entende plus. Nous allons de ce pas à la Tchéka et nous saurons qui vous êtes...

— Y sont cinglés, fit le soldat plus âgé. Tirons-nous, les potes, sinon le vieux va encore s'énerver et péter les plombs.

Nina courut dans l'autre pièce. Un instant après, elle était revenue, le blouson sur les épaules, le colt à la main.

— Les fusils contre le mur, les récalcitrants sont avertis : je tire sans sommation !

— T'es folle ou quoi ? demanda doucement le plus jeune. Qu'est-ce qui te prend ?

— Vous, petit père, fit-elle signe au plus âgé des soldats, approchez-vous et montrez-moi le mandat : je travaille à la section sibérienne de la Tchéka.

— Ma fille, fit le soldat, excuse-le, il est idiot… Si on avait su !

— Si vous aviez su, vous auriez eu la frousse, c'est ça ? Allez, tous à la Tchéka ! Laissez vos armes ici ! Vladimir, je reviens dans une minute.

— Ma petite Nina, il ne faut pas, supplia Vladimirov en se relevant avec peine. Ce n'est pas leur faute… c'est leur disgrâce. Moi aussi j'ai eu tort…

Il regarda le rouquin en soupirant :

— Je vous prie de m'excuser, camarades !

Nina éclata en sanglots. Le pistolet tremblait dans sa main, elle pleurait comme une enfant qui connait un gros chagrin, à chaudes larmes.

Vladimirov lui souffla :

— Ce n'est rien, petite Nina…

Il s'adressa aux soldats :

— Camarades, nous dirons qu'il ne s'est rien passé. Allez chercher un autre local, Nina va vous aider à trouver un bon logement, libre d'occupants.

— On pourra les loger en prison, fit Nina qui, soudain, passa des larmes au rire.

Le jeune soldat fut aussi pris d'un fou rire, Vladimirov

après lui et le soldat plus âgé à leur suite. Ils étaient là, à rire en se regardant.

*

« Moscou, à Boki et Kedrov.

Par le canal de ses gens, "Viktor" est parvenu jusqu'à un camarade du ministère des Affaires étrangères, un certain E.Tanneberk, directeur du département Europe. Celui-ci s'est entretenu à deux reprises avec le ministre Piits au sujet de l'arrestation d'Issaïev. Le ministre avait déjà été informé et, en présence de Tanneberk, il a appelé au téléphone Einbund, le ministre de l'Intérieur. Au même moment, Marek Iang, un Polonais qui travaille à l'ambassade a réussi à transmettre au ministère des Affaires étrangères les données relatives à Issaïev. De notre côté, en utilisant nos moyens, nous avons débusqué dans l'entourage d'Einbund, Gavrilov et Chostak, deux courtiers importants qui ont des connexions à Londres. Comme ils sont Russes, sans liens avec les extrémistes monarchistes et détenteurs d'une réelle puissance financière, on les écoute. Ce matin, les agents de filature ont établi que le ministre Eïnbund a convoqué Neumann à une heure intempestive. On peut supposer que l'entrevue a un rapport avec l'affaire Issaïev. J'ai prévu de rencontrer Neumann ce soir.

Roman »

À Revel

Neumann fit arrêter la voiture deux maisons avant la sienne.

— Rentrez donc à la maison, dit-il au chauffeur, je vais faire quelques pas.

Il savait que ce soir-là, il serait attendu, et il ne s'était pas trompé : près du portillon se tenait l'homme aux cheveux blancs.

Dès le matin, il l'avait deviné, lorsque le ministre lui avait demandé l'attestation de détention d'Issaïev. « Les Français le présentent comme leur ami et disent que c'est un homme tout à fait charmant, expliqua Eïnbund. Aussi ai-je fait une réponse évasive et n'ai-je donné aucun détail précis. »

— Vous voyez comme je suis prudent, dit Neumann à Roman. Si j'avais mené un double jeu, on aurait pu vous arrêter ici même.

— Mieux vaut attendre demain, répliqua Roman. Alors, quoi de neuf ?

— Vous voulez savoir comment fonctionne notre organisation ? Mais correctement, tout donne à croire que les éléments sont fiables. Votre statut en Estonie est-il solide ? Est-il légal ?

— Tout à fait.

— Vous n'êtes pas filé ?

— Vous le savez mieux que moi. Vous n'avez juqu'ici reçu aucun signalement sur ma personne ?

— Non, pas pour le moment.

— Que comptez-vous dire à Eïnbund à propos d'Issaïev ?

— Que me suggérez-vous ?

— C'est Nolmar qui vous l'a donné ?

— Admettons.

— Vous répondez à côté. C'est Nolmar, oui ou non ?

— Oui, c'est lui.

— Vous avez des obligations vis-à-vis de lui ?

— Vous voulez dire des obligations comme celles que nous avons ensemble ? Non. Il a beaucoup d'amis dans la police, c'est compréhensible puisque les Allemands ont ici des intérêts de longue date. Après que mes hommes ont arrêté Issaïev, il m'a assuré qu'il me transmettait un agent de premier plan du Komintern et de la Tchéka.

— Quelle preuve vous a-t-il fournie ?

— Il a vu Issaïev en compagnie de Chorokhov. Il a fait le rapprochement avec les organisations auxquelles on s'intéresse à Revel et l'argument n'était pas négligeable.

— C'est tout ?

— Il pensait que les preuves me viendraient d'elles-mêmes après l'arrestation d'Issaïev. Il était sûr qu'on allait se battre pour lui. Il avait prévu que vous vous manifesteriez - petit rire de Neumann - mais pas dans la forêt.

— Il calcule bien.

— Nolmar est un espion de grand talent. Pour le moment, il cherche surtout à m'effrayer.

— Pourquoi ne pas écrire au ministre ce que vous pensez de l'affaire ?

— Écrire quoi ?

— Que vous exigez une liberté d'action puisque l'arrestation d'Issaïev s'est faite à l'initiative des Allemands qui, ultérieurement peuvent vous entraîner dans un conflit avec la France, l'Angleterre ou la Russie. Donnez au ministre quelques noms de collègues qui travaillent ouvertement pour les Allemands.

— Qu'ai-je à gagner à entamer une campagne anti-allemande ?

— Pourquoi devez-vous la désigner ainsi ? Parlez de campagne pro-estonienne.

— Vous comprenez bien que cela va me compliquer la vie ?

— Bien sûr. Mais vous prenez plus de risques en observant le statu quo. De fait, vous vous insurgez contre les étrangers qui cherchent à brouiller l'Estonie avec ses voisins.

— Les avantages ?

— J'en vois beaucoup… Réfléchissez encore à ce que peut vous faire Nolmar.

— S'il nous voit ensemble et apprend qui vous êtes, il me coincera. Et sérieusement.

— Mes hommes nous entourent. À l'avenir nous utiliserons une boîte aux lettres et déciderons un code.

— L'expérience montre que ça foire toujours. Il faut trouver autre chose.

— D'accord.

— Comment nous rencontrer demain ?

— Voici l'adresse : commandez un costume chez ce tailleur. Nous nous retrouverons entre quatorze et quinze heures.

— Entendu.

— Il n'y aura pas d'accident avec Issaïev si quelqu'un apprend chez vous qu'on va le libérer ?

— Je n'en sais rien. C'est pourquoi je me demande s'il ne vaut pas mieux opérer discrètement, sans publicité excessive.

— Je suis d'accord. Je crains seulement que le ministre n'exige des sanctions contre ceux qui l'ont arrêté.

— Je ne suis pas tenu de savoir les dessous de chaque arrestation…

— Le ministre, lui, n'est pas tenu de le savoir, mais vous, si, selon lui. Parlons franchement : pourquoi avoir pris sur vous cette affaire ? Vous pensiez pouvoir démanteler tout le réseau à travers Issaïev, n'est-ce pas ? Maintenant, il vous faut le payer. Il vous reste à vous en mordre les doigts. Il ne faut pas compter, selon moi, que tout se passe sans vagues : vous aurez à affronter Nolmar.

Roman n'avait pas dévié de sa ligne de conduite : la libération d'Issaïev portait un coup à l'ensemble du réseau de Nolmar en Estonie qui présentait un vrai danger. Il visait présentement deux cibles, l'occasion réelle lui étant offerte d'abattre les deux cibles à la fois.

— S'imposer en tant que personnalité ne peut se faire sans prise de risque, cher ami. Vous êtes entraîné dans un imbroglio complexe, mais vous ne devez pas vous montrer trop timoré. Après deux ou trois interrogatoires d'Issaïev, convoquez ceux qui ont préparé les éléments d'accusation – des gens de Nolmar – et exigez qu'on vous apporte immédiatement des preuves. Ils se précipiteront chez Nolmar et vos flics les suivront.

— Parmi mes flics, il y a des gens de Nolmar.

— Adressez-vous au ministre de la Défense : faire cause commune avec vous lui sera profitable, que le contre-espionnage militaire donne un coup de mains.

À Moscou

« *Autoriser la sortie du prisonnier Prokhorov encadré par une équipe opérationnelle dirigée par V. Boudnikov pour le conduire rue Merzliakovski où il sera confronté à Gazarian.*

G. Boki »

*

« *En sortant de la rue Merzliakovski, Gazarian a inspecté plusieurs fois les alentours et, comme il n'a rien vu de suspect, il s'est dirigé vers le n°4 de la rue Povarski. L'appartement n°9 est occupé par plusieurs locataires. Pour Ivlev, un coup de sonnette ; pour les Anikeev, deux coups ; pour Lovitchev, trois coups ; pour Chelekhes, quatre coups et pour Firssanov, cinq coups. Il n'y est pas resté plus d'une demi-heure (ma montre étant cassée, je ne sais pas exactement combien de temps, et mes assistants, eux, n'en ont pas. Efroimson*[84], *du service de la gestion économique, ne leur en a toujours pas donné, alors qu'il en a reçu personnellement l'ordre de Boudnikov). De là, Gazarian est rentré chez lui. Lorsqu'il est sorti, j'ai décidé de le faire filer par deux agents, tandis que les autres devaient rester sous ma direction à surveiller l'appartement du n°4 de la rue Povarski. Peu après le départ de Gazarian est sortie une vieille que nous avons suivie jusqu'à l'église Boris et Gleb où elle a dit ses prières et, sans parler à personne, elle est retournée à la maison. Comme elle a donné deux coups de sonnette, on peut en déduire qu'elle est de la famille Anikeev. Un enfant de sexe féminin, dans les sept ans, est ensuite sorti, il a joué dans la cour à la marelle et n'a eu aucun contact avec des adultes. Après lui, est sorti un homme chauve vêtu d'un bon costume gris et chaussé de souliers avec un laçage montant, portant un petit colis. Nous l'avons suivi jusqu'au Kremlin. À la porte Borovitski, il a pris un laissez-passer au nom de Chelekhes Iakov. J'ai eu ces infos auprès de Gueogui Evssioukov qui travaillait autrefois à la Tchéka de Moscou et qui est affecté maintenant au bureau des laissez-passer du Kremlin. Malgré qu'on soit amis, Evssioukov ne nous a pas laissés entrer au Kremlin pour suivre le citoyen chauve et vérifier son identité professionnelle. Quand, après notre coup de fil au service, il a reçu l'ordre de nous laisser passer, on n'a pas pu*

---

84 Fusillé en 1937.

retrouver le type chauve. On ne l'a récupéré qu'une demi-heure plus tard alors qu'il sortait du Kremlin sans son colis et se rendait au n°2 de la rue Skatertni, sonnait à la porte de l'appartement n°6 où habitent deux familles, les Chabaïev et les Pojamtchi. Il s'y trouve en ce moment. Comme je juge nécessaire de continuer à surveiller le chauve, Chabaïev et Pojamtchi, ainsi que Gazarian, je n'ai pas assez d'agents et je vous prie de mettre un autre groupe à ma disposition.

Gorkov[85] »

*

— Pourquoi devrais-je leur donner mes pierres ?

Nikolaï Pojamtchi haussait les épaules. Il versa à Chelekhes le fond de la théière :

— Le thé n'est pas trop fort ?

— Mais je ne peux pas être seul à tout lui donner, s'irritait Chelekhes. Allez-y, le thé fort ne me fait pas peur. Pourquoi ce devrait être moi seul ? Au bout du compte, vous n'êtes pas moins concerné que moi par Gazarian.

— Ne vous fâchez pas, Chelekhes. C'est une histoire tout à fait idiote. Pourquoi devrions-nous couvrir cette pipelette de la section qui gère l'or, hein ? Il a foiré, qu'il rende son or.

— Celui qui est à la tête de l'opération exige des pierres. Là-haut aussi on s'est avisé que l'or, ça pèse lourd, alors

85 Fusillé en 1939. *Note de l'auteur.*

que les pierres sont légères et peu encombrantes. Et puis Gazarian nous sert de couverture.

— Qui a coincé Gazarian ?

— Le père du jeune Bielov. Il a été réquisitionné comme tenancier. Il n'a rien à perdre. C'est son fils qui fournissait à Gazarian de grandes quantités d'or. Du coup, le papa a posé ses conditions : vous sauvez mon fils ou je vous dénonce.

Depuis, Gazarian se fait du mouron.

— Écoutez-moi, proposa Pojamtchi, songeur. S'il en est ainsi, pourquoi diable devrions-nous jouer le rôle de gentils mécènes ? On joue donnant-donnant, il nous ramène l'or et on lui file des éclats de diamants, ou des diamants de petite taille… Sont-ils seulement capables de faire la différence ? À leurs yeux, c'est la quantité qui compte…

— Bien vu. Je vous mets en contact avec Gazarian.

— Pourquoi ? Mieux vaut rester à distance. Dites-lui plutôt que c'est ce rapiat de Pojamtchi qui veut de l'or. Mettez tout sur mon dos, de toute façon il n'a pas les dents assez longues pour mordre un Pojamtchi…

— On dit plutôt : il n'a pas le bras assez long, rectifia Chelekhes.

— Quel type d'or lui demander ? Sous quelle forme pour le transport ?

— Des objets de petite taille : des bagues, des pièces, des porte-cigarettes…

Ils étaient passés à une conversation apaisée, attentifs l'un à l'autre. Ils avaient de bonnes raisons pour cela :

Pojamtchi avait été convoqué au ministère du Commerce extérieur où l'on avait fait des photos d'identité pour son passeport. De surcroît, on l'avait informé qu'il devait se tenir prêt pour un prochain départ à l'étranger. « Une semaine avant, on vous présentera les camarades qui vous accompagneront. En attendant, établissez la liste des joyaux qui, selon vous, s'écouleront facilement sur le marché international », lui avait-on précisé.

De son côté, voyant dans l'échec de Bielov le signe avant-coureur d'une série possible d'autres déboires, Chelekhes venait d'apporter un petit colis à Kozlovskaïa, domiciliée au Kremlin.

— Voici un petit cadeau pour le cousin, lui dit-il en s'apprêtant à ouvrir le colis : deux matriochkas de Khokhloma. Le cousin nous envoie des provisions et je n'ai rien à lui offrir en retour… Prenez la peine de regarder, camarade Kozlovskaïa…

La femme l'interrompit :

— Allons donc, camarade, je suis votre collègue de travail, pas le service des douanes. Vous avez marqué l'adresse ?

— Ici, dans l'enveloppe, il y a une petite lettre et le téléphone. Votre sœur appellera Auguste, au 84-23…

Dans les deux poupées de bois, on avait creusé une cavité où Chelekhes avait dissimulé vingt diamants, des gemmes les plus rares dont la valeur atteignait les deux millions de roubles-or.

Le plan à long terme que poursuivait Chelekhes différait de celui qu'avait mitonné Pojamtchi pour lui-même. Le premier comptait sur un bon de congé dans un pays balte. Pour ce faire, il était allé à l'hôpital à plusieurs reprises en alléguant des douleurs du côté du cœur. Il estimait à juste titre que le glorieux passé de son défunt frère, ancien secrétaire du Parti pour la région de Koursk, ainsi que le statut de ses deux autres frères l'aideraient à obtenir l'autorisation de sortie. Pojamtchi, lui, détestait sa femme, et ne se préoccupait donc pas du sort de sa famille. En revanche, pour Iakov Chelekhes, la question de savoir comment emmener sa famille était essentielle. Il pensait se rendre seul à Revel et, une fois là-bas, trouver un docteur de confiance pour envoyer un télégramme à Moscou réclamant la venue immédiate des siens, en raison de l'état de santé alarmant du malade. Il envisageait même d'obtenir un certificat de décès avant de disparaître carrément dans la nature. Iakov Chelekhes passerait de vie à trépas ! Au cas où son épouse et sa fille décideraient de rester à Revel pour entretenir sa tombe, cela n'aurait aucune conséquence fâcheuse pour ses frères au service de la dictature du prolétariat. Il avait réfléchi, semble-t-il, aux moindres détails. Il avait prévu de trouver à Revel un homme prêt à conclure un mariage fictif avec sa fille, ce qui serait un argument de poids pour ses frères, au cas où quelqu'un viendrait fouiner dans les aléas de la famille de leur « frère défunt ».

Lorsqu'il eut fini de remuer le sucre dans son verre à thé, Chelekhes lorgna Pojamtchi et tous deux éclatèrent de rire en même temps, de concert, comme si chacun lisait dans les pensées secrètes de l'autre.

— Quand y aura-t-il lieu de commencer à se méfier ? demanda Pojamtchi. Vous m'avertirez ?

— Je suis sûr que vous me devancerez de trois petites semaines…

Pojamtchi avait calculé large : s'il réussissait à partir dans deux semaines, il avertirait Chelekhes deux ou trois jours avant. Chelekhes, lui, comptait avertir Pojamtchi une semaine avant.

— Que fait-on de l'or de Gazarian ? demanda Chelekhes en finissant sa tasse. Garder de l'or ne me dit rien.

— À moi non plus. On peut l'écouler chez le vieux Kropotov.

— Il propose des marks et des francs. Deux monnaies chancelantes.

— On demandera des dollars.

— Kropotov n'est pas idiot, soupira Chelekhes.

— Les affaires ne vont pas fort en ce moment, il sera d'accord. Il nous volera au passage, c'est vrai, un joli pactole.

— On s'en remettra, Nikolaï… Sur ce, je vous salue !

— Je vous salue, Iakov. Mes hommages à votre épouse et à votre fille.

*

« En sortant de l'appartement où sont domiciliés Pojamtchi et Chabaïev, le chauve s'est dirigé vers l'immeuble de Kropotov où il est resté vingt-sept minutes (le nouvel agent qu'on nous a envoyé, a une montre, je vous donne donc l'heure exacte), après quoi, il est rentré chez lui. Quarante minutes après, Kropotov est sorti de l'immeuble et a pris la direction de la Place Teatralnaïa, où il a retrouvé Gazarian qui lui a remis une petite valise.

Gorkov »

*

— La question qui me préoccupe le plus, camarade Boki, c'est de savoir où est passé le colis que transportait Chelekhes. Ce colis n'est pas sorti du Kremlin, commentait Boudnikov.

Gleb Boki se leva de sa table, se frotta le dos contre l'angle de la grande armoire – son dos s'ankylosait de plus en plus souvent et sa jambe gauche s'engourdissait. Il posa une question :

— Qui a sollicité son laissez-passer ?

— Le nom n'est pas indiqué.

— Ça vaut le peloton. Faites savoir au commandant que le planton doit être convoqué au tribunal pour fainéantise...

— Il faut les attraper tous ensemble. La boucle se referme : Bielov, Prokhorov, Gazarian, Chelekhes, Pojamtchi, Kropotov.

— Et après ? Où nous conduira Kropotov ? Qui Chelekhes a-t-il été voir au Kremlin ? Où est passé le colis ? Non, ce serait prématuré. Désormais il faut ouvrir grand les yeux et ne pas précipiter les événements.

Dzerjinski écoutait Gleb Boki très attentivement. Puis il fit quelques pas jusqu'à la grande fenêtre à l'italienne et regarda longtemps la place qui résonnait du crissement des tramways, des cris des cochers et des éclats de voix des petits vendeurs de journaux.

— Vous avez tort de broyer du noir, Gleb, fit-il enfin. Que vous gardiez pour vous ce que vous avez découvert est naturel. Tâchez toujours de suivre la genèse des événements. J'ai demandé à Messing d'établir la fiche de chacun des participants. Le tableau est instructif. Les parents de Chelekhes possédaient un minuscule négoce de voiturage en Volynie. La zone de résidence des Juifs, la misère noire : on ne saurait imaginer pire. Le père de Pojamtchi était concierge chez des aristocrates qui lui donnaient un rouble le dimanche et auxquels il baisait la main ; il en avait appris le rituel à son fils. Kropotov est, lui, fils de serf. Il a aujourd'hui soixante-dix ans et a donc reçu le fouet des mains du seigneur dans l'écurie et il a pu voir son père et sa mère se faire fouetter. Rien que cela. Gazarian, lui, est le fils d'un cocher de Tiflis. Le père de Prokhorov a commencé sa vie comme laquais, contraint d'obéir au doigt et à l'œil. Son fils l'a aidé jusqu'à ses treize ans. Mais Prokhorov, c'est un chapitre à part sur lequel nous reviendrons. La misère ne s'oublie jamais, cela est encore plus vrai des gens qui n'ont pas le sens de l'intérêt général et qui se sont hissés jusqu'à la classe moyenne et jouissent d'une certaine aisance à force de travail et de roublardise. Un écrivain m'a dit un jour que je ne pouvais m'imaginer ce que signifiait trimballer chaque jour des oreillers au marché ! Sachez, Gleb, que cette remarque est pour moi la clef de beaucoup d'aberrations humaines. Tant qu'existera la misère, les gens qui en sont sortis feront tout ce qu'ils pourront pour s'enrichir, pour épargner à leurs enfants et à eux-mêmes de vivre l'horreur de leur enfance, gravée à jamais dans leur mémoire. Les souvenirs les plus tenaces ne sont-ils pas ceux qui remontent à l'enfance, pas vrai ?

— Non, objecta Boki. Ce sont ceux du bagne.

— Jamais de la vie, se renfrogna Dzerjinski. Dites-moi ce qui vous est le plus cher : le visage de votre père, le pré que vous avez vu pour la première fois ; les masques du Carnaval ; le chagrin de votre mère lorsqu'elle n'avait rien à vous donner à manger ou la gueule du flic qui surveillait votre cellule ? N'ai-je pas raison ? Vous voyez comme je suis pugnace pour discuter... Vous capitulez ?

— Bon, je me rends, sourit Boki.

— Dans ce cas, écoutez-moi encore... La peur de tomber dans la misère peut pousser les individus aux actes les plus nobles comme aux actes les plus vils. Là est la clef de nos terreurs.

— Dans ce cas, il faut interroger Lombroso pour qui il y a des criminels-nés.

— L'homme, l'individu, comme il vous plaira de le désigner, ne vit pas dans le vide. Notre tâche essentielle est d'extirper le petit-bourgeois envieux qui regarde par le trou de la serrure, de promouvoir des gens nouveaux jusqu'à l'orée de la révolution scientifique. Puisque tu es instruit, doué et bosseur, tous les rêves sont permis ! Gleb, c'est triste à dire, nous aurons beau punir, nous n'extirperons pas les plaies de la misère : seul le temps en aura raison. Pourquoi donc Lénine ne se lasse-t-il pas de répéter qu'il faut « étudier, étudier et encore étudier » ? D'où vient son attitude bienveillante à l'endroit de Ramzine[86], de Graftio[87] ou de Pavlov[88] ? Croyez-vous qu'ils disent du bien de nous ? J'ai l'impression qu'ils craignent plus la Tchéka que l'impression qu'ils laisseront à la postérité. Or ils sont loin d'être d'accord avec tout… Pourquoi donc Lénine se met-il

86 Leonid Ramzine (1887-1948) fondateur de l'école de thermodynamique russe, inventeur de la « chaudière Ramzine », membre du Gosplan, impliqué dans le procès du « parti industriel » en 1930, condamné à mort puis gracié, réhabilité en 1936, prix Staline en 1943.

87 Guenrikh Graftio (1869-1949), professeur, spécialiste de l'électrification des chemins de fer, constructeur des premières centrales électriques.

88 Ivan Pavlov (1849-1936), médecin physiologiste, spécialiste du système nerveux, prix Nobel en 1904. Directeur de l'institut de physiologie soviétique.

en quatre pour eux ? Réfléchissez-y ! Parce que la science à elle seule produit une nouvelle génération d'individus de qualité supérieure.

— En vous écoutant, j'ai bien envie de laisser aller les Pojamtchi et les Chelekhes au diable vauvert.

— Non, Gleb, ils volent les diamants que nous échangeons avec l'Occident contre des matériaux pour construire les centrales électriques. La dialectique est une chose implacable qui ne tolère aucune ambiguïté, aucune incartade... Si nous voulons que notre pays soit un État de haute technicité, il nous faut fusiller sans état d'âme tous ceux pour qui la peur de perdre leur petit confort passe avant le rêve collectif, même si c'est humainement compréhensible.

— Quand m'autoriserez-vous à vous exposer notre plan concernant le Gokhran ? demanda Boki.

— Je vous ai ôté vos doutes ? Alors, prenez place, Iourovski doit nous rejoindre d'une minute à l'autre, nous l'associerons à la discussion.

Iakov Iourovski était grand, costaud et avait cette beauté saisissante des gens du sud. Même en hiver, son visage gardait un léger hâle.

— Asseyez-vous, camarade Iourovski, lui dit Felix Dzerjinski. Nous vous avons convié pour une affaire extrêmement désagréable et, en conséquence, d'une gravité exceptionnelle.

Iourovski écoutait Boki, la tête lourdement inclinée, la mâchoire inférieure avancée. De temps à autre, il traçait quelques mots sur sa boîte de *papirossy*. Dzerjinski nota au passage qu'il comprenait bien de quoi il retournait.

— C'est plus facile avec Pojamtchi, fit-il quand Boki eut fini. Il faut le convoquer au ministère du Commerce extérieur et lui annoncer qu'il doit partir le lendemain. Il fera venir nos gens dans son repaire si celui-ci est ailleurs qu'à son domicile. Quant à Chelekhes… À mon avis, cela vaudrait la peine de me faire entrer incognito au Gokhran…

Dzerjinski secoua la tête :

— Ils ont là-bas leur contre-espionnage. On vous connaît, vous ne passerez pas inaperçu. Mieux vaut vous faire venir officiellement, au titre d'inspecteur du Comité central. Vous devrez jouer au benêt qui donne des conseils mais n'y voit que du feu. Vous les pincerez sur des détails. L'important pour nous est de savoir comment les vols sont organisés, puisque, jusqu'ici, les inspections n'ont rien donné. Il faut voir les choses à plus long terme : mieux vaut frapper une bonne fois pour toutes plutôt que de barbouiller indéfiniment la nappe blanche de crème.

— Certes, ce serait formidable si l'on pouvait prendre conseil auprès d'un expert joaillier, fit remarquer Iourovski. Ce genre d'affaires devient plus clair pour moi dans le cadre d'un échange concret. Probable qu'on ne trouve plus aujourd'hui ce genre de joailler honnête. Parmi les gens de la profession, il n'y a personne à qui se fier.

— En effet, approuva Boki.

— Comment ça, personne ? s'enquit Dzerjinski.

— Non, personne, s'entêta Boki. Moi, en tout cas, je n'ai personne à recommander.

— Je vous en prie, ne dites pas « personne », objecta Dzerjinski sur un ton courroucé. Ce n'est jamais vrai qu'il n'y ait personne à qui se fier. Vous devez partir du postulat qu'il faut faire confiance à tout le monde. Nous avons vous et moi la tâche de prouver qu'on peut faire confiance à ceux-ci et pas à ceux-là… « Personne », dit-il avec colère, c'est le signe qu'on souffre de persécution, Gleb.

— Camarade Dzerjinski, demanda Iourovski, ce Chelekhes n'est-il pas apparenté à notre Fiodor Chelekhes ?

— C'est son frère. Et ma confiance en Fiodor est intacte, répondit Dzerjinski.

— Où est-il en ce moment ? Il y a des années que je ne l'ai pas vu.

Boki scrutait le visage de Dzerjinski qui répondit à Iourovski :

— En ce moment, Fiodor Chelekhes est notre résident à Revel.

*

« D'après nos informations, à 21h54, Kropotov a téléphoné à Kotchar, secrétaire à la mission polonaise, et a convenu d'un rendez-vous près de l'ancien « Iara ». La rencontre est fixée à demain, 9h du matin.

Oskoltsev »

Tu es prêt, agis donc !

Au coup de sonnette tardif, Pojamtchi se précipita lui-même vers la porte car son épouse s'était couchée.

— Qui est-ce ?

— C'est moi.

La voix lui était connue, même s'il ne pouvait lui attribuer un nom précis, et il ouvrit. Vorontsov donna un coup d'épaule, la porte s'entrouvrit et, en effleurant la main de Pojamtchi, il fit un signe de tête en direction du couloir obscur. La peur au ventre, Pojamtchi retourna dans la pièce :

— Liza, nous avons une visite ! dit-il à sa femme.

— Excusez cette visite tardive, souffla Vorontsov avec un sourire amène, mais j'ai un problème urgent.

— Attendez dans le couloir, je me lève et vous prépare le thé, fit l'épouse.

— Je vous en prie, ne vous dérangez pas, nous avons juste deux mots à nous dire.

Vorontsov avait pu s'apercevoir qu'en fréquentant les bandits, il s'était mis à s'exprimer grossièrement, avec vulgarité et en avalant les mots. Il attira Pojamtchi vers les fenêtres donnant sur la rue Pojarskaïa plongée dans le noir et lui dit à voix basse :

— Je comprends, ma visite ne vous réjouit pas, mais c'est comme ça. J'ai une demande concrète à vous faire, elle est facilement réalisable : j'ai besoin du plan des locaux du Gokhran, de savoir où sont les coffres ; où sont postés les gardiens à l'intérieur, s'il y en a ; j'ai besoin du double des clefs, du moins de celles que l'on peut se procurer ; de la liste des armes mises à la disposition des concierges, du panneau de signalisation secrète indiquant le circuit électrique, où conduisent les… bref, vous comprenez de quoi il s'agit.

— Difficile de ne pas comprendre…

La sensation de vide lancinant qui lui étreignait les tripes s'estompa, ses mains se réchauffèrent et ses genoux cessèrent de trembler. Sa pensée était redevenue claire et fluide comme il en allait toujours chaque fois que Pojamtchi se trouvait confronté à un danger extrême.

« Le cambriolage me servira : on mettra les objets manquants sur le compte des vols, songeait Pojamtchi en boutonnant son pyjama. Et s'il se casse le nez et est tué, c'est également bon pour moi, toute trace aura disparu. Espérons juste que l'opération coïncide avec le moment où je passerai la frontière. Il n'y a guère à attendre. Reste à savoir ce qui est le plus avantageux : qu'on le bute, et il faudra écrire une dénonciation, ou qu'il réussisse ? »

— Bien, murmura-t-il… Ce ne sera pas facile et les risques sont grands, Viktor.

— Appelez-moi désormais Dimitri. D'ailleurs, oubliez mon nom, c'est dans votre intérêt.

— Je vois, Dimitri, je vois, cher ami…

Vorontsov le remit à nouveau à sa place :

— Je ne suis pas votre « cher ami », cessez de minauder et dites le fond de votre pensée si vous avez des doutes sur mon plan.

— Je remplirai votre demande.

— Jusqu'où ? Vous vous procurerez les clefs ?

— Je ferai de mon mieux. J'essaierai de faire un double.

— Quand ?

— Une petite semaine suffira.

— Vous avez un panneau de signalisation ?

— Il ne me semble pas.

— Des gardiens postés à l'intérieur ?

Vorontsov listait rapidement les questions, avec autorité, exigeant de Pojamtchi des réponses précises et rapides. Il clignait des yeux ; à leur éclat d'acier, implacable, Pojamtchi était incapable de résister, et il songea avec amertume : « Voilà ce qu'est d'avoir le sang bleu ! Moi, je sors de la fange et j'y disparaîtrai. »

— Non. Je ne crois pas, je n'y suis jamais allé la nuit…

— Vous ne croyez pas ou il n'y en a pas ?

— Je dirais plutôt non. La nuit, aucune fenêtre n'est éclairée.

— Ça, je le sais. Vous pouvez me dessiner le plan ?

— Lequel ?

— De l'endroit où se trouvent les coffres ?

— Certainement.

— Combien y a-t-il de clefs ?

— Il y a douze coffres et treize armoires ignifuges.

— Vous pouvez indiquer leurs contenus ?

— Les pierres y sont stockées.

— Je me doute bien qu'on n'y a pas mis des crottes de bique. Où se trouvent les diamants, les émeraudes ? Quel est le coffre le plus précieux, le moins intéressant, vous pouvez le dire ?

— Oui.

— Dans ce cas, pourquoi auriez-vous besoin d'une semaine ? siffla Vorontsov, la moustache hérissée.

Pojamtchi se dit alors : « C'est Pierre le Grand tout craché, parole d'honneur, un véritable empereur ! »

— Pour tout vérifier. Et puis pour faire le double des clefs...

— Les clefs se font du jour au lendemain.

— Non, impossible.

— Et pourquoi donc ?

— Il faut un temps d'approche. Bavarder avec le gardien, l'inviter à boire un coup, sinon, si on se précipite, tout peut capoter.

— Sornettes ! Quelqu'un garde la porte la nuit ?

— En effet.

— Et c'est le même que pendant la journée ?

— Non, le jour, c'est Rodion.

— Alors, donnez un demi-million de roubles à ce Rodion et il vous donnera la clef et même toute la porte !

Pojamtchi eut un petit rire :

— Non, pour un demi-million, il ne donnera rien, mais pour de la vodka et du pain, sûrement. Je compte continuer à travailler là-bas et je ne veux pas mettre la tête sur le billot, d'ailleurs y auriez-vous intérêt ?

— Nullement… Vous avez raison s'agissant du demi-million, j'ai toujours eu tendance à idéaliser le peuple… Demandez alors à ce Rodion qu'il nous aide à tirer l'armoire.

— Laquelle ?

— Celle que vous achèterez demain aux puces. Pour ce qui est de voler, ce n'est pas moi qui vous l'apprendrai, je dois l'apprendre moi-même. Saoulez-le bien, le petit Rodion, et faites faire un double de sa clef. Vous verrez, être en terrain familier facilite bien les choses…

— D'accord.

— Et je vous remercierai pour votre aide. Certes, vous pouvez vous passer de ma gratitude, mais grain à grain, la poule remplit son ventre, n'est-ce-pas ? Vous pourrez ajouter une dizaine de jolies pierres à votre collection.

— Soyez-en remercié.

— Demain à 7 heures, un cocher sera posté près du Gokhran. Il aura un cheval blanc et lui-même n'aura pas de barbe. Prenez place près de lui et s'il vous passe le bonjour de Dima, passez-lui discrètement la clef. Mettez celle-ci dans une boîte de *papirossy*. Si la clef ne fonctionne pas, il faudra la refaire. Vous y mettrez aussi les plans. Au revoir.

Anna l'attendait dans le hall.

— Tout va bien ? lui demanda-t-il dans un chuchotement.

— Il y a deux ivrognes qui m'ont embêtée.

— Ils sentaient fort la vodka ?

— Je n'ai pas fait attention.

— Vous avez eu tort.

— Ils titubaient…

— Moi aussi j'en suis capable si la situation l'exige. Où sont-ils ?

— Dans la rue.

Vorontsov lui prit le bras et lui fit gravir l'escalier jusqu'au dernier étage. Avec l'épaule, il poussa la porte du grenier qui s'ouvrit difficilement.

— J'ai des allumettes, proposa Anna.

— J'en ai aussi. Mais il ne faut pas de lumière.

Dans le noir complet, il lui fit traverser le grenier comme si les lieux lui étaient familiers, il brisa précautionneusement la vitre de la lucarne, se hissa sur le toit et l'aida à le suivre en chuchotant :

— De la cour, nous nous faufilerons par les passages intérieurs.

*

« Mais en quittant Pojamtchi, le grand type n'est pas ressorti dans la rue. Ce n'est qu'après avoir constaté la disparition de la femme que nous sommes montés au grenier et, là-haut, nous avons compris qu'il nous avait fait faux bond par le toit et avait ensuite filé par les cours.

Neprakhov »

*

D'autres rapports informaient que Gazarian avait remis à deux reprises une serviette à Chelekhes et qu'à son tour, ce dernier s'était rendu chez Kropotov avec les deux serviettes. Il était clair que les criminels échangeaient l'or et les diamants, comme le leur avait « demandé » Ternopoltchenko par l'intermédiaire de Prokhorov.

*

« Pojamtchi a ramené chez lui l'armoire qu'il a achetée au marché aux puces, aidé par Rodion Pissariev, l'ouvrier employé au Gokhran comme concierge et manutentionnaire. Une heure après, Pissariev est sorti de chez Pojamtchi assez éméché, mais sans tituber et, de retour au travail, il n'a parlé à personne et s'est endormi dans le vestibule aux côtés de l'autre concierge. Pojamtchi n'a plus quitté son domicile.

Gorkov »

*

Boki avait buté sur « le grand type » que mentionnait l'un des rapports et il le relut plusieurs fois. Le signalement de Vorontsov lui revint subitement à l'esprit : Vorontsov est en Russie, Pojamtchi est à Revel avec « un grand type inconnu »... Boki demanda que l'on convoque les hommes qui avaient assuré la filature et, sans un mot, il leur montra la photo d'identité de Vorontsov.

— Est-ce lui ? demanda-t-il sans croire lui-même au coup de chance.

— C'est bien lui, sauf qu'il a aujourd'hui une moustache et paraît plus vieux.

Pojamtchi fut convoqué au ministère du Commerce extérieur où on lui demanda de se tenir prêt pour un départ fixé au surlendemain.

— Vous allez à Revel et de là, à Londres, lui dit le ministre qu'il n'avait encore jamais vu.

Boudnikov était ce ministre. Il avait calculé qu'après l'entretien, Pojamtchi irait chercher les diamants dans leur cachette, laquelle se trouvait peut-être à son domicile, peut-être quelque part en banlieue, peu importe. L'essentiel était de réunir les preuves et de ne pas laisser filer les joyaux à l'étranger. Au cours de sa conversation avec Pojamtchi, il ne l'avait pas quitté des yeux ; il importait pour lui de mémoriser le comportement du joailler en liberté afin de préparer le protocole de l'interrogatoire auquel il serait soumis après son arrestation.

— Pojamtchi, que pensez-vous de la firme Jakobs et frères ?

— Une entreprise solide, leur fonds de roulement s'élève à des millions de livres, des dizaines de millions. Ils ont un homme particulièrement efficace, mister Karf.

— Il en est le propriétaire ?

— Non, l'expert en chef - et Pojamtchi ajouta avec un sourire - une sorte de Pojamtchi anglais. Son estimation a force de loi dans le monde entier.

— Vous le connaissez personnellement ? demanda Boudnikov.

— En 1912, j'ai été chez lui pour conclure un achat au bénéfice de l'impératrice douairière Maria Feodorovna, une bonne affaire, mais à l'époque on ne négociait pas les prix : on allongeait la somme demandée et basta ! On ne comptait pas : qui se préoccupait alors de l'argent du peuple ?

— Vous pourriez rencontrer ce Karf ? Il se souvient de vous ?

— Les joailliers, les joailliers russes je veux dire, on les compte sur les doigts de la main.

— Et Marchand ?

— Lui, c'est un renard : il est le plus puissant joaillier au monde, quoiqu'on dise. Il sera amical avec nous - comme tous d'ailleurs - et aussitôt, il tournera les talons : après ça, personne ne voudra plus nous adresser la parole, ils organisent le boycott...

— Dans la vente des diamants, beaucoup dépend donc de Marchand ?

— Tout dépend de lui.

Pojamtchi répondait sans ambages, spontanément, en premier de la classe habitué à stupéfier le professeur par son savoir, sa mémoire et sa perspicacité. « On va bien voir si tu seras aussi éloquent quand tu passeras devant notre tribunal, songeait Boudnikov. Le premier interrogatoire devra être conduit par quelqu'un d'autre, j'écouterai derrière la cloison afin de relever ce qu'il dira en contrepoint du mensonge. Quelle bonne idée d'avoir cherché à le connaître avant qu'on ne l'arrête ! »

*

« Après le travail, Pojamtchi a pris un fiacre pour rentrer chez lui, après quoi il s'est rendu à la gare et est allé en train jusqu'à la gare de Kliazma. De là, il a marché jusqu'au n°7 de la rue Solnetchnaïa. On a découvert qu'il louait une pièce avec une véranda au premier étage de la maison d'un certain Oussov, pendant la saison estivale. À part la serviette avec laquelle il était venu, il n'avait rien d'autre lorsqu'il est reparti. En passant près de l'étang, il y a jeté un objet qui ressemblait à une pièce de cinq kopecks. Il est retourné chez lui et n'est plus ressorti ; il n'a eu aucun contact avec des personnes extérieures.

Ousoltsev »

*

— Bon, celui-là, on peut le coffrer, dit Boudnikov. On le laisse prendre place dans le train et on l'attrape.

On laissa Kropotov et Kotchar se séparer tranquillement après qu'ils eurent échangé leurs serviettes et après une pause de dix minutes sur un banc du square. Le diplomate polonais n'ayant pas vérifié le contenu de la serviette de Kropotov et le vieux n'ayant pas recompté l'argent qui se trouvait dans celle du Polonais, le groupe opérationnel de la Tchéka en conclut qu'ils avaient dû procéder à ce type d'échange bien d'autres fois. La filature s'est alors refermée sur le Polonais : comme diplomate, il pouvait faire passer l'or dans la valise diplomatique. On a donc monté une mise en scène bien rôdée auparavant. On l'a piégé avec un faux cocher. Une patrouille du service sanitaire a arrêté le faux cocher avec son voyageur. Au bureau sanitaire du chemin de fer de la Baltique, on a déclaré à Kotchar qui, naturellement, n'avait sur lui aucun papier d'identité, qu'il était mis en quarantaine pour une semaine, ainsi que le cocher et l'autre passager du fiacre, cela en raison d'une flambée de choléra (la presse en faisait état et la Tchéka était chargée d'intervenir). Les agents avaient présumé que le Polonais tenterait de se débarrasser de la serviette pour éviter tout scandale car il lui serait difficile de justifier une telle quantité d'or, et dans les conditions de la Russie soviétique, la chose était simplement impossible.

Le raisonnement des tchékistes s'avéra correct. On autorisa Kotchar à téléphoner à son ambassade, on lui attribua une chambre à part et on l'avertit que la quarantaine durerait six jours. Il se défendit vigoureusement d'être le propriétaire de la serviette soumise à identification, prétextant qu'il était juste sorti de l'ambassade pour une promenade, sans la moindre serviette. Il protestait avec un petit sourire, comprenant sans doute que la quarantaine était une manœuvre et qu'en pareilles circonstances il valait mieux ne donner aucun signe d'énervement ou d'intérêt particuliers. Kotchak était sûr de Kropotov, d'ailleurs même si ce dernier passait aux aveux, il n'y avait aucune preuve. Personne ne lui avait attribué la serviette contenant l'or et il n'avait pas signé le protocole de désinfection, il était donc tranquille vis-à-vis de la loi.

On ne toucha pas à Kropotov car la décision avait été prise de le cueillir uniquement en cas de coup de fil de l'ambassade de Pologne, mais rien de vint de ce côté-là : le Polonais acquérait sûrement les joyaux pour son propre compte.

Boki décida de temporiser, préférant prendre le vieux en flagrant délit : il importait de savoir qui, des trois, viendrait le voir le premier : Gazarian, Pojamtchi ou Chelekhes. Jusqu'ici, tout se passait à merveille, sauf l'énigme du colis dont on avait perdu la trace à l'intérieur du Kremlin.

Vorontsov avait acheté les billets de train à l'avance. L'attaque du Gokhran avait été étudiée minute par minute. Pendant que Kroutov réunissait ses hommes, Vorontsov déployait la grande feuille où le concierge avait dessiné le plan, et il débitait les instructions qu'il semblait avoir apprises par cœur :

— Départ pour le Gokhran, 11 heures. Mais oui, dit-il en captant le regard des deux cambrioleurs, on prend le Gokhran. J'ai la clef, nous n'aurons donc aucun mal à y entrer, les gardiens sont d'habitude dans la loge en train de boire le thé. Anna restera avec les cochers. Elle a des explosifs pour se défendre en cas d'imprévu, ce qui, selon mes calculs, est tout à fait improbable. Vous deux, fit-il avec un signe de tête, vous ligotez les gardiens. Enfilez des bas sur le visage, il n'y a pas meilleur masque, les bas déforment complètement les traits. Sans couteaux, pif-paf, tout doit se passer sans bruit.

— Il dit que ça doit se passer sans hémoglobine, expliqua Anna.

Les cambrioleurs opinèrent sans un mot.

— Sans hémoglobine, l'expression fit sourire Vorontsov. Mon assistante l'a bien précisé. Oleg vient avec moi et Kroutov file au coffre. L'opération ne doit pas prendre plus de quinze minutes.

— Je n'aurai pas le temps, fit Oleg dans un bâillement.

— Mais si, tu auras le temps, sourit Vorontsov.

— Et pourquoi se grouiller autant ? Du moment qu'on est entré… y a plus à se dépêcher. Et pour enlever le coffre, c'est pas *un* gars qu'il faut mais cinq.

— Non, tu le prends tout seul, répliqua Vorontsov. Chaque coffre contient une centaine de kilos de marchandise. Si nous emportons tout, les tchékistes vont être fous furieux, tant pis, un cambriolage est un cambriolage. Ça arrive même à Paris et, là-bas, on est loin du bordel qu'on a ici.

— Vous êtes bien Russe vous-même ? demanda l'un d'eux. Si vous n'êtes pas soviétique, on ne marche pas dans l'histoire.

— Il est des nôtres, le rassura Anna. C'est un patriote. Il aime notre Russie. Comment pouvez-vous croire qu'on s'associe à de mauvaises gens ?

En accompagnant les monte-en-l'air jusqu'au portail, Kroutov les retint une minute pour leur chuchoter :

— Après l'opération, lui et la femme, un coup de couteau au cœur, sans un cri et, pschitt, zigouillés ! On partage à la chrétienne, à la loyale. Voilà tout ! Je n'en dis pas plus, il nous colle aux fesses.

*

« À Alski,

Camarade Alski, j'attire votre attention sur le rapport que m'a présenté le camarade de la Tchéka auquel je l'avais commandé, en accord avec le camarade Dzerjinski. J'avais diligenté une perquisition à l'origine de ce rapport après que j'ai été informé par des communistes très sûrs qu'au Gokhran les choses ne tournent pas rond.

Cela est pleinement confirmé par ce que m'a communiqué le camarade Boki.

Je vous demande de prêter la plus grande attention à ces faits.

Vous en premier lieu, mais aussi l'ensemble du collège directeur du ministère des Finances, ainsi que tout spécialement le camarade Bacha, devez vous montrer dix fois plus vigilants à l'égard du Gokhran. Si dans les plus brefs délais les choses ne sont pas réorganisées de manière à exclure complètement le moindre risque de vol et que le fonctionnement et le champ d'action de cet organisme ne sont pas modifiés, le vice-ministre et tous les membres du collège directeur du ministère des Finances seront non seulement appelés à comparaître devant les instances du Parti, mais assignés en justice.

Les lenteurs du Gokhran (le travail étant plus difficile en hiver, il faut mettre les bouchées doubles avant), les vols qui s'y produisent causent à notre République d'énormes pertes, cela dans les moments les plus difficiles, quand il faut en toute hâte, collecter un maximum d'objets précieux pour les échanger à l'étranger.

Il est nécessaire :

– d'organiser de fréquentes consultations fécondes auprès de Boki pour accélérer la réorganisation du Gokhran ;

– d'optimiser sa protection et la surveillance (installation de barrières spéciales ; de clôtures en bois ; d'armoires ou de barrières pour se changer ; faire des perquisitions éclair ; organiser des doubles ou triples perquisitions coup de poing selon les règles de la police criminelle, etc.) ;

– d'impliquer si nécessaire des dizaines ou des centaines de communistes de Moscou, fiables, qui ont fait preuve d'une honnêteté irréprochable, pour effectuer des contrôles de nuit et de jour, à l'improviste. Les instructions destinées à ces contrôleurs doivent être explicitées dans le moindre détail ;

- d'impliquer tous les membres du collège de directeurs du ministère des Finances sans exception dans le contrôle

individuel du personnel du Gokhran sur les lieux de travail et partout où peuvent survenir des vols. Le vice-ministre doit impérativement tenir le journal secret de ces contrôles.

Vu le caractère secret de la présente note, je vous prie de me la renvoyer immédiatement, afin qu'elle soit contresignée par tous les membres du collège des directeurs du ministère des Finances.

V. Oulianov (Lénine),
président du Conseil des Commissaires du peuple »

*

Vorontsov était monté dans la calèche avec Anna. Lenia-le-borgne était sur le siège du cocher. Dans la seconde voiture se trouvaient Oleg et trois cambrioleurs dont Vorontsov avait oublié les noms.

— Vous avez froid ? demanda Vorontsov en la voyant claquer des dents.

— J'ai peur : c'est la première fois que je suis mêlée à ce type d'opération.

— Moi aussi, je n'avais jusqu'ici jamais joué aux cambrioleurs.

— Vous aimiez faire des balades en traîneau ?

— Sûrement, mais je ne m'en souviens pas.

— Ma nounou me promenait tout l'hiver en traîneau et j'entends encore le crissement des sabots sur les pavés. La neige avait disparu que j'en demandais encore…

— Le bruit devait être détestable, rien que de l'imaginer, j'en ai la chair de poule.

— Quand ma nounou allait au marché, elle me laissait sur le traîneau à l'entrée : autour de moi, c'étaient le piétinement des chevaux et la boue, et mon regard ne pouvait se détacher du petit îlot de neige qui résistait. Comme quand on s'empêche de pouffer de rire et qu'on éclate soudainement… C'est pareil avec la neige au printemps : elle forme une croûte miraculeuse sous laquelle ruisselle une eau brunâtre, mais elle tient bon, elle résiste avant de se transformer en boue et de disparaître tout à fait. Rien ne disparaît aussi douloureusement que la neige au printemps.

— Alexandre Ostrovski a déjà écrit là-dessus, releva Vorontsov tout en saisissant son paquet de « Ira », et il alluma une *papirossa* en plein vent, d'un geste sûr et vif.

— C'est la première méchanceté à laquelle j'ai droit…

— Je ne voulais pas vous offenser. J'ai toujours été frappé par la différence entre les hommes et les femmes en matière d'amitié.

— Un homme ne peut avoir de relations d'amitié avec une femme.

— Pourquoi donc ?

— Blancs, Rouges, Verts, monarchistes ou anarchistes, dit Anna avec un sourire conciliant, tout ce monde réussira à s'entendre, mais les hommes et les femmes jamais… Au fond, vous avez encore raison…

— Ouf, tant mieux !

— Dimitri, vous n'avez jamais eu envie de vous réfugier dans un trou perdu et d'y fonder un ermitage ?

— Seul ou avec vous ?

— Avec moi…

— Ce ne serait plus un ermitage mais un lupanar. Seul, oui.

— Qu'est-ce qui vous en empêche ?

— L'appréhension. Les Rouges disent que l'homme est un animal social. Je ne fais pas exception. Même maintenant, je suis parfois pris de l'envie irrésistible d'enfiler ma redingote et d'aller au club, quel qu'il soit, pour entendre les rires, les voix de mes amis, les blagues. Nous sommes toujours tentés de fuir vers l'inconnu, mais une fois arrivés, nous revenons sur nos pas, à notre monde familier, le plus douillet qui soit… Je me souviens comment, avant la révolution, à la chasse, je dormais sous la tente, je cuisinais un ragoût de canard. Le comble du bonheur ! On passe ainsi deux ou trois jours, une semaine, et puis ça vous démange, l'envie de retourner à la ville, au bruit, à la foule vous reprend. De retour, il vous semble que l'absence a duré une année. Deux ou trois jours, une semaine passent et tout ça peut aller à nouveau au diable, finie la chasse, c'est la couvaison des canes… Et tant d'occasions perdues !

— Cuisinière, voilà un métier enviable !

— Pourquoi donc ?

— La journée à s'affairer autour du fourneau et, le soir venu, on se traîne jusqu'au lit, on s'endort aussitôt, et on retrouve son fourneau le matin. Pas le temps de rêvasser, pourvu que le soir vienne vite et que l'on puisse dormir !

— Vous avez déjà été cuisinière ?

— Non, dès l'adolescence, je suis passée chez les catins…

— Moi, je n'ai pas travaillé comme cuistot, mais pas loin, comme valet de chambre… Et il n'y a pas plus rêveur qu'un laquais né pour la fonction. Si vous saviez comme ils ont l'art de rêver ! Nos rêves à nous ne sont rien auprès des leurs ! Sans les rêves des cuisinières, la révolution n'aurait pas eu lieu, chère Anna !

Evplanov, le gardien-chef, finit son verre – les gardiens se faisaient un thé couleur d'ambre – et essuya la sueur qui perlait à son front :

— Le thé est fort, il fait transpirer…

— Comme aux bains, sourit le vieux Bekmatoulline, le crâne rasé coiffé d'une toque tatare. Tu es en nage !

— Mon gendre, déclara Evplanov, tout en s'installant sur sa couchette, c'est un savant qui apporte à la maison des tonnes de livres, eh bien, il dit que les Anciens au lieu de se souhaiter le bonjour, se demandaient : « As-tu bien transpiré ? »

— Ça alors ! s'étonna le gardien Kharkov. C'est pas très poli !

— C'était comme ça chez les Anciens, répliqua le gardien Karpov, tu ne vas pas le leur reprocher. Si aujourd'hui on s'avisait de poser cette question à quelqu'un, il t'arracherait les oreilles.

— Ben, on pensera qu'il a forniqué avec la gueuse ! dit Bekmatoulline avec un petit rire.

— Faut pas se moquer des femmes, fit observer Karpov, elles ont été libérées du servage, compris ?

— Faut les libérer pour de vrai, pourquoi on devrait pas ?

— Chez nous, ça va mal pour de bon, soupira Kharkov. Le peuple crève la faim, les bains sont fermés…

Kharkov donna un léger coup de pied à Karpov et toussa bruyamment avant de chuchoter :

— Il travaille pour la Tchéka, le salaud…

— Pas de messe basse, fit Evplatov, maussade. Parle ouvertement, je te répondrai…

— N'essaie pas de me flanquer la trouille… Au jour d'aujourd'hui, en prison, tu bâfres aussi bien que dehors.

— Imbécile ! répliqua Evplanov. Tu as des gosses ?

— Mes gosses, ils ont été tués au front.

— Bon, tu as des petits-enfants.

— À quoi bon ? Ils auront bientôt crevé de faim.

— Tes larmes pourront arroser le pays, ils mourront quand même. Moi, j'ai donné mon bras à ces salauds de Blancs pour tes petits… Tenez, mon gendre il dit comme ça que chez nous, tous les gosses finiront l'école et puis l'université, et puis tous, bien proprets, ils iront commander la production ouvrière.

— Qu'est-ce que tu viens nous fatiguer avec ton université ? rétorqua Karpov. Peut-être que mes petits, ils n'ont rien à faire avec l'université. Il leur faut la vie normale, comme avant, en temps de paix. On leur laisse leurs tableaux d'honneur, moi, c'est une vache qu'il me faut. Tout le monde ne rêve pas d'être directeur de… comment tu dis ?

— De la production ouvrière, souffla Kharkov.

— C'est ça… Qu'est-ce qu'elle me donne, ta production ouvrière ? Je m'en fous ! Qu'elle aille au diable !

— Qu'est-ce que tu dis là ?

Interloqué, Evplatov se leva de la couchette où il s'était confortablement installé.

— Quelles sornettes tu nous chantes ? Qui t'a fourgué ce discours, parasite ?

— J'ai le cul trop maigre pour être un parasite ! Et le ventre trop creux ! Parasite… Tu braques ton révolver et aussitôt tu veux me brûler la cervelle avec l'insulte ! Ah là là, la liberté ! À la place de votre liberté, vaudrait mieux un peu d'ordre…

— Nous y voilà !

Evplanov riait maintenant de la sortie de Karpov.

— Le gendre me le disait bien et je ne voulais pas le croire : c'est plus facile d'être esclave, on n'a pas de souci ; c'est comme la vache à l'étable, on lui donne du foin et elle le mâche tout son soûl ! Je te laisse ruminer ! Pas pour moi !

— Qui a été esclave le restera, même avec votre liberté, s'entêtait Karpov. J'étais gardien chez le seigneur, je le suis sous les Commissaires du peuple.

— Mais à part gardien, que sais-tu faire ? lui demanda Evplanov. Vous voulez que la liberté vous nourrisse, à part ça, vous n'en avez rien à foutre ! Moi, c'est tout ce que j'ai à te dire, c'est quoi déjà ton nom…

— Karpov, Trofim, cours vite le donner…

— Bravo ! Ma parole, il se prend pour Kerenski ! Je vais te dénoncer, c'est ce que tu crois ? Si t'étais plus malin, d'accord, mais avec une buse comme toi, y a rien à attendre ! Moi, j'ai donné mon bras jusqu'à l'épaule pour la liberté et je ne demande rien en échange, sinon que mes rêves se réalisent et que tes petits-enfants, triple idiot, puissent vivre dans le royaume de la liberté universelle où tous seront égaux !

— Ça n'a jamais existé et ça n'existera jamais. La liberté par-ci, la liberté par-là et en attendant les prisons sont pleines : aujourd'hui comme avant.

— Honte à toi ! lâcha Evplatov, stupéfait. L'effronté ! Comment oses-tu débiter pareilles choses, hein ? Les bandits, alors on doit les mettre où ? Dans les églises, peut-être ?

— La liberté, c'est quand il y a la paix et le bien-être. Mais lorsque la nuit, on entend dans la rue hurler les chiens, où elle est, ta liberté ? Avant, dans les rues, les réverbères brûlaient jusqu'au matin et la crécelle des concierges claquait, les auberges étaient pleines…

— Esclave tu es, esclave tu crèveras, conclut Evplatov. Va au diable, tu ne fais que me contrarier !

Juste à ce moment, la porte s'ouvrit et sur le seuil, révolver au poing, surgirent deux types : des sortes de démons, la figure brune qui semblait transparente, mais pas moyen de voir à travers.

— Restez à vos places ! Au moindre mouvement, ce sera une balle dans la tête.

Evplanov tenta d'attraper son mauser, mais le plus grand actionna la gâchette :

— Petit père, cette fois ce n'est plus le bras que tu perdras et sans la tête, t'iras pas loin… Fais gaffe !

— Les gars, voyons, dit Evplatov, vous vous en prenez à l'État. Vous feriez mieux de partir gentiment, parce qu'autrement, ce sera le poteau pour tous et il n'y aura pas de pitié.

— Te bile pas, fit le premier cambrioleur en se dirigeant vers lui. Ne touche pas à ton arme, elle me sera utile.

— Attention, l'avertit Evplatov. Tire si tu veux, je ne te laisserai pas passer, compris ?

Le premier gars se retourna vers son compagnon : Vorontsov ne leur avait pas donné l'ordre de tirer, le bruit du coup de feu risquait de tout faire capoter.

— Le poignard, ça fait pas de bruit, suggéra celui qui se tenait près de la porte.

Evplatov comprit qu'ils avaient peur de tirer. En moins d'une seconde, il bondit de sa couchette et, du bout de sa botte, frappa le type en plein ventre. Celui-ci poussa un hurlement. Evplanov empoigna l'étui du révolver pour saisir son arme sans voir que Karpov attrapait le gars tordu de douleur pour le redresser et se précipitait sur l'autre, glacé de peur près de la porte.

— Chien ! cria le gars debout et, attrapant son camarade

par le blouson, de l'autre main il tira dans le ventre de Karpov. Il n'avait pas l'intention de tirer, mais son doigt avait appuyé sur la gâchette, et le coup de feu était parti. Au même moment, Evplatov, le mauser au poing, tira plusieurs fois. L'un tomba sans un bruit, le second se mit à crier d'une voix étonnamment ténue :

— Seigneur ! On m'a tué ! On m'a tué !

Bekmatoulline lui retira précautionneusement le révolver des doigts, incapable de détacher ses yeux de l'os blafard qui sortait de la botte.

*

Vorontsov jeta quelques pierres dans un sac, sans avoir le temps de savoir ce qu'il prenait, et il se précipita vers la sortie en marchant sur la pointe des pieds, comme il faisait au printemps pour s'approcher de l'aire où s'accouplaient les coqs de bruyère.

Derrière lui couraient Kroutov avec Oleg, l'homme de Dieu, et Lenka-le-borgne qui avait réussi à s'emparer de quelques poignées de diamants. Vorontsov fila inaperçu devant la porte éclairée où se trouvait le poste de garde et eut juste le temps de crier :

— Le borgne, retiens-les !

Sans entrer dans le poste de garde, Lenka déchargea son arme à travers la porte ; il s'apprêtait à rejoindre les autres lorsqu'il éprouva une vive douleur qui précéda le bruit du coup de feu et l'odeur de brûlé, cette même odeur que donnait le soufre des allumettes quand, tout gosses, ils s'amusaient à en faire brûler dans la cave, rue Bronnaïa.

Evplatov heurta le corps de Lenka, tomba, se releva en toute hâte et cria d'une voix enrouée :

— Bekmatoulline, téléphone à la Tchéka !

Lorsqu'il se précipita au balcon, il vit les deux voitures : l'une filait vers la rue Tverskaïa et la seconde venait juste de prendre la rue Dmitrovka. Il leva son mauser et tira trois fois sur les deux passagers, l'un était sur le siège du cocher et l'autre pouvait être un prêtre en soutane, ou quelqu'un en jupe : il ne pouvait imaginer qu'il tirait sur une femme.

Anna vit l'homme sur le balcon du Gokhran lever son pistolet et les viser. Elle se jeta contre le dos de Vorontsov, lui prit la tête entre les mains et s'écria :

— Va sur le côté, Dimitri ! Sur le côté !

Puis éclatèrent deux coups de feu et Vorontsov ressentit un choc à l'omoplate – c'était la balle qui avait traversé le corps fluet d'Anna.

« Il y aura des traces de sang, songea-t-il machinalement, sur le gris, tout se voit. »

— Anna, dit-il doucement, sentant la femme glisser le long de son dos. Anna chérie, avez-vous mal ?

Il se retourna pour la regarder : elle avait les yeux grands ouverts, elle était morte. On entendait des coups de feu au loin et il comprit qu'ils visaient Kroutov et que la rafle allait commencer.

Vorontsov sauta de la calèche et se précipita vers un hall d'immeuble. Il était fermé. Il prit en courant une ruelle et se cacha dans la cour d'une petite maison. Il regarda tout autour et aperçut une grange dans un recoin. Fallait-il attendre jusqu'à demain ? Mais le sac ? Il était resté dans la calèche. C'était donc la fin ? Non, il fallait y aller. S'ils l'arrêtaient il riposterait et la dernière balle serait pour lui.

*

Evplatov demeura longtemps devant le corps de Karpov, incapable de quitter des yeux ses énormes pattes anguleuses : leur teint brun passait au blanc jaunâtre, elles paraissaient avoir été lavées avec un savon doux. Des larmes jaillirent, sans même savoir pourquoi : il avait vu dans sa vie quantité de morts et n'avait encore jamais pleuré, c'est juste s'il avait serré les poings et secoué la tête.

Ce n'est qu'au petit matin, après que la Tchéka eut fouillé les lieux et fait signer à Kharkov et Bekmatoulline l'accord de confidentialité les engageant à garder le silence jusqu'à nouvel ordre, qu'il comprit la raison de sa contrariété et de son affliction. Il se rappela les derniers mots qu'il avait dits à Karpov et réalisa qu'il ne pourrait jamais plus s'excuser de leur bêtise ; quant à la formule « repose en paix », elle était à la portée du premier imbécile venu qui n'a rien à se reprocher et qui, au lieu d'une véritable peine, n'éprouve avant les obsèques que la curiosité de voir les autres pleurer au cimetière.

Pelotonné sur la couchette supérieure du train pour Pskov filant vers la frontière estonienne, Vorontsov pleurait aussi. Depuis le mitraillage du poste de garde, il agissait en automate, ses actes semblaient commandés par un autre que lui. D'un geste mécanique, il avait retiré son blouson pour vérifier qu'il ne portait pas de trace de sang ; de même, mû par une crainte inconsciente, avait-il indiqué au cocher la destination sans mentionner le nom de la gare. Son intuition avait été la bonne : il se fiait à cet autre qui gouvernait à l'intérieur de lui-même. Il gagna le wagon tout aussi tranquillement, sans se soucier des espions ou des policiers qui dévisageaient les passagers, surtout lorsqu'ils avaient des bagages. Il se dévêtit, grimpa sur la couchette supérieure et tomba aussitôt dans la torpeur, dans une sorte de chaleur obscure. Il fit quelques rêves d'une douceur délicieuse et, au réveil, le visage d'Anna lui était apparu. Il la voyait si distinctement qu'il avait tendu les bras vers elle. Mais elle avait disparu. C'est là qu'il se mit à pleurer. Il revit le visage tendre de sa femme, puis celui d'Anna, et après elles, sa mère et ses enfants.

« J'ai tout perdu, absolument tout, songea-t-il en retenant les sanglots. Une femme m'aimait plus qu'elle-même et, à la légère, inconsciemment, je l'ai abandonnée à cette vie cruelle à laquelle on ne peut résister seul. Anna m'aimait, sûr qu'elle m'aimait. Elle s'est sacrifiée pour moi et, pour qu'à aucun prix, elle ne décèle en moi le moindre signe de tendresse, j'ai refusé de l'écouter évoquer son enfance…

J'ai repoussé tout le monde et me voilà seul. À quoi bon être utile à soi-même ? À qui d'autre le suis-je en ce bas monde ? Et qu'ai-je voulu ? J'aurais dû préserver la tendresse, la mienne et celle que l'on m'offrait, alors que j'ai toujours cherché la lutte, la vérité au ciel et ici-bas. Pauvre, chère Anna. Elle repose maintenant dans son cercueil de zinc, un matricule attaché à la cheville. »

— Mon petit…

Il entendit le doux chuchotement de la vieille femme qui occupait la couchette du bas. Elle était couchée sur le bord, soucieuse de couvrir de son caraco en velours sa petite-fille qui ne cessait de remuer dans son sommeil.

— Qu'as-tu, mon petit ? Ne te chagrine pas tant, il ne faut pas…

Vorontsov lâcha un soupir et la voix de la femme le fit éclater en sanglots. Elle se leva, chercha sa tête dans l'obscurité et se mit à caresser sa tignasse drue tout en murmurant :

— Prie, mon chéri, prie notre Seigneur, et ton cœur trouvera la paix… Cesse de te tourmenter ainsi, pauvre petit agneau, cesse donc, tu es tout secoué de sanglots…

Vorontsov trouva la main de la femme et la pressa contre ses lèvres, son front, les larmes l'étouffaient, un frisson lui parcourut le dos et une douleur vive piqua sa tempe gauche…

*

« Autoriser le groupe opérationnel dirigé par Boudnikov et Artiounov à effectuer une rafle et à fouiller tous les collaborateurs du Gokhran suspectés.

Boki,

membre du collège directeur de la Tchéka »

Sans indices, pas de preuves

Sténogramme de la garde à vue de Prokhorov et de Gazarian

Prokhorov. Ah, le fumier, le salaud ! Il s'est fait prendre enfin ! Pas trop tôt ! Camarades, tout est de sa faute. Moi je ne suis qu'un bouseux ! Tout gamin, voyez-vous, je travaillais aux champs. J'ai connu les privations, tu peux me croire, camarade Boki. Ce n'est pas d'hier que nous nous connaissons, comme on dit. Gazarian, c'est lui qui est venu me voir et m'a proposé quarante millions de roubles pour Bielov. Je t'ai tout raconté par le menu, comment il m'a proposé, puis… Gazarian, voyons, comment as-tu pu me proposer une chose pareille ? Bon, d'accord, je suis idiot. J'ai mordu à l'hameçon, mais je collabore à l'enquête, j'ai dit toute la vérité ! La conversation que nous avons eue avec toi, Boki, rue Merzliakovski, elle est bien enregistrée, je m'y suis prêté dans le cadre du service ! C'est clair ? Par conséquent, Gazarian tu dois le fusiller immédiatement pour l'empêcher de soumettre à la tentation d'autres communistes honnêtes !

Boki. Qu'en dis-tu, Gazarian ?

Gazarian. Qu'on le fasse sortir.

(On emmène Prokhorov.)

Gazarian. Je déclare la grève de la faim.

Boki. Tiens donc, et pourquoi ?

Gazarian. Parce que je ne peux plus regarder les gens en face. Quant à Prokhorov qui venait picoler ma vodka et me réclamer des putes, ce n'est pas un homme, voilà tout. Si moi je suis une fripouille, lui l'est mille fois plus. Je veux juste pouvoir mourir tranquillement en prison, dans ma cellule. Dorénavant, la vie m'est haïssable !

Boudnikov. Quand on est honnête, on lave la honte dans son sang. Gazarian, honnête, tu ne l'es plus et de loin.

*

« Je soussignée, Kleïmenova Klavdia, vendeuse au rayon chaussures du magasin n°16, ai fait la connaissance de Gazarian Ivan à l'occasion du contrôle de notre filière commerciale. Il a couvert mon déficit et m'a épargné le tribunal, par contre il m'a fait signer un papier, ainsi qu'à Chmelkov, le chef de rayon, comme quoi nous allions travailler pour lui. Depuis, il nous a donné des tâches à exécuter : rencontrer des gens ou remettre des lettres, et moi comme Chmelkov, on a toujours cru que c'était dans l'intérêt du pouvoir soviétique. Je ne peux pas dire ce

que contenaient les lettres, je ne les ai pas lues, mais je peux reconnaître les gens que j'ai rencontrés, ainsi que les appartements où il m'a envoyée.

Écrit de ma propre main.

Kleïmenova »

*

« *Je soussigné, Bielov Grigori, au sujet des questions qui m'ont été posées, je peux déposer ce qui suit : j'ai donné à Gazarian une grande quantité d'objets en or, même si j'ai oublié exactement combien, vu que je lui en ai donné beaucoup. Je lui ai donné une horloge musicale qui sonnait les heures en chantant :* « *Envolez-vous faucons avec les aigles* », *ça je m'en souviens. Parmi les objets que j'ai eus à identifier, j'ai pu reconnaître un bracelet serti de pierres et un porte-cigare portant les initiales V. V. Je n'ai pas pu identifier les pièces de monnaie, vu qu'elles sont toutes pareilles. Je peux aussi témoigner que les experts Petrov, Krioukov et Alexandrova-Botachiano lui ont transmis en ma présence des objets en or ; mais je n'ai vu aucun des experts en diamants auprès de Gazarian, ni Pojamtchi, ni Chelekhes, ni Alexandrov. À propos de Toumanov, je dois déposer que c'est moi qui lui ai tranché la gorge d'un coup de couteau quand je l'ai conduit en forêt pour lui prendre sa part de joyaux. J'ai indiqué aux agents de la Tchéka l'endroit où je l'ai jeté à l'eau après lui avoir attaché des pierres autour des chevilles. Je le reconnais aussi. J'ai fait tout ça sans mauvaise intention, par accident et insouciance due à la jeunesse.*

Bielov »

*

« *Je soussigné, Gazarian Ivan, au sujet des questions qui m'ont été posées, je peux déposer ce qui suit : les diamants m'ont été donnés par Chelekhes en personne lors de nos promenades en commun pour rentrer à la maison, mais j'en ai également volé à l'occasion de l'ouverture des coffres contenant les joyaux. Ce sont Petrov, Krioukov, Proskouriakov et Sidortchouka qui m'ont remis l'or. Avec Pojamtchi, je n'ai eu aucun pacte criminel et je n'ai jamais rien reçu de lui. Les diamants découverts dans l'orifice creusé dans la poignée en bois du tampon qui me servait à cacheter les coffres m'ont été remis par Chelekhes. C'est lui qui a creusé l'orifice dans mon tampon pour que je puisse tranquillement emporter les joyaux du Gokhran.*

Gazarian »

*

« *Le présent acte a été rédigé par nous, agents de la Tchéka : Timochkine, Makarov, Drynov, ceci en présence de Gazarian Ivan. Le présent acte est établi pour rendre compte comment nous nous sommes rendus à l'endroit indiqué par Gazarian Ivan, par la gare de Taïninskaïa, dans la forêt (plan ci-joint), sous un pin où nous avons déterré deux boîtes de conserve contenant ce qui suit :*

Pièces d'or d'une valeur de dix roubles,
Anneaux de fabrication ancienne : 41
Joyaux de platine sertis de pierres précieuses : 24
Bagues en or serties de pierres précieuses : 41
Broderies de perles de couleur verte : 6
Porte-cigares en or : 4
Diamants : 51
Perles : 49
Montres en or : 32

Lu et approuvé : Gazarian

Ont signé le présent acte ; Timochkine, Makarov, Drynov »

*

On attrapa Pojamtchi dans un compartiment du wagon international. Boudnikov remarqua que son visage s'était affaissé d'un coup, que ses joues avaient perdu leur teint vermeil et que des veines sclérosées sillonnaient son visage, de sorte que sur la peau fanée, on voyait d'emblée qu'il se teignait les cheveux : une bande blanche se détachait à la racine, tranchant bizarrement avec le reste de sa chevelure brune et de son teint jaunâtre.

On le fouilla rapidement et on ne trouva rien dans ses poches, mais lorsqu'on ouvrit sa serviette (à ce moment-là, Pojamtchi ferma les yeux), on découvrit une énorme quantité d'objets précieux : des diamants, des broderies de perles et des saphirs.

— Bien, fit Boudnikov, je suis votre policier investigateur et je m'appelle Vladimir Boudnikov. Voulez-vous que l'entretien se fasse immédiatement ou préférez-vous vous reposer un moment en cellule ?

— Je préfèrerais me reposer.

— Comme vous voudrez. Je veux simplement vous signifier que les preuves sont si nombreuses qu'il ne servira à rien de finasser.

Pojamtchi se souvint comment il s'était fait prendre en 1905 pour une bêtise, alors qu'il travaillait chez le joaillier Choubeïkine à Novonikolaïevsk, près de Novossibirsk. Un vieux flic d'allure débonnaire l'avait interrogé ; sans hâte, mais au fil des questions, Pojamtchi avait senti que l'issue de l'interrogatoire aurait des conséquences irrémédiables ; derrière la désinvolture du vieux policier, il avait pressenti une grande perspicacité et eu l'impression étrange de rapetisser à chaque question pour finir en minuscule moucheron. Il devait s'en souvenir toute la vie.

— Non, il vaut mieux que je me repose, soupira-t-il, les années se font sentir et le cœur pourrait bien lâcher.

*

« Au ministère du Commerce extérieur,

Je vous prie de prendre contact avec le joailler Karf à Londres (l'Arcos[89] *vous fournira son adresse) et, contre paiement, de lui demander d'estimer sous serment la valeur des joyaux saisis sur Pojamtchi.*

Vu l'urgence du dossier, nous vous prions de procéder sans délai à cette requête auprès de Karf. Ci-joint la liste des joyaux.

Boki »

*

Quant à Kropotov, il décéda au cours de l'arrestation. Il mourut tranquillement, dans son fauteuil, d'un infarctus.

*

Pojamtchi se réveilla au petit matin, animé d'une vague joie inattendue. Il voyait sous le plafond la lucarne hérissée de barreaux, la lampe blafarde engrillagée, les murs rouges peints à l'huile. Il s'essuya le front et, soudain, le rêve lui revint : une vieille grand-mère était assise sur le bord de son lit et caressait doucement ses épaules et son cou en sueur en lui disant : « Mon petit Nikolaï, ne sois pas idiot ! Au salaud

---

89 Organisation soviétique enregistrée par le ministère du Commerce de Grande-Bretagne, fondée en 1920.

qui t'a interrogé tantôt, dis que tu as acheté ces pierres au marché, par hasard, à un gosse des rues trop nigaud, que tu les as emportées dans l'idée de les vendre à l'étranger et ensuite de remettre l'argent au pouvoir soviétique. »

Pojamtchi se redressa sur le lit et soudain, le sourire aux lèvres, fit un clin d'œil à quelqu'un dans le coin obscur de la pièce.

— T'en fais pas, je suis bien armé maintenant !

« Dieu m'a épargné d'avoir à lui parler hier. Au Gokhran, on ne m'a jamais reproché quoi que ce soit à propos des pierres et si ça avait été le cas, ç'aurait été sans pitié. C'est Chelekhes qui refilait les diamants à Levitski. Lui ne dira rien ; il n'a pas été découvert. Les pierres trouvées dans ma serviette n'ont pas été enregistrées au Gokhran. Je suis irréprochable. Ils vont s'en prendre à chacun des employés de la maison ; et il y a de quoi trouver : il n'y aura pas assez de place pour les flanquer tous en prison… »

*

Boudnikov. Vous affirmez ainsi avoir acheté ces pierres au marché de la place Smolenskaïa le 24 mai 1918 ?

Pojamtchi. Bon, peut-être le 23… Ou, à la limite, le 25… Pourquoi je me souviens que c'était en mai ? Parce que cette année-là, Pâques était tardif…

Boudnikov. Vous souvenez-vous d'un détail particulier de ce gosse des rues ?

Pojamtchi. Des cheveux blond clair... Chaussé de bottes trop grandes pour lui, ça je m'en souviens bien. Et de petits yeux noirs, un petit nez...

Boudnikov. À combien estimez-vous les diamants que vous transportiez ?

Pojamtchi. J'escomptais faire don d'un million aux affamés.

Boudnikov. Un million ? De roubles soviétiques ?

Pojamtchi. Ils valent quoi, vos roubles soviétiques ? Non, un million de roubles or.

Boudnikov. Vous auriez pu en sortir plus ?

Pojamtchi. Difficile à dire...

Boudnikov. Vous ne pouvez donc pas dire si vous auriez pu les vendre pour trois millions ?

Pojamtchi. Trois millions ? Jamais de la vie ! Non, on aurait pu arracher cent mille de plus, c'est tout.

Boudnikov. Que pensez-vous de Karf, l'expert anglais ?

Pojamtchi. Un homme sérieux. Je vous l'ai dit. Vous ne seriez pas employé de la Tchéka, mais ministre du Commerce...

Boudnikov. Quels noms, parmi les experts, vous semblent les plus aptes à mener des négociations commerciales avec nous ?

Pojamtchi. Karf est le plus fiable de tous.

Boudnikov. Vous ne vous rappelez plus de l'endroit où vous avez acheté ces diamants au cours des dix derniers jours de mai ? Est-ce la bonne date ?

Pojamtchi. Tout à fait.

Boudnikov. Essayez de vous souvenir, s'il vous plaît, du lieu où vous avez acheté les diamants au gamin et, si possible, des gens qui étaient autour, de leur apparence physique.

Pojamtchi. Le gamin portant la serviette me dit : « M'sieur, achète-moi la serviette ! » Moi je lui réponds : « Fiche le camp, j'ai pas besoin de ta serviette. » Alors il me dit de regarder ce qu'elle contient. Bon, je regarde, et ce que je vois me donne le tournis, tout s'évanouit autour...

Boudnikov. Vous avez tout de suite vu que c'étaient des pierres de valeur ?

Pojamtchi. Un seul coup d'œil me suffit, ce n'est pas pour rien que j'ai consacré ma vie à ce métier...

Boudnikov. J'ai fait le plan du marché de la Place Smolenskaïa : ici, c'est la barrière, là, la ruelle des bouchers. Essayez d'indiquer l'endroit où vous avez croisé le garçon.

Pojamtchi. Au mètre près seulement, je crois que c'était ici. Je me souviens, il y avait un cheval qui mâchait son foin près de la clôture.

Boudnikov. Marquez l'endroit et signez le plan, indiquez que la croix, c'est vous à tel endroit et à telle date.

Pojamtchi. Pourquoi me représenter par une croix ? Ça porte malheur, je fais plutôt un trait. Comme ça.

Boudnikov. Merci. Maintenant, dites-moi, Pojamtchi, comment pouviez-vous vous trouver au marché de la Place Smolenskaïa en mai 1918 et cela, près de la clôture, alors qu'à ce moment-là, le marché était fermé et que la clôture n'a été posée qu'au printemps dernier ?

Pojamtchi. Ce n'est pas possible !

Boudnikov. Voici le rapport du Conseil municipal de Khamovniki, vous pouvez le lire, il émane de l'Inspection sanitaire municipale, et il y a surtout l'interview d'Oussykine, le directeur du marché…

Pojamtchi. Là-bas, c'est la pagaille noire !

Boudnikov. J'ai prévu une confrontation avec le directeur du marché, l'inspecteur sanitaire et le représentant du Conseil municipal. Est-ce que ça vous va ?

Pojamtchi. Je vous suis infiniment reconnaissant.

Boudnikov. Maintenant, répondez à cela : vous avez déclaré connaître Karf et vous fier à ses compétences. Par l'intermédiaire de nos gens, Karf a procédé à l'estimation des diamants qui lui ont été présentés à Londres : il les a évalués non pas à un million, mais à sept millions de roubles or.

Pojamtchi. Qui ça ?

Boudnikov. Mais Karf, votre super expert !

Pojamtchi. Quand ça ?

Boudnikov. Hier.

Pojamtchi. On peut dire tant de choses…

Boudnikov. Karf pourrait se tromper à hauteur de six millions dans l'évaluation ?

Pojamtchi. Permettez-moi de consulter le document où il certifie la somme de sept millions car vous me voyez perturbé et perplexe.

Boudnikov. Je vous le montrerai en temps utile. J'espère que vous comprenez que le tribunal n'accepterait pas un faux de ma part.

Pojamtchi. Est-ce que je peux regagner ma cellule ?

Boudnikov. Vous vous sentez mal ?

Pojamtchi. Non… Je suis fatigué.

Boudnikov. Je le suis également. Nous poursuivrons quand même. Vous connaissiez des aristocrates de Saint-Pétersbourg et de Moscou, de gros capitalistes, des hommes politiques ?

Pojamtchi. Aucun ne m'aurait laissé mettre les pieds chez lui. J'apportais un joyau quelconque, ils me faisaient un chèque dans le vestibule, ils prenaient l'objet, voilà tout.

Boudnikov. Vous n'aviez fait personnellement affaire avec aucun d'entre eux ?

Pojamtchi. Je ne faisais qu'exécuter les ordres de mes chefs, Ivan Nenakhov et Pavel Riabinine… Tous les deux ont fait la malle, je ne leur dois donc rien.

Boudnikov. Vous n'aviez pas rencontré Razoumovski ?

Pojamtchi. Jamais.

Boudnikov. Ni les Ioussoupov-Elston ? [90]

---

90 La famille Ioussoupov-Elston détient la plus grande fortune de Russie avant la révolution. Le prince Félix Ioussoupov (1887-1967), justicier de Raspoutine, vend à partir de 1917 des tableaux et bijoux de famille et à la veille de l'exil de la famille impériale à Tobolsk, sauve une partie des joyaux de la couronne avec lesquels il financera l'émigration blanche et le général Koltchak. S'établit à Paris en 1919 où il vit dans l'opulence grâce à la vente de ces joyaux, dont la fameuse perle Napoléon.

Pojamtchi. Eux, mon dieu, oui !

Boudnikov. Vorontsov ?

Pojamtchi. Non.

Boudnikov. Et Lvov ? [91]

Pojamtchi. Non plus.

Boudnikov. C'est donc que Vorontsov ment ?

Pojamtchi. Quel Vorontsov ?

Boudnikov. Viktor Vorontsov.

Pojamtchi. Et où est-il ?

Boudnikov. Le connaissez-vous, oui ou non ?

Pojamtchi. Non, je ne le connais pas.

Boudnikov. Même pas de vue ?

Pojamtchi. Non.

Boudnikov. Permettez-moi alors de vous demander en compagnie de qui vous avez passé la soirée à Revel à la taverne de la « Couronne d'or », le 18 mars de cette année ?

Pojamtchi. Moi ?

Boudnikov. Oui, vous.

Pojamtchi. Excusez-moi, mais je ne me souviens pas où, à Revel, j'ai passé la soirée du 18 mars…

Boudnikov. Pojamtchi, arrêtez vos salades. Regagnez votre cellule et ne vous étonnez pas d'y trouver l'une de vos connaissances de Revel.

Pojamtchi se leva de sa chaise et s'écria :

---

91 Prince Gueorgui Lvov (1861-1925), mort à Paris. Nommé chef du gouvernement provisoire par Nicolas II en mars 1917.

— Ne le mettez pas dans ma cellule, je vous en supplie ! Il m'est insupportable de regarder ce monstre ! Je ne peux pas !

Boudnikov ne s'attendait pas à pareille réaction : il avait lancé au hasard cette allusion à un familier, comptant piquer au vif la curiosité de Pojamtchi qui, l'air innocent, tâcherait de savoir de qui il s'agissait et qui, du coup, donnerait peut-être des noms susceptibles d'être utiles au prochain interrogatoire.

— Dans ce cas, prenez ce stylo et écrivez ce que vous savez sur lui, fit Boudnikov avec un bâillement forcé, jouant l'indifférence totale. Pendant ce temps, je prends les dispositions nécessaires pour qu'on le mette dans une autre cellule…

Deux heures après, Pojamtchi avait terminé sa déposition sur Vorontsov : sur les clefs du coffre-fort, sur le plan du cambriolage, sur le fait que l'émigration blanche cherchait à avoir de l'or plutôt que des roubles pour combattre les Soviets.

*

Au cours de la descente au Gokhran, la fouille systématique de tous ceux qui travaillaient sous la direction de Chelekhes ne donna aucun résultat. Pas plus que la perquisition méticuleuse de son domicile. Lorsque les tchékistes arrivèrent à sa datcha, le policier en chef ne put qu'émettre un sifflement : la datcha était plantée au milieu d'un terrain d'au moins deux hectares. La fouille de la maison ne donna rien et il n'était pas question de pelleverser deux hectares ou plus.

— Quelles sont les raisons de mon arrestation ? demanda Chelekhes. Je proteste et me refuse à déposer en l'absence d'un représentant du ministère de la Justice et du Procureur de la République.

En dépit de la déposition à charge de Gazarian, des aveux de Levitski s'agissant des diamants que lui avait remis Chelekhes, des poupées auxquelles on l'avait confronté et qui étaient destinées à un neveu fictif nommé Auguste, à toutes les autres questions, Chelekhes opposait soit le silence soit le déni complet.

Kropotov, décédé d'un infarctus au moment de son arrestation, était le maillon manquant dans l'inculpation de Chelekhes.

— Gazarian me calomnie, je ne peux prendre au sérieux les accusations d'un filou doublé d'un salaud ; Levitski, lui, est un vieux spécialiste qui sue la haine. S'agissant d'Auguste, permettez-moi d'appeler mon neveu quelqu'un qui m'est cher et dont j'ai assuré en grande partie l'éducation, vous pouvez le convoquer le jour du procès. Ce n'est pas ma faute si quelqu'un a fourré des diamants dans les poupées de Khokhloma : je n'ai pas l'intention de prendre sur moi la faute d'autrui !

Boudnikov rapporta à Boki tous les faits concernant Chelekhes. Boki l'écouta comme à l'accoutumée, d'un air morne, et suggéra ceci :

— Laisse-moi m'entretenir avec lui. Là, dit-il en montrant du doigt plusieurs feuilles posées sur la table, tu vois toutes les lettres que j'ai reçues ? On demande sa libération et on se porte garant pour lui.

*

— Bonjour, Iakov Chelekhes, je m'appelle Boki et je suis un camarade de votre frère Fiodor.

— Je n'imaginais pas rencontrer un jour un camarade de Fiodor dans une cellule pénitentiaire.

— Moi non plus.

— Ce n'est pas ma faute, camarade Boki, ce n'est pas ma faute.

— C'est peut-être la mienne ?

— Celle de vos collaborateurs peu scrupuleux, voilà tout.

— S'il y a bien quelqu'un qu'il nous coûte d'arrêter, c'est bien vous.

— Le collaborateur qui m'interroge a énuméré mes torts : la déposition de Gazarian, mon amitié avec feu Kropotov, les bredouillis de Pojamtchi et, enfin, le colis expédié à Revel. À regarder les choses avec un minimum de logique, aucune de ces accusations ne tient, elles tombent au moindre souffle d'air.

Boki se mit soudain à sourire : un sourire éclatant, désarmant de gentillesse.

— Bon, soufflez pour voir. Ma parole, je suis prêt à souffler avec vous.

Chelekhes s'essuya le front avec sa grosse patte, il marmonna dans sa barbe et ouvrit largement la poitrine :

— Bon, même si ça ne joue pas en ma faveur, gardez cette position devant le tribunal.

— Mais ce n'est pas moi qui mène l'interrogatoire !

— La mémoire ne servirait donc à rien ? Bon, prenons Gazarian. C'est le premier point. On peut accuser n'importe qui de n'importe quoi. Pourquoi prêtez-vous foi à un flibustier et pas à moi ? Où sont les preuves ? Est-ce que j'avais des diamants dans la poche ? Dans quelque cachette à la maison ? Où sont-elles, les preuves ? Point deux : Kropotov. Comment peut-on m'imputer sa mort ? Le colis ? Je ne le nie pas, je l'ai fait passer à la camarade Kozlovskaïa en lui demandant de l'inspecter, elle vous le dira si vous le lui demandez, mais elle a refusé de regarder. Levitski ? Il est comme il est. Que faire si on me diffame ?

— « Celui qui a commis le crime est celui à qui profite le crime. » Ce sont les Anciens qui le disaient déjà. Qui a intérêt à vous diffamer ?

— Ceux qui ont mes frères Fiodor et Ossip en travers de la gorge.

— Je vous écoute très attentivement et suis disposé à continuer, mais je vous prie de ne pas mettre à profit les noms de vos frères.

— Les évoquer n'est pas en tirer parti.

— La manière dont vous le faites, nourrit la suspicion et cela ne plaira pas au tribunal, croyez-moi.

— Si je comprends bien, malgré l'absence de preuves, vous décidez de me traîner devant le tribunal ?

— Croyez-vous vraiment qu'on vous condamnera sans preuve ?

— Vous parlez de franchise ! Vous me faites peur avec des preuves à venir que vous me taisez… Fiodor a de drôles de camarades !

— Qui vous est le plus précieux, vos frères ou la patrie ?

— Cela n'a rien à voir.

— Dites qui ?

— Ce n'est pas comparable : il y a la raison, mais aussi le cœur.

— Que pensez-vous que répondra Fiodor si je lui pose la question ?

— Je ne sais pas. Mes frères sont différents de moi. Ils répondraient sûrement que la révolution leur est plus chère que leur frère.

— C'est vrai qu'ils répondront ainsi. Écoutez-moi bien, je suis en train de violer toutes les lois. Vous me dites où sont les joyaux et nous ferons tout notre possible pour vous laisser la vie sauve. Vous comprenez qu'avec ces maudites pierres, nous devons acheter du pain pour les enfants affamés. Vous avez vous-même des enfants. Je vous supplie de me comprendre et de faire en sorte que je puisse vous aider… Nous avons des preuves contre vous et, si nécessaire, nous en trouverons d'autres. Aussi, si vous dites – sans que l'aveu soit consigné dans le protocole, juste comme ça – où on peut les trouver, mon Dieu, je ferai tout mon possible pour arrondir les angles. Sans quoi, je ne veux pas vous faire peur, il me sera difficile de vous aider, même par amitié pour Fiodor.

— C'est du chantage, citoyen Boki, fit Chelekhes après une courte réflexion, et je le ferai savoir aux autorités et au tribunal !

Boki s'affaissa contre le dossier de la chaise comme s'il avait reçu un coup violent. Puis il se leva lentement et, le dos voûté, sortit du bureau. Sur le seuil, il s'arrêta et posa sur Chelekhes un regard perplexe.

Boudnikov, qui l'attendait, lui demanda :

— Alors, ça s'est bien passé ?

Sans un mot, Boki s'en tint à un geste las et continua vers son bureau.

Dans la salle d'attente, il trouva le secrétaire Ounchlikht.

— De la part de Vladimir Ilitch, lui dit-il en lui tendant un téléphonogramme. Il veut connaître les raisons de l'arrestation de Iakov Chelekhes et demande s'il est possible avant le procès de le libérer sous la caution de camarades du Parti ou de le transférer des locaux de la Tchéka à la prison de Boutyrka.

Boki saisit un stylo et écrivit d'un trait, sans rature, comme s'il s'attendait depuis longtemps à pareille requête :

« *Camarade Ounchlikht,*

Iakov Chelekhes a été arrêté dans l'affaire du Gokhran et accusé de vol d'objets précieux. Il me paraît impossible de le libérer avant le procès, vu le cours de l'enquête. Je juge également nécessaire qu'il soit détenu dans la prison de la Tchéka.

Boki »

Avec un doigt, il tapa la deuxième lettre à la machine :

« *Camarade Lénine,*

Vous m'avez confié le soin de mener l'enquête dans l'affaire du Gokhran. Je vous informe chaque semaine des résultats obtenus.

Parmi les personnes arrêtées liées à cette affaire se trouve le frère de notre Chelekhes, le citoyen Iakov Chelekhes, expert en joyaux, à propos duquel plusieurs personnalités de haut rang, y compris vous-même, Vladimir Ilitch (votre requête n° 691 adressée à Ounchlikht, en date du 8 de ce mois), ont exprimé leur inquiète sollicitude. Ces innombrables marques d'intérêt quotidien détournent de l'essentiel et affectent inévitablement le cours de l'enquête.

Ayant moi-même consacré beaucoup d'attention au dossier, je vous prie instamment, Vladimir Ilitch, de m'autoriser à faire complètement abstraction des démarches et des pressions, d'où qu'elles viennent. Dans le cas contraire, je vous demande de prendre les mesures pour que le dossier soit confié à quelqu'un d'autre.

Boki »

*

« Camarade Boki,

Dans votre lettre à propos de Chelekhes (Iakov), vous écrivez que l'on "exprime une inquiète sollicitude", y compris Lénine, et vous demandez que l'on "vous autorise à négliger complètement ces marques d'intérêt et ces pressions".

Je ne puis y souscrire.

La requête que j'ai faite ne procède d'aucune "inquiète sollicitude", "pression" ou "démarche".

Je me vois obligé de vous interroger puisque vous exprimez des doutes sur la justesse de ma position.

Vous êtes dans l'obligation de me répondre sur le fond : les conclusions et les preuves sérieuses sont telles et telles, je suis contre la remise en liberté, contre l'adoucissement de la peine, etc.

J'attends de votre part une réponse sur le fond.

Vous pouvez écarter les démarches et les "marques de sollicitude". Quant aux pressions, elles sont illégales. Mais, je vous le redis, vous avez tort de voir dans la requête du Président du Conseil du Commissariat du peuple de la sollicitude ou une quelconque pression.

Le président du Conseil du Commissariat du peuple,
V. Oulianov (Lénine) »

*

« Camarade Lénine, je vous demande de permettre que nous soit adressée la conclusion définitive du dossier

concernant Iakov Chelekhes dix jours après que l'opération indispensable aura été effectuée à Revel, laquelle relève de l'autorité de notre résident en Estonie, Fiodor Chelekhes, frère de l'accusé.

Boki »

*

Après quoi, Boki téléphona au service étranger de la Tchéka et prit avec eux toutes les mesures pour que l'on envoie d'urgence à Revel l'Estonien Viktor Piperal[92], puis il convoqua les collaborateurs du service d'expertise scientifique et technique. Après leur avoir mis sous les yeux la lettre chiffrée au « neveu » et le témoignage rédigé de sa propre main par Iakov Chelekhes, ainsi que la protestation du même Chelekhes à l'adresse de Dzerjinski contre « l'arbitraire et l'injustice de la Tchéka », il déclara :

— Vous avez trois jours, cinq au plus. Votre mission est d'établir l'identité des écritures ; de décoder la lettre au neveu à l'aide du modèle de chiffrage du ministère des Finances et du Gokhran pour les objets précieux ; de donner la date à laquelle a été écrite la lettre au « neveu ». Tout est-il bien clair ?

92 Fusillé en 1939. *Note de l'auteur.*

Quand les routes se croisent

« Cher camarade Lénine, mon frère Iakov Chelekhes a été arrêté à Moscou par la Tchéka. Je ne puis croire qu'il ait commis un crime contre la république des Soviets. Il n'est pas membre du Parti, mais nous avons caché chez nous Kamenev, Skrypnik, Tomski, Krestinski, Enoukidze lorsqu'ils étaient traqués par la police secrète du tsar. Je vous demande de donner l'ordre de démêler cette affaire avec le plus grand soin. Si des interventions s'avèrent nécessaires, de vieux camarades qui ont fait leurs preuves dans le combat pour la révolution sont prêts à appuyer ma demande.

Ossip Chelekhes,

Direction politique de l'armée, section 5 »

*

Oulian Kalganov était un type tranquille. Pour certains, il était complexé par sa voix fluette qui ne concordait pas avec son corps énorme et son cou de taureau, un cou si figé que lorsqu'on le hélait, il devait tourner le torse entier ; pour d'autres, il aurait appartenu à la secte des vieux-croyants, ce qui expliquait sa méfiance envers les gens et sa communication exclusive avec sa bonne femme ; les troisièmes enfin le prenaient pour un simple d'esprit.

Il ne buvait pas, évitait la bamboche et même pour la Saint-Pierre, il s'abstenait de porter la coupe aux lèvres :

enfant, il avait été enivré par son père et avait passé deux jours entre la vie et la mort, se vidant à force de vomir jaune. Depuis, la simple odeur de la vodka lui retournait l'estomac.

Les hommes ne l'aimaient pas pour cette raison, en revanche les femmes enviaient Frossia, l'épouse : « Si les nôtres attrapaient ce mal, ce serait le bonheur… »

Il avait été refusé par le conseil de révision pour partir à la guerre : son œil gauche était aveugle, même si cela ne se voyait pas. Un œil normal avec une pupille portant une tache jaune.

À partir de ce moment sa vie changea. Il n'était resté au village que cinq hommes or, à la lisière de la taïga, ce n'est pas la terre qui manquait. Aussi les femmes des soldats partis au front vinrent lui demander de l'aide. Il aida tant et si bien que le printemps et l'été tannèrent sa peau et desséchèrent son corps. Ses épaules prirent encore plus d'ampleur, ressemblant aux ailes déployées d'un grand oiseau.

L'automne venu, la récolte achevée, il prit aux femmes le quart de la production comme le commande le précepte chrétien. Il partit à la ville et revint avec un petit tsigane : ils conduisaient trois chevaux, un taureau et cinq vaches, c'est dire si le grain s'était bien vendu.

Le printemps suivant, Oulian travailla de l'aube au crépuscule avec son tsigane, et, l'automne venu, il ramena encore cinq chevaux et neuf vaches.

Dorénavant, une fois par semaine le patron de la laiterie, le vieux Nadéïne, venait dans son tarantass prendre trois tonnelets de crème bien jaune.

L'hiver, on envoya au village trois cents jeunes appelés. Ils étaient commandés par le capitaine Tarykine qui logea chez les Kalganov ; leur coquette maison sentait bon le cèdre et le pain.

— D'où tiens-tu cette fortune ? s'enquit Tarykine après le dîner, lorsque Frossia apporta le samovar et une bouteille de vin doux. Que fais-tu de ton argent ?

Et, tout à coup, Oulian se mit à causer. D'une voix non plus fluette mais bien posée, un brin chicaneuse, une de ces voix de poitrine qui émettent une odeur forte si l'on s'approche.

— Monsieur l'officier, c'est la question que je me pose ! Nous sommes d'une ignorance crasse, peut-être allez-vous me conseiller ?

— De quelle ignorance parles-tu ? rétorqua le capitaine. Tu ne parles pas comme une dinde, c'est pas comme mes gars : on ne comprend goutte à leur bla-bla.

— J'ai l'habitude de parler avec les gens au-dedans de moi - là, tout va bien, j'ai pas à m'énerver. Les mots reposent, épaississent, et ça sort.

— C'est justement ça, parler comme une dinde : « les mots reposent, épaississent et ça sort » ! Qu'est-ce que ça veut dire ? De quoi tu parles ?

— Je dis, monsieur l'officier, que le lait repose, épaissit, donne la crème avec quoi on fait le fromage blanc. C'est pareil avec les mots.

— Puisque tu le dis... Mais quel conseil attends-tu de moi ?

— Quoi faire de l'argent qui me reste ?

— Ouvre une petite fabrique… Fais du goudron ou installe une forge.

— Les gens vont être jaloux. Chez nous, on n'aime pas ceux qui sautent de la grange au château. Moi, je reste tranquille et, en plus, je suis borgne. Si tu t'avises d'acheter une fabrique ou d'ouvrir un cabaret, t'as pas fini, tu deviens un sale exploiteur !

— Faut pas faire attention aux qu'en-dira-t-on, Oulian. Dans ce monde, la force est respectée. On peut bien te détester et de haine cracher sur toi dans ton dos, devant on sera tout sourire et on te fera des courbettes.

— Ça marche quand le sang vient d'ailleurs, moi je suis un gars d'ici, la trouille, on s'en débarrasse pas comme du petit lait… Il me faudrait un associé, dit Oulian en jetant un regard soupçonneux sur le capitaine. Comme quand je faisais l'intendant pour le seigneur.

— Tu lui donneras combien à l'associé ?

— On peut s'accorder.

— Lâche le morceau ! C'est comme quand j'ai pris un journalier pour faire le potager : « Combien veux-tu ? » ; « Ce que vous me donnerez. » ; « Sapristi, c'est toi qui bosses ! Il vaut quoi, ton boulot ? » ; « Ce que vous me donnerez. » Alors, je lui ai donné un kopeck et je l'ai chassé d'un coup de pied au cul. « Reviens quand tu sauras combien je dois te payer ! »

— Cinq pour cent du chiffre d'affaires, monsieur l'officier.

— Ton chiffre d'affaires, il fait combien ? Un rouble argent ?

— Oui, j'ai idée que je peux vous rétribuer cinq cents roubles par an.

— Me rétribuer ? L'ami, je ne suis pas un simple moujik ! J'ai besoin d'argent pour vivre. Je fais la guerre, pas la chasse. Envoie-moi cinq cents roubles par an et fais venir le chef du village pour que je rédige l'accord. Alors, ce sera un cabaret ou une fabrique ?

— Écrivez donc que Oulian Kalganov est votre intendant et que vous le chargez d'ouvrir une affaire qu'il va diriger à son gré. Point final.

— Non, je vais ajouter les cinq cents roubles.

— Monsieur l'officier, vous reviendrez de la guerre et vous me dépouillerez de tout ?

— File-moi mille roubles et j'écris que contre cette somme je renonce à toute prétention…

En 1920, Oulian subit la réquisition.

Tarykine ne tarda pas à arriver de la taïga, la manche gauche vide, rangée dans la poche de sa vareuse. Il se prélassa tout un mois dans le grenier de Kalganov en dévorant ses patates au lard. Un soir, il finit par l'interroger :

— Alors quoi ? Tu t'es fait avoir ? Et tu vas longtemps rester assis sans bouger ?

— On ne peut rien contre le pouvoir…

— Quel pouvoir ? Tu parles d'un tas d'ivrognes qui se sont hissés tout en haut, des fainéants ! Qui commande au village ? Une grande gueule qui n'a pas un sou vaillant !

— Mais il a un révolver.

— Tu comptes donc attendre ?

— Je crois que oui.

— Bon, bon, fit Tarykine en s'allongeant confortablement dans le foin. Bonne chance !

— Soit on améliorera la condition du moujik, soit le sang coulera.

— Si c'est le sang qui l'emporte, qui va commencer ?

— Pas moi.

— Pour vous, c'est toujours aux autres d'agir.

— Et vous ? Vous avez caché des mitraillettes dans la taïga, vous devriez commencer.

— Pour se servir d'une mitraillette, il faut deux bras, Oulian… Sans quoi, j'aurais déjà commencé.

— Vous pouvez toujours descendre le chef du Comité des paysans pauvres. Et après ? Un escadron viendra de la ville pour régler votre compte.

— La taïga est immense, j'irai me cacher.

— On remplacera le chef du Comité.

— Je le descendrai aussi : je sortirai de ma taïga et fini.

— On en enverra un troisième.

— Il faudra le liquider aussi. Tout le monde sera alors saisi de trouille. En Russie, il n'y a pas de vie sans frousse. On ne comprend pas la discussion. Le seul langage qu'on comprenne, c'est la peur !

En février 1921, la révolte éclata s'étendant jusqu'aux steppes de l'Oural, embrasant les provinces d'Omsk et de Tobolsk. Une armée de 40 000 moujiks.

La nuit du 27 février, Oulian réveilla Tarykine et lui dit :

— Descends du poêle, le samovar est prêt.

Le vin rouge doux qu'il buvait pour la deuxième fois de sa vie le rendait étrangement euphorique ; sensation de brûlure au ventre, douceur suave sous la langue, vertige et bourdonnement dans la tête.

— Où sont les mitraillettes, monsieur l'officier ? Le moment est arrivé.

— Tu es capable de les dégager sous la neige ?

— La besogne, ça me connaît.

Le lendemain, Oulian et Tarykine mitraillaient le Comité des paysans pauvres ; ils allaient de maison en maison et, depuis le seuil, descendaient les membres au petit bonheur, comme à la chasse au canard, quand on tire sur les oiseaux prenant leur envol.

Lorsque l'Armée rouge donna l'assaut, Tarykine et Oulian s'évanouirent dans la taïga en emmenant avec eux une douzaine de moujiks pour passer au Xinjiang, chez les Chinois. Avant de quitter sa maison, Oulian avait longuement erré dans les pièces : il avait fait le tour de la salle, lissé les plis de la nappe à franges de satin blanc, arrosé les géraniums sur le rebord des fenêtres, vérifié que les boîtes dans les commodes étaient bien fermées, redressé le grand panneau sous verre des portraits des ancêtres accroché au trumeau.

— Mon Oulian, tu fais quoi ? lui avait demandé sa femme d'une voix tremblante. Tu fais quoi là ?

— Fous-moi le camp, avait-il répondu doucement. Fous-moi le camp d'ici…

« Pourquoi fait-on de nous des bêtes sauvages ? avait-il songé. Pourquoi est-ce qu'on nous rejette dans la taïga ? »

— Mon Oulian, avait insisté sa femme, tout le monde nous attend. Allons-y, mon cœur. Les charrettes sont dans la cour.

Il s'était levé d'un bond, s'était signé devant les icônes, en avait décroché une qu'il avait tendue à sa femme :

— On l'emporte.

Quand les charrettes furent dans la rue, Oulian avait sorti de son sac deux grosses bombes bricolées, avait sauté de l'attelage après en avoir confié les rênes à Frossia et avait couru vers la maison. Il avait soigneusement cassé le carreau d'une fenêtre, ôté l'opercule de la bombe qu'il lança dans la salle et s'était couché par terre. Quelques instants plus tard, la maison avait été comme déracinée : les planches s'étaient envolées, la porte était sortie de ses gonds, une lourde fumée brunâtre montait du désastre.

Plus tard, Tarykine devait l'interroger sur la raison de son geste.

— Le chemin est difficile et je ne suis pas armé pour la haine. Maintenant je suis sans toit, j'ai coupé le cordon et j'ai plus rien à perdre.

C'est ainsi que la troupe de Kalganov et de Tarykine s'enfonça en Sibérie.

Qu'ils parcoururent plus de mille verstes avant d'arriver

à Irkourtsk, juste au moment où passait sur la piste la vieille guimbarde de Chelekhes accompagné de Vladimirov.

*

Ossip Chelekhes était allé prendre Vladimirov car il devait le conduire à la brigade n°3, pour une conférence aux soldats.

Comme à son habitude, Vladimirov tançait Ossip :

— On avait un magnifique organisme de formation des maîtres, mais non, il fallait tout changer et le baptiser « direction de la culture populaire ». En trois ans, vous ne ferez pas un maître d'école avec un ignorant. Vous obtiendrez juste un monsieur-je-sais-tout ! Ossip, tu m'écoutes ?

— Pas vraiment, répondit Chelekhes. Ses pensées étaient ailleurs : à Moscou.

— Qu'y a-t-il ?

— Rien.

— Soit tu écoutes, soit je pique un somme.

— Tu peux compter sur les nids de poule pour sommeiller, ironisa Ossip.

— « Dans cinq cents ans, les routes de Russie auront changé de visage, elles se rejoindront, se croiseront », prédisait Pouchkine. C'est bien la seule fois où notre poète s'est trompé.

— Dis-moi, sembla se rappeler Chelekhes en se tournant vers Vladimirov, il paraît que tu aurais dit qu'il fallait accrocher dans les musées les portraits des tsars. Ce sont sûrement des racontars ?

— Pourquoi donc ? C'est vrai. Pas les portraits de tous, certes, mais ceux d'Ivan le Terrible, de Pierre le Grand, d'Alexandre II doivent absolument être exposés !

— Et Stolypine[93], Witte[94] ? On les met aussi au musée ?

— Naturellement. Ce sont des jalons de l'histoire de l'État russe. On ne peut comprendre notre combat sans tenir compte de leur programme.

— Sais-tu quoi, mon cher... Je suis d'une nature scrupuleuse et je ne peux oublier que j'allais à la Tchéka pour me faire une opinion plus précise à ton sujet. Autrement, parole d'honneur, j'aurais été le premier à te dénoncer. À t'isoler comme élément néfaste. Et qu'est-ce que tu viens nous chanter là ? Mettre le Nicolas II dans un musée soviétique ! Mais les travailleurs y mettront le feu, à ton musée. Et ils auront raison. Tu ne changes pas, un vrai serpent, tu prends les choses de loin, sans avoir l'air d'y toucher et à l'arrivée, on a la restauration de la monarchie !

Le chauffeur se retourna et, avec un sourire qui découvrait une denture étincelante au milieu d'un visage gris de poussière :

— Camarade Chelekhes, moi je suis jeune et je suis curieux de voir la tête du Nicolas II. On dit qu'il avait toutes

93 Piotr Stolypine (1862-1911), Premier ministre de Nicolas II de 1906 à 1911. Réforma l'économie russe en liquidant les vestiges de la féodalité.

94 Sergueï Witte (1849-1915), ministre des Finances sous Alexandre III et Nicolas II. Opposé à l'entrée en guerre de la Russie en 1914.

ses dents en or et gardait un œil vigilant qui le faisait cligner.

— Tu vois, dit Chelekhes d'un air réjoui, tu as un partisan. Avec des dents en or.

— Qu'est-ce qui vous intéresse dans le portrait de l'ancien tsar ? demanda Vladimirov au chauffeur.

— Il est toujours intéressant de voir de près celui qu'on a liquidé. Sur Pouchkine, à l'école technique, on nous a aussi raconté qu'il venait d'une famille de tsars africains. Une tête toute bouclée comme la vôtre, camarade Chelekhes. Dans notre rue, il y a un accordéoniste qui s'appelle Kondrat Oussykine. Il compose des chansons. Si quelqu'un vient le voir, il improvise en son honneur. C'est beau à en chialer. Pour mon père, il a composé ceci : « Ton garçon ira loin, il voguera bientôt sur les mers, le navire file sur les flots, les cygnes volent au-dessus… » C'est-y pas beau ? Sans Pouchkine, y aurait-il eu un Oussykine pour chanter si bien ?

— Sais-tu ce qui me faisait peur en toi ? reprit Ossip. Que tu ricanes sur les simples gens, comme le font tes petits intellos à l'université.

— Ossip, tu ne sais rien de l'intelligentsia russe. Je suis persuadé que tout ce que tu as entendu dire sur nos révolutionnaires, les *narodniki*[95], c'est qu'ils avaient fait fausse route. Pas vrai ?

— Ils auraient peut-être été sur la bonne voie ?

95 Mouvement révolutionnaire du dernier tiers du XIXème siècle engageant les intellectuels socialistes à « aller au peuple ».

— Non, mais au fond que sais-tu d'eux ? Du propriétaire terrien Radichtchev [96] ? Ou de l'aristocrate Tchaadaïev[97] ?

Chelekhes soupira, se roula un cigare et dit :

— Sais-tu ce que je pense ? Il est capital que d'ici la victoire de la révolution sur le plan mondial, le peuple soit imprégné d'amour pour la République des soviets et de haine pour ses ennemis. Quand nous aurons triomphé, on pourra discuter avec tes intellectuels, mettre les choses au clair. D'instinct, je comprends ce que tu veux. Mais toi aussi, tâche de nous comprendre. Y a rien à bouffer. Les usines sont à l'arrêt. Sous Nicolas II, on sortait trente-cinq mille kilos d'or par an, et nous, nous en tirons trois mille à tout casser. Ni dragues ni chevaux. Il n'y a rien du tout. Nous avons pu mener à bien l'expédition de la mer de Kara [98] ? Certes. Envoyer nos bateaux en Europe ? Aussi. Nous avons su ouvrir une université ? Oui, alors qu'ici, à Irkoutsk, tes intellectuels en rêvaient depuis soixante-dix ans ! Organiser les recherches géologiques en Sibérie

---

96 Alexandre Radichtchev (1749-1802), auteur du *Voyage de Saint-Pétersbourg à Moscou* qui lui valut d'être condamné à mort et finalement exilé en Sibérie.

97 Piotr Tchaadaïev (1794-1856), auteur des *Lettres philosophiques adressées à une dame*, écrites en français. Condamné à ne plus rien écrire après la parution de la première lettre.

98 Stockés à l'embouchure des fleuves sibériens, sur la mer de Kara, les fourrures, le lin, le poisson et le beurre sibériens étaient échangés contre des machines agricoles et divers équipements européens.

orientale ? Parfaitement. Cette année, des expéditions ont été envoyées dans la taïga à la recherche de manganèse, de charbon, de fer et d'or. N'avons-nous pas ouvert une galerie d'art ? Cela, en partie grâce à toi… Même si c'est moi qui en ai pris le risque. Quand nous pourrons nourrir, vêtir le peuple, le défendre contre les attaques des Japonais et des Chinois, les choses seront bien différentes. Et toi, en attendant, tu crées la chienlit avec tes discours, or le désordre apporte le sang et tu en serais la première victime…

*

— Le chauffeur, tu le vises à la nuque, dit Tarykine à Oulian.

Le coup de feu éclata, l'écho se répercuta bruyamment dans la taïga. Le chauffeur s'effondra sur le volant et la voiture quitta la piste et s'arrêta le nez contre un arbre.

Chelekhes sortit son mauser et dit à Vladimirov :

— Couche-toi, ils vont maintenant tirer sur nous.

Vladimirov se pencha sur le chauffeur, enlaça ses épaules et l'attira vers lui. Le corps du gamin se rétractait légèrement ; un petit trou noir était visible sous l'oreille, la tempe droite avait été fracassée. Le sang pulsait de l'énorme plaie déchiquetée.

— Attrape la carabine que j'ai sous les pieds, fit Chelekhes. Et sors de la voiture, échappons-nous dans la taïga.

Il sauta au sol. Un deuxième coup de feu retentit. Chelekhes poussa un cri et lâcha le révolver : il avait été touché au coude.

C'est alors que sortirent de derrière les arbres Tarykine, Oulian et cinq autres types.

— Bravo, les commissaires ! fit Tarykine. T'as un bobo au bras, le frisé ?

Ossip riposta :

— Il n'y a ici qu'un seul commissaire. Le vieux est un sans-parti.

— Et pourquoi il se balade avec toi ? s'étonna Tarykine qui bouscula Chelekhes avec la crosse de sa mitraillette. Allons dans la taïga.

— Adieu, Vladimirov, fit Chelekhes.

Tarykine interrogea Vladimirov :

— Qui êtes-vous ? Nous pendons les commissaires, nous fusillons leurs compagnons et nous relâchons ceux qui ont été dupés.

— Oui, il a été dupé, proféra Ossip dans un gémissement (le sang giclait de son coude en jet continu).

— Non, je n'ai été dupé par personne, murmura Vladimirov. Il toussota et répéta : Personne ne m'a trompé, citoyens.

— S'il a été trompé, qu'il parte, dit Oulian. Il a une bonne tête, une tête d'ici, on y voit de la bonté.

— Je le répète : personne ne m'a dupé ! insista Vladimirov.

Tarykine se retourna prestement et frappa Ossip d'un coup de crosse au visage, celui-ci tomba.

— Bandit ! grommela Chelekhes. Le saligaud ! Le peuple révolutionnaire te fera la peau ! Et vous, les connards, qu'avez-vous à suivre ce sang bleu ? C'est un seigneur ! Ligotez-moi cette crapule !

Tarykine se mit à rire :

— Un propagandiste, un agitateur ? Alors, on va pas le pendre, mais le faire cramer sur un bûcher comme Giordano Bruno. Qu'il se rétracte. Hé, grand-père, ça fera un beau spectacle, hein ?

Vladimirov ne s'y attendait pas lui-même, mû par un réflexe, il cracha au visage de Tarykine.

— Vous êtes une ordure ! cria-t-il. Une ordure !

Tarykine alla d'un bond lui asséner des coups de pieds au ventre. Vladimirov s'effondra sans un mot, d'un coup, tandis que Tarykine se laissait choir sur le côté en s'appuyant sur son bras valide. Il resta un instant les yeux fermés, puis se frotta le visage avec une poignée de mousse odorante et finit par dire :

— Bon, qu'ils aillent au diable, le spectacle a assez duré. Allez les gars, finissons-en.

*

« Considérer l'arrestation d'Issaïev comme illégale, en conséquence de quoi, ordre est donné de le libérer.

Neumann

Contresigné : Einbund »

*

« Le ministère des Affaires étrangères exprime ses respects à l'ambassade d'Allemagne en Estonie et prie l'ambassadeur plénipotentiaire de prendre toutes les mesures pour que soit mis fin à l'activité de monsieur Otto Nolmar, jugée incompatible avec sa qualité de diplomate. Au cas où Nolmar resterait à son poste, en contradiction avec les principes d'une puissance souveraine, le ministère des Affaires étrangères considèrera Otto Nolmar comme persona non grata et exigera son expulsion.

Confier à A. Schwarzwasser l'enquête sur l'activité illégale des membres de la police secrète suivants : F. Tamman, V. Graube, R. Wallenstein, O. Kerer ; transmettre à A. Schwarzwasser les dossiers n°4 et n°9 portant mention "top-secret". Exiger que A. Schwarzwasser mette les dossiers n°4 et n°9 à l'abri dans un coffre spécial aussitôt l'enquête terminée.

A. Neumann

Contresigné : Einbund »

*

« Je demande instamment à A. Neumann de fournir à Schwarzwasser tout le concours nécessaire dans cette affaire et de rester en contact avec le ministère des Affaires étrangères, aucune démarche ne devant être entreprise sans son accord.

Einbund »

*

(Chronique du journal Fils de la nation*)*

« O. Nolmar, ancien attaché allemand au commerce en poste en Estonie est arrivé hier de Revel à l'issue d'un scandale dont les détails n'ont pas encore été révélés »

Cependant l'opération n'est pas encore terminée

Lorsque le gardien entra dans la cellule et déclara que Neumann désirait voir Issaïev, ajoutant tout bas avec un clin d'œil : « Visiblement, on vous libère », Nikandrov se tourna vers le mur et se couvrit la tête avec la couverture grise qui sentait fort le phénol.

— Tout de suite, fit Issaïev. Dans dix minutes, je serai prêt, d'accord ?

— Bien. J'attends.

Nouveau clin d'œil et le gardien sortit.

— Leonid, s'il vous plaît, sortez la tête de la couverture. J'ai quelque chose à vous dire.

— Je vous écoute.

— Mon cher écrivain, il y a me concernant trois scénarios possibles : ils me libèrent et ils inventent quelque coup fourré, ils me tirent, par exemple, un coup de feu dans le dos ; ils essaient de faire de moi un salaud et, enfin, troisième possibilité, ils me libèrent au prochain interrogatoire. Mais si nous envisageons les choses à partir du premier scénario et que je ne me laisse pas facilement occire, au cours de la semaine suivante, ils vous libèreront…

— Vous pensez que je vous envie ?

— Dans votre situation, ce serait assez naturel.

— Pourquoi donc ? demanda Nikandrov qui rejeta la couverture et s'assit sur le lit. Pourquoi ? C'est minable et dégoûtant, mais c'est vrai, j'avoue que je vous envie… Je ne suis qu'une merde, Maxime ! Une merde !

— Arrêtez, Leonid… Si je ne justifie pas tout par les circonstances, je les prends en compte. On vous demandera sans doute si vous estimez être un citoyen de la République socialiste fédérative soviétique de Russie. Même si vous choisissez après votre libération de vous rendre à Paris, ne récusez pas votre nationalité car c'est ainsi qu'on pourra se battre pour vous.

— Je comprends… Mais nous ne nous reverrons plus, je ne sortirai pas vivant d'ici ; ils savent que je raconterai à tout le monde comment ils m'ont traité…

— Qui en sera troublé ? La prison n'est pas une maison de santé.

Issaïev eut un petit rire et posa sa main sur le genou pointu de Nikandrov.

— Eh bien, bonne chance, Leonid. Dieu veuille que nous nous revoyions !

Ils s'étreignirent maladroitement et s'embrassèrent trois fois.

— Trois fois, comme à Pâques, sourit Issaïev qui tambourina sur la porte de fer.

Le gardien lui fit à nouveau un clin d'œil. Issaïev regarda le grand gaillard roux d'un air interrogateur.

— Tout le monde croit que je le fais exprès, mais non, j'ai la paupière qui saute depuis l'enfance.

Ce n'est qu'en sortant du bureau de Neumann qui lui avait remis le décret de libération, après la fouille rapide qu'il subit à la sortie, où deux gardiens vérifièrent ses poches sans même l'obliger à retirer ses chaussures, ce n'est que quand il aperçut Lida Bossé assise dans un taxi décapotable qu'Issaïev éclata de rire en repensant au gardien rouquin clignant de l'œil, affichant un bon sourire coupable.

— Maxime, votre barbe a poussé et cela vous va bien, vous avez l'air plus viril, lui dit Lida Bossé.

— J'en tiendrai compte.

— La prison est terrible ?

— Tout à fait.

— Je craignais que vous ne disiez le contraire.

— Vous ne prenez pas de risque en venant m'accueillir ?

— J'estime que l'on ne doit pas avoir peur du destin. Il faut le tenter… Et puis Roman me l'a demandé… Après la prison, tout le monde veut dormir. C'est vrai pour vous ?

— Non, moi j'ai envie de bouger.

— Faites de l'exercice… J'ai ce soir une soirée-bénéfice à l'Apollon, Roman vous y retrouvera. Les sucreries vous ont manqué ? Vous ne refuserez pas un gâteau ?

— J'ai envie de gardons.

— De gardons ? Bizarre… Autrefois on en donnait aux prisonniers trois fois par semaine. J'ai été élevée en prison… Mon beau-père était le curateur des prisons de Transbaïkalie.

Issaïev la regarda avec stupéfaction.

— Ça vous étonne ? Je l'ai descendu... Il a fait donner les verges à un homme que j'aimais et qui s'est ensuite suicidé.

— Si je me souviens bien, ce curateur s'appelait Vinogradov ?

— J'espère que vous-même vous ne portez pas ici le nom de votre père ?

— Et le suicidé n'était autre que le bolchevik Sergueï Blinov, n'est-ce-pas ?

— Oui, et c'est pourquoi je suis du côté des bolcheviks. Pour cette raison-là je suis avec vous, ajouta-t-elle doucement, avec gravité. Je suis bien partie pour vous comme espionne chez Denikine.

Quand ils arrivèrent dans sa chambre, Lida appela le valet de chambre :

— Apportez-nous s'il vous plaît du gardon et de la vodka. Et si c'est possible, elle jeta un coup d'œil sur Issaïev, des pommes de terre à l'eau, du caviar et des brioches bien chaudes.

Lorsque le garçon, après sa courbette, s'en fut prestement chercher la commande en traînant la jambe gauche, Lida demanda :

— J'ai bien deviné ?

Issaïev se contenta de lui sourire, pensant immédiatement à Nikandrov qui lui avait dit : « Maxime, tout homme est une merveille extraordinaire et rien n'est plus monstrueux que de le qualifier de "simple". Vous y mettez le sens que vous voulez, mais le mot reste utilitariste et vous en êtes vous-même amoindri. »

Il s'endormit dès que sa tête toucha l'oreiller. Il rêva qu'il était chez lui à Moscou et que le docteur Toumarkine était venu. Il lui était apparu tellement réel, avec tous les détails physiques, des duvets du crâne aux veines parcourant sa calvitie en forme d'œuf, à ses longs doigts puissants et à son œil débonnaire.

— Si vous n'aviez pas demandé à votre père de venir, disait le docteur, il aurait pu vivre deux semaines de plus. Il est venu jusqu'à vous le jour de votre anniversaire et son ulcère à l'estomac s'est perforé…

— Je voulais que mon père oublie sa maladie, se justifiait Issaïev, je croyais que ça le soulagerait… Il souhaitait tant voir une grande fourmi dans la forêt. Je lui en avais trouvé une que j'ai posée sur la table, et papa avait ri aux larmes…

— Non, les larmes, c'était la douleur, objectait le docteur.

— Mais non, pas du tout ! insistait Issaïev. Ne dites pas cela, docteur ! Il riait, riait et moi je connais bien son rire !

- Non, vous ne le savez pas…

Ensuite Toumarkine disparaissait, remplacé par le visage de son oncle Ilya.

— Hier, sais-tu, je suis allé à la foire avec les petites ? Il y a un grand manège. Depuis notre séparation avec Léna, je ne peux les voir que le dimanche. Raïa est devenue taciturne, elle sourit si peu… La toute petite ne comprend pas encore. Quand le manège se met à tourner, je les regarde et j'ai le cœur brisé, brisé en mille morceaux... Pourquoi sommes-nous tous, les Vladimirov, si malchanceux dans notre vie de famille ?

Issaïev se réveilla en sueur, la tête lourde et parce qu'à la toute dernière minute, en apercevant la touffe poivre et sel du docteur Toumarkine penchée sur un homme recouvert d'un drap blanc, il avait immédiatement compris que c'était son père...

Dehors, il faisait déjà sombre : une soirée de printemps légère et vacillante où se noyaient les contours mousseux des flèches et des toits de tuile.

Lida était en train de lire près de la table, sous l'abat-jour qu'elle avait masqué pour qu'il ne gêne pas le dormeur.

— Vous criez en dormant, lui dit-elle, et vous pleurez aussi... Mon pauvre ami... Je vous attends dans la salle à manger, habillez-vous, nous allons à l'Apollo, il faut y arriver pour dix heures. Si quelqu'un d'autre que Roman s'assied près de vous, vous devez lui dire : « Comme c'est dommage que je ne puisse pas m'asseoir ici : près de la fenêtre, ça souffle fort et j'ai les poumons malades. »

C'est un tout jeune homme, apparemment militaire, qui servait de liaison. Il parlait russe avec un léger accent. Le mot de passe échangé, il lui dit :

— Je m'appelle Ioukha[99]. On nous attend...

— Allez-y, je vous rattrape, fit Issaïev. Vous avez bien contrôlé les parages ?

99 Fusillé en 1939. *Note de l'auteur.*

— Ça veut dire quoi ?

— On ne vous a pas suivi ?

— Pas la peine de me suivre, sourit Ioukha, j'appartiens au contre-espionnage militaire.

— Pourquoi dites-vous cela ? Il ne faut pas… Sortez quand les lumières seront éteintes.

Issaïev attendit que Lida paraisse. Il ne l'avait jamais entendue chanter et fut frappé par son style singulier qui lui valait tant de succès à Revel. Elle chantait comme elle aurait parlé, se déplaçait dans la salle ; ainsi vint-elle s'asseoir à sa table et, le menton appuyé sur son poing, elle le regarda longuement à la lumière vacillante de la bougie qu'elle tenait dans sa main gauche. Puis elle remonta sur la petite estrade, ferma les yeux et continua sa mélopée.

Roman et Karl attendaient Issaïev dans sa planque. En Karl, il reconnut d'emblée l'agent Viktor Piperal qui était entré dans la Tchéka en même temps que lui.

Issaïev se précipita pour embrasser Roman, mais celui-ci, assis près de la fenêtre, restait prostré, les mains serrées entre les genoux : il eut un pauvre sourire où se lisaient, semblait-il, de la culpabilité et une absence au monde.

— Quoi ? s'enquit Issaïev. Qu'est-il arrivé ?

Il posa la question dans un murmure en agent de renseignement captant à la seconde l'alarme qu'il est impossible de lui cacher. Or Roman ne cherchait pas à cacher quoi que ce soit.

— Ce n'est rien, répondit Karl. Toi, comment vas-tu ?

— Qu'est-il arrivé ? répéta Issaïev.

Karl posa sur Roman un regard interrogateur.

— Dis-le lui, fit Roman en allumant une *papirossa*.

— Iakov Chelekhes, vois-tu, a été arrêté… L'expert du Gokhran. C'est le frère aîné de Roman.

— Tu es donc Fiodor Chelekhes ?! C'est ça ?

Karl montra du doigt un petit colis enveloppé de toile cirée.

— C'est dans ce colis que Chelekhes… Iakov… voulait faire parvenir des diamants à Marchand, par l'intermédiaire d'Auguste, son agent de liaison… Un coup de chance qu'on les ait interceptés.

Ils restèrent assis un long moment en silence. Karl croquait bruyamment des berlingots tandis qu'Issaïev et Roman tiraient des bouffées de leurs *papirossy* qui jetaient par intermittence un éclat de lumière inquiétant sur leurs visages.

— Ce sont des bonbons à la menthe ? demanda Issaïev.

— Oui, à la menthe.

— D'après les médecins, ce serait mauvais pour le cœur.

— J'ai le cœur solide.

— Il finira par s'abîmer, prévint Issaïev. Tu ne crois pas, Roman, que la maison ait pu se tromper ?

— La Tchéka ne se trompe jamais, répliqua Roman.

Issaïev fit la grimace.

— Que racontes-tu là ? La Tchéka se trompe, et comment ! Ils ont pu mettre Iakov en danger.

— Iakov n'est pas du genre à s'attabler pour jouer au « Fou ».

— Dans ce cas, tu n'as pas le droit de te laisser aller, fit Karl. On m'a envoyé pour te dire la vérité et te demander, oui à toi, de mener l'opération avec Marchand. Alors pourquoi faire cette tête ?

— Probablement parce que Iakov, c'est quand même son frère, réagit Issaïev. Tu n'as pas de frères, toi, Karl ?

— J'en ai trois, plus une demi-sœur.

— Alors imagine qu'il leur arrive la même chose ?

— Pour moi, c'est la révolution d'abord, les frères et la sœur viennent après, répondit sèchement Karl.

— Je te crois, fit Roman. Mais, vois-tu, nous crevions de faim et Iakov était l'aîné, il remplaçait le père... Et quand nous n'avions plus rien à manger, on allait le trouver et il nous donnait le dernier morceau. Tu comprends ça ? Les jours de fête, il nous cuisinait du *gomulkes*[100]. Devant le fourneau, essuyant les gouttes de sueur de son front, il nous chantait : « *Oy-Oy mayn Belz, mayn shtetele Belz*[101]... » Après la révolution, je lui ai dit : « Iacha, avant tu pouvais faire n'importe quoi avec tes voyous, mais c'est fini, y a plus de tsars ni de bourgeois. Oublie ta bande. » Il m'a promis qu'il serait désormais honnête, que les combines avec les diamants, c'était fini. Je l'ai cru. Comment ne l'aurais-je pas

---

100 Boulettes fourrées de fromage blanc salé.

101 Chanson en yiddish.

cru quand notre jeune frère se mourait d'une tuberculose des os et que nous nous mettions en quatre pour lui procurer du lard et des œufs, alors qu'avec une seule pierre, Iakov aurait pu acheter plus de nourriture que nous tous réunis. Or lui n'envoyait que sa part, respectant l'égalité, en quoi nous lui étions plus redevables que s'il avait continué son trafic... Nous lui avons fait confiance jusqu'au bout, tous réunis autour de la tombe d'Isaïe.

Un long silence s'installa à nouveau. Insupportablement lourd. Puis Karl se leva, alla poser sa main sur l'épaule de Roman et lui dit :

— Dis-moi ce que je peux faire pour toi. Je suis prêt à le faire. Mais tu ne dois pas te ronger les sangs. Ta vie peut encore servir la révolution.

— On peut demander aux nôtres de lui accorder la grâce, suggéra Issaïev. Ils le feront pour toi et aussi pour le pauvre Isaïe.

— Non, pas question d'implorer la grâce.

Roman frappa du poing son genou à plusieurs reprises, avec une régularité quasi mécanique.

— Je n'oserais jamais ! Isaïe m'avait dit que nos parents nous avaient mis au monde comme des « youpins » que le premier ultra-nationaliste venu pouvait fouetter à mort ou tuer en nous fracassant le crâne. Lénine a changé notre vie en faisant de nous des Juifs et non plus des youpins, des citoyens et non plus des parias ! C'est pour cela qu'Isaïe est mort...

Karl se tourna vers Issaïev :

— La principale difficulté tient au fait que Roman doit aller trouver Marchand pour obtenir une preuve ; au cours des interrogatoires, Iakov garde le silence et on n'a aucune preuve de sa culpabilité, sinon indirecte. Boki m'a demandé de tout révéler à Roman, jusqu'au dernier détail. Il a ajouté : « S'il ne peut pas le faire, nous réfléchirons, nous n'avons pas le droit de l'y forcer ».

— Quelle sont les preuves indirectes ? s'enquit Issaïev.

— Des dépositions, le colis contenant les diamants que nous avons saisi à l'ambassade ; les dépositions de la sœur d'Olenetskaïa à laquelle Iakov avait confié le colis, les résultats du contrôle. Si Marchand confirme qu'ils avaient partie liée, l'étau se refermera sur Iakov. Karl a apporté le plan de l'opération que l'on me propose de mener…

La tête posée sur le rebord de la fenêtre, sans un mot, Roman se mit à se mouvoir tantôt d'un côté, tantôt de l'autre, ses épaules tressaillaient convulsivement et il appuya encore plus fort le front contre le rebord froid.

— C'est un numéro mortel qui attend Roman, fit Karl, une erreur de détail et il faudra le remplacer, et à Moscou, l'affaire sera cuite. Il lui faut jouer au traître. Trahir la cause au nom de son frère. Et la preuve obtenue, il devra encore contraindre Marchand à faire affaire avec nous, à acheter nos pierres au prix du marché occidental. C'est comme ça !

*

La nuit, avant de passer la frontière, Issaïev rencontra Chorokhov. À la lisière de la ville, sur un chemin vicinal, près de Vyra. Chorokhov devait conduire Issaïev jusqu'à un hameau où l'attendait la barque des passeurs.

Après avoir épuisé les questions, Issaïev déclara :

— J'étais dans la même cellule que Nikandrov.

— Je sais. Un salaud de contre-révolutionnaire. Un copain de Vorontsov.

— D'accord. Mais au lieu de collaborer avec Neumann, il m'a aidé.

— Et alors ?

— J'aimerais qu'on tente d'obtenir sa libération.

— Vous voulez le remercier de ne pas avoir été une fripouille complète ?

— Vous avez lu ses livres ?

— Non.

— Vous voyez bien… Or il a vraiment du talent.

— Bounine et Savinkov n'en manquent pas non plus. Et que dire de Kouprine ?

— Notre révolution nous est chère, à vous comme à moi. Kouprine y adhèrera plus tard. Bounine et Savinkov aussi, possiblement. Encore que j'en doute parce que ce sont des hommes politiques qui ont été rejetés et ceux-là ne pardonneront jamais à personne d'avoir été rejetés… Un écrivain, un savant, un peintre, c'est autre chose. Répine,[102] par exemple,

102 Ilya Répine (1844-1930), peintre réaliste de premier plan, qui

ne vit pas à Petrograd, mais chez Carl Mannerheim, en Finlande. Nous autres, du reste, nous vivons jusqu'ici sous l'aile de la grande littérature russe du XIXème siècle... Quoi qu'on fasse, on ne peut pas loger Tolstoï ou Dostoïevski dans les rangs de la classe ouvrière hégémonique, ce serait ridicule.

— Il faudrait alors venir en aide à l'ennemi ? Voilà qui est nouveau. Je ne sais plus, il y a un an que je ne suis pas rentré chez moi : probable que les nouvelles tendances m'échappent.

Issaïev regarda le visage carré de Chorokhov et se mit à fumer.

— Vous ne devriez pas penser cela, fit-il après une profonde bouffée, d'ailleurs je ne vous reproche rien. Nous avons cette curieuse caractéristique de penser que nous comprenons le problème mieux que notre interlocuteur, que nous aimons mieux la patrie que lui et que s'il conteste mon point de vue, c'est qu'il ne l'aime pas. N'est-ce pas vrai ?

— Je ne pense pas que vous aimiez la patrie moins que moi.

— Merci.

— Mais qu'avez-vous à sourire sans arrêt ?

---

avait acquis un domaine dans le Grand-Duché de Finlande, composante de l'empire russe de 1809 à 1917. Il y resta après la révolution après que la Finlande eut recouvré l'indépendance. Le régent en fut pour quelques mois le général Carl Gustav Mannerheim (1944-1946), ancien officier tsariste et futur Premier ministre de Finlande.

— Devrais-je pleurer ? Vous avez des enfants ?

— Oui, trois.

— Ils vont à l'école ?

— L'aînée, oui, depuis peu.

— Et vous n'avez pas jeté un coup d'œil sur son livre de lecture ?

— Elle se débrouille toute seule pour faire ses barres et ses ronds.

— Ça, c'est dans le livre d'arithmétique, non ?

— Oui, le livre de lecture leur apprend les syllabes.

— Et aussi la poésie. Celle des aristocrates : Pouchkine, Lermontov, Nekrassov, Batiouchkov, Fet et même celle du précepteur du tsar, Joukovski. C'est chez ces buveurs de sang féodaux qu'on enseigne aux enfants l'amour de la patrie. Alors ?

— Ce n'est pas grave, de nouveaux poètes viendront.

— Sur quel terreau ? Le vide engendre le vide. Les hommes ont commencé par additionner deux plus deux et ce n'est qu'après qu'ils sont arrivés à calculer une intégrale. Nous sommes aujourd'hui les patrons et il ne faut pas que nous perdions les talents car nos enfants en auront besoin.

Dubitatif, Chorokhov haussa les épaules :

— Faut-il se démener pour un ennemi ?

— C'est un écrivain russe.

— Un contre-révolutionnaire.

— Soyez sérieux, ma parole… L'édition est entre nos mains, la typographie aussi. Un soldat n'est dangereux que s'il est armé. D'accord, Nikandrov crachera sur la dictature bolchevique, bon, il ira pleurnicher ici et là. Ce n'est pas grave. Avec le temps, il réfléchira, il comparera les illusions de ses rêves aux perspectives qu'ouvre l'avenir et alors, qui sait... La vie est si inattendue, tout comme la création. Bref, acquittez-vous de ma demande.

— Vous êtes sûr d'avoir raison ?

— Tout à fait.

— Moi, pas.

— Mais vous n'avez pas d'arguments rationnels. En invoquant les ennemis, les contre-révolutionnaires, la dépravation, vous ne prouvez rien. On ne naît pas criminel, on le devient ; ce sont les circonstances qui font que l'on devient adversaire ou allié. Maintenant que nous avons vaincu les armées sur tous les fronts, nous devons essayer de faire en sorte que les artistes soient sinon nos amis, du moins nos alliés.

— Même Milioukov [103] ? Il est loin d'être stupide, le vieux.

— Vous me sortez encore un homme politique !

— Néanmoins, je m'en tiens à mon point de vue. L'ouvrier reçoit une livre de pain, le paysan crève de faim, tandis que le moindre homme de lettres, le moindre académicien touche son colis de nourriture... Et puis, ils vont nous planter le couteau dans le dos, et bien profond, pour que ça fasse plus mal.

---

103 Pavel Milioukov (1859-1943), historien et ministre des Affaires étrangères du gouvernement provisoire en 1917.

— Camarade Chorokhov, écrire un livre est plus éprouvant qu'un accouchement. Le peintre Alexandre Ivanov a travaillé toute sa vie sur son *Apparition du Christ au peuple.*

— Quoi, l'apparition de qui ?

— Celle du Christ.

— Il aurait fait aussi bien de s'abstenir. Accrochez-vous, une autre ornière…

— D'après vous, il aurait pu se dispenser de peindre ce tableau ? « Apprendre, apprendre et appendre encore », qui l'a écrit ?

— Lénine.

— À partir de quoi, voulez-vous apprendre ? De l'art pariétal des grottes préhistoriques ? Bon, nous avons eu tort d'entamer cette discussion avant de nous séparer. Parlons d'autre chose et tâchez de mettre les camarades au courant de ma demande.

— C'est une demande personnelle ?

Issaïev se renfrogna :

— Non, vous pouvez prendre cette conversation pour un ordre.

— J'ai le droit de contester cet ordre ?

— Tout à fait.

*

Anton Piip, le ministre des Affaires étrangères estonien, relisait les coupures de journaux qu'on lui avait préparées sur les pourparlers entre les Rouges et le représentant du cabinet britannique, ainsi que sur les rencontres de l'ambassadeur Krestinski avec le chancelier allemand.

« Depuis le début, songeait Piip, j'avais raison de défendre notre ligne s'agissant des relations avec la Russie : celle d'une attitude tout en retenue, sereine et bienveillante. D'une manière générale, en politique, les virages abrupts sont sources de désolation. Seule une conduite progressive peut amener des résultats positifs, une fois que le statu quo est solidement établi. Il faut le temps de s'apprivoiser. Une compréhension réciproque, de la patience, c'est ainsi que l'on peut non seulement éviter la guerre, mais conduire un pays dans la ronde des nations, le monde étant à nous tous. Le Kremlin ne saurait être insensible à notre mansuétude : ce sont des gens comme nous. Maintenant que Londres se tourne plus vers la Russie, damant le pion à tout le monde, nous sommes hors concurrence puisque le commerce entre Londres et Moscou passe obligatoirement par Revel. J'ai été le seul pendant ces longs mois difficiles à modérer l'extrémisme ulcéré de notre président, et l'Estonie m'en saura gré... »

Piip parcourait l'interview de Tchitcherine, publié par la presse à Londres et à New York sous de gros titres. Il secoua la tête avec un petit rire : « Si nous avions fait comme les Polonais, en ce moment nous aurions l'air bien ridicules ! Ils n'ont pas fini de souffrir : le changement de politique à Londres et à Paris contraindra forcément Varsovie à rechercher la voie d'une trêve avec le Kremlin, d'autant que

Tchitcherine leur imposera l'autodafé : quand les seigneurs font la paix, le peuple trinque encore plus que lorsqu'ils font la guerre. En ce sens, si paradoxal que cela semble, les dirigeants des petits pays doivent être de plus fins politiques que ceux des grands. Clemenceau me stupéfie : il prophétise l'effondrement du bolchevisme sous prétexte que Lénine a changé brusquement le cours de la politique intérieure ; à la place des slogans enivrants, il dégrise ses compagnons, les ramenant à l'activité ordinaire, sans bruit ni fracas. La tâche la plus difficile et la plus ingrate consiste à créer l'appareil législatif, les conditions d'un développement scientifique, l'organisation et la cohérence de l'immense empire russe. Clemenceau a tort : derrière le changement de ligne politique de Lénine se profile le plus grand danger qui soit de voir le bolchevisme gagner le monde entier… »

Piip regarda sa montre : à 11 heures, il devait recevoir Stark[104], conseiller à l'ambassade soviétique.

« J'ai encore le temps de prendre une tasse de café. C'est curieux, j'ai une sensation de vertige tous les jours à la même heure. Je dois faire un séjour en montagne, quelque part en Suisse, pour soigner mes artères. Autrefois, c'était facile : Kislovodsk au Caucase coûtait six fois moins cher que Zürich. Il serait curieux de savoir quand ils rouvriront leurs stations thermales au Caucase. Si j'y vais pour une cure, ça fera sensation ! »

104 Fusillé en 1938. *Note de l'auteur.*

Stark arriva trois minutes à l'avance. Les diplomates soviétiques avaient échangé leurs vestes étriquées contre des redingotes et des smokings, et le ministère des Affaires étrangères avait traduit du français le « Protocole diplomatique » ; l'ensemble du personnel des ambassades et des consulats avait obligation de bûcher le livre à fond et de suivre ses prescriptions.

Bien qu'Anton Piip parlât un russe sans accent – il était diplômé de l'Université de Saint-Pétersbourg – il recevait les personnalités russes en présence d'un secrétaire et d'un interprète.

Après les salutations d'usage, prenant place dans un fauteuil en face du ministre, Stark déclara :

— Dès le printemps dernier, Votre Excellence, la presse de Revel a publié des informations franchement calomnieuses. J'ai souvenir que cette campagne a commencé après que notre ambassadeur eut informé le gouvernement estonien des actions inadmissibles perpétrées par des représentants de l'émigration russe qui se sont transformés en bandits. Cette campagne a connu son apogée après que le gouvernement estonien a expulsé quelques-uns de ces émigrés encanaillés hors de ses frontières. Voilà que la presse de Revel publie de nouvelles informations, complètement absurdes. Ceci m'a obligé à solliciter une audience pour vous remettre une note officielle.

À la différence de l'ambassadeur Litvinov, Stark se rendait chez le ministre et chez le chef de l'État avec un dossier en cuir gaufré bleu, fait main. Stark déployait ce dossier d'un geste grandiloquent, légèrement intimidé à vrai dire par cet effet pittoresque qu'il pensait requis par le service diplomatique.

— Voici donc, monsieur le Ministre, le document dont je vous demande de prendre connaissance.

Le ministre se tourna légèrement vers l'interprète et le pria de traduire le texte.

« Note de l'adjoint au représentant plénipotentiaire de la RSFSR en Estonie

À Anton Piip, ministre des Affaires étrangères d'Estonie,

Monsieur le Ministre, la presse estonienne a publié des informations selon lesquelles des troupes russes seraient concentrées à la frontière de l'Estonie. On y indique même les unités militaires et les lieux de concentration des troupes – Iambourg et Louga.

À cet égard, je me trouve dans l'obligation de vous assurer de la manière la plus catégorique que toutes ces informations ne sont que pure invention. Il n'y a aucune concentration de troupes à la frontière de l'Estonie. Le gouvernement de la RSFSR nourrit envers l'Estonie, comme d'ailleurs envers tous les autres États limitrophes de la Russie, les intentions les plus pacifiques et est entièrement occupé à redresser l'économie du pays et à lutter contre la famine qui sévit dans certaines régions. La relation amicale que le gouvernement russe entretient avec l'Estonie n'a nul besoin de preuve, me semble-t-il.

Je suppose par conséquent que le caractère provocateur de ce genre d'informations alarmistes, répandu systématiquement par les ennemis de la Russie soviétique, ne fait aucun doute. Leur but est clair : il s'agit de susciter un conflit entre la Russie et les États voisins, au nombre desquels l'Estonie.

Je suis profondément convaincu que votre gouvernement saura apprécier comme il convient ces agissements criminels et que les tentatives de nos ennemis pour saper les relations amicales entre nos deux républiques demeurerons infructueuses.

Croyez en l'expression de mon profond respect.

Au nom du représentant plénipotentiaire de la RSFSR en Estonie

Stark »

Piip approuva d'un signe de tête et s'adressa à l'interprète :

— Veillez, s'il vous plaît, à ce que la note soit traduite et imprimée en dix exemplaires. Monsieur Stark, vous ne verrez aucune objection à ce que je porte ce document à la connaissance des représentants les plus sérieux de notre presse ?

— Nous sommes par principe hostiles à toute diplomatie secrète.

— Dans ce cas, fit Piip en riant, pourquoi codez-vous vos télégrammes pour Moscou ?

— Simplement pour empêcher que notre diplomatie ouverte devienne une diplomatie secrète…

— Je constate que la diplomatie russe tend à mener les pourparlers à la manière de la diplomatie française...

— Vous parlez de laquelle ? De celle d'avant la révolution ?

— Non, je parle de vous, monsieur Stark.

— Dans ce cas, je vous ai mal compris : je ne suis pas un diplomate russe, j'appartiens à l'école soviétique.

— Certes, certes, mais les Soviets sont désormais fortement identifiés au concept de Russie.

— Je vous remercie.

— J'espère que la diplomatie soviétique ne va pas désavouer ce que lui a légué la culture russe.

— Absolument. Ainsi sommes-nous préoccupés par le sort réservé à l'écrivain Nikandrov, arrêté depuis longtemps par la police de Revel sans raison valable.

— Mais c'est un émigré, pas l'un de vos ressortissants ?

— Êtes-vous au courant de son dossier ?

— Non et j'entends ce nom pour la première fois, mais s'il avait été un citoyen soviétique, vous vous seriez déjà plusieurs fois inquiété de son sort.

— Il ne travaillait pas officiellement pour nous : il se rendait à l'étranger pour des raisons personnelles, aussi la nouvelle de son arrestation a-t-elle tardé à nous parvenir.

— Vous intercédez en sa faveur, monsieur le diplomate ?

— Je ne protesterai pas si c'est ainsi que vous interprétez mes paroles. Nikandrov était dans l'opposition au pouvoir soviétique, mais ses livres sont marqués du sceau du talent, c'est un merveilleux spécialiste de la Grèce ancienne : toute la Russie connaît ses traductions du grec et du latin.

« S'ils se mettent à intercéder en faveur de leurs adversaires politiques, se dit Piip, c'est qu'ils se sentent beaucoup plus forts. »

— Je vous promets de faire une démarche auprès du ministère de l'Intérieur, et si les choses sont ce que vous dites, l'affaire Nikandrov sera résolue dans les plus brefs délais, dit le ministre en se levant. Il est supposé retourner en Russie ?

— Cela, je l'ignore. J'ai l'honneur de…

— Mes salutations, monsieur le diplomate.

Piip racompagna Stark jusqu'à la porte et, alors qu'il tournait la grosse poignée de cuivre, il lui demanda :

— Sauriez-vous par hasard quelle est la situation dans les stations thermales du Caucase ? Les sanatoriums ont-ils rouvert ou pâtissent-ils encore de la guerre ?

*

La partition ayant été par avance mise au point avec Roman, Neumann commença par refuser de viser l'ordre du ministre de l'Intérieur de libérer Nikandrov.

— Nous venons de céder aux pressions du ministère des Affaires étrangères en libérant un Russe, et nous devrions maintenant nous soumettre aux mêmes pressions ? Nous prêtons le flanc aux critiques de nos ennemis en nous montrant excessivement conciliants.

— Vous songez à vos ennemis extérieurs ou intérieurs ?

— En l'occurrence, intérieurs.

— Qui en particulier ? sourit le ministre.

— Je crains l'opposition de droite.

— Mais mon cher, qui a peur de l'opposition dans un régime parlementaire ? Les mots ne sont dangereux que s'ils sont corroborés par les fusils. Vous avez peut-être des informations compromettantes au sujet de Nikandrov ? Est-il mêlé à quelques activités criminelles de Vorontsov ? Est-il un membre actif de la clandestinité monarchiste ? Un bolchevik souterrain ?

— Hélas, monsieur le Ministre, Nikandrov n'est coupable de rien. Il est victime d'une erreur.

— N'y a-t-il pas beaucoup trop d'erreurs dans nos services ?

— Il a été arrêté après que le chef de l'État eut donné l'ordre d'emprisonner et d'expulser de Revel Vorontsov, Krasnitski et trois autres officiers de Denikine, membres d'un peloton d'exécution ou appartenant au contre-espionnage.

— Nikandrov en était ?

— Non.

— Pourquoi donc une sage décision du chef de l'État aurait-elle dû s'appliquer à un innocent ?

— Monsieur le Ministre, Schwarzwasser s'est permis certains… excès avec les Russes. Il est vrai que Nikandrov lui a fourni quelques prétextes en attentant à la vie d'un magistrat.

— Si Schwarzwasser est coupable, sévissez…

— À cause d'un Russe quelconque, est-il possible de s'en prendre à un magistrat ?

— Il ne s'agit pas d' « un Russe quelconque », mon cher Neumann, mais de Nikandrov dont le sort préoccupe l'ambassadeur. Permettez-moi de vous retourner votre phrase : « à cause d'un Schwarzwasser », dois-je mettre en danger nos relations avec Moscou ? Vous voyez bien ce qui se passe dans le monde… Le plus dangereux est de rater le dernier train. Londres en en train de fricoter avec Moscou et aujourd'hui ou demain, il reconnaîtra Lénine ; Paris est sur le point de faire la même chose, même s'il continue à se dire inflexible. Suivez-moi bien : quel peuple sera le premier à en bénéficier ? Mais nous voyons, les Estoniens, nous sommes le point de passage obligé du Kremlin et de Londres, tous nous font les yeux doux… Et je devrais gâcher une chose si importante pour de minables détails ?

*

Ce n'est que lorsqu'il eut passé les portes de la prison que Nikandrov sentit combien ses jambes chancelaient. Il s'appuya contre un haut mur de brique et resta quelque temps, les yeux clos, à croire qu'il n'avait plus la force d'avancer, prêt à tomber.

Il commença par éprouver un apitoiement sourd pour lui-même, un élan de compassion. Tout l'émouvait, le martellement des sabots des chevaux, l'odeur d'essence qui flottait dans l'air après le démarrage des moteurs, les voix sonores des enfants, le cri aigu des mouettes.

Il marchait sur la rue très lentement. Au début parce ses jambes chancelaient, puis, les crampes passées, il fut saisi par l'ivresse d'aller où bon lui semblait, sans craindre les vociférations du gardien.

On ne le laissa pas entrer dans la chambre louée par Vorontsov : d'autres personnes l'occupaient, des Russes.

— Je n'ai trouvé aucun de vos manuscrits, lui dit le propriétaire. N'insistez pas, sinon j'appelle la police…

Nikandrov s'aperçut soudain dans un miroir vétuste et bosselé. Il vit son pauvre sourire apeuré, marqué par l'humiliation et la terreur, son visage tellement vieilli, hérissé de poils jaunis et, tout à coup, l'ancienne rage, enfouie en lui, refit surface.

Depuis l'appartement de Vorontsov, il fila à la rédaction de la presse russe. Une seule chose lui importait : raconter par quelles horreurs il était passé dans cette prison démocratique.

— Mon cher ami, lui répondit Ratke, rédacteur des *Dernières nouvelles*, peut-on publier pareilles choses ? On ne les laissera pas passer et ça filtrera de telle manière que le sort des malheureux émigrés russes empirera. Croyez-moi, je vis ici depuis quatre ans… Si l'on peut appeler cela vivre.

Quant aux socialistes-révolutionnaires, ils écoutèrent Nikandrov avec cordialité, promirent de lui arranger une rencontre avec Tchernov[105], rentré la veille à Revel après les événements de Kronstadt ; ils lui exprimèrent leurs sincères condoléances et l'assurèrent qu'il recevrait d'eux une réponse, positive ou négative, au cours de la semaine à venir.

— Faut-il vraiment une semaine entière de conciliabules pour publier ma déclaration ? Un coup de fil aux personnes concernées suffit.

— Nous nous plions à la discipline du Parti, nous en sommes un organe, répliqua Vakht, le rédacteur en chef.

Quand Nikandrov eut quitté les locaux, Vakht déclara à ses collaborateurs :

— Par les temps qui courent, les provocateurs les plus dangereux sont ceux qui agissent en toute bonne foi. Rappelez-vous Nikandrov ! Son égocentrisme et son ressentiment limité à sa personne n'ont pas fini de nous créer des ennuis. Les Estoniens n'attendent que le moment de nous tomber dessus à cause d'une quelconque publication ternissant leur pays. Nous ne leur en fournirons pas l'occasion.

Nikandrov se rendit au tribunal de la ville. Le juge, un homme d'âge moyen, l'écouta gentiment :

— J'ai dû tomber sur vos livres, si vous avez traduit les Anciens, j'ai sûrement adoré vos traductions. Vous me pardonnerez de ne pas avoir retenu votre nom, mais vous

105 Viktor Tchernov (1873-1952), leader socialiste-révolutionnaire de droite qui encouragea la révolte des marins de Kronstadt en 1921 contre le pouvoir soviétique.

savez que les noms russes sont pour nous aussi difficiles que pour vous les noms estoniens. Maintenant, parlons de votre affaire. Sachez qu'elle me touche au plus profond... Je pourrais comprendre une telle cruauté à l'égard d'un bolchevik qui représente une vraie menace, dans ce cas la cruauté prend l'avantage sur la raison. En le torturant, on l'humilie et on s'abaisse soi-même, ainsi qu'on flétrit la cause sacrée de la démocratie qui, elle, punit sans humilier... Mais comment pouvez-vous, vous, prouver leur délit ?

— Avec mes cicatrices.

— Avez-vous les conclusions d'un expert en médecine prouvant que vos cicatrices sont postérieures à l'arrestation ?

— Non.

— Dans ce cas, monsieur Schwarzwasser ou la personne contre laquelle vous voulez porter plainte vous accusera de faux témoignage. Il maintiendra que ce sont des cicatrices anciennes. Qui peut témoigner en votre faveur ?

— Les murs et le plancher.

— Au risque de vous choquer, cela ne suffira pas, hélas.

— Vous refusez donc d'enregistrer ma plainte ?

— Si vous insistez, je m'auto-saisirai du dossier et je lancerai les investigations.

— C'est justement ce que je demande. Je vous en remercie...

— Tenez, veuillez remplir cet imprimé : numéro de passeport, lieu de délivrance, date de validité, domicile, etc. Ce genre de formalité n'est pas nouveau pour vous.

— J'ai obtenu le passeport directement du ministère des Affaires étrangères à Moscou.

— Vous êtes citoyen de Sovpedie ?

— Je suis un citoyen russe.

— Je ne peux pas examiner une plainte contre la police politique émanant d'un étranger. Seul le ministre de la Justice en a le pouvoir. J'ai le sentiment qu'il le permettra. C'est un homme de culture, je vous demanderai de vous adresser d'abord à lui.

Nikandrov n'alla pas voir les journaux estoniens car il gardait le souvenir de sa première conférence de presse à la « Couronne d'or ».

Il entra dans l'immeuble des Postes et Télégraphes où, avec ses dernières pièces, il envoya un télégramme à Paris à l'adresse qu'il se répétait en prison, les larmes aux yeux : « Jules Blenner, 41 rue Bonaparte, Paris, France. Sorti de prison en Estonie. Attends secours. Nikandrov, Revel, poste restante. »

Sur le coup, Jules Blenner ne se souvint pas qui était ce Nikandrov mais quand la mémoire lui revint, il fut très étonné que les Estoniens aient pu coffrer ce Russe-là.

« Quoique ses convictions mariant humanisme panslaviste et cosmopolitisme - seul un Russe peut avancer un complexe d'idées aussi dépareillées - aient bien pu l'expédier derrière les barreaux… »

Malgré tout, Blenner décida de lui venir en aide et passa un coup de fil à l'éditeur auquel il avait confié les ouvrages du Russe.

— Jules, ça ne marche pas, lui répondit Yves Carr, directeur des éditions « Le Républicain ». Ses livres ne cadrent avec aucun de nos critères. S'il était communiste ou s'il appelait à brûler Shakespeare, je le prendrais, les jeunes du quartier latin l'achèteraient. Entre deux liaisons homos, ils aiment à discuter de révolution. Si ton Nikandrov était monarchiste et avait descendu l'un de leurs ministres, je l'aurais également publié. La modération est un fléau pour la littérature. L'écrivain doit être égocentrique. Son boulot n'est pas de rechercher une vérité de bon aloi ; il faut laisser cela à Clemenceau et à Tchitcherine. Nikandrov est trop subtil pour être compris. Aujourd'hui, il faut écrire trivialement et, surtout, que ce soit palpitant. C'est encore plus vrai pour les Russes qui ont beaucoup à dire. Excuse-moi, Jules, mais, non, je ne peux rien faire pour lui.

Nikandrov passa trois nuits à la gare et une nuit dans un parc. Il allait chaque jour aux Postes et Télégraphes, mais il n'y eut aucune réponse de Paris. Il traîna au marché, espérant échanger son manteau contre de la nourriture, mais son manteau n'intéressait personne ; le fromage blanc et le cochon se vendaient contre des marks. Il insista tellement pour faire accepter le troc que les paysans finirent par le chasser avec des quolibets. Les deux premiers jours, cette humiliation lui procurait une jouissance aiguë mêlée de souffrance.

Il se souvint de Lida Bossé et se rendit chez elle, mais on lui apprit que mademoiselle Lida était en tournée en Europe.

Au bout de cinq jours Nikandov avait cessé d'attendre une réponse de Paris. Il s'adressa à la demoiselle du télégraphe d'une voix éteinte et ensommeillée car l'envie de dormir ne le quittait pas, mais à peine fermait-il les yeux que des images insoutenables venaient le hanter ; il se voyait boire du lait d'un bidon dégoûtant et sonnaillant, laissant le liquide couler sur son col ; manger de la viande qui attirait de grosses mouches vertes pénétrant dans sa bouche ; boire de grandes goulées de vodka qui lui donnaient des brûlures d'estomac.

— Vous avez un télégramme, lui dit la jeune fille d'une voix apathique en lui tendant le pli bleu clair.

Nikandrov décacheta le pli d'une main tremblante et lut : « Quel secours attendez-vous de moi ? Répondez d'ici un mois car je suis en partance pour Berlin. Blenner. »

La cause que l'on sert

C'est le secrétaire de Marchand, l'énorme et athlétique Robert Villa, un boxeur à moitié italien ayant appartenu dans sa jeunesse à l'équipe de Marseille, qui ouvrit la porte du luxueux trois pièces.

— Qui êtes-vous ? s'enquit-il, suspicieux.

— Dites à monsieur Marchand que le frère de son oncle de Moscou veut le voir de toute urgence.

— Quel oncle ?

— Il est au courant.

— Vous permettrez que je vous fouille ?

Sans attendre la réponse, Robert fondit sur Roman, palpa toutes ses poches.

Marchand parut quelques minutes après : c'était un petit bonhomme poupon qui, visiblement, sortait de sa sieste, vêtu d'un pyjama en soie démodé, enfilé sur un vieux pullover reprisé.

— À qui ai-je l'honneur ? demanda-t-il.

— Je désirerais vous parler seul à seul.

— Je n'en vois pas la nécessité. Je n'ai rien à cacher à mon assistant.

— Je suis le frère de Iakov...

— Quel Iakov ?

— Eh bien... Chelekhes.

— Vous pouvez prouver que vous êtes son frère ?

— Oui.

— Votre prénom ?

— Fiodor.

— C'est vous qui travaillez à la...

— Oui, l'interrompit Roman. C'est moi qui y travaille. C'est pourquoi je vous demande la faveur d'un entretien en tête-à-tête.

— Robert, nous irons dans mon bureau...

Une fois seuls, Marchand lui offrit un cigare dans un étui en bois et l'interrogea :

— Comment va votre frère Ossip ? Où est-il à cette heure ? À Saint-Pétersbourg ?

— Vous savez parfaitement qu'il se trouve à Irkoutsk, répliqua Roman. Et pour en finir au plus vite avec les formalités d'usage – vérification des mandats et tout le bazar – je vous ai apporté quelques photos, ainsi que mon passeport en tant que citoyen belge... Je travaille ici et vous comprenez pour qui... Regardez donc.

Et il posa devant Marchand un tas de photos et son passeport. Marchand tira sans hâte une loupe de son épais pyjama de soie et se mit à examiner attentivement les photos, ainsi que le passeport, pour s'assurer qu'il ne s'agissait pas d'un montage.

— Votre frère vous a sûrement dit que je ne faisais pas de politique et que je m'étais toujours tenu à distance des aventures crapuleuses. Vous-même, j'en suis persuadé, n'êtes pas prêt à échanger votre métier d'agent de renseignement contre la position aléatoire d'un négociant en diamants.

— Monsieur Marchand, mon frère a été arrêté par la Tchéka.

— Mon Dieu ! Quand donc ?

— Il y a une semaine.

— C'est sérieux ?

— Je crains que oui.

— Pauvre Iakov... Mais je ne comprends pas pourquoi ! C'est l'homme le plus honnête qui soit ! Je suis persuadé qu'il sera blanchi par le tribunal ! Je suis prêt à témoigner par écrit en sa faveur. Nous avons été en contact avant le coup d'État et votre frère a toujours été d'une honnêteté parfaite.

— Merci, monsieur Marchand, je vous suis reconnaissant de tenir mon frère en haute estime pour ses qualités professionnelles… Mais les choses sont autrement plus graves qu'il n'y paraît. Iakov a été arrêté à cause du colis destiné à un certain Auguste, précisa Roman en tirant de sa poche une liasse de photos prises par le tribunal comme pièces à conviction. Iakov y a écrit de sa main l'adresse d'Auguste. Vous la connaissez ?

— Non, répondit Marchand qui cessa d'arborer le sourire un brin ironique allant si peu avec son visage depuis le début de l'entretien. Non, hélas, je ne la connais pas.

— Si c'était vrai, comment aurais-je pu arriver jusqu'à vous depuis chez Auguste ? On accuse mon frère d'être en contact avec vous, mais à Moscou, on n'a aucun fait concret : je les ai obtenus ici, de ma propre initiative.

— Hâtez-vous donc. Envoyez vite ces informations à Moscou, vos collègues de la Tchéka les attendent, monsieur Chelekhes.

— En effet, ils sont impatients de les avoir, mais, à l'avenir, en aucune circonstance vous ne devez m'appeler par mon nom.

— J'évite en général ce qui peut me causer des ennuis, mais il m'arrive d'oublier de le faire s'agissant de personnes auxquelles la vie me confronte. Pardonnez-moi…

— Marchand, vous n'avez pas toujours évité des actes qui peuvent vous causer des ennuis. Vous comprenez bien que si la Tchéka a connaissance des colis du Gokhran qu'Auguste vous transmet, vous devenez un criminel ici, d'après les lois françaises ?

— C'est-à-dire ?

Marchand haussa un sourcil.

— Imaginez qu'on prouve, par exemple, que vous recevez des diamants du Trésor anglais ? Ça chaufferait pour vous, non ?

— Vous parlez si ça chaufferait ! Je serais cuit ! Mon nom ! Ma réputation ! Ma société ! Mais qu'y puis-je si j'ai fait erreur sur un homme ? Qu'y puis-je si Iakov Chelekhes était un filou qui a envoyé les diamants du Gokhran à monsieur Auguste, un type qui m'a plusieurs fois harcelé pour des affaires louches et auquel, maintenant et pour toujours, j'interdis ma porte. J'espère que les dépositions de Villa et de moi-même suffiront ?

— Elles pourraient ne pas suffire…

— Non. Impossible, fit Marchand avec un petit rire.

— Elles le pourraient, s'entêta Roman. C'est parce que mon frère se trouve en prison menacé de mort… qu'il est accusé de contre-révolution économique, qu'il a saboté les négociations sur l'achat des diamants, en particulier par votre société, que j'ai entrepris la présente démarche. Sachez, monsieur, qu'Auguste n'habite plus à l'adresse indiquée, qu'il se trouve là où il me sied qu'il soit…

Marchand s'épongea les joues, son visage se fit sombre et méchant, sans l'ombre d'un sourire.

— Vous êtes venu me faire chanter ?

— Non, je suis venu pour sauver mon frère.

— Étrange manière de s'y prendre… Quel besoin aviez-vous d'écarter Auguste ?

— Pour qu'il témoigne sur les dates, le nombre de fois qu'il vous a transmis des colis de Iakov et sur leurs contenus.

— Ces faits suffisent amplement pour que Iakov Chelekhes soit condamné au peloton d'exécution… Et si les choses devaient se passer ici, dans un monde civilisé, à la guillotine.

— Vous ai-je dit que je comptais transmettre ces informations à Moscou ?

— Si vous ne le faites pas, vous manquez à votre devoir, vous transgressez la loi et devenez un traître.

— Vous tenez tellement à ce que je les transmette ?

— Non, pas du tout.

— Et vous avez raison : dans votre métier, le succès repose sur la réputation.

— Même chose dans le vôtre.

— Nous y voilà, on est bien d'accord : vous ne touchez pas à mon devoir et moi à votre réputation. Est-ce bien clair maintenant ?

— Maintenant, oui. Mais comment se fait-il que vous n'ayez pas peur de moi, ou plutôt de mon garde du corps ?

— Et d'où tenez-vous que je n'ai pas pris mes précautions ?

— Je vois. Tout est clair. Que voulez-vous au juste ?

— Une seule chose : sauver Iakov. On l'accuse non seulement d'avoir volé des diamants – ce qui reste à prouver – mais d'avoir empêché le ministère du Commerce extérieur de conclure un marché pour la vente des diamants et d'être de mèche avec vous qui en êtes le plus gros négociant. Je veux que vous vous rendiez dès demain auprès de l'ambassadeur Litvinov pour lui faire part de votre étonnement que Moscou n'ait toujours pas répondu à vos trois lettres contenant des propositions de négociation directe avec le ministère du Commerce extérieur, à des conditions mutuellement avantageuses. Vu les lenteurs de notre bureaucratie, la version des trois lettres est crédible. C'est d'autant plus crédible que presque tous les experts du Gokhran ont été arrêtés.

— Même… Pojamtchi ?

— Bien sûr.

— Un seul détail cloche dans votre proposition : j'ai vraiment écrit à Moscou pour proposer de négocier, mais j'ai proposé comme représentants Pojamtchi et Chelekhes.

— Au contraire. Vous allez dans mon sens. Litvinov ou Stark, l'un des deux, essaiera prudemment de vous défier en vous disant que Chelekhes et Pojamtchi sont en mission et qu'il vous faut décider si vous voulez ou non attendre leur retour.

— Mais pourquoi donc, monsieur l'Ambassadeur, devrait-on attendre ? Je suis prêt à entrer en contact avec tout représentant d'une administration russe compétente et je ne suis pas autorisé à donner un avis sur la composition de la délégation qualifiée, simplement vous avez en la personne de messieurs Pojamtchi et Chelekhes d'excellents spécialistes, capables de défendre vos intérêts...

— C'est bon, dit Roman avec lassitude en fermant les yeux. Et puisque le pouvoir soviétique a sensiblement renforcé ses positions en Allemagne et que Krestinski y prendra le poste d'ambassadeur, je vous conseillerai d'avancer des prix réalistes – les Allemands viennent faire des affaires et ils seront bientôt suivis par les Anglais, croyez-moi, monsieur Marchand.

— Merci pour l'information... Quand monsieur Krestinski doit-il prendre son poste ?

— Incessamment... répondit Roman, et n'imaginez pas que je vais vous vendre les secrets de mon pays.

— Bien sûr que non ! Comment peut-on donner les secrets de son pays ? Une dernière chose : qu'en est-il d'Auguste ? J'aurai bientôt besoin de lui.

— Quand vous aurez conclu l'accord avec Moscou, il reviendra.

— Et s'il lui arrivait quelque chose ?

— Qui intéresse-t-il ? rétorqua Roman en se levant doucement de sa chaise. Je n'ai nul besoin d'un scandale supplémentaire.

— En raison des circonstances fâcheuses qui concernent Iakov, vous devrez rentrer à Moscou ? À moins que...

— Cela me regarde.

*

« Marchand est d'accord pour entamer des négociations immédiates avec le ministère des Finances. Il fournira les cours du marché européen. Iakov a transmis les diamants à Marchand par l'intermédiaire d'Auguste. Ci-joint les dépositions de ce dernier.

Roman »

*

« Le tribunal révolutionnaire de la RSFSR, présidé par Karkline, en présence de l'accusateur Krylenko [106] *a examiné en séance publique l'affaire du vol de diamants et d'or perpétré au sein du Gokhran de la RSFSR. La défense a été assurée par les avocats, membres du barreau de Moscou, Mouraviev, Afanassiev, Guinsbourg, Vassiliev et Gryzlov.*

L'accusateur public Krylenko a requis pour l'ensemble des inculpés la peine maximale : condamnés à être fusillés. Le tribunal révolutionnaire a prononcé les peines suivantes : Pojamtchi, Chelekhes, Prokhorov, Gazarian, Bielov, Vorontsov (par contumace), condamnés à être fusillés ; Olenetskaïa, douze ans de prison ; Levitski, six ans de travaux forcés ; Kozlovskaïa, trois ans de prison avec sursis ; Chmelkova, deux ans de travaux forcés ; Kleïmenova, un an de prison avec sursis.

La condamnation est définitive, aucune demande de recours n'est recevable. Concernant Pojamtchi, Chelekhes,

---

106 Fusillé en 1938. *Note de l'auteur.*

Prokhorov, Gazarian et Bielov, l'exécution de la peine interviendra dans un délai de vingt-quatre heures. »

*

« *Moscou, Tchéka, à Boki,*

L'accord pour la vente de joyaux à la firme Marchand a été signé aujourd'hui à l'ambassade soviétique. Marchand a viré la somme de trois millions de dollars sur le compte de la représentation commerciale. Il a lui-même proposé cette somme compte tenu des cours en vigueur à la bourse d'Anvers. Un accord relatif au courtage a également été signé selon lequel Marchand s'engage à introduire nos représentants à la bourse d'Anvers en échange d'une commission égale à un pourcent de la transaction.

Roman »

*

Vsevolod se tenait à la fenêtre du train, le front contre la vitre. Il pleuvait. Le vent déviait les gouttes en petits ruisselets, tremblants comme des feuilles, qui traçaient d'improbables chemins jusqu'à venir mourir contre le châssis rouillé. De temps à autre, un tambourinement éclatait sur le toit du wagon, comme un lâcher de petits pois : le train traversait une étroite masse orageuse.

Puis, comme par miracle, le train plongea dans le soleil et un arc-en-ciel rouge clair se forma au-dessus des champs de bleuets qui avaient oublié le temps des labours.

« Je vais vite étreindre papa, songeait Vsevolod, tout à la joie de réaliser ce rêve, et on file aussitôt à Ouzkoïe. »

Ils aimaient beaucoup ce village avec son château imaginé par Piotr Troubetskoï[107]. Lors de leur arrivée, son père l'avait conduit à l'entrée du domaine, au coucher du soleil.

— Attends et regarde bien : tu vas assister à un miracle, avait-il murmuré.

Le soleil descendait lentement, par ressauts. Il frappait l'arche, s'éteignait un instant avant de descendre soudain et de rebondir pour illuminer l'embrasure de l'arche. Cela durait quelques minutes : l'astre prisonnier, forcé d'épouser la forme géométrique de l'arche, offrait un spectacle fugace et inquiétant.

Tout fier, le père avait regardé Vsevolod et dit :

— C'est moi qui l'ai découvert.

« On va d'abord faire des balades en forêt, se disait Vsevolod, aller aux champignons, c'est la saison… Il aime me regarder les cueillir. Il ne cueillera jamais lui-même le bolet qu'il a trouvé et s'arrange pour me le faire découvrir car il sait que je les adore… »

Plus le train s'approchait de Moscou et plus fort il pensait à son père.

---

107 Piotr Troubetskoï (1858-1911), né à Ouzkoïe, homme politique, frère du philosophe Sergueï Troubetskoï.

« J'avais complètement tort de lui parler comme je faisais, je n'en avais pas le droit. En imposant ma vérité, en m'imposant moi-même, je le rejetais. J'étais cruel en critiquant sa manière de penser et de controverser sa logique et ses habitudes, façonnées durant six décennies. Il ne pouvait pas s'abstraire de son passé, il croyait en ce qu'il faisait et n'aurait pas pu faire autrement ; un peu comme un enfant, avec naïveté, il allait jusqu'au bout. Quand nous nous disputions, j'avais donc tort puisque je n'étais pas convaincant. Pourquoi sommes-nous si durs avec nos proches ? D'où venait ma tolérance envers Nikandrov ? L'intransigeance est justifiée quand en face de soi, on a un ennemi brandissant une mitraillette, or nous sommes bien plus intolérants avec des interlocuteurs désarmés. »

Le train ralentit avant de s'arrêter tout à fait, provoquant le sifflement mélancolique des freins.

— C'est un train de marchandises de Revel qui nous rattrape, expliqua le convoyeur. Des convois de blé. Ils vont maintenant aussi vite que les trains de passagers.

En effet, dix minutes après, un interminable train de marchandises déboula avec fracas.

Vsevolod revit Fiodor Chelekhes. Au fur et à mesure que défilaient les wagons chargés de blé, le visage de Fiodor avant sa visite à Marchand s'imposait à lui avec une netteté accrue. En quelques heures, ses traits s'étaient effondrés, creusant ses yeux, et ses pommettes avaient enflé. Le bon visage de Fiodor était devenu ce soir-là dur, lointain et infiniment las.

Il revit le regard de Lida Bossé lorsqu'elle lui parlait de son beau-père. Lui revint aussi le tintement des timbales en aluminium avant les repas, quand on distribuait le brouet clair ; ainsi que la haine qui se lisait sur le visage de Neumann lorsque celui-ci le relâcha et, soudain, une immense fatigue s'abattit sur lui, ses jambes flageolèrent.

Il regagna le compartiment et s'étendit sur la couchette en velours qui sentait la naphtaline et l'humidité.

« Voilà, c'est fini, se dit-il. Dieu merci, je suis à la maison… »

*

« Par décision de la Conférence spéciale du NKVD de l'URSS, en date du 29 mars 1938 :

Chelekhes Fiodor (Roman)

Bossé Lidia

Chorokhov Guennadi

Sont condamnés à la peine maximale comme espions estoniens.

La condamnation est définitive, aucune demande de recours n'est recevable.

I. Ejov »

Table des matières

Ceci est en vérité une nécrologie en hommage à Semenov, Ioulian par Edward Limonov ... 7
Principaux personnages ... 11

Décret du soviet des députés du peuple ... 15
Moscou, avril 1921 ... 16
Commencement du commencement ... 46
Intermezzo à Revel ... 65
Rapport de forces ... 96
À Revel, pendant la nuit ... 108
Divergence d'intérêts ... 116
Le matin, à Moscou ... 128
Histoire d'une question ... 148
La croisée des chemins ... 162
L'homme et la loi ... 195
Le père ... 222
Et le fils ... 234
Diables de Russes ... 244
Préparatifs des uns… ... 257

...et préparatifs des autres 266
L'opération 281
On attaque 315
La clef se trouve à Paris 324
Logique d'une conversation en prison 338
Logique du géôlier 348
En Sibérie 355
À Revel 366
À Moscou 370
Tu es prêt, agis donc ! 384
Sans indices, pas de preuves 412
Quand les routes se croisent 434
Cependant l'opération n'est pas encore terminée 450
La cause que l'on sert 480

Achevé d'imprimer
sur les presses de l'imprimerie
Typolibris,
en septembre 2020,
Des diamants pour le prolétariat
est le dix-septième ouvrage
publié par les Éditions du Canoë.

I.S.B.N. 978-2-490251-16-2